魅丽文化 飞言情工作室

在你的世界降落 2

Land in your world

执葱一根 / 著

江苏凤凰文艺出版社
JIANGSU PHOENIX LITERATURE AND
ART PUBLISHING

图书在版编目（CIP）数据

在你的世界降落．2 / 执葱一根著．-- 南京：江苏凤凰文艺出版社，2023.4
ISBN 978-7-5594-7450-6

Ⅰ．①在… Ⅱ．①执… Ⅲ．①幻想小说－中国－当代
Ⅳ．① I247.5

中国国家版本馆 CIP 数据核字 (2023) 第 002913 号

在你的世界降落．2

执葱一根 著

出版统筹 曾英姿
责任编辑 张 倩
特约编辑 胡 月
封面设计 殷 舍
出版发行 江苏凤凰文艺出版社
南京市中央路 165 号，邮编：210009
网 址 http://www.jswenyi.com
印 刷 湖南天闻新华印务有限公司
开 本 880mm×1230mm 1/32
印 张 10
字 数 318 千字
版 次 2023 年 4 月第 1 版
印 次 2023 年 4 月第 1 次印刷
书 号 ISBN 978-7-5594-7450-6
定 价 46.80 元

目录

CONTENTS

目录
CONTENTS

晚上见

〈 第一章 〉

飞机在云层中穿梭，天际泛起金色的光辉。盛蔷坐在靠窗的位置，一只手托着脸颊，目光注视着窗外。她刚在飞机上看完一部电影，现在困意袭来。机舱内时不时传来说话声，但大部分时间都很安静。

盛蔷旁边坐着一个法国女人，带着一个小女孩。小女孩应该是第一次坐飞机，一直坐立不安。一路上只能听到那个女人温言细语地哄孩子，有时还低声哼起了歌曲。过了一会儿，小女孩玩得有些累了，头一歪，枕着母亲的肩头很快便睡了过去。

就在这个时候，盛蔷感觉自己的衣袖被轻轻地拉了一下。她偏头望过去，对上那个女人的视线。对方的中文说得有些蹩脚，语调里带着歉意，说自己的女儿在睡觉，询问能否拉下遮光板。

盛蔷连忙应声，并把遮光板缓缓地拉下来。

周围瞬间暗了下来，盛蔷闭上眼，眯了一会儿。

飞机飞行平稳地前进了一段路程后，突然颤动了一下。众人被惊醒，座位上传来成片的吸气声。

但这种抖动不止一次，之后持续不断的晃动中，机舱内也变得嘈杂起来，打破了先前的平静。

大家纷纷议论，有人按铃喊空姐过来问，想知道到底发生了什么。

之前睡着的小女孩此刻骤然惊醒，下一秒便哭了起来，应该是受到了惊吓。她母亲想安抚她，却引来更大的哭声，声音刺耳。

周围的人听到后都望向这边。

小女孩忽然变得情绪失控，一边踢腿，一边哭喊：“妈妈，我害怕！我很害怕！”还试图用小手去解开自己的安全带，试图摆脱束缚。

盛蔷动作很快，俯身用手去轻抚小女孩的后背。她缓缓地开口，语气轻柔：“没什么关系，宝贝。飞机遇到气流经常会出现这种情况，不用害怕哦。你看，我们大家都好好地坐在座位上。乱跑只会给乘务员姐姐带来负担。”

女人本来在给孩子安抚，听到她开口后，下意识地愣了一下。

女孩的法语十分流利，声音柔和而清晰，尾音带着缱绻的感觉。

小女孩看着眼前的人。这个年轻漂亮的姐姐就在身边，身上还有淡淡的香味，莫名地抚慰了她的心。

盛蔷轻轻地抚着她的后背，耐心又温柔。小女孩抽噎了几下，哭声逐渐变小，睫毛上挂着泪珠。

随后，机舱内响起了一则中法双语广播，通知前方遇到强气流，飞机正在缓慢通过，请乘客不用过于焦虑。

机舱内的其他乘客听到这样的消息，很快便转移了注意力。空姐注意到这边的动静，走过来询问是否需要帮助。女人摆了摆手，表示不需要，并说没什么大不了的事情。

看到女儿的情绪已经稳定下来，女人转过头来看了盛蔷一眼，对她表示谢意，并问："原来你会说法语？"

盛蔷摆了摆手，笑着说道："嗯，会一点儿。"

"不不不，比我见过的其他外国人都要说得好。"女人竖起大拇指，"而且不止一点点，你非常厉害！"

两人又聊了几句，女人了解到眼前这个女孩是法国国立航空航天大学的博士生。

"你是去探望家人吗？"

"探望家人？"盛蔷听后嘴角微微上扬，"也可以这么说，但是……"

盛蔷欲言又止，然后轻笑一声。

飞行过程总体而言还算顺利。不久，飞机准时抵达目的地，稳稳地降落在南槐市。

落地后，盛蔷拿出手机，开机的瞬间，消息几乎铺天盖地涌入。

黎艺和宁远雪发来消息，问她是否安全抵达，让她抵达后回个信息。应桃则是激动地问她什么时候下飞机，说想和她视频通话。

除此之外，还有肖叙、程也望、林亭和叶京寒发来了问候。

盛蔷一一回复，视线最终落在被置顶的好友头像上——并没有新消息。

沈言礼近来非常忙，据说前几天去了京淮，眼下不在南槐这边。盛蔷也没有要他来接。

盛蔷的行李比较多，她下了摆渡车就径直去了机场柜台，咨询了同城快递服务，然后将行李交给了派送人员。

出了关口，机场大厅外的新鲜空气随着旋转门卷了进来。盛蔷这才有了回到国内的真实感。

机场大厅内，灯光明亮，人群来来往往，十分密集。盛蔷抬头，眼前便是一大块滚动播放画面的大屏幕。

屏幕的画面倒映在地面上，在路人匆忙的脚步中，只有盛蔷静静地停留在原地。

大屏幕不仅会播放广告，还会插播一些新闻。此时正好播放沈氏集团的报道。

沈氏是一家传承百年的豪门世家，其家族在各行各业均有涉足。旗下的壹千娱乐是国内知名的经纪公司，华安庭成酒店则是享誉全国的著名连锁酒店。

三年前，沈氏新的掌权人宣布将要成立一家新的航空公司。经过向民航局递交申请和重重审核，终于获得批准。公司总部大楼的地址则位于航天局和民航局所在的南槐市。新闻播放内容简洁，总部大楼的俯瞰图显示在随后滚动播出的画面中。

在摩天高楼中，唯盛航空的标牌在黑夜中愈加闪亮。

盛蔷从机场出发，打车前往唯盛航空。

到达之后，她按照提示找到了办公室，一个穿着时尚的女人很快便迎了她过来，负责接待。

女人低头看着资料上的照片，确认后抬眼看向盛蔷："你是盛蔷吧？"

盛蔷身姿窈窕，面容姣好，双眸澄澈清亮，神采奕奕，眼神中似乎带着股韧劲儿，黑发的发尾微卷，柔顺地垂在肩上，犹如釉上珠玑一般的莹润肌肤白皙柔嫩。

女人看得入了迷，好半天才收回视线，这可比当初线上面试时还要美得真实。

女人伸出手，说道："总算见到真人了，你好，我是戴安娜，你可以叫我安娜姐。"

盛蔷握住女人的手："好的，安娜姐，你随便怎么喊我都行。"

戴安娜是盛蔷的其中一个面试官，也是给予她面试最高分的人。

唯盛航空虽说是新兴的航空公司，但凭借沈氏的影响力和出色的运营，公司发展得越来越好，对职位人才的需求量也非常大。

盛蔷在京淮航空大学读了本科，还在法国国立航大进修了硕博连读。如此出色的履历让戴安娜破例给了她一个在线面试的机会。而盛蔷面试时的表现也令人十分满意。

盛蔷跟着戴安娜去职工系统录入指纹，然后和戴安娜一起等待其他新人去参观总部大楼，并熟悉公司环境。

戴安娜并不像看起来那么高冷，反而很随和。

等待间，戴安娜和盛蔷聊了起来。

“像你这样优秀的人，在选择我们公司之前，肯定也考虑了很久吧？”

“没有。”盛蔷摇头道，“我没有考虑太久，就直接来了。”

戴安娜有些惊讶：“是吗？虽然我们公司现在很受欢迎，但毕竟在南槐市，我查过你的履历，你之前都没来过这边吧？”

“确实是第一次来，不过南槐也挺好的。”盛蔷顿了一下，接着说，“我也不是独自一人，我和男朋友在一起。”

“啊，原来如此。”戴安娜看着盛蔷，这时才明白过来，笑道，“这算不算是爱情的力量？”说完，戴安娜便没有再问下去。

到了下午，其他新入职的人陆续到齐。

盛蔷一个个打招呼，心里想着以后这些人将成为自己的同事，说不定会共同度过无数个日日夜夜。

“那我们从一楼开始吧？大家跟我来。”戴安娜拿起文件，转身向这群新人打了一个招呼。

参观完后，公司还为新人安排了聚餐，时间比较紧。

盛蔷跟着队伍，当他们走到一楼时，看到前台正中央的招牌——上面刻着“唯盛航空”四个字。

有一个女生觉得疑惑：“安娜姐，我们公司的名字有没有什么寓意啊？”

“这个我也不清楚，可能是唯愿盛世的意思？”戴安娜笑道，说完便带着大家在一楼转了一圈。

再次绕回大厅中央时，戴安娜看见一群女生还在讨论公司名字的问题，就又补充了一句：“不过有一点我可以确定，这个名字是沈总亲自取的。”

听到“沈总”两个字，大家的兴趣再次被勾起。

“你们说，来公司能见到沈总吗？”

“我有个朋友是公司高层，听说在公司好几年了都没见过沈总。”

“啊，真想见上一面，听说真人非常好看。”

戴安娜带着不少新人，此时有些头疼。但看着这群朝气蓬勃的小姑娘，她怎么也板不起脸来，只说：“好了，沈总不常来这边，别想了，走，我们上二楼。”

盛蔷还没迈开脚步，不远处旋转门处便响起一阵嘈杂声。她顺着众人的视线望向两层楼高的落地窗外，几辆车缓缓地停在了总部大楼的门口。几个工作人员见了，连忙迎上去。

旋转门缓缓转动，很快，一群人浩浩荡荡地走进大厅。

走在最前面的男人身材挺拔，穿着黑衬衫，单手插兜，低着头，眉头微皱。

他一路走来，目不斜视。

一群人迎面朝着她们走来，她们默默地停止了闲聊。

沈言礼身后跟着一行人，没有任何交谈，只听得到沉重的脚步声。他们停在了一楼的专用电梯前。

戴安娜见怪不怪，只想着完成带新人参观的任务，然后安排晚上的新人聚餐。

此时一群人的视线都盯着电梯的方向看得怔住了。戴安娜不免觉得好笑，劝道：“好了，这下看到了，把你们的目光都收回来吧。”

待大家不情不愿地转过身后，戴安娜望着还没看够的姑娘们说：“也不用沮丧，你们以后能见到沈总的概率，大概是百分之一，这次算是走运了，我们上楼去。”

盛蔷听到戴安娜说的最后几个字时，目光刚从那道高大的背影上移开。旁边还有几个姑娘半晌都没回过神来。

“天哪，真的好帅啊！”

“我以后都不想飞航班了，我能申请调到大厅的保洁岗位吗？”

“安娜姐，沈总真的有你说的那么难见吗？”

“对啊，我们不是现在就见到了吗？”

戴安娜听了这句话，头都没抬，道：“当然了，你以为我说假话？不信就真的把你调到这里来做保洁员，让你自己掰着手指头数数，看看什么时候才能见到第二次。”

盛蔷的手机就在这个时候突然响了，嗡嗡几声。

盛蔷猜到了大概是谁，她打开手机。

果然如她所猜测的那样，那个别人口中特别难见的沈总主动向她发来了邀请——

“今晚见。”

新员工的聚餐地点就在唯盛航空大楼附近。

总部大楼位于南槐市中心，坐落在金融商圈的核心位置，附近有不少大型商场、餐厅和会所。

戴安娜带着一群人去了离得最近的翠苑，她特地提前订了个包厢。

这次新入职的一共有十几个人，一天下来，大家彼此都已经面熟了。

有几个女生虽然对盛蔷很好奇，但是之前看她不怎么说话，就没凑上前跟她搭话。

现在大家聚餐，座椅挨得近，交流的好机会就在眼前，有个姑娘微红着脸，挠挠头，大着胆子朝盛蔷问了好，然后好几个女生都主动找盛蔷要微信号。

戴安娜见状笑道：“你们这一批都是我面试的，能够留在南槐机场的都很优秀。”说着，她指了指盛蔷，“这可是大学霸。”

周围的人对这个话题产生了兴趣，接着掀起了自我介绍的浪潮。

一个漂亮的女孩坐在盛蔷的左侧，她开心地说：“见到你后，我才知道天外有天，人外有人。从小到大，身边的人都说我是最漂亮的。”说着，她端了杯红酒，朝盛蔷晃了晃酒杯。

“谢谢，不过我酒量不太行。”盛蔷连忙端了杯橙汁，笑道，“用橙汁碰碰？”

女孩喷笑：“哈哈，可以啊。”

盛蔷微笑，说：“我一沾酒就会头晕。”

去年冬天，沈言礼飞了趟图卢兹。

两人去一家法式餐厅吃饭，菜单上除了各种菜肴，还有各种美酒，但盛蔷对美酒不感兴趣，因此没有细看。

当上菜的时候，盛蔷看着沈言礼给她点的那杯饮料，感觉有些好奇。

沈言礼却轻松自如地跟她说那是果子气泡水，没有露出一点端倪。

到了晚上，盛蔷总感觉有些不对劲。

在学校提供的单人房间里，沈言礼只开了床前的灯。盛蔷双颊酡红，眸光似水，整个人仿佛被泡在桃花酒酿里。

她的世界似乎在旋转，沈言礼只是拥住她，轻轻地亲了几下，之后没有其他动作。

最后，倒是盛蔷主动搂住了他。

第二天一大早，沈言礼就飞回国了。盛蔷拿着洗好的床单去晾晒，这才后知后觉地意识到自己被骗了。

从那天开始，盛蔷好几天都没理沈言礼。

在图卢兹的傍晚，他们相依相偎，两人身上相融的味道似乎一直停留在鼻尖，久久都不曾消散。

思绪渐渐地飘远，旁边的人喊了好几声，盛蔷才从之前的回忆里回过神来。

"你想什么呢，这么入神？"

盛蔷的脸有些热，长睫毛微合，她若有所思，过了几秒才缓缓地说："我在想之前的事情。"

聚餐很快便到了尾声。

她们的胃口都不大，一桌子的菜根本吃不完，此刻都放下了筷子，有一搭没一搭地聊着。

结账的时候，戴安娜叫了服务员过来，服务员却告知她已经有人结过账了。

"你确定吗？要不要核对一下账单？"

"您好，您这单确实已经有人结过账了。"

服务员再三确认后，附在戴安娜的耳边又说了几句。

好半晌，她才点点头，恍然大悟。

在其他人疑惑的目光中，戴安娜抬起头来，说道："今天还真是各种巧，沈总他们就在隔壁包厢，帮我们把这单也结了。"

在一群人震惊又兴奋的讨论声中，盛蔷的手机又收到了几条消息。

沈言礼发来了位置共享。

"等会儿一起走。"

"地下车库等你。"

这人真的是……

夏季的夜晚让人燥热难耐，但一踏入地下车库，自地面而起的凉风便沿着腿肚向上蔓延。盛蕾有些贪凉，但并未感到不舒服，她走向前去寻找沈言礼的车。

她还没看见熟悉的车牌号，便听到不远处一声婉转的"沈总"，是女人的声音。

这个女人是在饭局上认识沈言礼的，当时她和男伴在一起。女人记得一进门，自己的视线就被上座的年轻男人吸引住了，她的心脏猛地跳了起来。只不过沈言礼完全没注意到她，也没向她的方向看过来。

他身边坐着的应该是他的熟人，可能是助理。女人觉得自己混得也算比较久了，虽说身边没有人能进入沈言礼所在的那个圈子，但也听说过不少关于他的传闻，比如说沈言礼有个谈了好几年的对象。

然而传闻终究是传闻，她好像并没有见过他身边有女人的身影。女人有自知之明，但她自诩长得也不差，未必就攀不上沈言礼这高枝。没遇到就算了，既然这次遇到了，为什么不试试呢？即便只是获得一时的青睐，也足够了。

女人在心里这样想。

饭局进行到一半，沈言礼就提前离开了。女人心念一动，就跟了过来，在地下车库找到了沈言礼。

幸运的是，沈言礼没让司机立即开车，而是坐在后座上，像是在等什么人。

车窗半开着，一眼就能瞥见他的身影。

周遭很安静，她大着胆子上前，在半开的车窗玻璃上轻轻地敲了两下。

"沈总。"她的话音刚落，沈言礼的视线就往这边扫了过来。

女人深吸了一口气，浅笑盈盈地说道："真是巧啊，能在这里遇见您。"

沈言礼没吭声。

但他此时的沉默，在女人看来就是一种默许，于是她再次开口："我们刚刚在饭局上碰见了。那个，我的车坏了，您方便载我一程吗？"

“你不知道我已经有伴侣了吗？”沈言礼面无表情地说，“不方便，车子坏了就去修吧。”

不再给女人任何机会，他对坐在驾驶位上的人开口：“林叔，把后窗的玻璃摇上来。”

车窗玻璃镀了一层浅黑色的膜，升起时，淡淡的黑色隔离了沈言礼的面容，同时也隔离了女人接下来所有的虚浮言语。

女人有些尴尬，本来想再敲下车窗，最终还是放弃了。

盛蔷走到车前，打开后座门，径直坐了进去，然后一直盯着沈言礼。

他大概是喝了点酒，此时正在闭目养神，整个人仰靠在车后座的靠背上，倒也安静。

盛蔷并未安稳地坐太久，在她想要抬手去抚摸沈言礼的眉眼时，他突然睁开了双眼。

在幽暗的车厢内，四目相对，谁也没有移开视线。

“沈……”盛蔷刚想开口，还没来得及说完，他的双手就探了过来，穿过她的膝窝，轻松地将人捞起来，让她坐在他的腿上。

“刚刚那个人……”

沈言礼问道：“你刚刚看到了？”

“看到了。”

盛蔷和他近一年没有见面，现在定定地瞧着他，心思其实已经不在刚刚那个女人身上了。

“我和她不认识。”沈言礼缓缓地凑近她。他咬了下她的鼻尖，两人的呼吸交融。

沈言礼的呼吸很沉，盛蔷被他缠得有点儿呼吸困难，只好点头道：“知道了，知道了。”她的唇瓣被他轻咬着。

车内的挡板缓缓地升起，车子也缓慢地驶离了地下车库。司机大概听到了两人的对话。

盛蔷有一瞬间的停滞，但沈言礼愈加得寸进尺。

不知道过了多久，盛蔷搂住沈言礼的脖颈，将脸埋进他怀里。

他扶着她的腰，两人靠在一起。

“你今天在大厅那儿，其实看到我了吧？”

沈言礼反问道："什么大厅？"

盛蔷抬头，用手拧了他一下："你说呢？"

沈言礼笑了笑，攥住她动来动去的小手，哼了一声。

盛蔷听他回答之后，又想起另一件事。

他原本说自己还在京淮，结果下午就到了南槐，时间掐得真准。怎么会有这种人啊？

盛蔷望向他，道："你都不提前和我说一声。"

"这不是急着见你吗？"沈言礼道，"要是真和你说了，就不叫惊喜了。"

盛蔷定定地望了他一会儿，忽然抬手扯了下他的头发，算是表达自己心中的不满。

"沈言礼。"

沈言礼像是笑了，忽然喊了她一声。

"嗯？"

"你能不能对我轻点儿？"

他的话音刚落，司机忽然手抖了一下，车头方向歪了一秒钟。

盛蔷清了清嗓子，拍了沈言礼几下，问道："你是不是喝酒了？"

"嗯。"他回答得很快。

尽管喝了酒，可沈言礼的面容不见有变化，只是身上带了点儿淡淡的酒味，与他身上原有的气息混在一起，直往盛蔷的鼻子里钻，让她觉得格外好闻。

车很快就开进了两人的住处。

司机喊了声"沈总"，将车钥匙放好，便下了车，唯恐自己的动作不够快。

在离开之前，司机还补了一句："你们慢慢来，现在时间还早。"

盛蔷有些无语。

然而还没等盛蔷说些什么，沈言礼就直起身来，喊了她一声："阿蔷。"

盛蔷被他这样灼灼的视线盯得有些紧张，面颊如同火烧一般热。她只应了一声："嗯。"

"总算回来了。"话音刚落，他便将下巴埋入她的肩窝，呼吸低沉，"我想你了。"

车内有钟表跳动的嘀嗒声。

“是啊，我回来了。”她的内心也如同这夜色般柔和。

盛蔷沉默了一会儿，忽然捧起沈言礼的脸，看着他的眼睛，然后倾身，在他的嘴唇、下颌处分别亲了一下。

沈言礼就这样盯着她。

在盛蔷几欲招架不住的下一秒，他突然说道：“还不够。”

盛蔷有些躲闪他的目光，沈言礼伸手指了指自己的喉结，说道：“往下再亲。”

盛蔷又想打他了。

沈言礼将盛蔷抱起来走向入户电梯时，车子响起了一声上锁的声音。

盛蔷抱着他的胸膛，有些困惑：“你非得这样抱着我？”

沈言礼收紧手臂，拉近她的距离：“不然呢？”

盛蔷小声地提醒他：“你不嫌累吗？我有点重啊，你要不要放我下来？”

“不。”沈言礼果断地拒绝了她的请求，然后低头看了她一眼，“我媳妇怎么可能重呢？”说完，他用力托起她，看起来非常轻松。

但是这个表现让盛蔷觉得他有点嚣张。

当电梯停在S层时，盛蔷才发现这里的楼层都是用英文字母标记的。

这个公寓是沈言礼在筹建唯盛航空之前购买的住处，比他在京淮的那套房子更宽敞。盛蔷第一次来这里，走进门厅后，拍了拍沈言礼的手，示意他放下自己。

沈言礼很快就拿来了一双全新的女士拖鞋，弯下腰准备帮盛蔷换鞋子，她也没有拒绝。

“总算用上了。”

听到他说话，盛蔷低头看着他结实的背影：“用上了什么？”

沈言礼握着她的脚踝，手指轻轻地点了点：“这双拖鞋。”

盛蔷被他挠痒了，舒适的拖鞋让她的脚无法摆脱他的掌控。她望着沈言礼，迎接着他意味不明的目光。

他的嘴角上扬，眼角眯着，声音低沉缓慢：“你知道这是什么拖鞋吗？”

等不到盛蔷回答，沈言礼慢慢地说：“这是女主人的专属拖鞋。”

盛蔷终于挣脱开了，沈言礼笑了起来，这时手机响了起来。

他扭头接电话，但目光一直盯着盛蔷。

此时，女孩趿拉着绵软舒适的拖鞋，扫视了一圈公寓的布局。

这个时间有些晚了，窗外的夜景非常美丽。路灯连成一条线，朦胧的灯光好像将整个城市紧紧拥抱在怀里。

等她把目光移开，沈言礼伸出手臂向她示意。

他还在和电话那端的人交谈，不知道聊到了什么，突然就朝她看了过来："你同城送的行李到了，直接让人送上来吗？"

"哦，对，你没说，我都快忘记了。"盛蔷点头，"当然要。不过，电话怎么打到你那儿去了？"

"傻瓜。"沈言礼抬手在她脑袋上轻轻地敲了下，"之前是我给你订的机票。"

盛蔷这才想起来，难怪他时间掐得这么准，刚好从京淮赶回了南槐。

沈言礼去拿盛蔷的那些行李了，她奔波一整天，眼下疲乏得厉害，就去浴室泡澡。

浴缸里早就放好了水，正冒着热气。

水雾漫上盛蔷的面颊，白嫩的身子彻底隐没在漂浮的泡沫里。

还没泡多久，她耳尖微动——浴室门外响起一阵窸窣声。

沈言礼没有敲门，径自推门而入，一缕凉风也吹了进来。

墙上沾满了水汽，凝成大颗水珠。

"喂！"盛蔷的面颊被热气蒸得有些发红，说话的声音也更软糯，"你进来都不敲门的吗？"

沈言礼应得很快："就我们俩住在这里，还敲什么门！"他的视线落在盛蔷身上，顿了一下，又道，"再说了，你全身上下我哪儿没看过？"

盛蔷有些无语。

沈言礼倒是没在意，将衣服放在了旁边的挂架上。

"这都是从你行李箱里拿的，我翻了下。"

盛蔷"嗯"了一声，随后开始赶人："别管我了，你今天不累吗？"

沈言礼没走，也不知道他有没有听进去。

盛蔷发尾湿润，面若桃花，明眸似水，细长的脖颈下是小巧精致的锁骨。

沈言礼的打量毫不掩饰，他喉头微动，过了好半晌才开口："你还要泡多久？"

“反正挺久的。”盛蔷抬眸看了他一眼，建议道，“你要是想洗，去楼上。”

沈言礼听了却没有要离开的意思。

“媳妇儿。”沈言礼忽然开口喊了她一声。

很多时候，盛蔷都听不得沈言礼这样喊她。

“嗯。”盛蔷应着，语调当即也软了下去。

最后，沈言礼还是被盛蔷赶出了浴室。

待到她终于从浴室里走出来的时候，沈言礼穿着家居服蜷缩在沙发上，抬手掩盖半边脸，正在闭目养神。

见此，盛蔷的脚步一顿，然后轻柔地去主卧拿了一条薄毯，盖在他的身上。

接着，她轻轻地坐到沈言礼的身旁，绵软的沙发瞬间陷下一块。调整好坐姿，盛蔷托着自己的脸，静静地凝视着他。

说来也奇怪，之前那股困意竟消失殆尽。

夏夜的蝉鸣让她仿佛回到了几年前。那时候的两人在客卧依偎，还得掐着时间分别。但现在不同了。

所有的路，沈言礼都一一为她铺好，接下来的并肩之路好似都有了奔赴的意义。

沙发的旁边有一盏小台灯，朦胧的灯光恰好照在他线条流畅的脸上。盛蔷伸出手，想整理他额前的乱发。

下一秒，她纤细的手腕被攥住，再下一秒，她便被沈言礼压在了沙发上。

盛蔷修长的腿微微屈着，刚吹好的乌发不知何时已经散乱。沈言礼却不管不顾，逮住人就亲。

“你疯啦？”

“你要说疯……”沈言礼的声音里透着股慵懒，“那就当我疯了吧。”

他凑近她，声音里充满蛊惑：“只对你一个人疯。”

盛蔷好半晌都没说话。

她将下巴埋在他颈侧，双手揽着他劲瘦的腰身，久久未曾松开。

两人拥在一起，哪儿也没去，就这么窝在客厅的沙发上。

夜晚两人就这样相处，实在是太久没有过了。

盛蔷因为生物钟的影响，这会儿怎么也睡不着了。

她想挪开他桎梏着自己腰部的手，却怎么也做不到。她往上扳，他往下移；她往下推，他往上挪。

盛蔷被勒得没办法，转过身来，双手搭在他胸前，问道：“你这样睡不觉得不舒服？”

“为什么不舒服？完全不会。”他应了一声，随后伸手在床头拿了遥控器。

须臾，房内灯光尽灭，落地窗被自动纱帘覆盖。

沈言礼贴得更近了，下颌靠在她的发间，用手轻轻地摩挲了两下。他低沉的声音在她耳边响起：“感觉好久没有这样了。”

是好久了。

盛蔷在心里默默地想了一会儿，近一年的时间里，两人的交流主要是通过视频通话实现的。即使画质再好，也无法取代眼下的真实感受。

“你还说呢。”盛蔷用指尖揪了揪他，“今天的一切，我看你是早就做好打算了吧。”

“盛同学，你这样苛责你男朋友就有点儿不对了啊。”

盛蔷抬眼看他，道：“我这是教训你，不是苛责好吧。”

沈言礼笑了一声，将她的脑袋往怀里摁了摁：“还睡不睡了？”

听了这句话，盛蔷沉默了。

其实她有许多话想和他说，比如她在法国时的见闻和趣事，还有唯盛航空的事情。

想着想着，盛蔷很快就感到困意袭来。

第二天，盛蔷是被手机铃声吵醒的。她是新进的空乘，要一个星期后才正式入职，所以不用早起，刚好可以利用这几天的时间倒时差，调整生物钟。

盛蔷被吵醒的时候，还有些迷糊，但铃声一直响个不停。她愣怔地听着嗡嗡作响的手机铃声，伸出藕臂在床侧摸到手机，也没看屏幕，睡眼惺忪间就接了起来。

电话那头传来一声熟悉的声音：“阿蔷？”

盛蔷当即清醒过来，应道：“妈。”

黎艺在那头笑了笑，说：“你还在睡觉？”

“是啊。”

“那我打扰到你了吗？你要不要再多睡一会儿？刚回国是需要适应时差的。”

“没事，妈，我现在还好，不是很困，你找我有事吗？”

盛蔷回国的那天正好要去唯盛航空总部报到，为了方便，她直接来了南槐市。虽然盛蔷跟黎艺说过，但还没来得及给她打一通电话。

“没事就不能找你了吗？”黎艺顿了一下，继续说道，“我听你哥说你昨晚没接电话，可能那时候你已经睡了。想着你要倒时差，今天就让你多休息一下，我等到下午才给你打过来。”

原来现在都已经下午了吗？盛蔷有些迷糊。

她睡到现在，沈言礼居然没叫醒她？

盛蔷一边想着，一边起身，没想到刚一动就碰到一个温暖的身体，随即床的另一边响起一声闷哼。

原来沈言礼也还没有起床。

周围很安静，房间内只有他们两个人。

电话那端的黎艺明显也听到了这声闷哼，两人都沉默了。

过了好半晌，黎艺终于开口了：“阿礼和你在一起吗？”顿了一下，她补充道，“所以他还没起来？”

挂断电话后，盛蔷坐起来，用脚轻轻地踹了沈言礼一下，抱怨道：“你居然不喊醒我。”

沈言礼的侧脸埋在枕头里，眉头轻蹙着。

他有些起床气，也没睁眼，随意地应了声：“你昨晚说了让我别喊你，不然今天别想碰你。”

盛蔷有些无语，什么碰不碰的？这人怎么说话的？

好在盛蔷早就习惯了，只不过看沈言礼难得这样赖床，想来他昨天确实累坏了。

她伸手轻轻地抚摸他的眉头，道：“你知道吗？刚刚我妈都听到了，知道我们昨晚在一起了。”

“事实而已，你本来就和我在一起。”沈言礼说着，闭着眼靠了过去。

盛蔷倚靠在床边，而沈言礼头枕在她的腿上，手懒懒地搭着。

她拿过手机看了一眼时间，居然已经是下午两点了。

“你饿不饿啊？都两点了，我给你做点吃的？”

“嗯。”沈言礼应了一声，“我也要起来了。”

他掀开被子，露出好看的脊背，肌理线条分明，盛蔷尽收眼底，默默地替他拉了拉被子。

沈言礼察觉到她的动作，似是觉得有趣。他伸手在盛蔷小巧的鼻梁上刮了刮，道：“我们怎么也算是坦诚相见的关系了吧。”顿了一下，他倾身而来，单手撑在她身侧，“还这么害羞呢。”

盛蔷懒得理他，转身站到料理台前，专心做着料理，也不理过来要和她搭话的沈言礼。

盛蔷也没做太多菜，主要是因为沈言礼家的冰箱实在太空了，存放的还都是速冻食品和酒类。

吃饭时，她为他舀了一勺汤，说道：“冰箱里怎么会有那么多酒啊？你以后少喝点儿。”

沈言礼却答非所问：“你终于理我了？”

盛蔷抬头看着他，他这才解释：“只是偶尔喝喝。”

听到他的回答，盛蔷明显愉悦了不少，并给他夹了许多菜。

饭后，两人窝在沙发上，哪儿也没去。

盛蔷说道：“我现在这么悠闲是因为还没入职，你呢？你不应该很忙吗？”

沈言礼正看着手机，闻言抬起头笑道：“你刚回来，我总得陪你几天吧。”

“好吧。”

盛蔷坐在沙发边的软垫上，还在看入职文件，忽然想起了什么，问道：“昨天我没看见肖叙和程也望，他们人呢？”

肖叙和程也望一直跟着沈言礼，为之后的航空飞机设计项目做准备。

到如今也已经有三年了，项目进展虽然缓慢，但也算有了个雏形。

沈言礼收起了手机，回答：“你问他们俩做什么？你怎么不问我呢？”

盛蔷被他这副吃醋的模样逗笑了：“你难道不是坐在我面前吗？我要问你什么啊？”

“随便问什么都行。”

“真的？”盛蔷的眼睛一亮。

沈言礼还没反应过来，她又接着说：“那你跟我说说肖叙和程也望昨天为什么不在。”

沈言礼有些无奈，笑着说：“他们还在京淮那边，赶不回来。”

“原来如此。”盛蔷点点头，“以后有空的话，我们还是聚一聚吧，都好久没见了。”

“你和我也好久没见了，就不准备和我多待一会儿吗？”沈言礼有些郁闷。

盛蔷笑嘻嘻地说：“大家一起嘛，怎么就不是跟你待一起了呢？再说了，他们俩不是一直都在一起吗？”

“这能一样？”沈言礼说着，不知道想到了什么，指尖在手机屏幕上点了两下，“接下来几天你确定有空？”

“是啊，要不你带我去逛逛南槐吧，我都不知道这边有什么好吃的、好玩的。”

沈言礼点点头，看着盛蔷的眼睛灼灼地说道：“不过逛完后，我还要带你去一个地方。”

盛蔷很好奇，抬眸问道：“去哪儿？”

沈言礼收起手机，语气带着几分神秘：“暂时还不能告诉你。”

沈言礼这次守口如瓶，绝口不提之后要带她去哪儿。而逛了几天南槐的盛蔷，不免有些疲乏。

出发当天，沈言礼亲自开车。盛蔷没能抵抗住倦意，坐在副驾驶座上，就这么睡了过去。先前对目的地的好奇，也逐渐被困意淹没。

盛蔷是自己醒过来的，也不知道车开了多久。

夏季午间的阳光透过树枝明晃晃地照射过来，十分明媚。沈言礼就这么坐在驾驶位上，耐心地等她醒过来。

看着眼前熟悉的风景，盛蔷的心脏仿佛忽然收紧，继而收获的是无边的喜悦。

盛蔷收回视线，转眼看向身侧的人，轻轻地喊了他一声：“沈言礼。”

“嗯。”他应着，也这么盯着她。

“沈言礼！”盛蔷又喊了一声，继而声调都扬了起来，“你带我来了云荟村！”

车窗外，树绿田青。远处巍峨的山脉绵延千里，近处草甸茂密。

“我们今晚就在这儿住。”沈言礼说道，“你再往外看。”

盛蔷听了又看过去，只见车窗外缓缓地出现一道身影。少年清俊的面容难掩青涩，朝着这边望过来的时候，他还有些羞涩。

盛蔷望着这张脸，直接愣在原地。反应过来后，她连忙打开车门。

下了车，盛蔷伸手朝着那个少年挥了挥手。

小林虎，真的真的，好久不见啊！

当初盛蔷在云荟村支教结束后，留意过京淮杭大后续的支教活动，但支教地点由学校分配，不能自行选择。再加上她学业繁忙，实在抽不出时间，便没有再过来。

林虎之前还会在校长拨过来的视频通话里向盛蔷问好，但随着时间推移，他就不怎么出现了。后来，还是校长告诉盛蔷，林虎一边照顾奶奶，一边学习，很听话，不用太担心。

时间如白驹过隙，距离上次相见已有六年了。当年的小萝卜丁变成了现在高瘦的少年，唯一不变的是他澄净的眼神和眸中的光彩。

“盛老师。”林虎喊了她一声。

盛蔷走到他跟前，笑道：“林虎，你真的大变样了，变高了不少呢。”顿了一下，她嘴角勾了勾，“还变帅了。”

林虎挠挠头，有些不好意思，朝她身后指了指。

盛蔷这才看到跟过来的沈言礼，问道：“你怎么也下来了？”

“为什么不能下来？我们一起来的，你总不能将我一个人撇下吧。”沈言礼朝林虎微微颔首，算是打了招呼。

沈言礼开车，带着两人，前往云荟村。

盛蔷和林虎并排坐在后座上，拉着他问东问西。

“你现在也上高中了吧，放暑假了吗？”

林虎望了一眼频频将视线落在后视镜上的沈言礼，又看向漂亮得让人挪不开眼的盛蔷，还是有些拘谨，回答道：“嗯，我开学就升到高二了。”

“你是特意来接我们的吗？”

林虎答道：“去年学校有参加夏令营的名额，我去了，他刚好在那边出差，就加了我的微信。这次听说你们要来，我就主动提议过来接你们。”

说着，他语气都扬了起来，“盛老师，能再见到你，我真的很高兴。”

“我也是啊。”盛蔷笑眯眯地说。

就在两人越聊越开心时，沈言礼目不斜视地说：“小孩儿，你看到她高兴，你看不到我？”

盛蔷立刻回呛道：“他坐在你后面，怎么看得到你的脸？”

呛完沈言礼，盛蔷转头看向林虎：“林虎，你也加我微信吧。我这次回国就不走了，以后和言礼哥一起待在南槐，你放假可以来找我们玩啊。”

林虎避开沈言礼的视线，虽然没有开口，但动作很快地将手机递给了盛蔷。

他们是在林虎家吃的午饭。他现在一个人住。

盛蔷之前经常跟校长打听林虎的消息，听说他的奶奶去年去世了。

林虎的父母回来匆忙地操办完丧事后，留了些钱，就又回了城里。

林虎也没跟着去，就这么独来独往，一个人在镇上读书。

几年下来，林虎不再像之前那样活泼。面对沈言礼和盛蔷，他也很高兴，虽然因为腼腆显得有些沉默，但诚挚的心永远不变。

饭后，住宿成了盛蔷担忧的事。

沈言礼只说今晚在云荟村住，可这边没有旅馆和酒店。

林虎连忙提议：“盛老师，你要不住我家吧，我给你收拾收拾。”

盛蔷心思一动，还没出声，沈言礼就打断道：“我们住之前那间屋子。”

他说着看向林虎，像是不经意间开口，又像是特意强调：“你盛老师和我一起。”

再次听到这句熟悉的话，盛蔷仿佛回到了多年前大雪纷飞的日子。

原来当年林虎还小的时候，沈言礼就已经开始暗暗和他作对了。

盛蔷也没戳穿他，只是心中生出了疑惑：“之前那地方？”

沈言礼所说的正是两人第一次来云荟村时借住过的那间平房。

两人随即来到栖身之所，房子没有像想象中那样破落，大门两边的墙面像是被好好地修葺了一番。

整个院子安安静静的，屋里应该没人。

盛蔷仍有些担忧：“你确定我们今晚可以住在这里？”

“进去就知道了。”沈言礼牵着她的手往里走，顺手将木门关上。

随着轻轻的一声关门声响起，眼前出现的是一间打扫过的院子，十分干净，院子后面的那排房子也被重新刷了漆。

望着这焕然一新的房子，盛蔷不由得心跳加快：“你……”

“对。”沈言礼牵起她的手，低头亲了一下，“就是你想的那样。”他侧头看过来，“盛蔷，我把这个院子给买下来了。”

这里有着他们俩共同的记忆。盛蔷一间房一间房地看了很久。

院内、浴室、厨房……所有的物品基本还保持着原样，只是变得更加整洁了，摆放的位置也没变，连墙面上都保留着当年煤灰沾染过的印迹。

主屋倒是和以前不同，当年隔在床中间的木板被拆掉了，不知道去了哪里，两张床也合成了一张。

“我还以为有木板呢。”盛蔷道。

“只是木板没了，但床还是之前的。”沈言礼倚靠在门边，说道，“还是说，你想让木板把我们俩继续分开？”

盛蔷无语，她是那个意思吗？

“我只是觉得敲木板还挺好玩的，没了有点儿可惜。”盛蔷不免有些感慨。

“不用可惜，你若实在想敲，这不是有我在？”

盛蔷瞪了他一眼。

收拾完行李，时间也到了傍晚，两人吹着乡间柔和的风散步，顺便拜访了他们当年支教时去过的那户人家。

那一家人很是惊喜，看到两人牵着手，他们又笑了笑，一切尽在不言中。

“你们这两个娃娃，现在都是大人了。”男人望向沈言礼，“之前你从我这儿打听那户人家的联系方式，说要买下他家的平房时，可把我吓了一跳。”

盛蔷看了沈言礼一眼，问：“为什么吓了一跳？”

“村里的房子没人买，大家都朝城里跑啦，都说城里好，可在我看来，还是我们村里好。”男人嘿嘿一笑，继续道，“这不，你看我活得多自在。”

他还想说些什么，他的老婆打断道：“你懂什么啦！我看是人家感情好，特地买下来留个纪念。”

男人的老婆又看向盛蔷和沈言礼，打趣道：“我分析得没错吧？那会儿你们俩还没在一起呢。”

确实是这样。

盛蔷捏了捏沈言礼的手心，他低头看着她。

生日礼物

〈 第二章 〉

回到平房时，外面的天空已经黑了。夜色如同一张幕布，遮住了天空。

夏季的晚风微热，但这边靠近后山，热意并不算明显。

盛蔷和沈言礼闲聊着，一点儿也不困。

“今天怎么这么健谈？”沈言礼问道。

盛蔷头枕在他的胳膊上，一直断断续续地与他说话。

“我想聊聊天，或者说，你不想跟我聊天？”

“那倒没有。”沈言礼嘴角噙着笑凑过来，捏住她的下巴就亲起来。

盛蔷呼吸有些急促。沈言礼说：“我只是对这个更感兴趣。”

待到洗漱的时候，沈言礼让她先洗，自己晚会儿再来。

盛蔷好半晌没动静，在沈言礼掩好浴室门离开时，她抬头望向镜子中的自己，伸手在唇瓣上摸了摸。

红唇在灯光的照耀下，显得更加红润。

洗完澡，盛蔷发现自己少拿了一件贴身衣物。她试探性地向门口喊道：“沈言礼？”也不知道他能不能听到。

她话音刚落，他的声音就隔着门板传来。

“怎么了？”

沈言礼的回答有些突然，以至于盛蔷一时忘了自己要干什么，开口问道：“你一直在门外吗？”

沈言礼沉默了好一会儿。盛蔷这才想起正事，连忙让沈言礼从他们俩的行李箱中帮她拿贴身衣物。

脚步声渐渐地远去，很快，他去而复返。

只是当纱帘被撩起时，玻璃门也直接被推开，盛蔷吓了一跳。沈言礼就这么直接进去了。

盛蔷连忙挡住身上没有任何遮蔽物的自己，说道：“你怎么直接进来了？”她的脸颊微微泛红。

穿好衣服，盛蔷先回了房间，掀开被子缩了进去。她觉得今晚注定难眠。

没过多久，沈言礼就回来了。

老旧的木门被轻轻地关上，沈言礼关了灯，朝床走来。

月色透过纱窗，将地面照得明亮。

盛蔷察觉到沈言礼在慢慢地靠近。虽然是夏季，但他手臂上残留的水珠仍然凉凉的。

她问道：“你刚刚去洗冷水澡了？”

沈言礼把她搂过来，应了一声“嗯”。

盛蔷没有继续这个话题，只是抱住他，有一搭没一搭地说着话。

“你不困吗？”

“嗯。”她回答，“只是觉得今天很开心很开心。”

下一秒，还没等盛蔷反应过来，沈言礼的手就伸到了她的腰间。

盛蔷什么都不怕，就怕痒。他知道她的弱点，非要逗弄她。

两人打闹了一会儿，直到沈言礼翻身过来，按住她，才有所收敛。

他问道：“还闹不闹？”

“你能不能讲点儿道理？”盛蔷有些生气，“是谁先开始挠我痒痒的？”

沈言礼理直气壮地反驳：“你不也挠了我好几下吗？”

这怎么能一样呢？盛蔷有点儿不满。

“行啊，我承认我的错误。”沈言礼从来不会在这方面计较太多，认错也特别快。他这样轻松的口气，让盛蔷开始怀疑自己。

“你这个人真烦。”说着，她推了他一下。

黑暗之中，沈言礼身上散发出淡淡的气息，双眸在月色下显得更加明亮了。

感受到沈言礼的靠近，盛蔷没有任何拒绝，反而乖巧地配合着。

这间平房承载了两人太多的回忆，在黑暗中，所有的声音都被放大。

“不行。”

沈言礼猛地抬起头，额前的碎发被汗水浸湿了。

盛蔷看着他，她的额头也沁出了一层汗水。

过了好半晌，她像是下定了决心，伸手搂住了沈言礼。

这意思再明显不过了。

沈言礼没说话，眸中似有熊熊燃烧的火焰。他愣了很久才开口，声音低沉：“盛蔷，你确定？”

“嗯。”盛蔷从未有过如此坚定的时刻——她将毫无保留地托付给他。

两人早就彼此相融，不分你我。

“你知道吗？其实有时候……”她顿了一下，继续道，“我也想为你放纵一回。”

在她循规蹈矩的日子里，遇到了这样顽劣不羁的他。一直以来的认知被推翻，她从未见过这样的人——眼高于顶，意气风发，偶尔还有些幼稚。

他从来没有让她不开心过。

沈言礼看着盛蔷，她这会儿又乖巧又可爱，他单手撑在她身侧，只觉得天堂也不过如此。

“我们在一起已经足够长时间了。”盛蔷的声音温柔得不像话，“我从不后悔。”

沈言礼低头封住她的唇，喃喃地说：“媳妇儿。”

“阿蔷。”

“媳妇儿。”

“阿蔷。”

他不断地唤她，轻轻地吮掉她眼睑下的泪珠。

夜深了，云荟村下起了一场暴雨。雨势不断加强，狂风敲打着纱窗，先前的宁静瞬间消失。雨点砸在屋顶瓦片上的声音沉重而清晰，完全盖过了屋子里的一切声响。

夏季，暴雨来得快，去得也快。

没过一会儿，院子里又恢复了寂静，偶尔有微风吹过纱窗，带来微小的声响。

两人几乎闹到了凌晨。第二天，盛蔷醒来时也不知道到底几点了。

盛蔷想开口，嗓子却有些嘶哑。

她依稀听见大门外传来一阵声响，但由于有些倦怠，没有细听，只想着再睡个回笼觉。但没等她睡熟，就被某人叫醒了。

云荟村的阳光在暴雨后显得更加刺眼，肆意地照进院子里，充满整个房间。

随着床板发出吱呀声，盛蔷身上的被子也被掀开了。

盛蔷趴在床上，将脸埋在枕头间，黑发散落在雪白的背上，有些凌乱。

沈言礼俯身凑到她的耳边亲了亲，引得盛蔷身子不自觉地颤了一下。她抱着枕头，耳垂红得仿佛会滴血。

沈大少爷摇着盛蔷的身体：“阿蔷，别睡了，今天我们还得去趟学校。”

“可是我真的很困。”盛蔷没忍住，伸腿轻轻地踢了他一下。

沈言礼这会儿心情很好，捉住她踢过来的腿，空气中瞬间弥漫着暧昧的气息。盛蔷感觉有些奇怪，立即将自己的腿缩回去。

沈言礼背着光，问道："你怎么样？"

"什么怎么样？"

见她没理解自己的意思，沈言礼干脆将手伸进被子里。

盛蔷连忙拉过被子将自己遮住，迷迷糊糊地说道："就是感觉有点儿虚，特别想睡觉。"

沈言礼听后便没再打扰她。

盛蔷再次醒来时，听到大门被敲响的声音。她有些疑惑，这个时间点会有谁来拜访？她下意识地去寻找沈言礼，结果发现平房里没有他的身影。

就在这时，盛蔷的手机嗡嗡地响了两声。

林虎发来信息："盛老师，你醒了吗？我给你送饭来了。"

连林虎都知道她还在睡觉。

盛蔷收拾了一番，正准备走到大门口，这时沈言礼突然从不知道哪里冒了出来，主动把门闩打开了。

林虎提着两个饭盒钻了进来，见到盛蔷就说："盛老师，我等了那么久，你终于起来了！"

盛蔷本来就有些心虚，听到这话后下意识地看向沈言礼。然而沈言礼只是勾了下唇，什么也没有说。

等盛蔷洗漱完毕，林虎已经把送来的菜都摆好了。

盛蔷招呼他坐在自己旁边，问道："你刚才说你等了很久，你什么时候来的？"

"我早上就来了，听到院子里好像有声音就敲了敲门，可是没人来开门，我就走了。"

待到午饭时间，他才再次跑过来。

虽然少年只是寥寥数语，但盛蔷抓住了他话里的重点：他早上听到了声音。

他听到的是……盛蔷很快就反应过来，尴尬地咳了咳。

"盛老师，你没事吧？"林虎问道。

沈言礼连忙伸手在盛蔷的后背上轻轻拍了拍，对林虎道："大概是盛老师睡迷糊了，吃饭都容易呛着。"

盛蔷回神过后，当即就送了沈言礼一对脚印——踩出来的。

林虎见两人这样，有些摸不着头脑，只愣愣地挠了挠头。

沈言礼被踩了也没说什么。吃饱后，他用指尖钩住盛蔷的发尾，玩弄着。他倚靠着小木椅，两条长腿随意地搁着。

“林虎，你之后有什么打算？”他看向林虎，问道。

虽然林虎才是个准高二生，但很快就要成年了，确实该对自己的人生有所规划了。

盛蔷也看了过来，说道：“对啊，得有打算了，你要不要和我们说说？”

林虎有些不好意思，低着头沉默了很久，像是在认真思考。

“其实我早就想好了，但一直没有和别人说。”林虎终于抬起头来，目光坚定，带着与他这个年龄不符的沉稳。

他看向眼前这两个人，认真地说道：“我的目标是京淮航大。”

下午，沈言礼和盛蔷回到云荟村的小学。

由于正值暑假，学校里空空的，只有一些年纪较小的留守儿童被家长托管在学校里，请求老师帮忙代管。

校长看到两人后，激动地说道：“没想到你们会过来。”

聊了一会儿，校长才知晓沈言礼这次前来的意图——以沈氏的名义捐赠物资。

这段时间，沈言礼正在筹办沈氏基金会，目的是帮助更多山区小孩接受教育。

沈言礼还特意邀请校长加入基金会。

校长感慨道：“你们真的有心了。”说着，他憨厚的脸上露出了笑容。

从学校出来后，两人没有立刻回村里的住处，而是登上了附近一座山的山顶，并肩俯瞰着连绵的群山。

这里一如往昔，没有什么变化。

“回南槐后就又是一段新的征程了。”盛蔷看向他，“注定会很忙碌。”

她指的不仅仅是自己，也包括沈言礼。

沈言礼接手沈氏后，除了要处理唯盛航空和沈氏公司的重要事务，还要忙于航空飞机的设计工程。

那是他大学时的梦想，他目前仍然有空就去已迁往南槐的主实验室。

而盛蔷自己，大概会往返于中法航线上。

盛蔷眸光似水，用指尖挠了挠他的手心，说道："不过你再忙，也要注意身体。"

"知道了。"沈言礼看了一眼山下，然后回头看着盛蔷说道，"这不是有你照顾着我吗？"

两人决定再住一晚，第二天再离开云荟村。

平房里有些闷热，夜晚比较难熬。

盛蔷看到了公司小组群里发来的文件——公布了每个人上岗后负责的航班、航线，她一边看，一边记下与自己同组的伙伴的名字。

沈言礼肩上搭着毛巾走过来，问道："你在看什么，看得那么认真？"

盛蔷趴在床尾，小腿跷着，穿了一件绸质吊带，露出雪白的肌肤。她头也没回，便说："我在看排班表，还有我同事的名单。"

听到这里，沈言礼的眉头轻轻皱了一下，他问道："是男同事还是女同事？"

盛蔷不禁觉得有些好笑，她转过头来揶揄道："你语气里的酸味还能再明显一点儿吗？"

顿了一下，她又继续说："男的女的都有。"

"把你的航线信息和排班表发给我。"

"啊？"盛蔷看向他，有些疑惑。

男人简明扼要地说道："备份。"当然，他也顺便看看有哪些男同事。

盛蔷有些无语，但还是将文件发给了沈言礼。

收到文件后，沈言礼没有再说话，只是坐在床边靠近盛蔷。他发间有潮湿的水珠滴落到盛蔷的肩上，她感到一片冰凉。

盛蔷回头看了他一眼，问道："怎么不把头发擦干？"

沈言礼垂眼看着她，说道："你帮我擦。"

"现在不行啊。"盛蔷继续看手机，"你让我回个消息。"

沈言礼默默地用毛巾随意地擦了几下头发，然后就将毛巾扔到了一边。

盛蔷回完消息后，感觉肩膀处有一股热气，便回过头来问道："你在干什么？"

沈言礼还是没有说话。

平房的纱窗被山间的风吹开，晚间的闷热顿减。

盛蔷往旁边躲了躲，仰着头，挣开沈言礼的桎梏。她拿了一条浴巾，朝他挥了挥手，说："你过来。"

沈言礼像是被逗笑了，侧头说："盛蔷，你招狗呢。"

"没招你。"女孩儿满面笑容，"刚才不是说要擦头发吗？我现在给你擦啊。"

她抬手在沈言礼的大长腿上拍了拍，催促道："快点儿！"

"你急什么！"见盛蔷脾气渐长，沈言礼直起身来，说，"我现在不需要了，反正等会儿还会湿，不如不吹。"

还没等盛蔷明白他话里的意思，沈言礼已然倾身过来，在她耳边吹气："盛同学，在国外待了三年，你转移话题的水平还真是一点儿也没长进。"

听明白他话中的意思的盛蔷，此刻才彻底反应过来，她没回应他的话，而是嘀咕着："我都毕业了，你怎么还喊我'盛同学'？"

"那喊其他的。"沈言礼坏笑着说，"媳妇儿？"

盛蔷眨了眨眼，因为他的称呼，她心里像是有什么东西拂过，有些痒痒的。

在平房内昏暗的灯光下，盛蔷双眸似水，定定地看着他。

沈言礼也垂眼看着面前的人好半晌才低下头，将下巴埋在盛蔷的颈间，柔声说："今晚不逗你总行了吧？"

还没等盛蔷回答，他的声音再次响起："我只是想抱着你睡。"

沈言礼还维持着之前的姿势，抱着盛蔷的手却比之前更用力了一些。

盛蔷纤长的手指附上去，轻轻拍着年轻男人瘦弱的脊背。

"好啊，我又没有说过不答应。"

回到南槐后，盛蔷很快便忙碌起来。

沈言礼这段时间工作很忙，要到处飞，盛蔷也没打扰他，自己去公司打卡。

还没等盛蔷到公司，林虎发来了消息。

在她离开云荟村的那天，林虎曾凑在她耳边，悄悄地说自己一定会努力，不辜负两人的期望。

由于林虎的目标是京淮航大，盛蔷就花了点儿时间，给他发了详细的招生简章和历年来京淮航大的分数线。

刚发完这些信息，沈言礼的消息就来了："今天可是你的首飞。"

盛蔷扬起嘴角，给他回了消息："对啊，所以呢？"

S&S："你得想着我。"

空乘们集合后，统一拎着行李箱，排成一列。

盛蔷的深蓝色制服绸缎质地，袖口颜色稍浅，短裙包裹着玲珑纤细的双腿。

贴身的马甲勾勒出纤细的腰部曲线，胸口别着唯盛航空的铭牌，颈上用丝巾系了一个蓝白相间的蝴蝶结。

盛蔷站在最前面，刚刚一路走来，明眸潋滟，身姿窈窕，吸引了无数路人的目光。

和乘务长会合后，一行人便去了各自的岗位，开始做飞机起飞前的准备工作。

这趟航班由中国飞往法国。

等所有乘客都登机后，飞机迎着明亮的光，缓缓地在停机坪上滑行。

正式起飞前，盛蔷作为空乘代表进行广播。

"女士们，先生们，欢迎您乘坐中国唯盛航空公司由南槐飞往巴黎的航班，飞机预计于十七个小时后降落在戴高乐机场，本机组所有乘务员祝您此次旅途愉快。"

近来天气不错，飞机正式进入航线后，透过窗户看到一片湛蓝色。

待到飞机降落至戴高乐机场后，一切收拾完毕，周围的几个小姑娘商量着在机场附近逛逛。

距离回程的航班还有一段时间，她们休息了一会儿后，打算去免税店逛逛。

盛蔷本来不想去，但想到沈言礼的生日就快到了，还是跟着她们去了。

一行人看着盛蔷专门逛男士区域，不免有些好奇。

"盛蔷，你有男朋友了啊？"说话的女孩叫孟晚。

其实空乘谈恋爱并不是稀奇事，只是盛蔷看起来仿佛不食人间烟火，大家完全想象不到她的另一半会是什么模样。

盛蔷应道："嗯，我来这边是想挑一条领带，不知道有没有合适的。"

得到确切的答复，孟晚有些惊讶："哇！你还真有啊。"

盛蔷点点头，她扫视着柜台上的各式领带，最后将目光停留在某个角落里。

结账后，一行人约着吃了顿饭，也就差不多要做返航的准备工作了。

这次返程加入了几个法国的空乘，双方的交流不算多，各自忙碌着。

乘务长接到铃声的召唤，掀开帘子，往头等舱走去。

几个小姑娘见状，小声地讨论起来。

"今天头等舱里面的人好像来头不小啊。"

"对，我看到了，听说是靳盛，就是那个靳氏海外分行的董事长。"

"不会吧？我以为他这种级别的都会坐私人飞机。"

"那我不知道。"

大家没讨论出个所以然来，最后还是有人经过靳盛的位置，看了一眼才确认是他。

之后，大家便没再继续这个话题。

正无聊着，有个女生突然想起什么，问盛蔷："蔷妹，听说你试飞期过了就可以直接去头等舱？"

按照常理，空乘需要在公务舱或经济舱工作几年才可获得去头等舱的机会，如若专业能力过关，十分优秀，通过考核后也可以成为例外。

盛蔷早先就在群里接到了通知，这时她听了，也只是点点头。

返程航班抵达南槐机场时，已经是第二天傍晚了。

盛蔷在专属更衣室换回自己的衣服后，走出机场大厅。夏天的风吹到脸上，有些闷热。

还没等她走几步，停车区便传来一声鸣笛声。

盛蔷低头看着手机，没太注意，又走了几步，更长的一声鸣笛声响起。

她再迟钝，也注意到了这声鸣笛声。她转头看过去，一辆车缓缓地降下车窗，露出半张侧脸，是沈言礼？

年轻的男人胳膊微伸，慵懒地搭在车窗上，笑道："你傻了？过来。"

上了车，盛蔷给自己系好安全带。

沈言礼怎么有空来接她？她有些疑惑："你怎么来了？也没跟我说。"

"上次紧赶慢赶也赶不上你的航班。"沈言礼拉起她的手，放在唇边蹭着，说道，"这次总算提前了。"

盛蔷望着他的脸，内心忽然泛起一丝甜蜜，笑道："沈总，你这可真是大驾光临啊。"说着，她又看向前方，这时她才察觉到不对劲。

出了机场专线后，沈言礼的车开到两人住处相反的方向。

盛蔷不免有些疑惑，问道："你是不是开错方向了？刚才那个路口就得掉头了。"

沈言礼没回答，只是问她："今天累不累？"

"还好啊。"

沈言礼一边开车，一边道："那正好，带你去见几个人。"

几个人？盛蔷忽然想起返航之前，应桃给自己发来的消息。

"该不会是他们几个都从京淮那边过来了吧？"盛蔷有些兴奋。

"总算不傻了啊。"沈言礼看了她一眼，笑道。

两拨人在一家私人会馆的露天停车场碰面了。

这个时间点天已经完全黑了，夜色里空气中弥漫着草木清新的味道。

沈言礼和盛蔷先到了。

很快，一辆打着大灯的越野车缓缓驶入，停在他们旁边。

副驾驶座的车门被打开，一道熟悉的身影蹦了下来。

应桃的面容比记忆中更加清丽，娃娃脸已经褪去了青涩。

紧接着，从主驾驶座出来的是肖叙，程也望也从后座钻了出来。

看到窗外的三人，盛蔷想立刻下车，但左手被沈言礼紧紧地攥住。她回头看着他。

直到应桃出现在车窗旁，沈言礼才笑着松开了盛蔷。

"蔷妹！"盛蔷下车后就迎来了应桃别样的热情，应桃紧紧地抱住她，不肯松手，"你现在变得我几乎认不出了！"

"你也是啊，应桃。"盛蔷望着应桃及肩的头发，觉得有些新奇，试探性地摸了摸。

应桃任由她摸，也不肯松开抱着她的手。

沈言礼、肖叙、程也望都没什么话说，平日里本就常见，眼下打了声招呼，三人就站在她们俩旁边，也没走开。

“好了，姑奶奶们，你俩能别在这里叙旧了吗？这周围都是蚊子！”

肖叙忍了好半天，终于喊了话，将两个女孩从重逢的喜悦里拉了回来。

私人会馆坐落于山顶，需要步行一段路才能到达。

三个男人在前面带路，应桃和盛蔷跟在后面，兴奋地聊着天。

想起应桃为了来见她而匆匆地赶过来，盛蔷突然问道：“你这次从京淮过来，准备在这边待几天？”

“今天吃完就得走了，明天还有航班要飞。”

应桃毕业后回家工作了两年，觉得家里人管得太严了，便申请调回了京淮。“那也太辛苦了，你回去的时候怎么走？”

“坐肖叙的车啊。”应桃说着看向盛蔷，“你还说我辛苦呢，你今天刚刚结束首次飞行，怎么脸色看上去还是这么红润？”

“很红吗？”盛蔷的手抚上自己的脸颊。

路边的灯光很明亮，盛蔷的脸看起来确实很红润。

“哇，这是不是有点儿明显啊？”应桃不小心瞧见盛蔷颈侧的异常痕迹，忍不住调侃道，“你刚刚还和我说跟你家沈总两天没见了，这个痕迹也太……”

如果是两天前的印迹，能存留这么久，那力度得有多大？如果不是，那这个痕迹又是从哪里来的？应桃欲言又止。

过了一会儿，她不知道想到了什么，突然说道：“对了，我们到的时候，你俩在车里！”说着，应桃揶揄道，“那也太狂野了吧！”

前面的三个男人听到应桃的声音，纷纷转过头来。

“应大桃，你能不能好好走路？”肖叙特意拉长了尾音，“你要是想就地演个露天小品就直说，不用拐弯抹角。”

应桃当即踢了个石子过去，嘴里嘟囔着：“去你的！”

肖叙和应桃互相呛了几句，一行人继续往会所的方向走。

私人会馆里的包厢十分雅致，用原生态的竹帘将包间和外面的夜色隔开，别具风味。

“你们想吃些什么？随便点啊。”程也望把菜单递给应桃和盛蔷。

盛蔷接过菜单，视线落在坐在她左侧的沈言礼身上。

察觉到她的目光，沈言礼转头，手指稍稍抬起，在桌上点了点。他俯身道："有话直说，看我做什么？"

她只是忽然想起沈言礼之前在车里毫不收敛的模样——恣意又嚣张。盛蔷盯了他几秒钟，很快又移开了视线。

肖叙没察觉到这两人之间的小动作，笑着说："蔷妹子，这么久没见，你怎么更漂亮了？"他看了一眼沈言礼，继续道，"你知道吗？你出国之后，你家那位都不跟我们喝酒了，怎么叫都不来。沈言礼，你到底是不是'妻管严'？"

"要你管？"沈言礼往后仰靠，一只手自然而然地搭在盛蔷的椅背上。

"我管不着，我还不稀罕你的答案呢。"肖叙已经对他们这对情侣自内而外散发的甜蜜免疫了，说完后，他朝应桃看去。

不看不知道，一看吓一跳，肖叙惊道："等等！你点了酒？"

应桃挑眉看他，道："怎么，不能点酒吗？"

"你故意的吧。"肖叙手里的筷子都要被他掐断了，他说道，"我等会儿还要开车送你回京淮，你觉得我能喝？"

"那不是更好吗？"应桃耸耸肩，"你看着我们喝。"

肖叙扶额，咬牙道："你给我等着。"

应桃懒得搭理他，询问了其他人的意见后，又点了几种不同的酒。

盛蔷见状，悄悄地从桌下伸出手，扯了扯沈言礼的袖口，小声道："你也要开车，待会儿一点儿酒都别碰啊。"

沈言礼挑了挑眉，靠近她，呼吸间若有似无的热气拂过盛蔷的耳垂。他低声道："知道了，'妻管严'遵命。"

上完菜后，大家一边吃一边聊天，谈论的话题主要是这三年来大家的生活和趣事。

肖叙大学毕业后没有回家继承家族企业，而是和程也望一起跟进沈言礼未完成的项目。

盛蔷餐碗里全是沈言礼夹的菜。她抱怨道："够了啊，这么多我怎么吃得完？"

她用筷子拨弄着碗里的菜，发现旁边的应桃已经喝得有点儿迷糊了。

一群人开心地聊着，忙着倒酒、夹菜。

盛蔷拦住了应桃的酒杯，问道："叶京寒怎么没来啊？"

"他在京淮处理一些事。"程也望回答道，"接下来他不能和我们留在南槐了。"

"啊？"盛蔷有些不解，"为什么啊？"

"我也不知道老叶是怎么想的。"肖叙说，"他报名参加了森林航空救援项目，项目研究室在大西北，如果真的报名成功，回来可能要好几年。"

"有点儿突然啊，他是怎么想到要去做这个的？"盛蔷有些好奇。

她回国后，叶京寒还打过电话问候她，但他完全没有跟她提起这件事。

"我也不知道。"肖叙耸耸肩，"你问问老大，他也许会知道点儿情况。"

"具体的我也不清楚。"沈言礼说。

"看吧。"肖叙耸了耸肩，"说不定是受了情伤，想到远走高飞了，原因只有他自己知道。"

"你就瞎扯吧。"程也望笑了起来，"老叶不能是为了国家的西北基建事业而奉献自己吗？"

"那也太遥远了啊。"肖叙还在絮叨，这时应桃已经喝得很醉了，开始有点儿失态，她软软地倒在盛蔷身上，一会儿傻笑，一会儿唱歌。

肖叙自觉地起身，把她扶起来。

大家看到了，就自觉地提出离开。

应桃觉得有人扶着她，于是挣扎了起来，使劲去挠扶她的人，嘴里还不停地喊："走开！走开！"

肖叙暗骂了一声，一边稳住她，一边躲避她醉酒后的攻击，看起来有些狼狈。

沈言礼拿着车钥匙，一行人朝停车场走去。

盛蔷看着没有开车的程也望，关切地问道："你怎么回去？要不我们送你吧？"

程也望下意识地想着无论谁送他都可以，反正他今天没有开车。但还没有等他说话，就收到了沈言礼的目光，其中暗含着非常明显的意味。

程也望看向盛蔷，说："我坐肖叙的车，让他送我吧。"

盛蔷只好向他们告别。

在临别前，应桃抱着盛蔷的胳膊，不让她离开。

盛蔷顺着她的头发抚摸着，安慰道：“我们又不是再也见不到了，我回京淮看妈妈时还会来看你的。”

在应桃万分不舍的目光中，沈言礼揽着盛蔷的细腰，说：“我们走了。”

回家的路上，盛蔷坐在副驾驶座上，目光凝望着车窗外。

南槐的夜晚，繁华热闹，人群熙攘，无数霓虹灯闪烁。当汽车急驰而过时，盛蔷看到了一片片虚幻的光影。

刚刚的聚会上，盛蔷让沈言礼别喝酒，自己却被应桃劝着喝了好几杯。现在，她面色微醺，一路上缠着沈言礼说话，声音娇软得不行。

沈言礼被盛蔷勾得有些心痒难耐，下车后，两人一起进了私人电梯。一路上他都在尽力和盛蔷保持着距离，可盛蔷软着身子想要贴过来。

男人单手拎着外套，衬衫领口的扣子解开了。看着盛蔷再次贴过来，沈言礼当即揽住她的腰，直接压了过来，将人逼在电梯的角落里。

沈言礼单手撑在盛蔷的颈边，声音低沉地说道：“你是不是以为我在这儿就不能拿你怎样了？”他一边说，一边俯身贴近，“不让我喝酒，自己又偷着尝。你也就这点儿小能耐，竟然醉成这样。”

盛蔷抱着他的腰，像是困了。她的双眸微湿，在灯光下显得更加明亮。女孩儿哼了两声，不知道是否听进了他的话。

下一秒，她低下头，将脸埋进他的怀里。她声音闷闷地说道：“我没有醉啊，我只是想到以后你会一直在我身边，很开心。”顿了一下，她再次强调，“很开心很开心。”

沈言礼听了喉头微动，他抬起她的下巴，吻了上去。

南槐的夏天特别热，到了夜晚，闷热也迟迟没有消散的痕迹。

盛蔷眼下的工作比较固定，基本一周飞两个来回，其余的时间都可以休息。

但毕竟是跨国飞行，路途遥远，每次航班结束后，她都要用一天的时间来调整状态。

沈言礼有空的时候会回公寓陪她，但他大部分时间都在忙碌。

距离沈言礼的生日仅剩几天了，盛蔷早早就挑好了礼物，但总觉得缺了点儿什么。

这天，因为有航班要飞，盛蔷起得很早。她在休息室里等待时，收到了沈言礼的消息。

“媳妇儿，那枚月白色的袖扣你放哪儿了？就是你之前送我的那个。”

盛蔷前段时间曾收拾过沈言礼的衣帽间，她想了想，回了一条消息：“我待会儿就要飞了，你先用其他的代替一下，等我回来再帮你找。”

“我之前谈合同的时候都戴着这个，习惯了。”沈言礼回复。

盛蔷笑笑，干脆直接给他拨了个视频电话。

沈言礼很快就接了，鼻音重重地说了声：“媳妇儿。”

盛蔷问道：“非要用这个吗？”

“你每次都用这个，小心磨坏了。”盛蔷回忆了一下，继续说道，“你看看你装表的抽屉旁边的柜子。”

沈言礼道：“我刚才找过了。”

盛蔷又说：“那旁边还有个柜子，里面有没有？”

说完，她突然想起自己之前在巴黎买的那条领带，当时好像随手放在了那个柜子里。

想到这儿，她连忙叫住沈言礼：“不行！”

“什么不行？”

“找不到就算了，等我回去帮你找，你别弄乱了。”盛蔷想了想，建议道，“你今天就戴那个鸦青色的，我觉得也挺好看的。”

沈言礼闻言笑了笑，道：“那也行。”

挂断视频电话后，盛蔷像是不放心，又发了信息过去，再三交代他不要把柜子翻乱了。

沈言礼原本觉得没有什么，见盛蔷如此紧张，反倒好奇起来。他的视线落在角落里的那个柜子上。

这次航班，盛蔷和孟晚一起负责旅客餐食。

见孟晚一脸疲惫，盛蔷关心地说：“你不需要休息吗？我听乘务长说，你已经两个星期没有休息了。”

孟晚回答：“我想把假期攒着，等这个月达到了全勤指标，我就出去玩一阵。”

盛蔷压低了声音说道：“你还在试飞期，这样做不怕被说吗？”

“这有什么！我上次给别人代班的时候被乘客骚扰，公司也没第一时间出来帮我，他们凭什么说我？”孟晚提到这件事还有些气愤，“那个人也真好意思，要我微信，我没给，他就投诉我。”

这种事件处理起来很棘手，那个乘客说孟晚服务态度不好，而且咬定这一点，一定要投诉她。

负责人在弄清事情的来龙去脉之前，只能一边向乘客道歉，一边安抚孟晚。

孟晚气得化悲愤为动力，连续两周没有休息。

盛蔷拍了拍她，安慰地说：“公司一定会处理好的。”

“但愿吧。”孟晚还有点儿气，但也没再多说什么，继续准备餐食。

盛蔷见准备得差不多了，便去广播处广播，提前告知乘客餐食已准备完毕。

广播结束后，机长舱的舱门被打开，副机长林开阳走了出来，目光落在盛蔷身上。他盯着她看了好半晌都没离开。

林开阳是空军学院毕业生，原本留在部队服役，几年后辗转来到唯盛航空，开始了自己的飞行生涯。

林开阳长相清秀，性格温和，据传他家几辈都是当兵的。

在这批机组人员中，不少女孩对他颇有好感，也喜欢闲暇时间与他聊聊天。

盛蔷感受到他的注视，以为他找她有事。

她还没来得及开口问，林开阳就开了口：“今天负责餐食的是你和孟晚？”说着，他朝稍远处的孟晚点了点头。

“没错，是我和孟晚。”

林开阳轻笑了一声，也没再说什么，走到孟晚身旁，和她说了几句话。

送完餐食回来后，乘务长看见盛蔷在休息，便将她推往头等舱，说道：“你帮忙看一下，我去趟卫生间。”

盛蔷应声，乘务长刚走，盛蔷就收到了来自头等舱铃声的召唤，她理了理丝巾，掀开隔帘，走了进去。

单间里布置着宽敞舒适的躺椅，面前还有投影幕布。

盛蔷脸上露出起恰到好处的微笑，声音轻柔地问道：“您好，请问您需要点什么？”

这位乘客倚靠在躺椅上，面前放置着一沓文件。

好半晌，他才抬头看向盛蔷。

两人视线交会的瞬间，盛蔷有些恍惚。

男人大概是久居高位，眼神淡漠，压迫感十足。除此以外，盛蔷还对他有一种莫名的熟悉感。

见对方一直没有说话，盛蔷清了清嗓子，再次开口道：“您好？”

男人的目光落在她胸口别着的铭牌上，他语气淡淡地说道：“给我一杯水。”

送完水后，盛蔷回到了自己的小隔间。

等乘务长出来，盛蔷连忙拦住她，好奇地问道：“里面那个人是谁啊？”

“就是你们这些小姑娘之前讨论过的靳盛。”乘务长平时严肃，不喜欢闲聊，这次难得多说了几句，“像这样的人，等你试飞期结束，转到头等舱后还能遇到不少呢。”

说罢，她又开玩笑道：“你条件好，又这么漂亮，到时候要不要我给你介绍几个长得帅的富二代？”

盛蔷听了，连忙将头摇成拨浪鼓：“谢谢好意，茹姐，可我已经有男朋友了。”

成茹有些惊讶：“哎呀，都没听你提过啊。”

孟晚就在旁边，笑道：“茹姐，人家都谈了好几年了，你也是偏心，怎么不给我介绍几个啊？”

成茹敲了孟晚一下，无奈地说道：“你还担心自己找不到？”

难得气氛这么好，大家都没有继续睡觉，越聊越兴奋。

飞机降落巴黎后，突降暴雨，雨势滂沱，影响视线。

考虑到飞行安全，返程的航班延迟了。

盛蔷和其他同事被安排在机场的休息区休息，一行人在法国多滞留了一天。

虽然有了休息的地方，但这一天她们几乎都处于待命状态，等天气转好，随时都要准备起飞，所以大家也没休息好。

在返航的飞机上，盛蔷终于熬不住了，处理完飞行中的事情后，便抽空休息了一会儿。

下飞机的时候，天色已经很晚了，因为航班延迟，下飞机的时间也比原定的晚了很多。

盛蔷打开手机，发现沈言礼除了登机前发来问候，没再发过任何信息给她。

他最近计划将 S&S 实验室迁入唯盛航空，比之前更忙碌了一些，但即便再忙，他也会坚持每天回家。

盛蔷收好手机，想着哪天要是有长假，就可以回京淮好好陪陪黎艺。

大抵是母女连心，盛蔷正这样想着，黎艺便发来了消息："阿蔷，这会儿你是不是已经到南槐了？"

盛蔷："对的，刚下飞机，我正准备回去。"

黎艺："那就好，我算的时间刚刚好。"

盛蔷："什么刚刚好？"

黎艺："我到你们这边的高铁站了。"

盛蔷非常激动，急忙让黎艺在高铁站等她，她从机场打车过去接她。

一个小时后，盛蔷在高铁站见到了黎艺。

她的面容跟记忆中的一样，没有太大的变化。

盛蔷立在原地，觉得眼眶酸涩。

当初去法国前，她心里就放不下黎艺，现在她终于回国了，回想起来，还是有些恍惚。

黎艺当时什么多余的话也没说，只是让她一定要抓住机会去深造。

那份默默的支持，如今终于等来了结果。

盛蔷上前拥住黎艺，轻声道："你来之前为什么不和我说一声呢？"

"怕打扰到你的工作啊。"黎艺拍了拍她的肩，"坐高铁很快的。"

盛蔷在黎艺怀里温存了一会儿，才抬头看她，问道："你来和我哥说了吗？"

"说了，他本来想要送我，但被我拒绝了。"

宁远雪也很忙，每天除了工作，还要照顾黎艺。为了让黎艺有事可做、不感到无聊，他特地帮她开了一家小店。

盛蔷回国后还没见过宁远雪，于是问道："我哥现在有没有女朋友？"

“你还不知道你哥的性格？”黎艺摇了摇头。

盛蔷听了也没有再提。

黎艺突然想起了什么，问道：“阿礼最近是不是也很忙？”

“对，他之前想抽空和我一起回京淮，我觉得他很忙就说算了。他自己想找时间回京淮陪你。可没想到你先过来了。”

黎艺扬起嘴角道：“我来陪你也是一样的。”

从高铁站出来后，两人在外面吃了顿饭，然后就往盛蔷现在的住处赶。

一路上，盛蔷总觉得自己好像漏了什么，但一时想不起来。

就在这时，手机突然振动了一下，收到了新的微信消息。

S&S：“飞机延误这么久？”

S&S：“我早就到家了。”

最后，盛蔷的视线停留在沈言礼发过来的那条消息上，她这才想起自己到底漏掉了什么——她忘记告诉沈言礼黎艺过来了。

在上电梯之前，盛蔷赶忙给沈言礼发消息——

S’Q：“我就快到了。”

S’Q：“还有，我妈来了，今晚和我们一起住。”

沈言礼给盛蔷发完“飞机延误这么久”的消息后，随手将手机扔到一旁，冲了个澡。

他到家时已经很晚了，没想到公寓里漆黑一片——盛蔷居然还没回来。

洗完澡，他换了一身家居服，无聊地坐在客厅里扔飞镖。

他一边玩，一边等着盛蔷。至于之前找表时，他发现的小柜子里装着的秘密，他有办法让盛蔷自己主动跟他说出来。

正在他想着这件事时，入户电梯那里传来了声响。

沈言礼听到开锁的声音，迅速起身走到玄关处对着开门的人说道：“我刚刚还在想，你再不回来，我就亲自去抓你。”

话音刚落，门被打开了，眼前的人让沈言礼有些始料不及。

黎艺站在门口，笑盈盈地喊了他一声：“阿礼。”

沈言礼愣在原地，但他很快调整了状态，点头道：“伯母好。”

说完，他侧过身，请黎艺进门。

等黎艺到鞋柜处换鞋后，沈言礼这才将视线转回门口。

盛蔷提着拉杆箱走进来时，朝他眨了眨眼。

沈言礼凑近，低声问她："伯母来了，你怎么没提前和我说一声？"

"我和你说了啊。"盛蔷晃了晃自己的手机，说道，"我早就在微信上给你发了消息。"

沈言礼回头看向客厅，发现自己的手机正躺在沙发上。

盛蔷顺着他的视线看过去，心里一下子就明白了。她忍住笑意，低垂着眼，走过来也换上鞋。

沈言礼顺手接过她的拉杆箱，和黎艺打了声招呼后便拖着拉杆箱去衣帽间了。

黎艺看到自家女儿嘴角轻扬，一副心情很好的模样，心下了然。

黎艺既然来到了南槐，肯定是要在这里待上一段时间，住几天的。

沈言礼告诉盛蔷不用操心，自己主动去收拾客卧给黎艺住。

而黎艺站在客厅内，正盯着挂在墙上的一对姻缘结。看了一会儿，她才收回视线，对盛蔷说："这孩子真是心疼你，舍不得让你辛苦。"

盛蔷点了点头，想起沈言礼之前告诉她家里没有客卧，后来在她的逼问下，他又说客卧无法住人。眼下，他收拾的动作倒是非常迅速。

看到女儿在发呆，黎艺问道："我突然来会不会打扰到你们？"

客卧到现在才收拾，说明这两个人平时都是睡在同一间房里，没人住客卧。

黎艺虽然有些心中有数，但还是问了一下。

盛蔷连忙道："怎么会打扰？我高兴都来不及呢。"顿了一下，她又说，"妈，我今晚和你一起睡。"

她话音刚落，沈言礼便从客卧走了出来，他似乎有意又似乎无意地瞥了一眼盛蔷。

黎艺见状，忍不住笑了，轻轻拍了拍盛蔷的肩膀，说："我是没关系，但你要和阿礼说一下。"

这要怎么和他说？盛蔷摸了摸自己的鼻子，有些无奈。

收拾好客卧后，沈言礼问黎艺："伯母，你和阿蔷吃饭了吗？要不要给你们点外卖？"

"不用麻烦，我们俩在外面吃过了。"黎艺回答道，想了想，又说，"有没有水？我有点儿渴。"

沈言礼应了一声。

黎艺忽然想起了什么，对盛蔷说："对了，阿蔷，你把我之前拎的那个袋子拿过来。我前段时间回了一趟江南，特意带了镇上的雪梨酿，你们平时可以煮一些喝，润喉的。"

盛蔷找到袋子递给黎艺时，发现旁边的沈言礼目光灼灼。

黎艺还在叮嘱他们："这个要放在冰箱里冷藏，记得在三个月之内喝完。"

话音刚落，黎艺打开冰箱的门。

盛蔷刚好走了过来，看向被打开的冰箱。

双开门的冰箱里摆满了桃子汁，花花绿绿的包装盒整整齐齐地排列着。

黎艺不知道该从哪里开始整理，感慨着说："这么多啊！"

盛蔷下意识地看向沈言礼，她记得自己出门前冰箱里没有这些饮料。

沈言礼长腿交叠，倚靠在料理台边，视线牢牢地锁在她身上。

虽然这时他没有开口说什么，但盛蔷已经有了答案。

黎艺为了腾出空间放雪梨酿，拿出几盒桃子汁递给盛蔷，说："我没记错的话，这是你最爱喝的吧。"

盛蔷接过桃子汁，轻声回答："嗯。"

桃子汁的包装盒很凉，但她的心在这个夏夜里感到了一些温暖。

收拾完之后，黎艺便去洗漱了。

盛蔷先去了主卧。

此时，沈言礼靠在床头坐着，他合上眼睛，细碎的黑发落在额前，一副已经睡着的样子。

盛蔷轻轻地拉上房门，悄悄地走过去，伸手将夏凉被往下压了压，轻声问道："你睡了吗？"

沈言礼好半晌没有回应。

盛蔷耐心地等他回答。

不知过了多久，沈言礼终于开口了："睡了。"

盛蔷"嗯"了一声，温柔地问道："你睡了还能和我说话？"

这不就是在等着她吗？

"做梦了不行？"

“行吧。”盛蔷凑近他的耳边，轻声细语地说道，“所以你是在梦里给我买的桃子汁？”

沈言礼没吭声，伸手拉住盛蔷细嫩的胳膊，将她拉进自己怀里，笑道：“盛同学，你看起来很得意啊。”

“一点点吧，沈总。”盛蔷就这样躺在他身边，用指尖在他胸膛上轻轻地点了一下，笑道，“也没太多。”

她说着，往旁边挪了挪，身子缩进了被窝。

她不知道踢到了什么，盛蔷余光一瞥，继而整个人都愣住了。

她惊讶地问道：“你什么时候拿来了这个屁桃精？”

偌大的屁桃玩偶趴在床边，正好躺在她平日里睡觉的那一边。

此刻，被子被掀开了，露出玩偶的半截身子。

如果盛蔷没记错的话，当初这个玩偶被她放在了京淮航大旁边的那个公寓里。

“你真是反应迟钝啊。”沈言礼单手扶住她的后脑勺，朝着自己的肩膀方向用力压了一下，说道，“这个玩偶也没放多久，就是今晚拿来的。”

这人藏得真深，应该早就打好了算盘吧。盛蔷这样想着，伸手去旁边摸，结果摸了半天也没摸到那个玩偶。她想着先从沈言礼怀里逃脱，然后再去抱屁桃精。

结果她只是稍微动了动，就被沈言礼按住了。

他咬了下她莹润的面颊，呼吸粗重。隔着衣衫，盛蔷都能感觉到对方的体温。

“都这样了，就没点儿奖励？”

沈言礼的动作大胆且强势，揉得她两腮泛红。

她挣扎了一下，开口警告他，却声如蚊蚋：“我可警告你啊，我妈在呢。”

所以他要什么奖励？

“伯母在也一样。”沈言礼翻过身来，轻轻松松地将她摁在床上，俯身亲了过来。

过了一会儿，他才直起身，双手撑在女孩双肩的两侧。

沈言礼看着她一副沉溺在云雾中的招人爱的模样，笑道：“你以为是什么奖励？”他用手指抬起女孩小巧的下巴，“我只是想亲你而已。”

回应他的是女孩以爱为名的拳打脚踢。沈言礼嘴角带着微笑，掌心包住她的小拳头，并将其拉近到唇边，轻轻地碰了一下。

“你跟你妈很久没见了。”他顿了一下，接着说道，“这几晚我就把你让给伯母了，你们好好聊聊。”

沈言礼的话语仿佛开启了某个开关，使她的心像海绵一样浸泡在水里，缓缓膨胀，变得温暖起来。

盛蔷确实很想念黎艺。她看向沈言礼，目光平静地轻轻“嗯”了一声。

盛蔷终于有工夫去捞那个屁桃精。她推了推沈言礼，指着那个玩偶道：“你这几天抱着这个，就当是抱着我了。”

沈少爷嗤笑了一声，重重地掐了下她的脸蛋，带着宠溺的语气道：“那还是算了，这玩意儿比不得你。”

盛蔷觉得沈言礼就是故意咬她的，因为当晚黎艺望着她脸侧的那道淡淡的印迹，目光里充满了揶揄。

接下来的几天，沈言礼都比较忙，很难抽出时间来陪盛蔷。

沈氏集团总部大楼不在南槐，但他打算在南槐建造分部。毕竟，他目前的工作重心还是放在唯盛航空上，没有太多时间往返两个城市。

之前沈父也曾暗示过沈言礼，问他能不能同时处理好两边的工作。毕竟，一边肩负起管理好沈氏集团的责任，一边管理好唯盛航空，并不是一件容易的事。

第一年的时候确实很困难，但他也熬过来了。

那样紧张、疯狂的日子，却也让他莫名感到满足。

盛蔷给了他足够的信任。她没回国的时候，就已经决定了，要为唯盛航空效力。

他和盛蔷一路携手，朝着共同的目标努力。

偌大的会议室里一片寂静。

沈氏集团的高管们望着沈言礼，齐齐屏住呼吸，不敢出声。

过了片刻，他开口说：“飞机的总体设计参数，去年实验室已经基本确定，我们从成千上万的方案中选择了最完美的，这一点不必再讨论。唯盛不可能一直引进国外的飞机，这也是我当初成立唯盛的宗旨，我们一定能造出自己的飞机。”

沈言礼向着助理挥了挥手，投影屏上出现了他的电脑桌面，上面有一张规划表。

眼下已经进展到最关键的时候。

“可是沈总，你也知道，民航局的适航证非常难拿到，审核也很严格。万一有什么意外，相当于我们之前的投入全部都打了水漂，前功尽弃啊。”

说话的是一位老者，他是董事会的重要成员。

虽然唯盛航空已经逐步运营，但毕竟是一个新成立的航空公司，目前还处于亏损状态。就算有沈氏集团的支持，唯盛也需要持续好几年的盈利才能做到收支平衡。

而且，唯盛想要制造自己的飞机也十分困难。不管是飞机型号的合格证、生产许可证，还是单机适航证，都需要经历层层审批。

如若一个环节有问题，都要耗费大量的时间和人力，这对唯盛来说是很大的经济压力。而要顶着这样的压力，撇开已引进的飞机系列，要制造唯盛独有的机型实在比登天还难。

老者卓识各类企业的沉浮，还是想选择对唯盛来说比较稳妥的发展方式，制造飞机这类提议可以再晚几年实施。

“我们的实验室提前做了评估和计算，我只能说，时间不等人。”沈言礼放下笔说，“只有早日实施，我们才能在之后的时代里牢牢地占据领先地位。”

“沈氏绝不仅仅止于此，至于你们所说的风险，也完全不用担心。”年轻的男人站在夏季的阳光里说，“我将是此次项目的统筹人。”

会议室里先是安静了一会儿，接着又陷入嘈杂的争论声中。

争论是不可避免的。

肖叙刚才还附和了一下沈言礼，现在却被吵得头痛。

沈言礼却一副完全不担心的模样，神情自若。

不知过了多久，电话铃声忽然响起。得知是沈言礼的手机铃声后，众人默契地放低了声音。

比起嗡嗡的电话铃声，投射在会议室大屏幕上的来电显示更惹人注目——沈言礼的手机连接了电脑和显示屏。

此刻，大家的目光立即会集到屏幕上来电人的备注上，只有两个字——

“心肝”。

沈言礼毫不在意别人的关注，他看了看屏幕，接通了电话。几秒钟后，他站起身，示意众人继续讨论，自己则迈开长腿朝外走去。

当沈言礼的身影消失在会议室门口后，桌边的十几个人开始窃窃私语。

有人觉得算是比较了解沈家，笑着对肖叙说道：“之前就传闻沈总和沈老夫人母子情深，没想到还真是如此，备忘都显得如此亲密。”

“不是沈伯母。”肖叙摇头道，在一众高管的诧异中，他显出一副见怪不怪的模样，“就是他媳妇儿。”

肖叙的话刚说完，会议室再一次陷入沉寂。

此时，问话的那个高管不免有些尴尬，干笑两声，道：“原来如此，沈总私下原来是这样的，这还真是没想到啊。”

沈言礼长相帅气，实力出众，年纪轻轻便接管沈氏集团，很容易引来大批人的仰慕。所以，董事会不少人都觉得他身边的女人不会少，但事实与之相反。

这三年来，大家从没听说沈言礼身边有女人相陪，就连平日里的酒局应酬中，跟在他身边的也都是男助理。只偶尔有些传闻，说他早就有对象了，可毕竟没人看到过，董事会的人也只当是个传闻。

今日肖叙的一句话，算是彻底揭开了谜底——原来那个对象是真实存在的。

董事会里有一个比较年轻的人，平日里和肖叙很聊得来，他突然跟肖叙搭话：“你还别说，要不是今天，我们还真不知道沈总金屋藏娇呢！”

“藏什么啊！你们沈总大学时候就开始谈了，一直也没藏着掖着。”肖叙也不愿再多说，只道，“不讨论这个了，我们继续之前的话题。”

肖叙话音刚落，发现自己手机响了一下，是一条短信：“我要是有了，你就去死吧，肖叙！”

他顿时沉着脸，指尖在手机屏幕上敲了敲，打下一串消息回复了过去。

盛蔷这次打电话给沈言礼，是问他等会儿有没有空。黎艺难得来一次南槐，盛蔷想带她出去逛逛。

沈言礼理了理接下来的会议内容，觉得能腾出一点儿时间来，当即应下盛蔷。回会议室交代一番后，他便驱车驶往目的地。

沈言礼提前预订好了位置，是一家位于南槐市中心的古色古香的餐馆。

不得不说，这儿的位置也选得好。假山上流水汩汩，木质雕栏上挂着几个灯笼，光影缓缓地散开。

沈言礼一上来就点了盛蔷最爱的那几样菜，继而嘱咐服务员："对了，冬笋笃鲜这道汤不要做得太咸，另外给她来杯红糖麦茶，要热的。"

沈言礼还没说完，盛蔷掐了掐他的胳膊："你别光顾着点我爱吃的。"

男人听了下意识地抬眼，刚好对上黎艺打趣的目光。他问道："伯母，您的口味和阿蔷差不多吧？"

黎艺笑道："嗯，随意就好，除了不吃辣，我没有其他忌口。"

盛蔷今天食欲不佳，边聊边吃，没多久就撂下了筷子。

沈言礼微微蹙了下眉，凑在她耳旁轻声问："这家店你不喜欢？"

"嗯？"盛蔷回应道，"没有不喜欢啊。"

"那你怎么吃得这么少？"

"就是不太饿，没事儿。"盛蔷随意地摇了摇手，拒绝沈言礼给自己夹菜。

吃饭期间，作为长辈，黎艺照例仍然很关心两个孩子未来的发展计划。

沈言礼颔首道："伯母，确实是委屈阿蔷了，她之后估计都要留在南槐陪着我。"

按照盛蔷的性格，如果没有他，她肯定会留在京淮工作，一心陪在家人身边。

毕竟京淮那边不仅有黎艺，还有宁远雪。眼下和亲人分隔两地，是盛蔷考虑了很久之后才决定的。

"这是她自己选的，我没意见。"黎艺语气温和，"我只是问问，想着你们俩事业都才起步，未来的路还很长，要是今后觉得累了，就回京淮放松一下。"

三人又聊了几句，话题很快被岔开。

天色愈加深了，城市的夜景宛若浮动着的画布，霓虹变幻，灯火通明。

盛蔷望着窗外的夜景，回头看了一眼沈言礼。

半晌，盛蔷伸手到桌下捏了捏沈言礼的手腕，然后轻轻地挠了挠他的手心。

沈言礼本来还在和黎艺交谈，此刻察觉到她的小动作，侧头看着她。

她喊了他一声："沈言礼。"

"嗯。"他回答道。

"我得和你说，我不委屈。"

顿了一下，盛蔷俯身过去。女孩面容白皙，发尾落在粉颈上。

她补充道："这样完全没有委屈到我，你明白吗？"盛蔷抬眼看向他，目光坚定，"来南槐这边和你一起工作、生活，是我早就想好的事。"

在这样彼此相望的沉默里，沈言礼攥住她的手，和她十指相扣。

回去的时候，盛蔷和黎艺坐在车的后座上。

盛蔷靠在黎艺身上，好像没有力气。黎艺觉得有些奇怪，关心地问道："这是怎么了？"

盛蔷靠在黎艺的肩上，蹭了蹭她的肩膀，说："我只是在想，这样聚在一起的日子实在是太难得了，你过几天是不是又得走了？"

"一生这么长，你不能总待在我身边，要学会适应。"

黎艺抚了抚盛蔷的肩膀，突然想起什么，望了一眼正在开车的沈言礼，刻意压低声音说道："阿礼对你真不错，但你们异地相处三年，暂时觉得新鲜很正常。以后日子很长，新鲜感消失后，如果磨合时产生了矛盾，你们需要好好沟通，不要什么话都憋在心里。"

盛蔷点点头，话锋一转："我也没和他闹过矛盾啊。"

"还说没呢，我怎么记得之前要出国的时候，你蹲在后院的树下哭？"

盛蔷没想到黎艺的记性这么好，那都是很久之前的事情了。

"妈，不要提这个了。"盛蔷企图蒙混过去，"你是不知道，他有时在我面前……总之挺坏的。"

黎艺调侃道："那还不是因为他在乎你？"

到了公寓，黎艺一副心情很好的模样，和两人打了声招呼，便径直去洗漱了。

沈言礼看向盛蔷，问："伯母刚才跟你说了什么？"

盛蔷这时不管怎么看他都觉得不顺眼，说："没说什么，反正不是在说你。"

沈言礼挑眉，趁着黎艺不在，把盛蔷拉到怀里搂住："刚才就是在说我对不对？"

盛蔷挣扎了一会儿，最终没法逃脱他的怀抱。她心里暗想：为什么沈言礼的手劲儿这么大？

“喂，你弄疼我了。”

“你说不说？不说我就不让你走。”

沈言礼呼出的气息烧得她的耳朵通红。

盛蔷实在忍无可忍，这时不知怎么了，小情绪也上来了，她抬脚踩了他一脚，说道：“不说！”

时间过得很快，黎艺在这儿待了几天，很快就要回京淮了。

盛蔷叮嘱了一番，说自己放长假的时候就回京淮看她。

因为盛蔷接下来还有工作，只能让沈言礼送黎艺回京淮。到了京淮后，沈言礼顺便和宁远雪吃了顿饭。

盛蔷结束工作回到公寓时已经是第二天下午了。沈言礼这时在公司里。

她自己收拾了一下衣物，累得眼皮都在打架。她这次飞行，感觉不是很舒服。

之前进行过无数次的模拟训练，按理说盛蔷不应该会有这么大的反应。

返程的路上，她觉得头很晕，强忍着不适直到飞行结束。回到家后，盛蔷感觉自己小腹坠痛，连胸口都有些酸胀。

她搞不清自己怎么了，只以为是自己没有休息好。她冲完澡，回到卧室，抱着屁桃精侧躺在床上。

或许是太疲惫了，盛蔷躺下没多久便睡得香甜。

不知道过了多久，盛蔷感觉自己的脸颊被什么东西扯着。她偏头，想要躲开，却受不住对方锲而不舍地逗弄。

女孩睁开眼，率先映入眼帘的就是昏暗灯光下沈言礼的面容。

他坐在床边，捏着她的脸，轻声询问：“你什么时候睡的？”

盛蔷这会儿睡意未消，反应有些迟钝，任由他捏着。她抬手揉了揉眼睛，说道：“你回来了啊，现在几点了？”

沈言礼侧头看了眼石英钟，说道：“差不多十二点了。”

“都快十二点了？”

她竟然从下午睡到了现在。

“不舒服？我记得你回来的航班应该是下午到的。”他顿了一下，“我给你打电话了，但你没接。”

盛蔷还有些迷糊，听了沈言礼的话，她在被褥里活动了一下胳膊和腿，感觉比之前轻松许多。

“之前是有点儿不舒服，睡了一觉就好了。”盛蔷笑了笑，纤细的手腕抬起，搭在沈言礼的脖颈上，“你呢？今天怎么这么晚才回来？”

沈言礼顺势倾身过去，说道：“才到没多久，就看到有人睡得和猪一样。”

“你说谁像猪？”

“谁应该是。”

盛蔷伸手想要拧他，却反被沈言礼牵制住。

沈言礼这会儿越靠越近，两人之间的距离近得让她无处可躲。他笑道：“看来盛同学今晚很想我啊，这么热情。”

“我又不是故意的。”

“行，那就当是有意的。”沈言礼说着，灼热的唇便吻了下来。

两人很久没有好好地温存了。沈言礼掀开被子，指腹一寸一寸地抚过她的肌肤，盛蔷也积极地回应他。下一秒，盛蔷的动作便僵硬了。算算日子，是快要到生理期了。是她大意了。

盛蔷推开他，沈言礼没有防备，他双眸漆黑，目光中有些不解。

“我……”女孩制止住他想要进一步的举动，“我好像来那个了。”

沈言礼愣住了，但他反应很快，停止了动作，俯身将头埋在女孩的肩窝里。

卧室里突然安静下来，世界仿佛都静止了，唯有时钟还在一点一点地转动着。

过了一会儿，沈言礼便起身去浴室了。

盛蔷掀起被子，扫了一眼，万幸的是她发现得及时，床单和被子都没遭殃。

她躺在床上，静静地等了沈言礼好一会儿，却一直没有等到他回来。

又过了半晌，卧室外才传来沈言礼的脚步声。他没朝盛蔷这个方向走，反而去了厨房那边。

当那道颀长的身影再次出现，盛蔷还没来得及出声，就看到沈言礼合上门，朝着她大步而来。

盛蔷准备坐起来，刚起身又被他摁了回去。

“躺好休息。”说着，沈言礼递给她一样东西，“这个你拿去，暖着。”

掌中被塞了东西，女孩还没反应过来，只觉得手心暖暖的。她低头看了一眼，发现是之前黎艺带过来的热水袋。

“你还记得这个啊？”

沈言礼应道：“伯母刚走没几天吧，凉了的话，我再给你换新的。”

沈言礼坐在床尾看向她。盛蔷手捏着暖手袋，沉默了好一会儿，问道：“你还好吗？”

“你说呢？”沈言礼敞着腿坐着，额前碎发微湿，还滴着水。

“沈言礼！”盛蔷长呼了一口气，吐槽道，“你真是够了啊。”

被吐槽的沈言礼轻轻地笑了下。

盛蔷望着他，道：“你笑什么啊？”

“没什么。”沈言礼下意识地想去拿酒杯，想起盛蔷之前的叮嘱，便没有起身，只道，“你明天晚上不是还有航班要飞吗？把被子盖好了，你先睡。”

盛蔷听了便钻进被子里，皱了皱鼻子。

她依稀还能闻到沈言礼的气息——带着淡淡薄荷味的烟草味。

她沉默了半晌，发现沈言礼迟迟没有要来床这边的意思。

大抵是处于生理期，盛蔷小脾气上头，发现自己特别拧巴——想让他赶紧过来陪陪自己，可又不好意思开口。

盛蔷睡不着，被子也被拱起。

沈言礼望着床上的一团，问：“你还不舒服？”

“没有。”盛蔷应得很快。

女孩顿了一下，她的声音隔着被褥传来，闷声闷气地说：“你好了没？好了就关灯吧，我觉得房间里的灯有些亮。”

盛蔷话音刚落，沈言礼便笑了。

屋内仅有两人，安静得双方有一点儿动静都听得很清楚，他的笑声自然也传入了盛蔷的耳中。

“我之前怎么就没发现你这么会暗示？想让我过来就直说。”他不紧不慢地说道。

床上那一团没有动静。

过了几秒，女孩的声音又传来：“沈言礼，你真烦。”

过了半晌，她又说：“到底来不来啊？”

“好吧，就来了。”沈言礼抬了下眼，语气很是愉悦，“原来你这么离不开我。”

说完，他站起身，却是往外走。

沈言礼刚打开门，盛蔷便感觉到不对劲，她掀开被子，只露出头，问：“你去哪儿？”

“不去哪儿。”沈言礼顿了一下，回头解释道，“我去浴室把头发吹干再回来。”

沈言礼很快就回来了。临睡前，他拿起床上碍事的屁桃精扔到床边的地毯上。

在盛蔷不满的惊呼声中，他关了主卧所有的灯，将盛蔷抱进怀里。

“它只能待在地上。”

“但是床明明大到可以放下它。”

两人的床能睡下四个人，放一个屁桃精绰绰有余。

“盛蔷，你是不是得搞清楚主次？我才应该被你放在第一位，它要是在床上，那我睡哪儿？”

沈言礼话音刚落，盛蔷忍不住笑出了声。

沈言礼不再吭声，将她抱得越发紧了，他拿着暖水袋，抵在她的小腹上。

月色朦胧的黑夜里，两人有一搭没一搭地说着话。

盛蔷将脸贴在沈言礼胸前，感知他沉稳的心跳。

睡意渐渐袭来，就在女孩即将睡着时，沈言礼突然开口说了一句：“有时候发现这样也很好。”

盛蔷眨眨眼，尽力抬起眼皮，问：“为什么这么说？”

他把下巴搁在她的发顶，轻声道：“因为你这时候，特别黏我。”

秘密基地

〈 第三章 〉

这个夏天格外炎热，温度迟迟降不下来。

当两人在各自的领域奔波努力时，南槐终于迎来了一场暴雨。

大概是为了献礼盛夏，这场雨持续了很长时间。

傍晚时分，乌云堆积，地面潮湿，天色渐渐变暗。

相比外面的昏暗，室内却是灯火通明。

一整排大灯明晃晃地照下来，将每个人忙碌的身影照得清晰可见。

这里位于南槐郊外，是隶属于沈氏集团的航空飞行器基地。各种打磨过的零件和建模都被搬运到这里。

这些项目是实验室团队成员从大学时就开始筹备的。毕业后，肖叙和程也望一直驻扎在这里，亲自监督项目的运行。这是他们和沈言礼共同的梦想。

厂内采用的都是特制的地板，地面有些滑，肖叙下午来到这儿后，有好几次都差点儿摔倒。

程也望拉住他，关心地问道："你怎么了？最近老是心不在焉？"

"谁心不在焉了！"肖叙推开他，"大概是因为太忙了。"

"你这能叫忙？"程也望摘下手套，目光落在一旁的机器上。他走上前拍了拍肖叙的肩膀，吐槽道，"你最近隔三岔五地请假，搞得我被迫加班。"

"就不允许我有急事？再说，每次蔷妹子回来的时候，沈狗走得那叫一个干脆利落，这你怎么不说？"肖叙伸腿踹了程也望一下，"双标，是双标吧？"

"我说了啊，可人家又不会因为我说了就改。"说着，程也望撇开肖叙的手。

肖叙也没再插科打诨，认真地问道："说到这儿，你今天看见他了吗？他又不见了？"

"你是请假时脑子进水了？"程也望指了指一旁的几间休息室，说道，"今天有客人来了，他正在和客人谈事。"

为了提高团队的工作效率，沈言礼专程邀请了几位研究航空专项的老工程师过来。沈言礼想邀请他们临时加入自己的团队来指导团队的工作。

说起来，这些人还是当年京淮航大的老书记介绍给沈言礼的。这些年来，书记和沈言礼一直保持着联系。

带着一行人参观完基地后，沈言礼带着助理又去了机房查看三维图。

“你最近不是来这儿，就是去沈氏忙。”眼下没有其他人在，肖叙吊儿郎当地晃过来，说道，“怎么，今天不和你的心肝卿卿我我了？”

得不到回应，肖叙也没在意，他就是要调侃沈言礼两句:“哦，让我猜猜，是不是因为人家这段时间到处飞，你只能独守空房？”

沈言礼懒得理他，一个眼神都没给他。

肖叙的嘴仿佛开了光，他话音刚落没多久，沈言礼的手机便响了起来。

沈言礼接通了电话，过了一会儿就挂了，起身拎起外套就要往外走。

“接下来应该没什么重要的事了，你和程也望交接一下，我先走了。”

“你说走就走啊？”肖叙看着沈言礼的背影，喊了句，“不是吧，我就这么一说，蔷妹子真的就回来了？”

沈言礼没说话，抬起手臂扬了下，算是回应。

程也望倒是习惯了，摁着肖叙坐下来，说道：“人家今晚注定有丰富的夜生活，你消停点儿，别酸了，行不行？”

“就他一个人有？我又不是——”肖叙话说到一半，不知道想到了什么，又闭上了嘴，那些话就卡在了嗓子眼。

程也望觉得他古怪，看了他一眼，道:“你什么啊！赶紧把数据算了。”

沈言礼忙碌的时候，盛蔷也随着航班不停地往返于两个国家。

临近暑期结束，机场人流量飙升，盛蔷忙得连休息的时间都没有。

这次，她连飞了两个来回，还没喘口气，又临时加了一趟夜间的红眼航班。在此期间，她被安排在机场提供的酒店休息，根本没有时间回南槐的住处。这回因为南槐的阴雨天，飞机差点儿未能按预期降落至机场，虽然晚点了，但好在还算是安全地抵达目的地。

飞机在滑行道上滑行的时候，机舱内很热闹。外面夜景被雨水冲刷得模糊，而这一班从法国出发的航班上大多是中国人，连绵的阴冷天气没能抵挡住近乡的热情。

待送走了乘客，机舱内只剩机组人员，孟晚提议大家结束工作后出去聚餐。

“我们共事已经有一阵子了，整天飞来飞去的，都没聚过会，今晚一起去吧？”

乘务长摆摆手道："你们年轻人去吧，我就不去了，今晚还要回家看孩子。"

"茹姐，你真不来？"

"这次真不行啊，等以后有空了再说。"

"好吧。"孟晚拉了其他几个空乘，又望向盛蔷，"蔷妹，你会来吧？"

盛蔷刚刚给沈言礼打了个电话，便婉言拒绝："真是不巧啊，我这次也没空。"

她话音刚落，机长前舱门被打开了。

林开阳走出来，笑道："怎么这么热闹？"

"还在说聚餐的事，你和机长都来吧。"

"你们去玩吧，我今天正好有事，就不去了。"林开阳说着，视线落在盛蔷身上半秒钟，很快又移开。

一切安排妥当后，一行人也没去机场大厅，而是走到了地下车库。

孟晚开了车，准备载大家去聚餐。

她领头，看林开阳也跟了过来，好奇道："你怎么也往这边走？"

林开阳清俊的脸上带有笑意，他开口道："我的车也停在这边。"

孟晚点头，看到盛蔷的时候，朝她招手道："嘿，你也在，今天不打车了？"

盛蔷一直在看手机，她提前打了电话给沈言礼。但由于阴雨天，耽误了不少时间，现在已经过了与沈言礼约定的时间。

听到孟晚这么说，她点点头道："嗯，你们今晚玩得愉快。"

由于停车区域不同，到了地下车库，三个人分道扬镳。

盛蔷走向B区，没过多久，她发现林开阳也走了过来。她礼貌地打招呼道："你的车停在这边？"

"对，你一个人回去吗？"林开阳朝她晃了晃手中的钥匙，说道，"要是顺路的话，我送你一程？"

盛蔷刚想拒绝，不远处的一辆车突然亮起了大灯，伴随着一声短促的鸣笛声。

盛蔷认出了沈言礼的车牌号，当即朝林开阳道："谢谢你，但真的不用，我先走了。"

话音一落，女孩就快速地向那辆车走去，留下林开阳愣在原地。

沈言礼见盛蔷上了车，俯身过去为她系上安全带，然后装作不经意地问："刚才那个人是啊？"

"啊？"盛蔷还没有反应过来。

"就是刚刚和你说话的那个男人。"

"原来你问他啊，林开阳，我们的副机长。"盛蔷说到这里，忽然感到有些疑惑，转头看向他，"你之前不是拿走了我的排班表吗？"

"哦。"沈言礼应着，目不斜视地掌控着方向盘，"我没有怎么看。"

盛蔷狐疑地盯着他，一副不怎么相信的样子。

他即使看了也对不上人，因为排班表上只有名字。

之后沈言礼没再吭声。

看到他那样子，盛蔷再迟钝也反应过来了。

"不会吧……"女孩理了理秀发，笑着说道，"我都没跟他说几句话。"

沈言礼倒是应得快："几句话也是话。"

盛蔷瞪了他一眼："那我只是说了一句呢？"

"一句也不行。"

"你这样的话，我也不想跟你说话了。"

"除了我。"

盛蔷不满地抬起手，掐了他的胳膊一下。

这个人怎么能这么嚣张呢？盛蔷气鼓鼓地看看时间，问道："我这次出来得有点儿晚，你在地下车库等了多久？"

沈言礼道："你刚刚不是说不想跟我说话了吗？"

"沈言礼！"

两人在外面吃完饭，盛蔷才顺好了沈某人的毛。

沈言礼的生日就在这几天，她仍然想好好地为他庆祝一次。

"今天在停车场说的话只是开个玩笑。"上电梯时，沈言礼轻轻地握着女孩的手。

盛蔷看着他，无语地说："我本来也没跟他说几句话。"

其实认真说起来，她也只在沈言礼面前话多些。

沈言礼神情淡淡地应了一声，他的反应倒是平静。

盛蔷总觉得今天的沈言礼有些不同，她正想着，指纹锁开启的声音便响了起来。下一秒，他已经攥着她的手将她拉进了屋子。

门被关上的瞬间，盛蔷的背抵在了门板上，鼻息间满是沈言礼灼热的呼吸。

公寓内没有开灯，沈言礼捏住她的下巴，两人呼吸交缠。

盛蔷下意识地想往后躲，却无处躲藏。

脊背贴着门板，她觉得有些不适。她被他桎梏着，完全动弹不得。

不知道过了多久，沈言礼才放开她，低沉的声音在她耳边响起："媳妇儿，你这次走了将近一个星期。"

盛蔷抬头看他，唇瓣红润。她辩解道："只是四五天而已，哪有一个星期啊？"

"四舍五入不就是一个星期？"

女孩闻言白了他一眼，说道："好了，你现在松开我，我想去洗澡。"

沈言礼抱起她说："要洗就一起洗。"

盛蔷怎么会愿意呢？真的一起洗还了得。她连忙拒绝道："不行，我自己来，你放开我啊。"

女孩挣扎了一会儿，发现无论如何都只是徒劳。不过沈言礼倒也没坚持多久，很快便放下盛蔷，让她先去洗。

这会儿的沈言礼倒是与预想中的不同，此刻他看起来很规矩，但是规矩只是暂时的。不久之后，他推开浴室的门，径直走了进去。

浴缸里的水好似升温了。盛蔷的心脏忽然跳得有些快，她干脆不去与他对视。

这时，沈言礼忽然开口说道："衣帽间表柜旁边的小柜子，你在那里面放了什么？"

盛蔷听到后有些反应不过来。很快，她抬起眼睛问道："你看过那个小柜子了吗？"

"我怎么可能看呢？"沈言礼看着她说，"你不是让我不要动吗？"

盛蔷听了他的话松了一口气："没看就好。"

沈言礼越发感兴趣，指尖从女孩的颈侧一路滑到莹润的肩膀。

"没看就好？所以你到底藏什么了，这么紧张？"

"这个得保密。"盛蔷被他弄得有些痒，说道，"过几天你就知道了，反正现在别看啊。”

“嗯，那就不看。”沈言礼回应得很快，“那我们先看看其他的。”

待到盛蔷反应过来的时候，沈言礼已经用自己的实际行动说明了他指的是什么。

床边只开了盏小灯，昏黄橙色的光线映照着房间。外面又下起了雨，夏季最后的疯狂都体现在雨滴敲打在窗户上的声音里。

盛蔷这一觉睡得很沉。当她再次醒来时，身边的沈言礼已经不在了。

此时盛蔷一点儿也不困，于是干脆坐起身，准备去找他。

房间外很安静，唯有书房门口透出点点亮光。她轻轻地走过去，看到书房门半掩着，只留了一条窄细的缝隙。

盛蔷犹豫了一下，没有立马推门进去，而是转身去了楼下的厨房，热了杯水，才重新上楼。

沈言礼吃完晚饭后，就收到了一份新的方案。他等盛蔷睡过去，帮她掖好被角，才上楼来处理事务。

书房的门被缓缓地推开。

沈言礼一抬头，就看到穿着吊带睡裙的女孩站在门口。

盛蔷披散着乌发，双眸闪烁着水光。面对这情景，沈言礼原本因工作而沉重的心情似乎瞬间烟消云散了。

盛蔷几步走近，将一杯水放在他的桌上。

“你这么晚还在书房啊。”

“有点儿事情要处理一下。”沈言礼回答道，“你这么晚还不睡？”

“该说这句话的是我吧，我接下来的几天是休息时间，没事。”盛蔷想了想，又说，“你以后忙的时候，就别来接我了。这杯水是温的，别熬得太晚了。”

沈言礼没有说话，而是向她招了招手。

盛蔷绕过办公桌，来到他的身旁。只是一瞬间，沈言礼便拉住她，并让她坐在自己的腿上。

盛蔷略感惊讶，迟疑道：“这样合适吗？你不是在处理事务吗？”

“没关系的，我照样可以处理。”

沈言礼的手臂环抱着她，然后开始在键盘上敲击。

电脑屏幕发出的亮光照在他的脸上，他嘴唇轻抿。盛蔷觉得，当沈言礼专注于工作时，非常迷人。

盛蔷看着他浓密的睫毛，忍不住伸出手拨了拨。

还没等她收回手，手腕就被沈言礼攥住了。

盛蔷觉得打扰到了他，连忙挣开手腕，乖乖地坐好。

此刻，书房里只有敲击键盘的声音。

不知过了多久，沈言礼才停下动作。盛蔷关心道："你忙完了？累不累啊？"

"还没，中场休息一下。"话音刚落，沈言礼便将头埋在她的颈侧。

"媳妇儿，"他忽然喊了她一声，声音低沉，"我好累。"

夏夜的雨仍在窗外飘落，书房的玻璃窗被雨水打湿，窗外的景色一片模糊。

雨势没有停息的迹象，盛蔷此刻的心情却格外平静。她的指尖穿过年轻男人的黑发，轻轻地抚摸着。

其实，沈言礼很少说自己累。

继承沈氏集团后，他必须同时处理沈氏集团和唯盛航空的事务，再加上他最近要一直盯着航空飞机设计工作的推进，忙起来的时候几乎没有时间休息。

然而，这样忙碌的生活只是个开始。

尽管盛蔷知道他是刻意撒娇，但她还是非常受用。

沈言礼总有办法，让她的心软得一塌糊涂。

"我知道。"盛蔷抱紧沈言礼说道，"但我一直会陪伴着你，就像现在这样。"

沈言礼没有回应，于是盛蔷继续说道："如果你累了或者需要休息，就告诉我。"

好像觉得自己的关心还不够，盛蔷接着说道："我会好好对你的。"

她会像他对她那样好。

沈言礼过了好半晌才从她颈侧抬起头来，他的视线牢牢地锁定住她。

"知道了。"沈言礼伸手，掌心在她的腰上缓缓地摩挲，"那你说说看，是怎样的好？"

"尽我所能。"

夜深了，沈言礼还有事务要处理，女孩被他打横抱起，送回到主卧。

时钟的针头不停地转动着，时间飞逝，南槐的夏天已经结束了。

秋天带着萧瑟的气息逐渐降临，树叶开始变黄。

盛蔷在中法航线上也逐渐适应了作息，行程也稳定了下来。

遗憾的是，之前她没能为沈言礼好好庆祝生日。

她好不容易挤出点儿时间，沈言礼却因为飞行器试航，完全抽不开身。盛蔷的礼物也未能送出。

这次试飞结束，她为期三个月的考核期也结束了。经过综合评估，盛蔷成功通过考核，不管未来是否改变航线，她都会留在头等舱。

唯盛航空最近制定了判定机组人员和乘客纠纷的标准，并成立了专门的负责小组。这种处理方式不仅让机组人员放心，而且约束他们的同时也提升了为登机乘客提供服务的质量。

两人皆在努力前行，相见的时间却很少。

这天，盛蔷在由法国飞往中国的航班上又遇到了靳盛。

大抵是见了几回，他应该对盛蔷很熟悉了，只是他话少，不怎么跟她搭话。

这样，盛蔷反而觉得轻松。

只不过其他几个女孩子却对靳盛很感兴趣，每次都要跑来跟她八卦几句。盛蔷笑笑，几句便敷衍过去。

下飞机后，盛蔷站在机场大厅，掏出手机。

沈言礼这天回了沈宅，她照例报备自己已经平安到达南槐，打算打车回去。

盛蔷看了看不远处的自动感应门，人来人往的。

她又看了一眼手机里的消息。

应桃给她发了好几条消息，说是之后有空会来南槐一趟，但不确定具体日期。

盛蔷也有点儿想她了，当即回了句"好"。

上次在私人会所匆匆一别，两人压根儿没聊够。

盛蔷刚回完消息，就有人轻轻地拍了拍她的肩膀。她扭头，看到来人不免有些诧异："副机长？"

林开阳这几天调休，没和她一起飞。盛蔷没想到能在这里见到他，问道："你怎么在这儿？"

林开阳指了指出站口，道："我妹妹来南槐，我来接她。话说，不是下飞机了吗？你怎么还站在这儿？"

盛蔷回答道："哦，我准备打车回去，还在等司机过来。"

她正准备跟林开阳告辞，结果林开阳再次叫住她："你之前本科是在京淮航空大学读的吧？"

盛蔷回过头，道："是呀。"

"真巧，我妹妹和你是一所学校的。"

林开阳话音刚落，突然从侧边冲上来一个人。这人跳起来拍了拍他的肩膀，喊道："哥！"

她没注意到盛蔷的存在，说着话就抬起了头。

盛蔷在看见这女生面容的瞬间，当即愣了一下。

"林葶？"

女生被叫了名字，转头望向盛蔷，继而露出与盛蔷一样惊讶的表情，她惊讶道："蔷妹？"

"天哪，你怎么在这儿？"林葶说着上前给了盛蔷一个拥抱，"我完全没想到会在这边遇见你。"

"我在南槐机场工作啊，飞来飞去的。"盛蔷拍了拍她的肩膀。

林葶笑了笑："噢噢，没想到这么巧。"

盛蔷点了点头，心中无限感慨。

几年不见，林葶有了很大的变化。这几年她走南闯北，没有固定的居所，既在旅行中拍摄，又是在拍摄中旅行。

两人难得见面，不自觉便多聊了几句。

夹在两人之间的林开阳反应过来后，有些惊讶："原来你们俩认识？"

林葶像是才想起还有林开阳这个人一样，连忙给他们介绍起来。

出站口人多，几人站在路边不方便一直聊，林葶便提议道："盛蔷，要不要一起吃个饭啊？"

盛蔷连忙摆手："不了不了，我叫了车，司机就快到了，我先走了，以后有事微信联系啊。"

林葶也没勉强她，只说：“你自己打车啊，你家那位呢？没来接你？”

盛蔷扬起嘴角，笑道：“他还在忙呢，我自己打车就行。”

互相道别后，女孩的身影很快便消失在人群中。

林开阳收回视线，疑惑地问道：“你刚刚说她家那位，是什么意思？”

“字面上的意思啦。”林葶觉得有些奇怪，林开阳和盛蔷也是同事，居然连这个都不知道，“你知道唯盛航空吧，就是你们公司。”

林开阳挑起眉，有些不解。

林葶拉着他往外走，说道：“这四个字也是字面上的意思，你好好琢磨吧。”

秋意渐浓，气温骤降。在这个不算明媚的季节里，一则喜讯传遍大厂——S&S飞机总体设计实验室历经重重考核，终于拿到了适航证。这就意味着，航空飞机的总体设计已通过了初步审核。

这晚，大家聚在一起，一是庆祝拿到适航证，二是顺便给沈言礼补过生日。一行人约好在金鼎碰面，那边有他们常订的包厢。

盛蔷和沈言礼赶到的时候，包厢里已经零散地坐了一些人，有人还带了自己的女伴。

见沈言礼携着盛蔷过来，大家开始吹口哨，打趣声不断。

盛蔷有些不习惯，还没来得及反应，手就被沈言礼握住了。他低下头来，附在她细嫩的耳垂旁轻声道：“你跟着我。”

肖叙早就在此等候，看到这两人一进门就开始耳鬓厮磨，他啧啧两声后，当即拿过话筒，试图引起大家的注意。

程也望被这刺耳的电流声弄得皱眉道：“你小声点儿，今天不光是给沈言礼补过生日，还要欢送老叶，他很快就要走了，咱能不能顾及一下他的感受？”

叶京寒坐在角落里，面容隐在包厢昏暗的阴影中，瞧不出此刻的神色。

“老叶最爱我了，不像你，只知道烦，跟蚊子似的。”

程也望抬高音量说：“蚊子声有这么小吗？”

这一番对话成功将盛蔷的目光吸引了过去。

来南槐这么久，她见到叶京寒的次数屈指可数。

叶京寒的西北森林航空救援项目前不久通过了审批，过段时间就要启程，也就要离开南槐了。

盛蔷笑着看向游刃有余的肖叙，心想今天这场聚会的主角可能是他一个人了。

沈言礼招来男侍应生，提前签了单子。

盛蔷坐在沙发一侧等沈言礼，这时，一个人影向她靠近。

她下意识地抬头，竟然是叶京寒。

叶京寒递过来一样东西，开门见山道："盛蔷，等我去了西北后，麻烦你把这个转交给林葶。"

盛蔷愣了愣，目光落在那封薄薄的信上。

过了好半晌，她才反应过来，然后将信接过来。

此时的她满腹疑惑，叶京寒怎么会知道她现在和林葶有联系？

她也很好奇，有什么事情叶京寒需要在信中说，在微信或短信中解决不了？但人总有难言之隐，其中或许有太多说不出口的秘密。

盛蔷很识趣，没有多问，只确认道："是在你去西北之后我再转交给她吗？"

叶京寒点了点头，嘱咐她好好保管，很快就又坐回了角落。

盛蔷愣了一下，随即把信放进了自己的包里。

沈言礼回来时，发现盛蔷静静地坐着，好像在思考什么。

他几步走过去，耳语道："你是不是不太适应？"

盛蔷摇头道："没有啊，我在想些事情。"

"都到这儿了，你还在考虑其他的。"沈言礼伸手搂住她的腰，一同坐了下来，"你不应该多想想我吗？"

肖叙逢看见有人来就碰杯灌酒。眼下他离这两人不远，听到他们的对话后，他直接转过身来："我去！这里又不是情侣包厢，如果你们想说什么甜言蜜语，可以出门左转，那里有露天阳台，保证会让你们尽兴。"

程也望当即踢了他一脚："他们说他们的，跟你有什么关系！话真多。""你管我？！"肖叙反踹了回去，给盛蔷递过来一杯黄澄澄的酒，"蔷妹子，这杯拿去，保证你喝了念念不忘。"

盛蔷有些犹豫，还没伸出手，酒就被沈言礼挡了回去，他直接拒绝："喝什么喝！她不能喝，拿走。"

"哦呵，这又不是什么烈酒，女孩子完全可以喝。"肖叙说着还想再递过来，然而对上沈言礼扫过来的目光，他又立马放弃了。

但他又有些不甘心，阴阳怪气地哼了一声："好吧，我明白了，就你的心肝碰不得。"

盛蔷一头雾水，凑到沈言礼耳边问："他是什么意思？"

"你觉得他是什么意思？"沈言礼抚摸着女孩纤细的指尖，露出一副理所当然的样子，"说你是我的心肝呗。"

肖叙皱眉道："怎么就是我说的？难道不是你自己手机上备——"

他的话还没说完，一旁有人找他喝酒，他没推辞，立刻凑过去。

盛蔷转头看向沈言礼："你知道吗？其实我之前在法国的时候，偷偷地喝过酒。"

那时候，法国国立航大会定期在课外举办品酒会。

盛蔷那时候很好奇，尝了一点就回住处睡觉。偶尔一次，还能解解压。

"你有能耐了啊。"沈言礼愣了一下，垂眸看着她道，"我怎么不知道你还自己喝过？"

盛蔷摸了摸鼻尖，猜不准沈言礼是什么语气。

"我也说了是偷偷地喝啊，你当然不知道了。"女孩顿了一下，又反问道，"你不也喝了吗？"

沈言礼看她一眼，道："能一样吗？你一碰酒就会醉，我可没这么弱。"

"醉了我会回去睡觉。"说到这儿，盛蔷忽然想起一件事，"你还说呢，当初你是不是骗我喝过一回？沈言礼，我当时那么相信你。"

沈言礼的大手包住了盛蔷挥起的小拳头，放在唇边亲了一下，他狡辩道："你又没问是不是酒。"

听他这语气，倒是理直气壮。

两人在角落里打打闹闹，别人看不到，可肖叙看得一清二楚。他其实没完全喝醉，这会儿朝两人走过来，道："蔷妹子，你是不知道啊，你回来之前，沈言礼都没来过这间包厢。"

说到这里，肖叙控诉道："搞得我有时候自己过来，都有些不好意思。"

盛蔷听后看向沈言礼。

程也望还在和叶京寒打牌，也补了一句："这次还是肖叙喊你一起来，他才肯过来的。"

"就你俩话多是吧。"沈言礼说着看了一眼程也望手里的牌，"出晚了。"

叶京寒朝沈言礼点了点头，笑道：“谢了。”

程也望有些无语。

金鼎的包厢里灯光昏暗。盛蔷沉默了很久，突然问道：“今天我过来，你是不是很开心？”

沈言礼揽着她的腰，问道：“为什么突然这么问？”

“因为这很重要。”盛蔷指尖在他的衣襟上轻轻游移，说，“给你补过生日，你一定要开心才行。”

她轻声补充：“就像有你在我身边，我会觉得很幸福一样。其实，我也希望在某些时候，盛蔷的怀抱也可以成为沈言礼的港湾。”

沈言礼没有再说话，但很快，他捏住盛蔷的下巴，俯身靠近，与她额头相贴。

他眸中似乎燃着灼热的火光。

“媳妇儿，你怎么这么好！”

这次相聚来之不易，每个人心里都清楚。

包厢里众人一直喧闹，直到凌晨仍未散去。

最后，沈言礼率先起身，和大家说盛蔷累了，他们准备离开。

此言一出，其他人都开始起哄。

肖叙的声音尤其响亮：“说好的通宵呢！你俩可真不够意思！”

看到沈言礼拎起她的包，一副真的打算要走的模样，盛蔷的手附在他腰侧，轻轻地掐了一下：“我哪儿累了？我还不困。”

沈言礼闻言，低头看了看表，说道：“已经超过你平时最晚睡的时间了，该困了。”

盛蔷有点儿反驳不了。

回去的途中，沈言礼一直揽着她，话不多。

他今天喝了不少酒，眼中带着醉意，额前的碎发有些凌乱，半边侧脸隐在夜色中。

到家后，盛蔷换好鞋，望向沈言礼，关心地问道：“你的胃不舒服吧？要不要我去给你煮点儿甜汤？”

“不用了，我还好。”他说着便在她的脸颊上亲了一口。

之后，他似乎爱上了这种小游戏，变得有些上瘾。

盛蔷忍了一会儿，最后直接将他推开。

被推开的沈言礼也没说什么，转向主卧里的衣帽间，去换衣服了。

盛蔷没跟着过去，先将自己的包放好，之后洗漱了一番，才走向主卧。

进了房间觉得有些闷，她便脱掉外套，只穿着一件轻薄的蕾丝边衬衣。

恍惚间，她似乎听到旁边衣帽间里的沈言礼喊了她一声。

她屏息凝神，可没再听到他的声音了。

盛蔷只觉得听错了，正准备换一件衣服，就在这时，衣帽间又传来一声“阿蔷”。

盛蔷连忙应道：“嗯？”

“你进来一下。”

女孩有些疑惑，但还是听了他的话，走了进去。

沈言礼这会儿站在衣柜边，脱了外套，只穿了件浅灰色的衬衫。

看到她过来，沈言礼伸手朝自己的领口指了指：“帮我解下领带。”

“你就不会自己解吗？”盛蔷小声嘟囔了一句。但想到他今天喝了不少酒，她还是上前帮忙。

盛蔷的力道很轻柔，解领带的时候她认真又安静，但由于两人距离太近，她的动作有些乱。

沈言礼伸手揽住她的纤腰。

“你是不是不会？”他低头，灼热的气息尽数喷洒在她细长的颈子上，“让你解领带，不是让你挠我。”

“说谁不会呢？”盛蔷手下的动作顿了一下，随后加快了速度。

沈言礼笑了笑：“能说谁？当然是说你。”

盛蔷懒得理他，解完领带后转身便想走人。

然而，沈言礼眼疾手快，直接拉住她，说道：“跑什么呢？你是不是还有什么事情没告诉我？”

“我能有什么事情没告诉你？”盛蔷想了想，只觉得沈言礼找事没事。

“那好吧。”沈言礼似乎不在意地随口道，“就是你之前说的那个小柜子，我只好自己打开了。”

盛蔷听到这才反应过来，说道：“你还惦记着小柜子？”

“不是我惦记，是你一直没让我看。”

女孩轻轻地拍了拍自己的额头，道："我还真的忘了。"

盛蔷一边打开小柜子，一边道："不过我得和你说，我是真的没想起来，你当时走得太匆忙，我只是没来得及给你。"

沈言礼看着她道："你非要放这里吗？"

看她宝贝得跟什么似的。

"也不是什么贵重的东西，是我首飞降落在法国时，特意给你挑的生日礼物。"盛蔷蹲在小柜子前，说道，"你也是，我没给你生日礼物，你都没觉得奇怪？"

"确实没觉得奇怪。"沈言礼抱着肩，靠在衣柜边，说道，"你要听实话吗？因为我猜到了。"

"那你还一直问我。"

"我是想着再不提醒你，你就真的忘了。"

盛蔷打开柜子后，眼瞅着沈言礼想凑过来看，连忙将人推开："我拿东西呢。"

很快，她拿出一个长条礼盒，然后把柜子门关上。

"你拿去看看？"

沈言礼接过礼盒，当即打开，里面是一条黑色绸质的领带。

在衣帽间的暗光下，领带泛着淡淡的光泽，有一处还很特别。

沈言礼仔细地看，发现上面印刻着一个字母——"S"。

盛蔷望着他，问："你觉得怎么样？"

盛蔷那天在专柜挑了很久，一直没找到合适的。后来还是柜姐凑上来说有隐藏的款式，可以定制图案。

她在柜姐拿上来的两条里，一眼便看中了这条黑色的。

此刻，沈言礼凑近，用鼻音应了声："嗯，很喜欢。"

初冬，气温急剧下降。

应桃来了南槐，盛蔷想到沈言礼最近几乎都在航空飞行器基地那边，很少回来，于是发信息问他是否可以让应桃来公寓这边住几晚。

S&S："你问我啊。我现在难道还有房间的支配权？"

寥寥两句话，卖惨意味明显。

盛蔷盯着手机屏幕看，忍不住笑了起来。

S’Q：“可是能怪谁呀？要怪就怪你自己吧。”

S&S：“不过我这几晚确实回不去，她陪着你也行。”

盛蔷随后又叮嘱他不要穿得太少，毕竟温度降得很快。

叮嘱完后，她又去查了查自己银行卡的余额。

工作几个月以来，盛蔷一直在攒钱，再加上之前没用完的奖学金，钱包鼓鼓囊囊。

盛蔷打算请应桃吃饭，顺便再给沈言礼挑选一些衣服。

他的工作很忙，衣帽间的衣服都是助理按季节更换和采购的，所以款式变化不大。每次出门时，盛蔷都想给他买几件衣服。

应桃给盛蔷发消息时，她已经来南槐几天了。

两人在餐厅见面。

盛蔷落座后质问她：“你来这么多天了，怎么都不告诉我？”

“你不是在工作吗？我不想麻烦你。”应桃嘿嘿笑了两声。

“那你这几天住哪儿呢？”

应桃顿了一下，支支吾吾地说：“就住在宾馆啊，放心吧，我又不是找不到地方睡觉，不会被冻坏的。”

盛蔷这才放下心来。

晚上，两个人一起回到公寓。

从进门开始，应桃就有些惊讶，她是第一次来到沈言礼和盛蔷的住处。

“你俩也太奢侈了吧！太过分了。”她转悠了两圈，叹道，“这房子有两层半吧，而且位置也这么好。”

应桃由衷地发出一声感叹：“不愧是沈总。”

盛蔷在应桃转悠的间隙，给她拿了一双新拖鞋，说道：“知道你要来，我特意买的，凑合着用吧。”

应桃当即感动得热泪盈眶：“蔷妹，你对我真好。”

“那你都来南槐好几天了还不跟我说，我可以调班陪你啊。”盛蔷直起身，去厨房给她倒水，“不过到底是怎么回事？你这两天在南槐，去哪儿玩了？”

应桃不知道想到了什么，小声道：“玩什么啊，讨债还差不多。”

盛蔷没听见应桃的嘀咕，稍微提高声音道：“你要喝冷的还是热的？”

“冷的，巨凉的那种，加好多好多冰块！”

盛蔷顿了一下，到底还是照着应桃的要求弄了。

“我刚刚就想说你，你吃饭也是往嘴里狂塞，这次不怕胖了？”

应桃属于易胖体质，之前在航大念书时，形体老师提醒大家要严格控制体重。而应桃每每都处于危险的边缘。

每次看到盛蔷喝着甜腻的桃汁却不发胖，应桃都感到十分羡慕。

“还说呢。”应桃拧了拧自己的脸颊，说道，“之前我身体有些不舒服，就没敢吃，后来发现其实没什么大碍，我就尽情地敞开了我的肚皮。”

她趿拉着拖鞋感慨道：“人生嘛，及时行乐才是正道！”

看到应桃还是和从前一样，盛蔷嘴角扬了扬。

临睡前，应桃又仔细参观了一番这个公寓。

盛蔷问她：“你今晚要不要和我睡主卧？”

“主卧？”应桃摆了摆手，“那是你和沈总的地儿，你俩的主场我去睡算什么啊？客卧吧，客卧。”

盛蔷其实想和应桃说，她想去睡的客卧才是沈言礼近期的主场，但不好意思跟她说。

主卧和客卧早就换了新床单。

此时，两个女孩并肩躺在客卧的床上，有一搭没一搭地说着话。

“桃子，我在想，要是可以的话，你要不来南槐这边工作？”

应桃在京淮这边没有什么朋友，只是因为母校在那边，所以才会选择留在京淮工作。

但是眼下，沈言礼一行人还有盛蔷都在南槐。

应桃想了想，来这边也不是不可以的。

她清丽的脸上难得浮现出一丝犹豫之色，她说：“我也想啊，但还没有想好呢。”

应桃往被窝里钻了钻，一点点靠近盛蔷，感慨道：“蔷妹啊，我有时候真的好羡慕沈言礼。”

盛蔷听后有些哭笑不得：“你羡慕他做什么？”

“因为他把那么好的你拐走了啊。当初他在食堂帮你赶变态学长的时候，我就觉得不对劲。”应桃顿了一下，又说，“这样想想，估计你家沈总对你居心不良很久了！”

盛蔷没有说话，应桃则像是打开了话匣子一样，压根儿没有停下来的意思。

大学的时光一去不复返，距离众人形影不离的日子也过去了很久。

回忆总是在追溯中变得更加珍贵。

直到应桃昏昏欲睡，盛蔷准备关灯。

她用手去摸遥控器，不小心看见应桃颈侧有斑斑点点的印迹，还泛着红色。

“你是不是过敏了？”盛蔷抬手，摸了摸应桃的脖子。

“啊！”应桃当即清醒，迅速捂住自己的脖子，紧张地说道，“很明显吗？”

“是的，我刚换的床单，你不会真的过敏了吧？”

“没有的事，可能是最近空气湿冷，起了小疹子。”应桃回答得很快，“哎呀，不碍事的。不过，蔷妹，你先别关灯！”

面对盛蔷疑惑的眼神，她在自己的脸上比画了两下：“你这儿有没有眼罩啊？我睡觉喜欢用这个。”

“有啊，沈言礼睡觉不喜欢光，有时候也会用，这边的床头柜里肯定也有。”

说着，盛蔷就去拉床头柜的抽屉。

不知道是不是因为里面堆积的东西太多，打开的时候，抽屉卡了一下。

应桃看了过去，抽屉刚好被拉开，映入眼帘的不是眼罩，而是某些花里胡哨的小玩意儿，种类繁多，格外显眼。

两个女孩同时陷入了沉默。

盛蔷觉得自己大意了，这些天沈言礼都是睡在客卧，偶有几天她被拉过来一起睡。

床头柜里自然就放了些乱七八糟的东西，但她竟然忘了。

盛蔷手忙脚乱之下，抓了个眼罩给应桃，而后很快将抽屉关上。

饶是应桃觉得自己已经见多识广了，到了此刻，她仍然嘴唇微张，难掩震惊之情：“你俩太行了。”

盛蔷觉得脸热。

应桃见盛蔷难得脸红，便扑哧一声笑了出来，调侃道：“哎呀，这有什么啊！我都懂，都懂！只不过——”她顿了一下，继而挑了挑眉，接着道，“你俩这柴未免也烧得太旺了点儿吧？”

到了此刻，应桃忽然觉得自己有些难以直视这间客卧了。

盛蔷好半晌都没吭声，随后，只听啪的一声，灯被关掉了。

“我好像有点儿困了，关灯了啊。”

应桃觉得好笑，调侃道：“哈哈哈，蔷妹，你怎么又在转移话题？”

她扭了两下身子，戴上眼罩，和盛蔷一同躺下，在黑暗中长长地舒了一口气：“怎么办？蔷妹，我现在有点儿罪恶感。”

“为什么这么说？”

“我没想到，这儿居然是你们主场之外的副场。”

盛蔷有些无语。

“你又想捂住我的眼睛了吗？别啊，我现在已经死死地闭上了如钻石般闪亮的眼睛，绝对不会再偷看你和沈总的秘密基地。”

“秘密基地”这四个字，被应桃咬得格外重。

盛蔷无语地说：“那现在请你闭上眼后，赶紧闭一下嘴。”

“别啊，我还想再和你说会儿话。”

应桃抱着盛蔷的胳膊，觉得黑暗中更安静，更能让她心安。

她又问道：“蔷妹，你和沈总是不是没有吵过架啊？”

盛蔷安静了一会儿，回答道：“当然吵过，怎么可能没吵过呢？”

“但你们也不是那种惊天地泣鬼神的吵架吧？”

“嗯。”盛蔷说，“他一般都会迁就我。”

尽管有时沈言礼爱欺负她，但……

女孩轻轻颤动着长长的睫毛。

应桃继续感叹：“我觉得沈言礼真的非常喜欢你啊。”

他们之间，永远有一种让她捉摸不透、难以言喻的气息，像是一道结界，旁人很难涉足其中。

盛蔷转过身来，问：“你为什么会这么觉得呢？”

“各方面都觉得啊，只是我说不清楚。”应桃顿了一下，接着说，“当我们还在大学的时候，他那么受欢迎，还傲得要死，却总喜欢出现在你面前。”应桃说到这里，话锋一转：“不过现在的沈总仍然很勇猛。”

盛蔷本来认真听着，没忍住应桃的调侃，吐槽道：“能不能用词得体点？”“我用词怎么不得体了？蔷妹，我发现你真是变了，被你家沈总带坏了吧，我说什么，你都能联想到那方面。”

应桃装作正经无比的样子，气得盛蔷起身要挠她痒痒。

两个女孩当即滚作一团。

最后闹累了，应桃困得不行，小声道："要是之后我真的决定来南槐这边，我就辞掉京淮的工作，好好休息一段时间，然后再去染个头发，奶奶灰色就不错。"

盛蔷躺在旁边，听到应桃的话，有些记忆再次浮现在脑海中……

应桃这次来南槐，待的时间比较长。她几乎每天都和盛蔷在一起。

在她离开的前一晚，沈言礼回到了公寓。

应桃过来打了个招呼，而后对他上下打量。吃饭的时候是这样，他去书房的时候，她还是这样。

他靠近盛蔷，应桃更是这样——眼神奇怪，欲言又止，摇头晃脑。

待到真的将人送走以后，沈言礼揪住盛蔷，问道："你俩是不是在密谋着什么？"

盛蔷快要被逗笑了："我们能密谋什么啊？"

"那我怎么觉得应桃看我的眼神不太对劲？"

当然不对劲了。

盛蔷拼命地去掰他攥在她腰侧的手，说道："大概是觉得你在她心中的高大形象崩塌了吧。"

沈言礼敛眸看着她："怎么你的语气听起来更奇怪？"

难得的假期就要结束了，新一轮航班又要开始。

盛蔷和机组人员相互配合，认真工作，一切再次回归正轨。

反倒是林开阳，似乎有些不一样了。

自从上次一别，之后再见盛蔷，他都会盯着她看很久，让她感到很困惑。

孟晚凑过来，小声问道："你欠林副的钱了？"

"没有啊，我怎么可能欠他的钱？"

孟晚乐了："真的像。"

她还想和盛蔷说些什么，这时有乘客按响了呼叫铃，孟晚当即整理衣襟，快步走向客舱。

孟晚这一去，好半天都没有回来。

耳边隐约传来争论和吵闹的声音，还有逐渐扩大的趋势，盛蔷下意识地感到有些不对劲。

不过还没等她掀开帘子，乘务长就率先走了过来，说："你们待着别动，盛蔷，你跟我去。"

一群乘务员被困在小隔间里，面面相觑。

不久之后，副机长林开阳也走了出来，朝客舱走去。

到了客舱，盛蔷才知道乘客和孟晚发生了争执。

孟晚身上被泼了橙汁，制服被浸湿了一大片，很是狼狈。

此时她正愤然站在一旁，面上表情僵硬。

成茹率先对乘客微笑道："您好，我是本次航班的乘务长，请问发生了什么事情？"

那名男乘客随意地坐在座位上，嗓门很高，情绪很是激动："你问发生了什么？我不过是和她开了个玩笑，她就受不了，跟我吵架！这是你们员工应该有的态度吗？"

成茹望向孟晚身上残留的橙汁，顿了一下，继而面带微笑，朝男乘客道："您能否详细地说一下？"

男乘客的旁边坐了几个好友，听到此话，他们纷纷出声。

"这小姑娘也是，我朋友让她过来倒杯橙汁而已，她弯腰的时候没站稳，我朋友好心扶她一下，就气成这样。"

"是啊，橙汁也是她自己没拿稳才洒出来的。"

"你们这态度真不行，她还放话让我朋友放尊重点儿，什么意思呀？"

几个男的七嘴八舌，成功地让孟晚憋红了眼眶。

"乘务长，你评评理，他那是扶一下吗？你问问他到底摸我哪儿了。"

"我说你什么意思啊？"男乘客听到孟晚的话，恼羞成怒道，"你这是说我手脚不干净呗！"

他的几个朋友也纷纷附和："都说空姐没好货，果然啊，自己骚还要怪别人。"

乘务长深吸一口气，脸上努力保持着微笑。

"您好。"盛蔷走过去，给孟晚递上湿巾，转而看向这一排乘客，说道，"在为您解决问题之前，我们需要先弄清楚事情的经过。如果您有什么不满意，等到飞机降落后，我们的机组人员会主动联系您以协调解决。"

乘务长紧跟着开口道："是的，我们也需要核实具体情况，之后我们机组人员一定会给您一个满意的答复。但现在还在飞行中，不便打扰其他乘客休息，请您谅解。"

"没什么好讨论的，也不需要核实！你们这儿的空姐态度就是不好！我不仅要投诉她，我还要去网络上曝光你们唯盛航空！"

几个男人你一句我一句，嚣张得要命。

孟晚不再开口，眼下已是气得身子发抖。

不久之后，副机长林开阳迈开长腿，走过来问："发生什么事情了？"

盛蔷小声地跟他说了事情的经过。周遭的乘客也看不下去了，开始窃窃私语。

"这男的挺讨厌的，他每隔一会儿就要喊空姐过去。"

"一会儿问人家是不是单身，一会儿问人家一个月住几次酒店。"

"简直是无理取闹，怎么有这种人啊？"

讨论声越来越大。

林开阳走上前来，道："乘客您好，本次航班全程有监控，我们已经收到您的反馈，待到飞机平稳降落在南槐机场，我们一定会给您一个交代。"

他这样一番话下来，那位乘客不知道想到了什么，当即没再提要投诉的事，只说自认倒霉。

风波过去后，盛蔷拉着孟晚回到了小隔间。

孟晚此时哭得上气不接下气，周围几个空乘都过来给她擦眼泪。

"我从小到大都没受过这种委屈。"孟晚哽咽着说道。

盛蔷拍了拍孟晚的肩膀，秀眉微蹙。

她突然想到了什么，抬眸望向林开阳，问道："客舱内什么时候安装了监控？"

因为要保护乘客的隐私，客舱内一般都不允许安装摄像头，只有驾驶舱门口有。

为了防止一些空闹事件发生，机组人员充当安全员的角色会在胸前佩戴小型记录仪，以此来监督和审查机组人员的工作。

但今天安全员不在现场，那哪儿来的监控？

"是没有监控，但我也没说监控是在客舱里呀。"林开阳温和地笑了笑。

这意思是，他只是吓唬那位男乘客。

成茹看着他说道："还是你们年轻人会来事儿啊，那个乘客真的是无理取闹，要是处理不好，真的很难收场。"

盛蔷转过头来，对孟晚说："没事儿，之前唯盛不是出台了新的制度吗？只要我们占理，就不怕。孟晚，到时候我和你站在一起。"

孟晚还在哭，感动地说道："还好有你们安慰，明明是他们胡搅蛮缠，真想一个大铁锤抡过去。"

此言一出，机舱内的氛围又变得轻松起来。

盛蔷跟着其他空乘笑起来，转眼便看到林开阳正用打量的眼神看着她。

机场闹事

〈 第四章 〉

飞机降落后，已是深夜，盛蔷和孟晚一起走出机场。

孟晚没有心思开车，打算叫一辆车回去。

“下次再遇到这种人，我就直接一巴掌扇过去，不让自己吃亏。”

“也可以。”盛蔷眨了眨眼，“然后你一口咬死自己没扇？”

“我就希望每个航班的安全员都能更及时地赶到，这样我就不会害怕了。要是再遇到这样的事情，我真的受不了。”

盛蔷点了点头，说：“是啊，确实是这样。”

孟晚随着盛蔷出了员工通道，穿过机场大厅朝外走去。

外面寒风凛冽。此时，她的心情比之前好了不少。

看盛蔷没有掏出手机，孟晚问她：“你今天不打车吗？”

“嗯，我哥出差路过南槐，说要顺便来这边看看我，晚上一起吃顿饭。”盛蔷语气愉悦。

说起来，她上次回京淮看黎艺的时候，宁远雪刚好不在，两人没见上面。这次相见，真是久违了。

孟晚听盛蔷提起过她哥几次，当即也没再问。

此时大厅外人少，两人刚走到门口就看到门外石柱后面半蹲着一个人，视线一直锁定大厅内。望向两个女孩的目光阴森可怖，那人似乎在那里等了很长时间。

孟晚看了一眼，下意识地拉着盛蔷往后退，声音都有些颤抖：“蔷妹，那个人是不是……”

还没等她说完，那个男的就直接站起来，向两人大步走过来，手里还抡着铁棍，大喊道：“哼，让你们耍我！有个狗屁监控！老子今天的脸都丢完了，臭娘儿们！”

他的速度很快，每步迈得很大，可谓来势汹汹。

盛蔷眼见情况不对劲，拉着呆住的孟晚往回跑：“往人多的地方跑！”

只不过两人反应都慢，迈开腿的瞬间，男人已然追上来了，铁棍直直地落下。

机场晚间人少，这边的骚动已经引起了几个行人的注意，但看到男人手上的铁棍时，众人皆停下脚步踌躇不前，没有人敢上前阻拦。

有人看到情况不妙，迅速去找机场特警求助。

一时间，大厅内乱成一团。

男人喘着粗气，目光浑浊，神情疯狂。

他在追上来的瞬间，在孟晚的手臂上落下一棍，而后朝着盛蔷的背抡了一记。

盛蔷心知单凭她们的力量肯定斗不过这个疯子，慌忙之余连忙推开孟晚，让她们分开，以此来分散那男人的注意力。

机场内其他行人宛如惊弓之鸟，瞬间冲散开去。

就在此时，机场的安保特警吹着口哨向这边狂奔而来。

可男人已然打红了眼，最后，在他拉住孟晚的瞬间，一道修长的身影奔跑而来，将他踢翻在地。

来人顺势反扣住男人的胳膊，用力地按住他的肩部，将那张凶恶的脸狠狠地摁在地面。一时间，男人动弹不得。

不过转眼间，安保组的人员也迅速地赶了过来，将男人团团围住："不许动！"

两个女孩惊魂未定，看着那个修长的身影从保安群里缓缓地退出来。

盛蔷看向那个人，喊道："哥！"

去公安局备案并做了口供之后，那个男人被拘留了，两个女孩则各自回家。

接下来的事情交给机场处理，孟晚表示决不会给对方和解的机会。在被家人接走之前，她抱住盛蔷哭了好一会儿，激动得快一把鼻涕一把泪了。

待到走出大门口，盛蔷甩了甩自己的手，望向站在车边等她的人。

宁远雪一身正装，肩宽腰窄，面容清瘦，金丝边镜框下的双眼依旧迷人。

望着盛蔷乌发稍乱的模样，宁远雪说道："我带你去趟医院，还是要检查一下。"

盛蔷不太想去，推辞道："都这么晚了，就算了吧，其实我感觉还好。"

宁远雪没接她的话茬儿，坚持道："还是看看吧，以防万一，上车吧。"

今天的兄妹聚餐泡汤了。

上车后，盛蔷缓缓地看向宁远雪，他正凝视前方。过了一会儿，他问道："你不打算和他说？"

盛蔷好一会儿才反应过来，明白宁远雪口中的"他"是指谁。

"等我从医院回家了再和他说吧，他现在还在大厂里，很忙。"

宁远雪看向她，有些无语："你还挺为他着想。"

“这有什么啊！”盛蔷扬了扬嘴角，说道，“哥，你今天来得好及时，挺帅的。”

宁远雪看了她一眼，问道：“你就不觉得后怕？”

他今天是看盛蔷一直没出来，才打算进去看看，谁知道就看到了那个场面。

“一点点吧，那个人不是被拘留了吗？”盛蔷语气平静地说道，“机场的安保组来得也快。”

宁远雪又看了她一眼，到底没再说什么。

一路到了医院，由于人不多，从挂号到拍片，一趟流程下来，也很快。

所幸没什么大碍，盛蔷的背部没问题，腕骨处也只是皮外伤。

宁远雪拿药的时候，盛蔷就静静地坐在走廊上等他。

“你先抹药。”宁远雪把手里拿着的药膏给她之前，先拍了一张照片，然后发给了微信通讯录里的一个人。

盛蔷没注意到他的动作，只道：“知道了，就是皮外伤，你别担心啊。”

她开始轻轻地给自己上药。

因为有些疼，医生建议擦完药后观察一个小时，担心里面会存留瘀血。

待一切都弄完，盛蔷望向宁远雪，无奈地说道：“哥，今天这顿饭是真的吃不成了，你等会儿就得开车走了吧？”

“嗯。”

盛蔷还在想怎么跟沈言礼开口，又问：“那你现在可以走了，不用管我，还是你把我送回去再走？”

宁远雪还没来得及回答，走廊尽头便出现一道高大的身影。他朝那身影看过去，说道：“不用我送你，接你的人来了。”

盛蔷听了，顺着宁远雪的目光看过去，疑惑地说道：“沈言礼？”

沈言礼面无表情，上前拉着她上上下下地检查了一遍。再三确认她没受什么严重的伤后，他才开口道：“你受伤了也不和我说？”

“我没事。”盛蔷说着，下意识地站起来，摇了摇自己的手臂，表示自己没什么大碍。

沈言礼没有再吭声，他漆黑的双眸紧紧地盯着她。

盛蔷放软了声音：“不是不告诉你，我是想等回家了再告诉你。”顿了一下，她补充道，“检查结果也出来了，真的没事。”

沈言礼敛眸望向她的手腕，沉声道：“这次没事，可如果比这个更严重呢？”

这可不是能提前预知和预料的。

过了一会儿，沈言礼张开双臂，道：“过来，我抱抱。”

听到这句话，盛蔷早先的惊魂未定，手臂上的疼痛，以及渐渐涌上来的后怕，全部都在此刻被冲散了。

她的眼眶泛红，朝前一步将头埋在他怀里，说道：“你知道吗？那时候我好害怕。”

沈言礼收紧手臂，将盛蔷紧紧地拥在怀里。女孩只露出半张侧脸，秀发被弄得凌乱，眼睫毛轻轻地颤抖着。

“我知道。”他颔首道，“别怕了，都过去了。”

医院长廊上只有寥寥几人，灯管发出惨白的光亮，消毒水的气味漫入鼻腔。过了一会儿，盛蔷忽然听到从侧边传来一道清亮的男声：“你俩抱好了没？”

盛蔷从沈言礼怀里抬起头来，看到一旁的宁远雪，她愣了一下。

沈言礼一来，她就把宁远雪给忘了。而被遗忘的宁远雪此时此刻并没有多说什么，只是将所有的单子、药和拍的片子都整理好放在塑料袋里。

宁远雪把东西递给沈言礼，却看向盛蔷：“你回去还要注意点儿，之后还疼的话记得来医院复查，我不能在南槐久待，先走了。”

盛蔷知道宁远雪是赶着去出差，下意识地想要离开沈言礼的怀抱，跟宁远雪告别。

沈言礼却将她再次抱回来，看向宁远雪，道：“慢走，不送了。”

盛蔷也紧跟着开口嘱咐：“哥，你晚上开车小心点儿。”

宁远雪看了沈言礼一眼，朝盛蔷点了点头，然后迈开步伐。很快，他修长的身影消失在走廊的拐角处。

等人都看不见了，沈言礼才捧着盛蔷的脸，望着她的双眸，道：“以前我晚上开车的时候，你怎么没提醒我？”

盛蔷有些无语，都什么时候了还要争这个？

盛蔷给了他一记白眼。

回家的时候，但凡是要走的路，沈言礼都要抱着她。

“你要不放我下来？我可以自己走。”盛蔷有些无语，她受伤的是上半身，又不是腿和脚。

沈言礼却置若罔闻，无论怎么说都不听。

盛蔷觉得好笑，拧了下他的后颈，说道：“你这样一直抱着我，就不觉得累吗？”

“有什么累的。”沈言礼说着，还恶趣味地将怀里的人往上抛了抛，“感受到了吗？轻轻松松。”

女孩被他这举动吓了一跳，小声地惊呼，下一秒，又不知道是不是被碰到哪儿了，她轻轻地“咝”了一声。

不过只是片刻间的事，却惹得沈言礼立刻就停了下来。他紧张地问道：“碰到伤口了？”

“不是伤口，是你抱我抱得太紧了。”

回到公寓，沈言礼掀开被子，将人抱着放到了床上。

他让她趴着，准备掀开她的衣物，检查受伤的地方。

室内虽比较暖和，但沈言礼还是不放心，将软榻旁边的壁炉也打开了。

待到暖洋洋的光暖了床沿，他才又走过来。

初冬，盛蔷大衣里穿了一件纯色白羊绒衫。沈言礼掀开她的衣服，露出雪白的背。

察觉到他的意图，盛蔷道：“医生都说了没什么大问题。”

“我不放心。”沈言礼说着，看向她的背。

女孩白嫩的后背，线条流畅，肌肤细腻，似乎带着勾人的栀子花香，像一幅完美的画卷。肩胛处再往下横亘着几条红印，应该就是被铁棍打到后显现出来的。

沈言礼伸手碰了一下伤痕，盛蔷就下意识地往旁边躲，身子瑟缩着。

看来还是挺疼的，但她一路上都没怎么喊疼。

“背上还是得擦药，乖啊，媳妇儿，忍着点儿。”沈言礼迅速地帮她抹完药，便将她的羊绒衫拉下来，没再让她的肌肤暴露在空气中。

最后，沈言礼低下头，在她的肩侧落下沉默的一吻。

好半晌，他都没再出声。

察觉到他的情绪不佳，盛蔷开口道：“放心，不碰就不疼，真的。”

她这样反倒让沈言礼心里更不好受。他扶住她的肩，语气很是认真：“不提其他的，你跟我讲讲今天的事，到底怎么了？”

沈言礼得知盛蔷受伤后，放下手里的事便匆忙从航空基地那边赶过来，都没有来得及问发生了什么。

宁远雪在微信里也说得十分简要，寥寥数语反倒更让人内心焦灼。

盛蔷跟沈言礼说了事情的前后经过，道：“那个男的，我感觉行为很恶劣，可能不是第一次这样做了。”

沈言礼手里拿着手机，不知道发了什么消息。随后，他拥住盛蔷，安慰道：“唯盛明天就会处理这件事。”

过了一会儿，他又问：“还怕不怕？”

“不会。”盛蔷重重地摇了摇头，“现在有你在，我就不怕了。”

沈言礼又问：“你晚上是不是没有吃饭？”

盛蔷愣了一下，道：“是没吃，但我现在不饿。”

沈言礼应了声，径自起身站起来，脱下衬衣往衣帽间走去。

盛蔷见状，问道：“你不去基地那边了？”

民航局的审批刚刚下来，S&S 飞机总体设计实验室这会儿应该忙得热火朝天。沈言礼最近一直盯着这边，连沈氏集团那边的工作都顾不上。

沈言礼背对着她挥了挥手，说道：“我媳妇儿都受伤了，还去什么去！”

沈言礼换好了家居服，离开了主卧，好半天都没有回来。

盛蔷想他可能去书房了，就没有喊他，准备等一会儿自己洗漱完就去睡觉。

不知过了多久，她依稀闻到了一股煳味。

下一秒，沈言礼端着一碗面出现在门口，说道：“不管你饿不饿，都得吃饭。把这碗面吃了吧。”

这碗面的分量很足，但是西红柿还是西红柿，鸡蛋还是鸡蛋。

盛蔷看着面前这碗颜色怪异的西红柿鸡蛋面，疑惑地问道：“这是你做的？”

沈言礼听到她这样说，顿了一下，沉声道：“你怎么知道是我做的？才不是我做的呢。”

盛蔷皱了皱眉头，看了他几眼，然后扬了扬嘴角，还是接过了这碗面。

一筷子面条入口，女孩秀气的眉头轻轻地蹙起，但她没有停下来，又吃了几口。

沈言礼望着她问道：“很难吃吗？”

“不难吃。”盛蔷嚼了嚼口中的面条，说道，“但也不好吃。”

沈言礼表情一滞。

盛蔷看到他这样，突然觉得有些好笑，双眸弯成了月牙形。笑够了之后，她抬眼看着他问道：“所以你刚才出去那么久，就是为了给我做碗面？”

沈言礼在厨房失手了，此刻心情可能很不好。

沈言礼没回答，任由盛蔷怎么问都不说话。看盛蔷实在已经吃不下去了，沈言礼才靠近她问道：“吃完了吗？刚才你笑什么了？有什么好笑的也和我分享一下啊。”

盛蔷被他的气息包围，双眼闪烁着光芒。她带着一种调侃的口气问道：“你确定你真的想听？”

“那还是算了。”

从那之后，沈言礼给盛蔷放了几天假，让她在家休息，待到调整好了再回去上班。

这次事件引起了公司的高度重视。当时机场大厅里乘客虽然少，但现场有人用手机将全过程录制了下来。

视频很快在网上扩散，引起了大量网友的关注。

“好可怕啊，那是真的铁棍！”

“在机场都敢乱来，简直难以想象！”

“虽然离得远，画面不是很清楚，但这两个空姐真的好惨。”

拿铁棍的男人也被其他航空公司的员工爆料说是惯犯。他多次在航班上以投诉为由刻意揩油，有些空姐忍气吞声，他便更加肆无忌惮，屡试不爽。

沈言礼特地回了趟沈氏，然后又前往唯盛航空总部大楼，与大家一起处理这件事。

“沈总，嫌疑人已经被警方拘留，包括他之前在其他航班上的违规行为，我都做了详细的汇总。”

唯盛航空的专聘律师说：“嫌疑人在公共场合伤害他人，严重危害了公共安全。我们公司有权向他提起诉讼，也有义务配合警方调查和处理这件事。此外，我们公司还有权向他索要经济赔偿，主要是为了赔偿那两个空乘的精神损失以及公司和南槐机场因此遭受的公共建设损失。”

之前刚刚成立的相关部门的调查也有了进展。负责人表示："沈总，嫌疑人曾扬言要借网上舆论来诋毁公司的名誉。"

听了这番补充发言后，沈言礼放下笔，指示道："唯盛航空的官网系统永久不对他开放，技术部记得把他拉到黑名单里。"

讨论结束后，沈言礼回到了公寓。

盛蔷这会儿还在补觉，正恬静地睡着。

沈言礼坐在床沿看着她，心里想的却是今天公司内部提供给他的录像。

盛蔷在睡梦里感觉到什么，迷迷糊糊地睁开眼，还没来得及开口，便被一个吻堵住嘴……

那晚，沈言礼睡在沙发上。

第二天，得知盛蔷受伤的朋友们纷纷发来慰问信息，盛蔷一一地报了平安。

应桃早先发来了消息，这会儿又一连发来了好几条。

应桃："还记得航大论坛吗？"

应桃："哈哈，你和沈言礼之前的帖子今天又被顶上来了！"

应桃："传奇就是传奇啊，颜值天花板！"

盛蔷："我们俩都毕业三年多了……"

应桃："机场那个视频不是被传疯了吗？有人认出你了。"

应桃："蔷妹，你身边还是缺人！我决定了，还是得由我来保护你！"

盛蔷："得了啊，你飞国内航线，碰不到我的。"

应桃是前段时间自己带着简历来到唯盛应聘的。

因为不是直招，她被录用后还需要通过一段试用期。由于需要考核评定，目前只可以执行国内航线任务。

应桃："碰不到怎么了？我以后就待在南槐，整天去骚扰你！"

应桃："哦，我倒是忘了沈总。那我挑个他不在的时间去和你'偷情'！"

不等盛蔷再回应，应桃又发来好几条消息。

应桃："其实不只是我们航大的论坛讨论得火热，蔷妹，你看看这条微博，都上热门了！"

盛蔷点开应桃发来的链接，是一条视频。

依旧是路人拍摄的角度，画面有些模糊，只截取了几秒钟。画面上仅有两个女孩，但下面的评论很热闹。

“无语极了，女孩子们一定要保护好自己啊。”

“天哪，有个小姐姐好惊艳啊，正脸一晃而过。”

“是的，我也看到了！她好勇敢，还拉开了同伴！”

“哈哈，最漂亮的那个我认识，读书的时候，是我们京淮航大的校花。”

“啊，求小姐姐微博！想了解一下！”

盛蔷大致翻了翻，问应桃：“我没有微博，这样就不会被找到了吧？”

应桃回答：“笑死人了，这又不是通缉令，你怕什么啊！放心好了，他们想看见，是因为大家都觉得你很好看。”

盛蔷笑了笑，又给应桃发了一条消息：“你收拾完住的地方了吗？收拾完了就告诉我，看看他们几个是否有时间聚一聚。”

沈言礼几人被分成了三组，一组负责机体的建造，另一组负责监督基地的扩大，还有一组负责进一步发展三维图。

随着深冬的来临，天气变得更加寒冷。

在这种严寒的条件下，适航试飞遇到了新的问题。

用于测试的通道建设早就进入了收尾阶段。按理说，通道应该先铺设好，等待验收和测试，然而今年南槐的冬天特别冷，天寒地冻，早上起来，遍地都是结成的霜。

为了确保试飞数据的准确性，沈言礼没有加快工作进度。他决定让实验室找到新的场所，在那里进行小型飞机的试飞，测试飞机在平原和山地的飞行情况。在完成这项任务之后，再进行数据对比。

新场所是一片山岭，附近有一片平地大草原，闲暇时间非常适合休闲和放松。

恰好前些日子，盛蔷问大家是否有时间聚一聚，沈言礼干脆将聚会地点定在了这里。

出发前，肖叙感叹道：“这简直不是在工作，而是在玩。只有沈言礼才能将度假说得这么冠冕堂皇。”

程也望一边忙碌一边回答说：“这真是一种很好的放松方式。工作本来就应该是这样的，努力奋斗是为了能更好地放松、享受。”

肖叙看着他，笑着说：“你真的很擅长熬鸡汤呀。照你说的，你是不是也该找个女朋友一起放松放松？”

程也望继续敲打着键盘，没有回答他的问题，只是说：“肖叙，我已经差不多完成了 TOPSIS（优劣解距离法）这个算法，通过多属性决策排序，我们接下来的性能评定……”

肖叙皱起眉头，打断他的话：“你干吗突然跟我说这个？”

他负责遥感控制，主要负责飞行器的成型和操作。程也望所说的这些算法和定理并不在他的知识范围内。

程也望的目光仍然集中在电脑屏幕上，口中说道：“因为我想告诉你，在某种程度上，飞机总体设计图就是我女朋友。”

“你能不要那么肉麻吗？我有点儿恶心。”

两人聊了一会儿，接着说起盛蔷之前在机场大厅遇到的事情。

当时沈言礼急匆匆地就走了，他们俩还疑惑，后来才知道原来发生了这么大的事。

肖叙摆摆手，说道：“我猜，这次他俩就算是和我们一起出去，眼里也根本看不见我们。”

肖叙一语成谶。

在去往草原的路上，沈言礼和盛蔷单独坐一辆车，应桃则上了程也望的车，只有肖叙和满车的机械做了伴。

下车的时候，实验室里的人一边忙着搬运机械，一边喊肖叙来帮忙。

晚饭后，肖叙愤愤不平地说道：“你们是不是早就计划好了让我来充当苦力？”

程也望站起来说：“你就搬了个小配件，还是特别小的零件。”

肖叙立刻呛回去：“你把‘特别小’三个字收回去，回去比比。”

盛蔷跟着沈言礼，正站在餐馆前的走廊台阶上。听到这话后，她默默地转过脸去。

沈言礼揽住盛蔷，回头看了一眼肖叙。

肖叙看看天，看看地，最后只是摸了摸自己的鼻子。

他们入住的地方在半山腰，在山脚的私人餐厅用过餐后，众人又朝着山上进发。

开了将近一天的车，大家都觉得有些累，干脆各自先去自己的房间。

除了盛蔷和沈言礼是男女合住，其他人都是按照性别分配房间。

应桃自觉地没和沈总争着与盛蔷同住，而是自己单独住了一间房。

还没走到住处，周围实验室里的人就时不时地将视线投向沈言礼和盛蔷两人，目光中都带着打趣的意味。

盛蔷随即扯了扯沈言礼的衣角，像是有什么话要说。

沈言礼当即弯腰，侧耳去听。

女孩看了看四周，发现应桃在和肖叙打闹，程也望跟在两人身后，都没往他们俩这边瞧。

她压低声音道："早知道我就和应桃住一个房间了。"

"早知道也不可能让你俩住一个房间。"沈言礼直起身来，用手拥紧她的腰，"想都别想。"

盛蔷拍掉他的手。然而这人还是不紧不慢地将手伸了过来。

"实验室里的人能不知道我们俩是什么关系？"快到房间门口的时候，沈言礼忽然出声，"我们俩就是几天几夜在房间里不出来，他们也不会说什么。"

盛蔷狠狠地踹了他一脚。

丘陵环绕着的地方，是一大片平原。

他们这次住的是两两并排的木屋，房屋半围山腰，环境幽静。

两个大房间合并在一起，只被一堵墙隔开，共用一座木梯。

沈言礼和盛蔷的房间紧挨着应桃的房间。

进入房间后，盛蔷放下行李，走到窗边，打开小窗，深呼吸，感受着林中带着凉意的清香。

"你这样开着窗不怕感冒吗？"

"没事，山里似乎没有想象中的冷。"盛蔷说着，踩着绵软的地毯，走开了。

不知道想到了什么，她转过身来，看向沈言礼。

他的面容隐在暖黄的光影里。女孩收回视线，转而走到床边躺下。

"沈言礼，"她松了一口气，继续说，"我们好久没一起出来了，这次真不错。"

虽然这次来主要是为了工作，但她已经感到很开心了。

"也不是特别好。"沈言礼不知道什么时候跟着走到床边，他弯腰俯身，双手撑在她身体两侧，"还是我们两个人出来比较好。"

盛蔷眨眨眼，道：“你这么说容易，但是我们哪有时间？”

“时间总是有的。”沈言礼凝视着她，目光如炬。

晚上，盛蔷收拾了一番，洗完澡便侧卧在床边，静静地看着窗外的山景。

晚风凛冽，呼啸声中夹杂树叶的哗啦声。

远处传来其他木屋里发出的笑闹声，隐隐约约，不是很清晰。

沈言礼洗漱完，也穿上了拖鞋走出来。

他躺在盛蔷身后，拥住她，她的倦意几乎在一瞬间就消散了。

她“呀”了一声，连忙转过身看他：“你又洗冷水澡了？”

沈言礼应道：“嗯。”

“担心我啊。”沈言礼在她的肩上亲了一下，声音低沉。

“你也是，这可是冬天啊。”盛蔷有些急了。

沈言礼抬头看她露出担忧的模样，笑着说：“没关系，还算温水。”

“温水也不行。”盛蔷一脸不满。

沈言礼似乎没有在意，漫不经心地应下：“行，我以后不这样了。”

得到他的承诺，盛蔷抬眸看向他，一颗心没来由地揪紧了。

似乎不管和他在一起多久，她都没办法对他免疫。

翌日清晨，屋外迎来第一缕阳光。

光线自半透的纱帘射入，不刺眼，但也晒得被褥都泛着温暖的味道。

盛蔷被窸窣声吵醒了，不知道应桃在做什么，隔壁传来的咯吱声不绝于耳。

她闭着眼睛，想继续入睡，但那样的动静一直在持续。

沈言礼还在睡，手牢牢地搂着她的腰。

盛蔷沉默了半晌，有些疑惑，应桃大清早在床上练功吗？为什么会如此吵？

盛蔷迷迷糊糊地想着，翻了个身去抱沈言礼。

他这会儿估计也是被吵醒了，手放置在她腰侧缓缓地摩挲了一下，他说：“你继续睡，我得起来了。”

盛蔷半睁着眼问他：“这么早？”

“这个时间段很适合试飞。”沈言礼起身给盛蔷掖了掖被子，很快便下床去洗漱。

在他再次回来的时候，盛蔷躺在床上，乌发散乱，睁着眼，似乎没有睡意。

他刚洗完澡，半湿的头发搭在额前，看到盛蔷睁着眼，便问她："你不打算继续睡了？"

"隔壁的动静好大。"盛蔷手朝着墙壁点了点，"你听。"

沈言礼当然听到了，他走过来，背对着盛蔷换衣服，说道："我们昨晚的动静也很大。"

他们俩昨晚只是打闹得比较疯而已。

盛蔷懒得争辩，只说："这屋子的隔音效果太差了，你们团队当初是怎么选的？"

"我选的。"沈言礼换好衣服，转身看向她，"早知道隔壁就不安排人住了，你现在知道二人世界的重要性了？"

"那可不行，隔壁不安排人，你让应桃住哪儿？"

这里的木屋刚好住满，少一间都不行。

"要是真没地儿住，你肯定会让她过来和你住。"沈言礼走到她面前说道，"我走了啊，媳妇儿，中午见。"

盛蔷点点头，感受到沈言礼在她额前亲吻了一下。

她没再说什么，这会儿，不愿他出门的人反倒是她自己。

"要不要帮你拉好窗帘？"得到盛蔷肯定的回答后，沈言礼又问她，"你就没有什么想跟我说的吗？"

这时的沈言礼比隔壁还要烦人。

沈言礼走后没多久，隔壁的应桃也没再弄出大声响了。

盛蔷继续补觉，原本想着眯一会儿就起来，趁着晨间空气好出去转转，结果这一睡下去，再睁眼就到中午了。

她简单地洗漱了一下，推开了房门。

应桃在这段时间里没有来找她，肯定还没出去。盛蔷这样想着，便主动敲了应桃的门，结果开门的应桃睡眼惺忪，使劲揉着眼皮，一看就是没睡好的模样。

"桃子，你刚刚才醒？"

应桃迎着盛蔷探过来的目光，只觉得头昏昏沉沉的，说道："这不是休假嘛，我想着多睡一会儿。”

“别睡啦，都中午了，你快去洗漱，我等你一起下山。”

半山腰的木屋这边很安静，实验室里的人早上都跟着沈言礼去了草甸那边。两人沿着小径往山下走时，盛蔷想起早上的事情，转头问应桃：“你才刚醒，为什么早上房间里还有那么大的声音啊？”

“啊，你也听到了？”应桃顿了一下，继而生气道，“被狗咬了，害得我要补觉。”

“你还说我呢，蔷妹！”应桃突然反应过来，说道，“你和你家沈总昨晚那个动静才真是过分了。”

她抬起手在空中象征性地挥动了几下，说道：“几乎是一进屋就开始，后面又断断续续。”

盛蔷现在很有底气，说道：“才不是你想的那样，我们俩很单纯。”

应桃一副不信的表情，但她还是敷衍着点了点头。

她加速跑着下山，盛蔷愣在原地。

片刻之后，她加快了步伐追上去，问道：“那么你呢？被狗咬了是什么意思？”

应桃笑得很开心，道：“新型作战模式，你懂吧！”

一路走到私人餐厅，两个女孩又开始讨论这几天的出游计划。

沈言礼一行人进来时，脸色都不太好，有些人一坐下来就垂头丧气。

“怎么了？”盛蔷给沈言礼倒了杯茶，轻轻地推到他面前。

沈言礼没有回答，而是绕过那杯茶，攥住她的手。

盛蔷更为不解，听到有人说：“嫂子，我们这次带过来的不同批次的小型飞机出问题了。在上午试飞时，有一架飞机出了问题，必须直接带回去检查。”

盛蔷任由沈言礼攥着自己的手，问道：“问题很严重吗？”

“嗯。”程也望接着说，“每个机型我们只带了一架，不能替换，现在还不确定是飞机本身的问题还是受其他因素的影响。”

肖叙的面色倒还算正常：“不用担心，大不了再试一次。只是这架飞机不能拆卸，得整架带回去检查。到时候看沈狗能不能调直升机过来。”

一行人又说了几句，餐桌上的氛围总算有所好转。

吃饭时，众人时不时地说笑打闹。

沈言礼看着盛蔷给他夹菜，仿佛生怕他饿着。

下午，一行人去了丘陵之间的那片草原。

这里除了一小片花圃，其余的地方都是平整的草甸。

虽然已经入冬，脚下的草地一片枯黄，但花圃里培育的花卉都绚丽地盛开着，格外显眼。

一行人忙着摆放器材，盛蔷正在给应桃拍照。

实验室的人很快便开始了新一轮的地形勘测和风速判断。

“都准备好了吗？旁边的人都让让，我们等会儿就开始了啊。”

随着一声吆喝，航空飞机试飞再次开始。

盛蔷和应桃很有默契，悄悄地退到一旁，看着他们一行人忙来忙去。

今天的天气好，午后温度上升。众人沐浴在冬日的暖阳下，盯着试飞机器，神情紧张又期待。

小型飞机飞了三个来回，又在空中旋转，最后在平原上平稳地降落。

这次运气不错，只有一架飞机由于受到山谷风的影响飞行有些不稳，但最终还是顺利地完成了试验。

负责录像追踪的人将这段单独拷贝出来，存放在另外的硬盘里。

全程花了两个多小时。接下来还有更多需要测试的环节，因此，距离回木屋还有一段时间。

应桃便拉着盛蔷去了另一个山头的花圃那边。两个女孩拍照拍得不亦乐乎。

回来的时候，盛蔷抓了一瓶水，还没喝几口，远处那架最小的飞机偏离了航道，朝她的方向飞了过来。

周围的人见此，都转过身，将目光落在盛蔷所在的方向。

在距离她只有几米的时候，飞机尾翼稍抬，摇了摇，像是在打招呼，又像是在示好。

下一秒，飞机又绕着盛蔷缓缓地转了三个圈。

那架飞机转悠完，又飞回了自己的航道。

实验室里的人沉默了一会儿，看向主导这次试飞的人——沈言礼。

周围的草地上落着傍晚的余晖，沈言礼修长的身影就在不远处，他侧脸的线条流畅好看。他没往盛蔷这边看过来，继续专注于自己的事，也丝毫没被旁边窥探的目光影响。

盛蔷的目光落在沈言礼的身上。

面对此情此景，她感觉像回到了几年前京淮航大的校庆活动上。

“哇，好浪漫！”应桃蹦了起来，激动得不行。

实验室里的人就在肖叙的带动下，纷纷打趣着盛蔷。

沈言礼忙完便朝着盛蔷走了过来。盛蔷身边的应桃见状，连忙悄悄地离开，很快便溜得没影儿了。

沈言礼没管其他人，笑着看着她：“这下气消了？”

盛蔷放软了声调道：“我原本也没生气。”

沈言礼拉着女孩的手，抬头说道：“是吗？那你刚刚为什么不理我，脸还鼓成那样？”

盛蔷下意识地用空出来的手摸了摸自己的脸蛋，有点儿心虚地说道：“我没有鼓脸啊，是你看错了。”

“哦，那就当我看错了。”沈言礼笑了一下，松开她的手，往后退了几步。

在女孩疑惑的目光中，他伸出手招呼道：“到我这里来。”

盛蔷刚凑近，就被沈言礼捏住下巴，紧紧拥入了怀里。

盛蔷连忙说道：“沈言礼，这旁边可都是人。”

“不用管他们。我自己的媳妇儿，还不能亲一下？”沈言礼拥着她，当即便吻了下来。

回木屋的路上，实验室里的那些人都刻意避开了两人，盛蔷和沈言礼落在了队伍的最后。

她用指腹抵住自己的唇瓣，在上面缓缓地摩挲了两下。

刚才沈言礼完全没控制住，用的劲儿又大，弄得她唇瓣发麻。

这次众人好像都对他们俩亲昵的场景习以为常了，而且有了默契——迅速地给他们让出了独处的空间。

盛蔷的手还没收回来，途经山间小道时，她没忍住说道：“沈言礼，我觉得你完全就是不愿意吃亏的类型。”

“你说反了吧。”沈言礼看着她，“我平常都是在你这里吃亏的吧？”

盛蔷小声道：“相比起来，我吃的亏比较多。”

沈言礼好像没听清，弯腰凑到她耳边问道：“你说什么？”

“没说什么。”盛蔷下意识地转移话题，指了指走在前面较远处的一行人，说道，“你看看，我们落后他们好多了。”

沈言礼直起身来，攥紧她的手，道：“追上去就行了，你可要抓紧啊。”

话音刚落，沈言礼便拉着她跑起来。

冬天的风呼啸而过，盛蔷紧跟着沈言礼一起奔跑着。

这几天虽然要做很多实验和工作，但大家最擅长的还是忙里偷闲。

这天下午，一行人又去了那片草地，按照两个女孩的建议，将帐篷驻扎在靠近花圃的地方。

毕竟都是年轻人，任何游戏都玩得来。

晚风猎猎，山间户外昼夜温差大，要比木屋里的温度低得多。

大家都裹着绒毯，只露出一张脸。

篝火静静地燃烧着，回荡在山谷之间的是低一阵高一阵的欢笑声和打闹声。

盛蔷特地带了黎艺从江南给她带的雪梨酿，放在烧烤架一旁的吊高锅炉内，兑了一点儿米酒，慢慢地熬着。

等到熬好之后，她一碗一碗地分给大家，说：“暖胃的，又甜又好喝。”

分完之后，在沈言礼的凝视中，盛蔷拿着自己的那一碗，仰头先喝了一口，说：“我们认识六七年了吧。”

盛蔷顿了一下，环顾四周，继续道：“谢谢你们一直支持沈言礼，谢谢你们加入 S&S。虽然之后的路还很长，但为了未来，我敬你们。”

女孩再次仰头喝下一口，平静地说道：“之后他要是有脾气不好的时候，你们都可以和我说，也希望你们平日里多担待一下。”

沈言礼什么脾性，她再了解不过。他的骨子里就是少爷性格，除了在她面前偶尔低头，其他时候都不会低头。

众人认真地听着，见盛蔷讲完了，肖叙率先说话：“蔷妹子，前面的话我都同意，不过，如果我现在说一句沈狗的不好，估计下一秒我就直接躺在墓地里了。”

一行人纷纷附和着。

“是啊，嫂子，你的心意我们领了。”

“至于老大，你自己在家的时候好好管吧。”

“我们对他没有任何意见，绝对没有！”

盛蔷坐下来的时候，只看到沈言礼看着她。

“听到了吧？大家都没有意见。”他的声音低沉。

“你觉得你这话有说服力吗？”女孩眨眨眼，“他们只是习惯了。”

这时候，有几个实验室的小伙子感动得一塌糊涂，跑过来向盛蔷敬酒，却被沈言礼挡回去了。

这会儿，大家好像都被这两个人给刺激到了，纷纷感慨着他俩不给单身人士留活路。

应桃象征性地抹了抹眼泪，小声道：“这是什么神仙爱情啊！蔷妹也太温柔了！”

肖叙隔着篝火坐在应桃的对面，点了一支烟捏在手里，嗤笑了一声:“你也知道人家温柔？”

听到此言，旁边一个男生打趣应桃:“桃子，你的蔷妹被沈总挖走了，要是羡慕的话，我们实验室里也有几个条件不错的，任你挑啊。”

“谈什么谈！不谈！”应桃打了个酒嗝，声音特别大，“情人不比男朋友香啊？”

此言一出，周围的男生都笑了。

这么一个小姑娘，还真的挺有自己那一套。

此刻，肖叙手里的烟差点儿烫到手。

程也望看向脸色不太好的他，疑惑道：“你吸个烟都能呛到？”

“呛到怎么了？我还不能呛到了？”肖叙当即呛了回去，“我最近倒霉不行啊！”

程也望踹了肖叙一脚，继续喝自己的雪梨酿酒。

一行人越聊越兴奋，周围回荡着说话声、打闹声。

明月悬空，云边偶有几颗星星闪烁着微弱的光。

盛蔷抱着沈言礼的手臂，歪着头看云。

“别人都是数星星，你倒好，数云？”

“不行吗？”盛蔷继续看着天空，“我乐意这样。”

“你怎样都行。”沈言礼顿了一下，忽然喊了她一声，“媳妇儿。”

“嗯？”

“你刚刚说的那些话，”年轻的男人垂眼看着她，“我特别喜欢。”

众人此行，收获颇丰。细致的数据都被记录在册，等待分析。最主要的是这个位置好，适合在不同风向下进行基础勘测。

因为跨年前夕大家一起在外面露营，所以等到了真正的跨年夜，都纷纷摆手，表示不约了，一个个都睡得很死，说是要补觉，也就没人提聚餐的事了。

盛蔷在沈言礼完成此次试飞项目后，就和他一起窝在屋里休息，哪儿也没去。

晚上，远处的几座山被灯火照亮。山的另一边依稀传来另一群人的吵闹声，估计也很热闹。

沈言礼和盛蔷来到了木屋另一侧的露台上，两人坐在露台的沙发上，眺望着远方的山景。

过了一会儿，沈言礼从冰柜里拿了酒过来，问道："你要不要喝？"

看到酒，盛蔷抬眸瞪他一眼："你为什么不早说，我今天已经吃饱了，一点儿也不想喝酒。"

沈言礼扬起嘴角，给自己倒了一杯酒，然后拥着盛蔷坐了下来。

距离新年只剩几秒钟的时候，远处山头传来阵阵欢呼声。

沈言礼忽然看向盛蔷，轻声道："阿蔷，新年快乐！"

盛蔷拥住他："你也是。"

两人紧紧相拥，没再开口。

此次出行很快就要结束了，新一轮的忙碌即将开启。

沈言礼手下的项目也到了最关键的时候。

"你也知道，新的一年里我可能比之前还要忙。"沈言礼拉住盛蔷的手，目光落在她脸上，"所以你要记得，好好地疼你男朋友。"

盛蔷缓缓地开口道："知道了，这句话你来来回回地说，难道是我对你很差吗？"

"也没有很差，可只要是人都想要更好的吧。"沈言礼说着单手将酒杯放在台面上，发出清脆的一声响，问道，"你敢说你不想要吗？"

话音刚落，他的目光便灼灼地锁定她，不给人逃脱的机会。

盛蔷被沈言礼看得面热，捏住他衣领处的扣子，小声道："当然啊，我肯定也想要，但以后我们俩都一起过，所以觉得这样就很好了。"

沈言礼没吭声，默默地凝视着她。

盛蔷忍了半晌，到底还是破了功。她攥起小拳头，在他胸前捶了捶，说道：“好了，知道了，我会疼你，行了吧？”

“什么叫‘行了吧’？你这是什么迫不得已的回答？”沈言礼抬手捏住女孩的脸，“你得给我一个保证。”

这人还要上保证了。盛蔷觉得有些好笑，问道：“按照你的意思，是不是除了口头保证，我还得给你签个字？”

沈言礼“嗯”了一声，还真的思考了一会儿，最终给了她答案：“这样也行。”

盛蔷抬手，直接就招呼了过去。

打闹间，山风刮过，感受到女孩不自觉的颤抖，沈言礼将她紧紧拥住。

回南槐后，沈言礼从沈氏集团旗下的专属私人机场调来了直升机，将那架亟待细究的小型飞机运回了航空飞行器基地。

回到南槐后，盛蔷连续飞了几天的航班。

她有些恍惚，总以为自己还处在那排木屋中，越过窗台便是满目绿野，但眼前的画面只有菱形窗户、湛蓝的天空和悬浮的云朵。

她现在除了一周飞往法国的固定航班，偶尔还会飞中加合作的国际航线，在南槐、法国和加拿大之间穿梭往返。

对于之前发生的那起事件，唯盛航空已经在公告上发了处理结果和新规细则，让所有机组人员引起重视。

孟晚得到了不少赔偿金，休了一个星期的假期，说是要去散心。盛蔷则用之前攒下来的正常休假日换班，和沈言礼一起出去了几天。

飞机还在平稳地飞行，旁边的按铃提示声突然响起。

盛蔷整理一下领结，将帽子戴正，很快便调整好状态，向头等舱方向走去。

“你好，我想问一下，你是不是网上那个机场事件视频里的其中一个小姐姐啊？”飞机降落后，盛蔷在目送乘客下飞机时，有人向她开口。

盛蔷脸上露出标准的笑容，尚未回答，那人看到她的正脸便激动地说：“妈呀，好漂亮！小姐姐，是你吧？请问能和你合影吗？”

盛蔷礼貌地拒绝：“非常抱歉，这位乘客，我们公司有规定，机组人员不可以随意和乘客合影。”

“哦哦，没事，我只是问一下。”这个女生用手比了个赞，“小姐姐你那时候好勇敢哦，挺你！”

“嗯，注意脚下跨板，防止滑倒，祝您生活愉快，再见！”

待送走了机舱内的所有乘客，盛蔷才回过头来，松了一口气。

林开阳好似等了很久，正在整理自己的制服。

听到人都走了，他才望向她，抱歉道：“盛蔷，上次发生的那件事是我处理不当，给你和孟晚添麻烦了。”

公司之前在群里下发了通知，对这件事进行了详细的说明，将其作为典型案例写入了报告，后来还组织了实景模拟。

这份报告和通知都发布在唯盛航空的官网上。

盛蔷摆了摆手，看了看时间，说：“林副，你别太往心里去。”

“好。”林开阳点点头，“这事好在算是解决了，要不等孟晚回来，我们机组的人聚个餐？”

盛蔷想了一下，发现自己入职以来确实没和这些共处的同事一起聚过，于是答道：“也行啊，不过还是过一阵子吧，我这几天约了人。”

林开阳也没勉强，道：“那改天我们再定个时间。”顿了一下，他又试探着问，“你这几天约了谁？”

想到应桃，盛蔷的话也多了起来，她解释道：“嗯，我大学同学调到南槐机场这边了，今天她正好刚飞完，不多说了，我先走了啊。”

应桃今天这趟航班，和盛蔷的只相差一个小时，应桃先到，说可以等她一起走。

盛蔷刚走出机场，就看到应桃朝着她奔跑而来。

“蔷妹！”应桃的声音里充满了欢喜。

用推杆箱挡住来人的热情后，盛蔷摸摸她的脸，打趣道：“你还能再大声点儿吗？”

“不能，一起共事的日子多好啊。”应桃说着，拉着她一起朝外走，“今天你们家的沈总是不是回不来了？要不你去我那儿睡吧？”

沈言礼在跨年夜试飞结束后，就没和盛蔷见过面。两人的交流都是通过手机。

“行啊，他一时半会儿是回不来。”

除了飞机制造，S&S 飞机总体设计实验室今年还要进行招标。此外，民航局发的适航证有时间限制，如果项目未能按照规定完成并进行复审，那么所有流程都得重新来过。

这是大事，确实马虎不得。

盛蔷跟着应桃走着，道："我还没去过你那儿，晚上我做饭给你吃吧。"

两人相携着往外走，还没走出机场大厅，就看到服务台那边聚集了不少人。

盛蔷有些疑惑，上前透过人群朝里看。

一名乘客正在和服务台的工作人员对峙，旁边都是一些看热闹的人。

应桃也跟着凑过来，疑惑地说道："这又是发生什么事情了？"

盛蔷听了几句围观的人的对话，转头轻声对她说："好像是关于购票的事情。"

她话音刚落，服务台那边爆发出新一轮的争吵。

"你就说我为什么不能登机！"

"先生，您已经错过了登机时间，飞机已经准备起飞了，真的不能让您进去。"

"那我为什么不能改签？"

"先生，您这张机票是做活动的特价票，按照规定是不能改签的。"

那男的不依不饶，将机票甩在柜台上，说道："你的意思是我买了张废票？"

"不是的，先生。您之前购票的时候，系统应该有相关的提示。现在您所购买的特价票错过了登机时间，没有办法再登机。"

"你也说了飞机只是准备起飞，这不是还没飞吗？我不管！我命令你马上派摆渡车过来送我上飞机！"

工作人员面露难色："先生，我们也能理解您此刻的心情，但这是规定。如果您着急的话，可以购买下一趟的机票，按照正常的流程来等待下一个时间段的登机。"

"谁管你们这些破规矩！"那人气不过，"你们唯盛航空之前就出了事，今天我看明显是不怎么样啊！飞机明明还没起飞，就不让人上飞机了！什么特价票啊！当初也没提醒我具体事项啊，你们不让我登机就算了，不给改签就是欺诈！"

那男的说到最后，还想动手，服务台的工作人员乱成一团。

盛蔷刚想用内部手机号呼叫安保组过来，就发现有人过来处理了。大抵是之前机场曾经出过事，工作人员都接受了进一步的培训，这会儿的反应还算较快。

机场大厅经理带着安保组快速地往这边走来时，一旁围观的人也窃窃私语，积极地给新来的凑热闹的人复述事情经过。

盛蔷松了一口气，正想拽着应桃离开，却反被应桃扯了扯。

盛蔷还没问她怎么了，应桃压低的声音便传来了："蔷妹，不知道是不是我眼花了，我好像在人群里看到了何方舟。"

乍一听到这个名字，盛蔷几乎以为自己忘了这个人。

愣了不过几秒，她很快反应过来，也压低声音道："你确定，他在哪儿？"

鉴于之前何方舟在大学里做过的那些事，两个女孩下意识的反应便是躲开。

"东边四十五度方向，你仔细看看。"

盛蔷抬眸，视线紧跟着探过去。看到那张有些熟悉的脸后，她愣了愣。

何方舟站在人群中的第一排，面无表情地看着服务台那边。

他头发很乱，面庞黝黑，整个人似乎笼罩着一层阴沉的气息。

盛蔷很快收回视线，笃定地说："是他。"

抓住内鬼

〈 第五章 〉

接下来的几天，盛蔷一直惦记着这件事。

晚上，沈言礼抽空回公寓拿衣服。

他洗漱后难得放松下来，头发也没吹，坐在沙发上和实验室里的人通电话。

盛蔷自沈言礼回来后就有些睡不着，拎着浴巾给他擦头发。

她有些心不在焉，沈言礼接完电话后，关心道："都这个点儿了，你要先回主卧休息吗？我马上又要走了。"

盛蔷手下给他擦拭头发的力道加大。

"怎么了，这是？"沈言礼随意地扔开手机，双手抬起，拥住她的腰，往怀中收紧，"我媳妇儿今天心情不好？"

"没有。"盛蔷抓着浴巾，认真地说道，"沈言礼，我得跟你说件事，你之后注意一下。"

"注意什么？"

"我之前和应桃在南槐机场的大厅那边看到了何方舟。"她缓缓地开口，尽量说完整，"当时服务台有人闹事，我就停下来看了看，他刚好就在人群里。"

沈言礼神色微变，问："你确定看到他了？"

"十分确定，除了胖了点儿、黑了点儿，但我和应桃都确定看到的是他。"盛蔷说不出此刻心里是什么感觉，"总之还是要小心一点儿……"

当初何方舟来绣铺闹事，上报书记后，书记又向京淮航大校长办公室汇报了此事。

京淮航大是百年名校，是航空人才的摇篮，像这种恶劣的行为一般都是从严处理。何方舟后来在派出所里待了一段时间，听说出来之后，又因为各种闹事，差点儿被开除学籍。

何方舟最后申请了延迟毕业，但到底有没有毕业，盛蔷无从得知。

眼下，她话还没说完，沈言礼就打断道："你有没有受伤？他有没有看到你？"

盛蔷没想到沈言礼的反应是这样的，她笑着在他的发间揉了一下，说道："你放心，没有，他没看到我。"

但何方舟为什么会突然出现在唯盛航空……

"我先让公司内部查查有没有他的登机记录，不管他有没有恶意，我们都要提前防备。”沈言礼顿了一下，看着她强调道，“尤其是你。阿蕾，我不想再有上次的事情发生。”

盛蔷点点头：“放心好了，我自己也会注意。你之前不是就给我买了防狼喷雾和警报器吗？”

说到这里，盛蔷觉得沈言礼也确实有点儿夸张。

沈言礼回了沈氏，第一件事就是让人调取何方舟的登机记录，然后赶往基地。

当初出问题的那架小型飞机通过大家的共同研究，终于找到了问题的关键所在。

“这一架的零件被替换了，尺寸仅仅相差零点几毫米。”专家装载好被替换的零件，展示给众人看，“还好只是这一架，还好只是小型飞机。你们比谁都清楚，仅仅是这么点儿差池，就能酿成什么样的后果。如果飞机正式开始在空中运行，那么试飞的每一次都有爆炸坠机的可能。”

大家缄默不语，实验室里静得连一根针掉在地上都听得清楚。

“这是客机，试飞的时候没有乘客，但有驾驶员。”专家面容严肃，“知道吗？这相当于你放了一个冲天炮，它蹿上去，啪的一声就没了。”

有人没忍住，笑了。

“笑什么笑？我只是实话实说，相当于你们中有人坐上去，还没飞多久就直接嗝屁了。”专家的目光扫过实验室里的人，“前两天在民航局基地那边试飞另外一架的飞行员呢？你待会儿留下。”

然后，专家看向程也望，郑重地说道：“你之前做的航空电子系统记得再发给我，今晚我帮你们再看看。”

程也望连忙点头，应了声“好”。

沈言礼拿过那个零件，放在掌心细细地看。

肖叙没忍住，转身朝专家开口：“老师，可这几架都是反复检查过的，我们准备这么些年了，不可能马虎成这样。你要说是零件错了还好，可这个是不符合尺寸，这就匪夷所思了啊，怎么其他的飞机就完全没问题？”

老专家拿起手中的设计图，卷了卷就往肖叙的脑袋上砸：“肖叙，你每次都要和我这个老头子杠！”

“那你得问当时组装的人了，这零件镶嵌在里面，不是你们弄的，还能是鬼？”老专家顿了一下，继续道，“其他几架等比例飞机是没问题，但我建议你们彻夜查一查正式制造的那一架。”

几个老专家熬不了夜，他们已经连续战斗了好几天，这会儿要去基地给他们准备好的房间休息。

肖叙推了推沈言礼，道：“你说说，该怎么办？”

沈言礼面无表情道：“查啊，大不了拆了重新来。”

“真有你的。”肖叙说到这儿直摇头叹气，“不得不说我有点儿心累，当初是程也望负责的这一块吧？”

程也望听了皱眉道：“我是专业的，这么点儿可笑的错，你觉得我会犯？”

“可确实出错了啊。”肖叙摆手道，“你别和我急，我们先查了再说。”

“是得查。”沈言礼点点头，让两人过来，说道，“先去查零件，那边看监控的事就交给你们两个，至于大厂地面的监控录像，我自己来看。”

当初成立大厂的时候，沈言礼就做了三重防备。众人只知晓有监控，但地面的监控录像和每天刷卡进入基地的红外线记录，只有沈言礼有访问的权限。

接下来的几天，大家都忙得热火朝天。好在被替换的零件都还没有派上真正的用场。

这天，盛蔷发来消息，说她刚好飞完了一个周期，正在休假，于是闲暇之余做了点儿夜宵，要给他们带过来。

得知这个消息，实验室里一片欢腾。

说起来，盛蔷还没来过这边呢。

肖叙阴阳怪气道：“你还真是命好啊，温香软玉在怀。”

沈言礼手里转着笔，神情慵懒地说道：“不是命好，是命中注定。”

“真是无语，有家室的人离我远点儿！”

沈言礼继续排查，终于在屏幕里看到一个有些陌生的人。

“这个人是谁？”

“啊？”肖叙和程也望凑上来看。

面面相觑之时，肖叙率先道：“这个好像是之前招的收纳工吧，我亲自面试的，他之前在航天所工作过，前段时间退休了，就来这边做点儿闲散活。”

程也望点头说：“基地一共录取了两名收纳工，一般都是我们的工作差不多结束了，他们才来收纳，你不认识也不奇怪，都是签了协议的，不会碰我们的东西。”

沈言礼着重盯着这两人，结果从头到尾也没发现有什么异样。

程也望和肖叙那边的监控录像已经看完，也没有发现什么问题。

沈言礼干脆不再浪费时间，直接将进度条拖到制造问题飞机的那几天。

就在肖叙说反正都找出问题了，要不还是不要纠结是谁弄的，干脆继续制造的时候，沈言礼收到了公司内部邮件。

邮件内容显示，何方舟因为犯事和欠债被限制出行。在唯盛航空的系统里，没有他的任何出行记录，他在任何联网的购票系统里，也没有购票的资格。但是根据盛蔷的描述，何方舟当时的确出现在唯盛航空的机场大厅里。

联想到最近两起闹事行为，沈言礼开始查询上次警方公布的嫌疑人的具体信息。由于信息不完善，沈言礼又给公司相关负责人发了内部邮件。

然后，沈言礼忽然朝肖叙开口道：“肖叙，还记不记得当年我和你在绣铺揍何方舟那次？”

肖叙不明所以，问道：“怎么突然提起这个？”

沈言礼神色很冷，语气更冷：“不是突然提起，我只是觉得，这次如果再抓到他，我不会再放过。”

“得了吧，你之前也没放过啊，把他揍得鼻青脸肿。”肖叙说着，不知道想到了什么，提高声调道，“你突然提起他，难不成……”

沈言礼没解答肖叙的疑问，只道：“虽然他没有出现，但是借刀杀人这一招玩得很漂亮。”

肖叙和程也望面面相觑。

程也望率先开口道：“如果是他，保不齐还真有这种可能。基地这两天都不怎么太平，前两天护栏旁的大爷和我说，我们基地这边这么荒芜，最近竟然隔三岔五有人过来晃悠。”顿了一下，程也望又道，“还都是不同的人。”

沈言礼颔首道：“可能是踩点。”

话音刚落，忽然想起什么，沈言礼直接从座位上站了起来，立刻往外飞奔。

肖叙不解道："哎，你跑什么啊？"

沈言礼没有多说话，让他们两个带上几个人跟上。

慌乱间，肖叙后知后觉道："哦，我才想起来，蔷妹子今晚要来基地！"

因为沈言礼忙，盛蔷没让他去接，说是自己过去就可以。

她打车到了郊外，依照沈言礼的嘱咐，带了防狼喷雾。不过司机还算好心，看她拎了那么多东西，就送她到了基地外面的大道旁。

下了车，她只要再走一小段路就能进基地了。

司机将人送到就开车走了。盛蔷拎着一堆东西，正准备进去，手机铃声便响了起来。

盛蔷知道是谁，但她现在腾不出手，因为快到了，就懒得接。

只不过还没等她走进基地，不远处便传来一阵急促的脚步声。

昏暗的灯光下，隐隐约约地看见几个人，隔得远，盛蔷看不清他们的长相，但不难看出他们是朝着她来的，目的很明显。

突然冒出一群人，让盛蔷的大脑瞬间宕了机，她下意识地放下夜宵，抬手去拿防狼喷雾。

她用力扳动开关，对着来人喷射，只听到连续几声"啊"。

盛蔷抬眸看过去，一行人的脸逐渐在大道的路灯照射下清晰起来，是沈言礼他们。

肖叙弯腰捂着自己的眼睛，气得差点跳脚："这是什么玩意儿啊？我的眼睛！"

盛蔷快速地收回手，"呀"了一声后，关心道："肖叙，肖叙？你没事吧？"

其他人都忙着去看肖叙的笑话，沈言礼却快步朝盛蔷走过来。

"不是说了你们忙你们的，不用过来接我吗？"盛蔷紧紧攥着防狼喷雾的手晃了下，视线刚从肖叙那边收回来，她望向沈言礼，还有些不好意思，"这是什么新型欢迎仪式吗？真是吓了我一跳。"

沈言礼只是问道："你有没有事？"

"我能有什么事儿啊！"盛蔷低头看了一眼刚刚被她扔在地上的袋子，扯了扯沈言礼的袖子，说道，"就是我给你们带来的夜宵，估计是没法吃了。"

"这些就不管了，我只要你没事。"盛蔷还要再开口，被沈言礼打断了，他猛然将她拥入怀中，"你没事就好。"

盛蔷这么猝不及防地被沈言礼拥住，下意识地挣扎了一下。

她还是有些摸不着头脑，他们怎么突然就跑了出来？看这情形，还是特意来接她的？

“好了，我下车的地儿就是大道，你紧张什么啊！”盛蔷抬起手拍了拍他的肩。

沈言礼没说话，但隔着衣衫感受到的剧烈心跳和身体的温热，在告知她，他一路奔来的心情。

就在两人拥在一起的时刻，一旁的肖叙朝着两人喊：“能别在那儿肉麻了吗？救我才是首要的，好吧！”

盛蔷下意识地就推开了沈言礼。

在被沈言礼一路牵着前往航天基地的途中，她还频频朝被搀扶着的肖叙看。

进了大厂，盛蔷转身向旁边的人借湿毛巾。

肖叙一边叫着，一边问有没有更快速有效的方法。盛蔷心里过意不去，道：“这个是用来防狼的，一般被喷到了就没那么快好，是不是挺痛的？”

“你说呢？蔷妹子。”肖叙装出一副气若游丝的样子，“我觉得我眼睛要瞎了。”

“死不了。”沈言礼说着，将盛蔷拉回来，“忍受不住了，可以打急救电话，让他自己拨。”

这人怎么说话的！

盛蔷没有理沈言礼，上前将肖叙的身子扶正。他这会儿正难受着，听到沈言礼的话，当即就怒了：“还是人吗？沈言礼，我肖叙每天为你当牛做马，你就是这样对我的？”

盛蔷忍不住笑了，她用湿毛巾把肖叙的眼周仔细地擦干净，又拿了条新的过来，轻声说道：“你自己按着。”

周围的人也都没忍住，笑了起来，看到这个场面，都拿出手机拍照留念。

有几个忘记关快门声音，被听觉敏锐的肖叙捕捉到，他又是一番讨伐。

大厂平日里这个时间点儿都很安静，今晚倒是哄闹声不断。

沈言礼看向频频往厂外看的盛蔷，关心道：“还在想着你的那些夜宵？”

“嗯。”盛蔷还是觉得有些可惜，“那都是我亲手做的啊。”

这下可倒好，全浪费了。

看到女孩这般模样，沈言礼将她拉过来，在她唇上轻轻地咬了一下："辛苦了。"

这事儿暂时告一段落。

盛蔷被沈言礼带到了他这边的休息室。

"等一下我抽不出空送你回去，你就在这边住一晚？"

盛蔷"啊"了一声，有点儿迟疑。

他是要她和他在实验室里这么多人的眼皮子底下睡一晚吗？

"你在想什么？"沈言礼去给盛蔷倒了杯温水，再回来的时候看到她一副纠结的样子，便笑话道，"就这么一点儿地方，你觉得我能对你做什么呢？"

盛蔷气得差点儿要拧他。

过了一会儿，她才说："我是没有问题啊，可是这边是你们工作的地方，我又帮不上忙，会不会影响到你们？"

"怎么不能帮上忙呢？"沈言礼看向她，"你到了就很受欢迎。"

说罢，沈言礼将之前发现的那些问题告诉了盛蔷。

"你是说，实验室里有内鬼？"

"我确实这么想，只有内部人员才能神不知鬼不觉地替换零件，并躲过其他人的检查。"

此外，这人还知道基地大厂内监控的布置情况。

盛蔷抬眸看向他，疑惑地问道："如果是这样，那他为什么要这么做？"

实验室里的人，都是大学时期就跟随着沈言礼的校友。大家共事多年，互相之间都非常了解。

"不知道，但如果我知道是谁，我没办法放过他。"沈言礼看向她，"阿蔷，你我都知道，这是无法试探的底线。"

那个人也清楚，但他还是越过了底线。

今晚注定难以入眠，沈言礼等会儿还需继续去处理事情。

盛蔷洗漱后，坚持陪他直到深夜，但最终还是无法抵挡困意。

她提议第二天早上自行离开，尽可能不给他们添麻烦，但沈言礼严词拒绝。

"不行，我必须亲自接送你。"沈言礼的语气不容置疑，"我不放心。"

深夜里，公司的内部系统发来了一封邮件，沈言礼迅速打开查看。很快，他就发现了问题所在。

之前在机场大厅打人的那个男人和在大厅闹事要求退票的人，表面上看起来毫无关系，但巧合的是，那个男人的朋友的妻子是在大厅闹事的人的同事。

这个女人姓何，与何方舟有亲戚关系。

但只凭这些是无法作为确凿证据证明这两起事件是被人蓄意安排的。

沈言礼没有公开他所得到的消息。他提前向民航局说明了情况，并以涉嫌盗窃公司重要机密和研究成果为由报警，将资料移交给了警方。

大厂依旧忙碌，原有的项目也在持续推进。

而通过老专家的筛查之后，这一项目进展十分顺利。

特别的是，基地里出现了好几个穿着实验室制服的新面孔。

有人不解，凑过来问程也望："程工，这几个是新来的？"

S&S 实验室近几年压根没有录用新人。

程也望点点头道："是啊，他们是新来的。"语气里听不出什么。

"别看人家年纪大，经验丰富着呢。"肖叙吊儿郎当地凑过来，朝那一群人说，像是在强调什么。

"怪不得他们都不跟我们说话，好严肃啊。"

这几个新面孔还在厂内四处转悠，说是在熟悉环境，但好像又不是那么单纯。

"老一辈都这样，以后你们忍着点儿就好了。"肖叙说着跳下基建台，朝外走去。

这几天看似平静，但似乎又在酝酿着风暴。

初夏的暴雨骤降，轰隆的雷声划开沉寂的天空。

明亮的灯光照亮了整个基地。

沈言礼倚在门边，手指夹着烟，半边侧脸轮廓隐在烟雾中，辨别不出情绪。

"老大，你看。"肖叙走过来，拍拍他的肩头，"暴雨真的来了。"

沈言礼没有转身，道："等会儿注意点儿安全。"

"好的。"肖叙不以为意，"盛蔷那边，你都安排好了吗？"

"她飞回南槐了，我和机场安保组已经打过招呼了。"

盛蔷那边沈言礼都安排好了。

由于暴雨突袭，天色很快就黑了下来。大厂内只剩下寥寥几人在忙碌，其余的人都守在各自的岗位上。

须臾之间，外面传来一声“嘭”的巨响。

沈言礼悠闲地站起来，道：“你们忙，我去外面看看。”

肖叙和程也望点了点头，随后自然地走向其他出口。

那些新来的人还像之前几天那样四处走动。一切都如常进行着，直到传来另一声更巨大的声响。

除了不见踪影的肖叙和程也望，那些所谓的新人都迅速往外跑去。

大厂内的一群人面面相觑，几秒钟后终于反应过来：“出事了！”

他们跟着往外跑。大厂外面的地面湿漉漉的，散发着被雨水打湿的泥腥味。靠近厂边的屋檐下有一团扭打在一起的人影。

那几个“年长”的新人见状不再乔装，纷纷掏出枪支，对准何方舟，道：“不许动，警察！”

尽管如此，他们也没能阻止住那两人的动作。

这时，何方舟摸向口袋，正准备掏出什么东西。

站在一旁的肖叙大吼一声：“他有刀！”

沈言礼动作未停，扣住何方舟的头，利落地将他推倒在地的同时，抬脚将他手中攥着的东西踢飞了。

在何方舟的嘶吼声中，沈言礼迅速地反扣住他的手，用膝盖顶住他的脊背，死死地钳制住他。

何方舟目眦欲裂，拼了命地想要转头去看沈言礼，嘴里放着狠话：“沈言礼！你抓到我又怎样？我告诉你，我这辈子就是阴魂不散，我每出来一次，就找你一次！”

“这回你确定你还能出来？”沈言礼揪住他的衣领，说道，“不提别的，今天你在这儿干的事，随便一件都够你把牢底坐穿。”

何方舟死死地盯着沈言礼，喉咙里发出野兽般的低吼声。

自从他大学时期在沈言礼那儿频频碰壁后，他后续的人生就被彻底改变了。

何方舟因为多次犯事，再三申请延迟毕业，最终还是被取消了学籍。副校长舅舅不理他，以前的小弟也看不起他。

他出去以后，处处受限，活得不像个人，唯有姐姐偶尔照应一下他。

于是，他干脆当起了小片区域里的混混头子，享受着被人吹捧的感觉。

他准备了三年，就是在等这一天，但他没想到沈言礼早就有所准备。

布置齐全，准备妥当，连何方舟在哪儿踩点，沈言礼都算得无比精准。何方舟还没来得及出手，就先落了下风。

但他不后悔！能给沈言礼添多少堵，他就能快活几分！

思及此，何方舟阴森森地笑道："出不来是吧？那你爱得不行的那个宝贝呢？听说你以她的名字创立了一家航空公司？我告诉你，就算我被关进去了，我也会每天每夜地想念着她，想象她在我身边的情景……"

沈言礼脸上带着狠厉的表情，没等何方舟话音落下，狠狠地挥过去一拳："你再提她一次，我就让你离死更近一次，听到没？"

雨势渐渐大了起来，这会儿大厂周遭却异常安静。

何方舟黝黑的脸上汇聚着雨水和血水，他没有再开口，仿佛只会笑了。

见何方舟不再挣扎，沈言礼也显出一副收不住手的样子，警察忙上前将两人分开。

"真猛。"肖叙跑过去想扶起沈言礼，却遭到了拒绝。

他也没恼，只道："老大，从此以后，我就跟你混了。"

程也望身后跟着一群实验室里的人，他们目瞪口呆，好半晌都没能说出话来。

何方舟被警察扣住押往大厂内，等待警车到来。

实验室里的人都跑到沈言礼面前，非常关心他。

"没事吧？"

"我去，好惊险！"

"我就说那几个新来的怎么看起来怪怪的！原来不是我们的同事啊！老大你真是够阴沉的！"

"何方舟拿着那玩意儿呢，老大都敢上去跟他打？"

"这到底是怎么回事？"

"晚点都会说清楚，先离开这里，让个地儿出来给人呼吸啊！"肖叙和程也望三言两语就打发了这些人。

就在这时，一直落在人群最后的那个男生有了动作。刚才在看到何方舟被擒的瞬间，他就彻底掩藏不住发白的脸色。

那个男生“啪”地就跪了下来，显出一副慌忙的样子，口中一直重复道：“老大……老大……”

他思绪很乱，到了这会儿，却也不敢去求沈言礼原谅。

S&S 实验室的待遇很好，沈言礼从未亏待过他们。

沈言礼此时身上受了点儿伤，正被一群人围着。听到这边的动静，他敛眸看过去。

“老大，我不是故意的。”男生终于后怕起来，“对不起，我不知道……”

沈言礼没开口。

一旁的肖叙哼了一声：“你知道那个零件耽误了我们多少时间吗？要不然飞机早就造好了。”顿了一下，他大声道，“道歉有用的话，要警察干什么？”

他话音刚落，旁边的那几个警察便朝肖叙看了过来。

肖叙见状，讪讪道：“我就是先帮你们教育一下……”

他转身看向那个男生，质问道：“你知道何方舟的真实意图吗？你刚才也看到了，他不仅仅是搞破坏，还蓄意伤人，我就问你，出事了，你担得起责任吗？”

男生默默地听着，最后终于哭出声来：“可是我能有什么办法？我妈手术急需用钱！没有人帮我……只有他愿意给我大笔的钱！我没办法！就是那么个小小的零件……我想着你们迟早会检查到的……”

实验室里的人都很好，但他开不了那个口。

何方舟答应给他足够的手术费用，并且只是要求他替换零件。他想着，做吧，做吧。反正何方舟没有其他的要求，他只答应替换零件，后续有没有人发现就不关他的事了。

男生喃喃地说：“你们不是发现了问题吗？不是及时发现了吗？”

肖叙没有再开口，实验室里的那些人都沉默不语，没有人替他说话。

程也望看向他，说道：“你说没人帮你，你都没有跟我们开口，怎么就知道我们不帮你？”

那个男生眼里的光彩瞬间黯淡下来，他拼命地摇头道：“是我的错！是我的错！”

闻言，大厂内的人陷入沉默。

沈言礼一直没有反应，直到现在才开口：“让警察带他走。”

一行人浩浩荡荡地去了警局录口供。

处理完这些事，肖叙和程也望陪着沈言礼去了趟医院。

沈言礼的手受了伤，看起来还挺严重。实验室的人放心不下，非要跟过来，但统统被赶回去了。

这时候还不算很晚，急诊科的人还很多。

在等待叫号的时候，肖叙的手机突然响了起来。他打开手机看了一眼，发现居然是盛蔷打来的电话。

肖叙用手肘碰了下坐着的沈言礼，压低声音道："蔷妹子的电话，你接不接？"

沈言礼抬了下手，下一秒又收了回去。他看了肖叙一眼，道："既然是打给你的，你来接。"

他的手机落在基地那边，没带过来。顿了一下，他又开口道："要是问起我，你就说我没事。"

"你真想让我接啊？"肖叙的语气很怪。

他还没等沈言礼回答，就接起了电话："喂，蔷妹子啊，是我，肖叙。哎……知道你要找谁，沈言礼是吧……嗯嗯，他刚和何方舟打了一架，流了好多血……"

旁边的沈言礼听了有些无语。

盛蔷心里一直记挂着沈言礼，这会儿她已经下了飞机，微信上也没有收到沈言礼的回复。

因为有些担心，盛蔷特地给他打了个电话，谁知没有人接听。

盛蔷的心跳骤然加速，她试着打了几次，依旧没有接通，便干脆打给了肖叙。

结果刚接通电话，她就听到了惊人的内容。

"肖叙，沈言礼在你身边吗？"肖叙还没来得及回答，盛蔷接着说，"你把手机给他。"

肖叙在沈言礼的注视下，老老实实地把手机递给了他。

沈言礼用没受伤的那只手接过手机："喂？"

他话音刚落，盛蔷带着哭腔的声音便传来："为什么会受伤？你不是说会交给警方处理的吗？你怎么还受伤了？"

沈言礼没出声，偏着头静静地听着。

盛蔷没有听到回应，追问道："沈言礼，你没事吧？你不要吓我啊！"

"媳妇儿，"沈言礼忽然出声，"我很疼。"

"很疼吗？肖叙说你流血了，很严重吗？"盛蔷焦急地问道，"你有没有去医院？一定要去医院！我有好多话想和你说，还有好多天想和你一起过。你不要吓我！"

她的语速很快，语气充满了紧张和焦急。

"没事儿。"他应着，然后补充道，"就是心有点儿疼，闷闷的。"

虽然已经简单处理过，但他手上的伤口仍在不停地渗血。

沈言礼没有告诉盛蔷这些。

挂断电话后，肖叙表情严肃地说道："这回我得说你了，你怎么不告诉她你的伤？"

医院消毒水的气味依旧刺鼻，只是没想到这回来这儿的人，变成了他。

"不想让她看到我的样子。"沈言礼靠在医院长廊的椅子上，小声道，"好狼狈的。"

盛蔷得知地址后，很快就到了医院。

她跑到大厅，四处张望着，很快便在走廊尽头看到了那道熟悉的身影。

沈言礼看起来应该是刚从急诊科出来，受伤的地方已经重新包扎好了。

盛蔷迅速来到他面前，眼眶微微红着，仿佛下一秒便能流出泪来。

肖叙和程也看见了，便自觉地走到了一边，留给两人独处的空间。

见盛蔷一直盯着自己包扎的地方看，沈言礼笑道："你是想把它盯出个洞来？"

盛蔷这才有所反应，她抬头迎上他的视线，问道："你流了多少血？"

"还好，没那么严重。"沈言礼说着抬了抬手，"这不是已经包扎好了吗。"

见他一副云淡风轻的样子，盛蔷的鼻尖蓦地一酸："你吓死我了！"

刚才在电话里他还装没事，让她又急又气。如果不是知道他不想让她担心才这样，她真想抬手给他几下，让他好好反思一下。

"媳妇儿，"沈言礼又喊了她一声，"这次我和你之前是一样的。"

他低下头，碎发落在额前，目光深沉。

盛蔷知道他说的是哪一次，抬眸瞪了他一眼，随即又泄了力。她往前两步，想要伸手拥住他。

沈言礼将她往外推了一下，说道："我衣服上有泥，你不嫌脏吗？"

盛蔷没有犹豫，用实际行动回答他。她抱着他，透过衣衫感受着他的体温。

盛蔷的眼眶再次热了起来。她越抱越紧，过了一会儿，才道："沈言礼，下次再这样吓我，我真的会不理你。"

一行人收拾完毕，程也望开车送他们三个回去。

沈言礼和盛蔷坐在后面，肖叙坐在副驾驶座，口讲手画着，试图还原当时的情景。

"你知道吗？蔷妹子，当时那情况特别惊险，可惜我压根儿没使上力，眨眼间战斗就结束了。"

沈言礼看向听得认真的盛蔷，道："别听他的，当时要是上去一群人，估计会乱成一团。"

盛蔷听到这里，看沈言礼的眼神开始不对劲起来，她说道："你都没让人帮忙，一个人就贸然地冲上去了？"

"提前演练过，不算冒险。"沈言礼回应她，顺便向前座上的人递了个警告的眼神过去。

盛蔷不说话了，双颊鼓了起来。

她抽出被他握着的手，身子还往旁边挪了挪。

"生气了？"沈言礼紧跟着挪过去，说道，"真没事儿，我之前只是不想让你担心才那么说的，你看我身上其他地方都没有受伤。"

顿了一下，看盛蔷不回应，他边凑近边道："那就回去你亲自给我验身好了。"

"你能不能别过来了？"盛蔷生气道。

"还在生气？"

"我没有。"

"那你为什么不让我过来？"

"沈言礼！"盛蔷指了指一侧的车玻璃——她被他挤得都快要贴到上面去了。

事情处理完毕后，S&S 实验室的工作再次步入正轨。

为了加快飞机制造速度，所有人都全力以赴，日夜不停地进行数据计算、零件组装，很快就要收尾了。

之前基地扩建十倍的空间逐渐被填满，与此同时，用于试飞的通道也已经建成。

接到沈言礼的电话时，盛蔷正准备登上航班。

她接通电话后说：“嗯，我在听呢。”

沈言礼那边的信号不太好，偶尔通话，盛蔷听不太清，但已经习惯了。

“当然没有啦。”盛蔷笑道，“说来也巧，没有人能比你更会掐时间了！”

她每一次飞行结束，人刚下飞机，沈言礼就会发短信询问她是否平安抵达。

这回盛蔷开了个玩笑，沈言礼听了却没说话。

两人通过电话听着彼此的呼吸声。

过了一会儿，沈言礼那边传来吵闹声。

盛蔷不知道沈言礼为什么在这时打电话给她，于是说：“怎么了？我马上就要上飞机了。”

“阿蔷。”沈言礼突然唤了她一声。

“嗯？我在听呢。”

“阿蔷，我们完成了。”沈言礼语气里带着几分欣喜。

盛蔷立刻明白了他的意思，开心地说道：“真的？！”

“嗯，我们终于完成了主机的建造，不过还没有试飞。”沈言礼说着，觉得有些遗憾，“没能在你面前说还有点儿可惜。”

盛蔷高兴地说道：“但听到这样的消息，我觉得我接下来的一段时间都会很开心。”

“这还只是开始。”沈言礼也笑了起来，“你好好工作，等你工作结束了，我带你来这边看看。”

挂断电话后，盛蔷站在机场大厅，抬头看向外面。

蓝天一望无际，阳光透过机场大厅的落地窗照射进来，照在路过的行人身上。

因为沈言礼受伤的事，盛蔷一直还在生气，但现在听到这个好消息，她将生气的事忘得一干二净。

航程结束后，盛蔷把行李寄回公寓，直接奔向郊外的航空基地。

大门开启时，盛蔷站在门口往里看，几乎看不到尽头。

实验室里的人仍在忙着各自的工作，每个人的脸上都洋溢着兴奋之情。

最先看到她的是程也望，他惊讶地问："盛蔷，你怎么来了？"

"工作结束了，我过来看看。"盛蔷向他招手。

"那你有没有跟沈言礼说？"

"跟他说了，他现在在哪儿？"虽然她告诉了他，但她对他说飞机晚点了，她要晚一点儿到，因为她不想让他来接她。

程也望笑着指着后面说："他在八号基地，你去找他。"

跟程也望告别后，盛蔷加快了步伐朝着八号基地走去。越靠近基地，盛蔷的心跳越快。终于看到沈言礼的那一瞬间，她的心跳仿佛漏了一拍。

"沈言礼。"盛蔷叫道。

沈言礼手里拿着笔，站在架子旁，正在听工作人员报告工作。

听到盛蔷的声音，他立马转过身来。诡异了一秒后，沈言礼立刻大步走向她。

"我不是说了去接你吗？你怎么自己过来了？"他说道。

"是啊，我就是自己来了。"盛蔷说。

沈言礼摩挲着她的手，笑着说道："你今天看起来心情不错啊。"

"你都能看出来？"盛蔷问。

"怎么看不出来？"他扬眉道，"虽然你看起来不是为了我。"

"确实不是。"盛蔷点点头，"我是为了飞机而来的。"

"那又怎样？这架飞机不还是我造的吗？"沈言礼骄傲地说道。

沈言礼这意思就是说，不管怎么说，盛蔷还是为他而来。

不想和他继续掰扯，盛蔷直奔主题："你快让我看看飞机。"

这架飞机被放置在八号基地旁边的新厂房里。沈言礼刷完工牌，输入密码后，带着盛蔷走了进去。

大灯被打开，一束束光线聚集在飞机上，这架银白色的飞机静静地停立在那里，十分漂亮。

沈言礼又拉开墙上的幕布，露出飞机的俯瞰图。

"你看这边。"沈言礼拉着盛蔷看过来，"我们在设计这架飞机之前就想着要创新，所以我们用特殊材料做了全景天窗的设计，这将成为唯盛航空旗下自造飞机的最大卖点。”

全景天窗需要追求更好的材料和更精湛的技术，但是这一点很难完成，因为这与承载结构需要密集布置的飞机设计相违背，所以在设计全景天窗的时候，需要采用仿生树桩结构。

这样的设计不是第一次提出，但大多数应用在私人飞机和商务专用飞机上。由于成本考虑，民用客机几乎没有采用过这样的设计。

为了完成这项设计，唯盛投入了大量的昂贵材料，耗资巨大。但所有人都相信，等到量产时，唯盛也一定会获得更大的回报。

盛蔷大受震撼，久久不能回神。

过了许久，她回头看向沈言礼，说：“我有些看不太懂了。”

“我可以理解为——”沈言礼说着，拉起盛蔷的手，“你这是在夸奖我吗？”

盛蔷看向他，为他开心，说道：“提前恭喜你了啊，沈总！”

“还没呢。”沈言礼把玩着女孩的手指，说道，“我还得和你说件事。”

“虽然这架飞机还没有试飞，但第一批量产飞机的系列名称，我已经想好了。”他看向她，“就叫‘心墙’系列。”

从航天基地回来的当晚，盛蔷有些沉默。

她今天确实有些反常。

盛蔷在玄关处换了鞋便直奔主卧。

沈言礼换好衣服再回来，就见盛蔷趴在床上，将头埋在枕间，双手紧紧地抱着屁桃玩偶，被褥也被弄得凌乱。

此刻的盛蔷像极了想要逃避危险的鸵鸟，怎么也不肯起来。

沈言礼走过来，坐在床沿俯身看她，关心道：“今天怎么了？”

盛蔷没说话，只是摇了摇头。

沈言礼凑近，用手指戳了戳她的脸颊，引来了她的不满，她用力拍开了他乱动的手。

这回沈言礼面带笑意道：“回来也不说话，你搁这儿拜佛呢？”

“你才拜佛呢。”女孩闷声闷气的声音传来，“我就不能是想休息？”

“行，你想休息。”沈言礼指尖缠绕着盛蔷雪背上的发尾，说道，“你哪次休息之前不洗澡？”

这实属反常。

盛蔷没吭声，单腿抬起，踹了他一脚。

沈言礼想起今天白天在基地发生的事，开口道：“媳妇儿，你是不是害羞了？”

她分明之前都还好好的。

闻言，盛蔷身形一顿，连脊背都明显僵硬了。

夜色如水，四周除了石英钟表针缓缓走动的声音，寂静无声。

而事实正如沈言礼所说，她此刻确实有些羞恼。

现在的盛蔷，只要脑海里一想起当时沈言礼站在基地跟她解说飞机造型的模样，脸就会红，她恨不得将脸埋得更深。

“你管我啊！别问那么多了。”

看到她不想回答，沈言礼反而更想使坏了，他追问道：“阿蔷，你就说是不是吧？”

沉默一会儿后，他又一次叫道：“阿蔷？”

在沈言礼还要喊第三声的时候，盛蔷终于抬起头来，乌黑柔顺的长发衬得她的脸更加白皙。

她无奈道：“是，总行了吧！你老要问！”

“这不是难得见一次吗？”沈言礼低头笑了下，“再说了，又没有别人在，我就乐意看我媳妇儿害羞的样子。”

盛蔷掐了掐屁桃玩偶，好半晌才出声：“其实也不是害羞，我只是很高兴。”她特别强调，“是特别高兴。”

她高兴得现在的心情都无法平静。

沈言礼继续勾着她的发尾，笑道：“你高兴就好。”

眼下这里也没有旁人，盛蔷看向他，忽然问：“你取‘心墙’这个名字，那其他人是不是都知道了？”

“知道了又如何？”沈言礼咬了下她小巧的鼻尖，“之前挂的那个名字，他们都没意见，这次又有什么好稀奇的？”

因为飞机主体已经完工，沈言礼难得有了几天假期。

今年的夏季又热又闷，一连闷热了大半个月后，暴雨终于来袭，驱散了这股躁意。

盛蔷飞完这次航班，机组的几个同事约着一起出去聚餐。

换衣服的时候，沈言礼站在衣柜旁看着她。

“确定是今天约好了？”

盛蔷没有回头，说：“难不成还有假？”

沈言礼继续问：“林开阳也会去吗？”

盛蔷觉得好笑：“你倒是记得他的名字啊！不仅他，机长也会来。”

沈言礼不再说话，然而他也没有离开的意思。

盛蔷刚想脱下衣服，察觉到背后那道灼热的视线，于是她忙催促道：“我要换衣服了，你走开点儿。”

“不走。”沈言礼应得很快，“你不转过来不就行了？你换你的。”

盛蔷白了他一眼，开始认真地挑选。

她的衣柜渐渐地被填满，其中几件是之前两人一起逛街时沈言礼给她挑的。

盛蔷想着这是一个聚会，得要挑些她自己喜欢的衣服。她最终选择了一件淡紫色的一字领齐肩裙。

沈言礼在她走之前非得凑过来，在她的颈侧咬了一口。

好在沈言礼知道轻重，没有在那里留下明显的印记。

“你要是觉得无聊，可以去找肖叙。”盛蔷走之前叮嘱了他一句。

“看情况。”沈言礼和她一起走出去。他提醒她，“尽量别碰酒，少喝点儿。我去接你，到时记得看时间。”

盛蔷挎上包，不耐烦地说道：“知道了，你今天怎么话这么多？”

由于聚餐地点有点儿远，沈言礼决定开车送她去，但是盛蔷并没有询问他之后的行程。

一行人聚餐的地方依旧是熟悉的翠苑。这次的包厢采用了仿酒吧的设计，另外还有专门的唱歌区和游戏区。

盛蔷是最晚到的，当她进去时，里面已经热闹非凡。

“终于把你盼来了！”已经坐好的孟晚热情地招呼她，“来这边坐，我帮你占了个座位。”

几个空乘顺着孟晚的招呼往门口看，惊艳道：“蔷妹就应该多穿点儿平日里的衣服，太漂亮了！”

随着她们的惊叹，盛蔷成了众人的焦点，只能一一回应大家的问候。

落座后，盛蔷礼貌地向坐在她正对面的机长问好，林开阳坐在她的右侧，给她倒了杯温水。

盛蔷礼貌地道谢，然后用手肘碰了碰孟晚，问道：“你们没有点菜吗？”

“等你来啊，而且我们也不着急。”孟晚说着，直接把手里的平板递给其他人，“你们传阅一下，点自己喜欢吃的，直接在平板上下单。对了，我强烈推荐他们家的烤乳鸽，味道非常棒。我已经提前点好了。”

有人笑她：“孟晚，你对这儿可是门儿清啊，是来了很多次吗？”

“那当然，我真的来了很多次。”

大家酒足饭饱之后，开始闲聊。

成茹和林开阳正在回忆以前不在唯盛航空的时候遇到过的趣事，有的人也跑到点歌台那边点歌，其他人则在津津有味地聆听。

这时，盛蔷的手机突然嗡嗡地响了两声。她不看也知道肯定是沈言礼发来的消息。

S&S：“聚餐还没有结束？”

S’Q：“这才几点？还早着呢！”

沈言礼回复得很快：“最晚到九点啊，不要过门禁时间。”

S’Q：“我怎么不知道还有门禁？”

S&S：“现在知道了吧？”

S’Q：“无语。”

S&S：“好了，最晚十点。”

S’Q：“这个时间差不多。”

盛蔷回想着最后那句话，笑容蔓延在她的脸上。

旁边的空乘看到她笑得开心，就凑过来小声地问：“你是不是也觉得我们的机长唱得又难听又搞笑？”

话音刚落，还在热情歌唱且扭动着身子的机长转过身来。

盛蔷连忙换上一副认真倾听的模样。

过了一会儿，服务员把餐桌收走，腾出了不少空间，大家便坐在沙发上闲聊。

有一个空乘正在递话筒给林开阳，调侃说："机长都唱了那么多首了，你也来一首吧，林副？"

林开阳委婉地拒绝："我不会唱歌，听你们唱就可以了。"

成茹也跟着摆手道："提前说一声，我也不会唱歌。你们小年轻自己玩吧。"说完，成茹又和其他人继续聊天。

大家趁着聚餐的机会放松了心情，畅所欲言。由于平日里工作繁忙，很难有这样轻松相处的机会。盛蔷甚至不自觉地多喝了几口酒。

成茹越聊越起劲，突然她拉着孟晚的手指着窗外，大笑道："你们知道这是什么光吗？"说着，她又笑得更加开心了，"这叫——精英的光。"

众人一同顺着成茹指的方向往外看。

透过包厢的窗户，他们才发现外面的天早已黑了，对面楼的霓虹灯已经亮了起来。

这里坐落在南槐市中心，各种摩天大楼鳞次栉比，非常热闹。

从包厢里望过去，正好能看见唯盛航空总部大楼的一角。

看到熟悉的标牌挂在夜色中，发着熠熠的光，大家都反应过来："确实是精英的光！"

"对了。"有个空乘突然道，"你们平常看热搜吗？我之前看到我们公司上了热搜了。"

有人好奇起来："你是说我们公司制造飞机的那个新闻吗？"

"对对对，就是那个！"

提及此，大家明显更感兴趣了。

飞机制造完成的那天就上了热搜，虽然没有爆料飞机的具体信息，但已经足够让大家惊讶。

成茹好半晌才反应过来："哦，你们说这个啊，我之前听说过。"

"成茹姐，你知道？快和我们说说详细的！"

"详细的我也不清楚，只知道这个项目沈总在大学那会儿就开始计划了。其他的我就不知道了，我又不是他们那边的。"成茹说着摆摆手。

那人继续问道："那他女朋友呢？成茹姐，你听说过沈总的女朋友吗？"

也不知道从什么时候开始，唯盛航空内部就有人传言说，沈言礼有女朋友，并且和女朋友相恋多年，这让不少仰慕沈总的女员工感到心碎。

"这我更不知道了啊，应该有吧？"

几个空乘咂咂嘴，一副意犹未尽的样子。关于公司高层的八卦，哪怕能听到边角料，她们也觉得满足。

“我们公司越来越厉害了啊，还能自己研发飞机。”

“更厉害的难道不是沈总吗？他那个实验室只被媒体拍了个远景，妈呀，是真的震撼！”

盛蔷在旁边一直没开口，只轻轻地笑了起来。

林开阳就坐在盛蔷的旁边。他之前一直在静静地听大家聊天，没吭声，也没插话。听到盛蔷的笑声，他转头看向盛蔷，若有所思。

包厢内，大家聊得热烈，很快便将话题从公司新闻转移到了娱乐圈的八卦上。

“贺云沂和辛葵那对好甜啊！”

“什么？他俩公开了？”

“你怎么回事啊？人家不仅公开了，还上了恋爱综艺节目。”

有个女生喝了一口酒，说道：“顶流都公开了，你们说，沈总的另一半啥时候公开啊，真是够神秘的。”

另一个人道：“谁知道呢？这种大佬的私生活，咱们不好窥探吧，他们又不是什么公众人物，不公开也很正常。”

“沈总还不算公众人物？从沈氏集团到唯盛，再到最近的飞机研发，每次沈总有什么大动作都会上热搜，多有排面啊！”

“沈总本身就有知名度啊，况且除了你说的那些，隔壁的华安庭成不也是沈氏的？”那女生说着比了个大拇指，“沈总，无处不在。”

时间一分一秒地过去，有两个人有事便提前离开了，但丝毫不影响包厢里热闹的氛围。

盛蔷没敢多喝酒，怕等会儿喝醉了身体难受。

她干脆放下酒杯，一边听大家闲聊，一边打开自己的手机。

九点五十分了，她估计沈言礼已经在地下车库等她了。

盛蔷刚想开口和大家说自己得走了，包厢的房门便被敲响了。

大家听到这声音，以为是谁敲错了门，也就没理会。但很快，又一阵敲门声传来。

坐在最外边的人问了句：“谁啊？”

话音刚落，沉重的门被缓缓地推开。包厢外的热空气就这么顺着打开的门缝灌入。

看到门口的那道身影，所有人都惊讶得噤了声。

“媳妇儿，”沈言礼站在门口，看着盛蔷，旁若无人地说道，“到点儿了，该走了。”

恋情公开

〈 第六章 〉

包厢内陷入了一片沉寂。众人瞪大了双眼，都以为自己看错了。眼前的人竟然是唯盛总部都难得见到的沈言礼。

几乎每个人都被沈言礼的突然出现给吓到了，好半晌都没能组织出自己的语言。

还是机长率先反应过来，他委婉地提醒："沈总，您是不是走错房间了？我是唯盛的航行机长。之前我们在会议上见过面，我们这是机组自己组织的聚会……"

他的意思再明显不过了，但沈言礼只是朝他点了点头，丝毫没有要离开的意思。

就在这时，盛蔷拎着包朝大家弯了弯腰，脸上带着歉意道："那个……不好意思啊，我刚准备和你们说我得走了，他就来了。"

女孩说着，指向站在门口的沈言礼。

一排人正端坐着，此刻也只能本能地点头，叮嘱盛蔷注意安全。

沈言礼扫了一眼包厢里的人，视线很快便与林开阳的对上。

四目相对，林开阳率先移开了视线。

沈言礼收回目光，继而朝大家点了点头，道："你们继续玩，这个包厢的账算我头上。"

在盛蔷走近的时候，沈言礼自然地拉过她的手，放在手心里攥着。

下一秒，沈言礼抬起两人交缠在一起的手，道："人我先带走了啊。"

包厢内的人还没反应过来，他们只是盯着两人看，眼睛一眨也不眨。听到沈言礼这句话后，众人连忙点头应和。

盛蔷任由沈言礼攥着手，在跨出门之前，回过头向大家挥手告别："我真的走了啊，回头见啊。"

机组的人此刻除了说"客气什么""回头见"等告别话语，没有别的话可说。

包厢内晦暗不明，点歌台屏幕发出的光落在每个人的脸上，让每个人的脸像打翻了的调色盘一样，各有各的精彩。

沈言礼接过包，手也非常自然地搭在女孩的腰间。两人相依相偎着，真是一对璧人。

机组一行人此时此刻还没完全从惊讶中回过神来。直到有个空乘捂着脸，率先出声，打破了这沉寂："我刚刚没看错吧？"

盛蔷和沈言礼很快便走到了包厢外。

两人还没走远，就听见包厢里面传来一阵惊天动地的惊呼声。

盛蔷用眼角余光看了眼沈言礼，抬手摸了摸自己的鼻尖。她心想，下一次飞航班时，少不了被大家追问。

沈言礼将盛蔷所有的反应收入眼底，他的手稍微用了点儿力，搂紧了女孩。

两人齐步走向地下车库时，沈言礼看着她道："我来接你，你不开心？"

"我哪有不开心？"盛蔷扬唇看向他，"我觉得应该是我问你才对，你这时候是不是很开心？"

"我在问你呢。"沈言礼没有承认，也没有否认，反问道，"你说说，我怎么就开心了？"

"这难道不是很明显的吗？"盛蔷觉得好笑，将手机拿出来，看了一下屏幕上的时间，递给沈言礼，"如果我没记错的话，你说的是十点。而现在还没有到十点。"

沈言礼随意地扫了一眼手机屏幕，道："怎么就不是十点了？"

对上盛蔷狐疑的目光，他补充道："四舍五入呗。"

"你又有理了。"盛蔷懒得跟他计较。

她想抽出自己被紧攥着的手，但挣扎了半天都没用，干脆用另一只手去掐他，嘴上质问道："既然说好了在地下车库等我，我们沈总为什么还特意屈尊跑到包厢外敲门呢？"

"那是因为你太慢了。"沈言礼任由她掐着自己。

过了一会儿，他凑近盛蔷，一双漆黑的眸子锁定她。他老实交代："媳妇儿，我哪儿也没去。"

他没去找肖叙，也没回公寓，而是一直在这里等着。

"我在这边等你等了很久。"

上车后，盛蔷放回包内的手机开始疯狂地振动，响声不断。

盛蔷不用看也知道是某个群里的消息。

此时，他们机组的人应该已经彻底回过神来，开始在群里疯狂讨论。

在沈言礼启动车子的同时，盛蔷打开手机，翻了下聊天记录。

同事群此时已经沸腾了，消息数量已经超出显示范围，出现了省略号。

盛蔷刚刚进入群聊，便看到聊天信息不断地往上滚动，还有很多人提到了她。

“大家都注意点儿，群里还有两男士呢。”

“我才弄清楚人物关系，所以……蔷妹就是沈总的另一半？”

“楼上，把你的问号换成叹号比较有说服力。”

“我都想拿去投稿了，标题就叫‘身边共处的同事竟然是我的老板娘’，咋样？”

“我去！蔷妹藏得这么深？我真的没反应过来！”

“居然搞地下情！”

盛蔷往群里丢了个表情图，结果收到了更多消息。

怕影响沈言礼开车，她干脆开了静音模式。沈言礼却忽然开口道：“都说什么了？”

盛蔷转头看着他，还没反应过来：“啊？”

沈言礼转头，朝她攥着的手机抬了抬下巴。

“你说他们啊……”盛蔷不好念群里的信息，只道，“就是看到你来了，大家都很惊讶。”

“你确定只是这个？”沈言礼说这句话的时候，单手搭在方向盘上，他的侧脸隐在夜色里，神情有点儿慵懒，很好看。

盛蔷看向他，突然想到他今天特意在车库里等她，接着又直接去包厢里接她的举动。

车窗开了点儿，夏夜的风轻拂着她的心。

盛蔷感觉好像有什么东西在慢慢地填满她的心，几乎要溢出来了。

过了一会儿，盛蔷才道：“好吧，确实不止这些。”

原本喝了点儿酒的盛蔷，在微醺之下，故意打趣道：“还说了好多，说我俩不厚道，搞地下情……”

“地下情？我可一直都是光明正大的。”沈言礼转头看向她，“从见你第一眼的时候就开始了。”

他那会儿是光明正大地欺负她吧！

还未等盛蔷开口反驳，沈言礼便转动方向盘，继续说道：“不过要说地下，我们现在确实是在地下。”

随着他的话音落下，车子骤然转弯，驶入另一处地下车库。

盛蔷看了一眼四周，疑惑地问道："你怎么把车停在这里了？"

沈言礼停车的地方是翠苑隔壁的华安庭成的地下车库。华安庭成是沈氏旗下的连锁国际大酒店，不仅遍布国内各大城市，海外也有分店。现在华安庭成的掌门人是沈言礼的表兄弟沈翌恒。

"还没带你来过这儿。"沈言礼说着，俯身过来帮她解下了安全带。

一路跟着前往顶层套房的时候，盛蔷都有些蒙。直到沈言礼拿出房卡开门的时候，她终于感觉到不对劲，问道："你是不是早就计划好了？"

随着嘀的一声，门开了。

"不算。"沈言礼单手推着门，说道，"只是这几天突然闲下来了，想找点儿事做。"

沈言礼先进了房间，看盛蔷迟迟没有进来，他转身倚靠在玄关的墙边，笑道："进来吧，我的女孩。"

进了房间，盛蔷才发现这间房有人住过的痕迹，一眼便能看见桌子上还放置着电脑和一些文件。想来，这应该就是之前沈言礼和她提过的临时留宿的套房。

沈言礼在航天基地那边忙的时候，有些关于沈氏的业务就在这里洽谈。

而这里距离唯盛航空也很近，他偶尔不方便回家，也可以过来休息。

"懒得开车回去，今晚就住这儿了。"沈言礼给她指了指今晚两人睡的主卧，说道，"那地儿管家都没进去过，留给你的，随便用。"

盛蔷没说话，只留给沈言礼一道背影。

眼看时间越来越晚，沈言礼也不知道在小客厅那边忙什么，一直没有进主卧。

盛蔷在床上趴了一会儿，才起身去查看微信群里的消息。

微信群里的消息比之前的还要多。有人直接提到了盛蔷，八卦道："蔷妹，你这会儿是不是已经到家了？快！快和我们说说你和沈总动人的爱情故事！"

盛蔷盯着这一条消息看了很久。

到是到了，但这到的哪是家啊？

女孩看了一眼时间，想了想，而后回复："没到家呢。"

群里的人继续聊着——

“你们走得也太急了吧！”

“啊啊啊！好后悔，就应该让沈总也来唱个小曲儿什么的！”

“喜极而泣，我们跟着蔷妹混，以后升职加薪是不是有希望了？”

“我想了想，居然还是沈总主动！”

“今晚我要做两人床板底下的一块砖！”

大家都是成年人，有些话题越聊越过火。

盛蔷今晚心情不错，连发了好几个笑盈盈的表情。

她放下手机，在床上翻滚了一圈。就在她仰起头睁开眼的瞬间，看到的不是天花板，而是沈言礼那逼近的眉眼。

尴尬之余，盛蔷瞥见微信群聊天框内，忽然蹦出来两条信息。

“我想了很久，一直想到现在——”

“蔷妹，你说唯盛航空的那个‘唯’和‘盛’，指的是不是你？”

盛蔷拿起手机，刚想回复，沈言礼便俯身压了过来，打乱了她的思绪。

他漆黑的眉眼在灯光昏暗的房间里，显得更加深邃。

他凑得很近，双手撑在盛蔷肩膀的两侧，单膝跪在床沿，就这么盯着她。他手下的动作也没有停下，一寸一寸地掠过她一字领口的荷叶边。

手机还在频频振动，盛蔷伸手附在沈言礼的胸膛上，想要推开他，奈何他纹丝不动。

过了好半晌，盛蔷有点儿泄气。

女孩忍了忍，道：“你突然这样干什么呀？”

“不干什么。”沈言礼俯身看着她，温热的鼻息拂过她的颈侧，“你继续。”

不知道这人又发什么疯，盛蔷瞪了他一眼。

她简短地回复完消息，发现群里又连着冒出好几个新问题，连成茹姐也参与了进来。

大概是嫌弃打字的速度慢，大家纷纷开始发语音。

“我敢打赌，媒体要是知道了‘唯盛’的含义，肯定会炒上热搜。”

“蔷妹，听说你和沈总是校园恋爱长跑，这是真的吗？”

“再一次嗑到昏迷，呜呜呜……”

“你男朋友不也挺帅的吗？你哭什么！”

“那能和沈总比吗？”

“不过沈总长得确实是极品，标准的坏男人样貌，迷人得很。”

“哈哈哈，你说沈总是坏男人，这样大胆发言，难道不怕沈总刚好在蔷妹的旁边，并且听到了吗？”

没错，当事人已经听到了。

这些消息盛蔷都是直接点开的，还开了语音外放，内容都被沈言礼听到了。

盛蔷悄悄地看了一眼沈言礼，此时此刻，这个“坏男人”还在玩她一字领口的荷叶边。

她收回视线，开始快速地打字。

“那个，大家还是发文字吧，发语音的话……”

盛蔷的一段话，成功地让群里的人安静下来。

沉寂过后，新一轮消息轰炸开启，大家纷纷询问盛蔷省略号的含义，还有沈言礼是不是真的听到了！

盛蔷起初还能应对几句，后来完全回复不过来。

沈言礼这会儿正气定神闲地看着她，问道：“你怎么不回了？”

盛蔷耳根子红了一片。

沈言礼骨节分明的手，不知道什么时候已经从衣服下摆处悄悄地探了进去。

盛蔷嘴硬道：“我怎么没回了，刚刚不是还在打字吗？”

“哦，那你继续回。”沈言礼淡定地说道，身子也压了下来。

盛蔷干脆将手机扔到一旁，用双手抵住他的肩膀，道：“你这样让我怎么回？”

“我怎么了？我这不是正在坐实我是坏男人吗？”沈言礼说着，将手拿出来，“我总得坏一下，才能对得起这个称呼。”

他道理一套一套的，让人感到十分无奈。

两人打闹着，很快便滚作一团。

不知道过了多久，两人躺在床上，都没什么睡意。

休息了一会儿，沈言礼起身去了客厅，盛蔷换好睡袍也紧跟了过去。

“怎么这么晚又开始忙了啊？”

“一点儿小事而已，很快。”沈言礼单手在电脑键盘上敲了下，说道，

“别急啊，再过一个小时，你男人就来陪你了。”

盛蔷抬起腿，重重地踹了他一脚，然后坐在小沙发旁边。她看着沈言礼的电脑屏幕，疑惑地问道：“不是说已经万事俱备，只等试飞了吗？你现在在处理什么？”

“是的，只要等到试飞就可以了，但实验室不止研发这架飞机。”沈言礼解释道。

谈到试飞，盛蔷突然来了兴趣，问道：“你们什么时候开始试飞？”

“你问这个？”

“嗯，我想去现场陪你，只是担心没时间。”

“快了，试飞分几个阶段，总有机会的。”沈言礼说着，视线从屏幕上移开，“不用担心，我已经安排好了。”

他停了一下，又说：“按照你的排班表，最后一次试飞，你一定能看到。”

盛蔷点点头。

她内心还惦记着他今晚还不睡的事，到底还是忍不住问道：“既然所有事都安排好了，今晚为什么突然又要加班？”

“在做‘心墙’系列的经济分析。”

RDT&E（研究、开发、试验和评估）的预算设定、各项费用、工时以及其他相关成本的汇总显示，一架飞机的售价甚至超过了一亿元。

盛航空研制的民用客机，并不仅仅为自己使用，还有为以后向其他航空公司提供飞机租售业务的意图。

“这个我知道。”看到沈言礼又打开三维图并输入复杂的公式反复推算，盛蔷提出，“三维图旁边的公式我会填，要不我帮你审核吧？”

她干脆地坐在他身旁，紧贴在他身边：“你只要做你的分析就好了，我来输入公式。这样会省不少时间。”

因为她当初在法国国立航空学院学习时，选修了这类课程，所以对此还是挺熟悉的。

这并不是真的感兴趣，只是为了更熟悉沈言礼的工作。

沈言礼点点头，说：“好的，你来填。”

盛蔷惊讶地说道：“你就这么相信我吗？”

他没有多说，只是给她传授了一下如何进行操作。

“我媳妇儿厉害啊。”沈言礼伸手捏着她的下巴，而后在女孩的唇瓣上不轻不重地吻了一下，说道，“我求之不得。”

她心想，真是油嘴滑舌。

沈言礼给她打开了另一台电脑，两人没有再出声，开始工作，默契配合。

套房客厅的半弧形玻璃窗清晰地映着外面的夜景。

城市永远是不眠的，霓虹灯不断闪烁。虽然已经深夜，但街上依旧车水马龙。两人远离喧嚣，沉浸在工作中。

盛蔷率先做完，她整理了一下资料给沈言礼看。

沈言礼扫了一眼，说：“我看了，都没问题。”

盛蔷将电脑屏幕偏向他，问道：“你确定吗？你都没看几秒。”

沈言礼一边活动着手腕，一边道：“你这是在质疑我的专业能力？”

“不是质疑，是怕你徇私。”

“也不是没有可能。”沈言礼还真的就顺着她的话说了下去。

他往后仰靠在沙发上，看向盛蔷，揶揄道：“毕竟英雄难过美人关嘛！”

沈言礼目光如炬，成功地让盛蔷的脸颊泛红。

“媳妇儿。”他忽然喊了一声。

“怎么了？老喊我。”

沈言礼的目光落在她的胸口，道：“你的睡袍开了。”

盛蔷下意识地低头看，确认沈言礼有没有骗人。

然而此时此刻，她的衣襟正随意地敞开着，中间的腰带没系好，松松垮垮的。

眼角余光瞥见沈言礼还没收回视线，盛蔷当即动作快速地拢好衣服，然后铆足了劲，给了沈言礼两拳。

“捶我捶上瘾了是吧？”沈言礼像是被打疼了，说道，“你现在这么熟练，以后不小心捶错了怎么办？”

盛蔷将电脑屏幕转回来，道：“你就在我面前，我哪会捶错？”

捶的就是他，百发百中的那种。

沈言礼脸上带着笑，偏过头来看她恼羞成怒的模样，继而低头朝着她的手轻轻地吹了口气。

真是要命了！

一番打闹后，盛蔷坐直身子，看向电脑，检查了几遍数据，这才放心。

盛蔷坐在旁边耐心地等沈言礼结束工作，结果距离沈言礼所说的一个小时已经过去了好几分钟，他还没有结束工作的意思。

没过一会儿，盛蔷的眼皮耷拉着，如同小鸡啄米一般点着头。

“媳妇儿，你真的不用陪我。”沈言礼帮她拢好睡衣领口，说道，“去睡觉吧。”

盛蔷摆摆手，撑起眼皮看了他一眼，道：“你别浪费时间赶我，都陪了这么久了，我当然要等你。要是还有需要我帮忙的，你就告诉我。”

不知道等了多久，她昏昏沉沉地睡了过去。等她醒来时，她发现依然是凌晨时分。

卧室的窗帘层层叠叠，拦截了窗外的灯光。寂静的黑夜里，盛蔷感觉到床的另一侧微微塌陷，应该是沈言礼处理完工作回卧室睡觉了。

盛蔷翻过身，像以往那样，窝进他的怀里。

沈言礼本以为她已经睡着，轻声问：“我把你吵醒了吗？”

女孩哼了一声，声音里都带着困意：“我怎么躺在床上了？是你把我抱回来的？”

他说道：“看你困得不行，就抱你过来了。”

盛蔷这时只觉得自己处于半梦半醒之间，她又小声说了几句话，含含糊糊的，沈言礼都没听清。

最后的一声呼喊倒是异常清晰——“阿礼。”

当盛蔷再次飞行时，机组一行人在休息时间轮流跟她打趣。

飞机稳定后，盛蔷逐个检查每位乘客的安全带，刚回到前舱就被几个空乘拉过去了。

他们继续聊上次在群里没有展开的话题，讲盛蔷和沈言礼在京淮航空大学的故事。

盛蔷没有想到这个话题居然还能当成连续剧来追。

孟晚趁乘务长不在，揶揄道：“我说，你们俩也太低调了吧。”

盛蔷检查备餐台的卫生情况，一边记录一边说：“其实，也没有想瞒着，只是你们没有问，我也就没有提。”

由于沈言礼很少来南槐机场这边，两人在工作场合很少联系。盛蔷也不是那种会夸耀的人，如果别人不问她，她也不会说。

现在被迫公开了，她感到有些不好意思。

其他人还在八卦着——

“还别说，那天晚上你俩回去是不是彼此相融、密不可分了？”

“绝对的好吧！蔷妹回个省略号后，就再也没声儿了。”

“那之后的时间能做什么啊？哈哈！你别掐我啊，我可听不懂！”

盛蔷假装没听见，随便应付了几句。

有个小姑娘挥挥手道：“还好这次之后，我也算是经历过大场面了。接下来，除非沈总突然出现在我们的航班上，否则我真的没什么好惊讶的。”

孟晚指向盛蔷，笑道：“我劝你别把话说得太满，只要蔷妹继续飞，什么事都有可能发生哦！”

几人说完后，又一起笑了起来。

这个话题结束后，有人开始问盛蔷关于唯盛航空自主研发飞机的事情。

毕竟，外界人士所知的消息都来自媒体，但是媒体仅知道一些大概情况，还没有像盛蔷这样的了解详情。

“已经进入尾声阶段了。”盛蔷放下笔，拉开座椅坐了下来，嘴角微微上扬，说道，“你们怎么都这么好奇啊？”

“哈哈，因为太厉害了！你想想，唯盛航空建立才几年啊，飞机居然研发得这么快，我们当然很好奇嘛。”

“其实还好。”盛蔷用手指简单算了算，说道，“在唯盛航空成立之前，实验室就做了好几年准备了。”

想到这里，盛蔷意识到她可能比任何人都更了解沈言礼他们的辛苦。多少个日日夜夜里，他们一起不眠不休，画图计算，为实现自己的梦想付出心血。

盛蔷透过舷窗向外看去。

根据排班表，盛蔷只能赶上最后一次试飞，其他几次试飞的时间都和她的航班冲突。但在第一次试飞时，盛蔷想陪在沈言礼的身边。她特地和好几个同事换了班，才争取到第一次试飞的时间。

首次试飞的前一天晚上，盛蔷和沈言礼是在基地度过的。

南槐的郊外，到了晚上，冷风阵阵。

他们俩就站在基地厂房的屋顶眺望夜空。

“沈言礼，我的心跳突然变得好快。”盛蔷说道。

原本她的情绪还算稳定，但不知为何，一想到第二天要迎来第一次试飞，她的一颗心就好像被高高地吊起，悬浮在空中，摇摆不定。

沈言礼原本双手搭在栏杆上，听到她的话，缓缓地转过身来道："我都没说话呢，你比你男人还紧张。"

盛蔷挨着他的身子，倚靠着栏杆，双手捧住脸，苦恼道："我也不知道啊。"

迎着冷风，她看向他，神情认真地说道："大概就是因为你而紧张吧。"

说着，她主动拉起沈言礼的手攥着，而他任由她拉着自己的手摇晃。

露台上湿冷，两人只待了一会儿，盛蔷就忍不住身子抖了抖。

沈言礼将人拥进自己怀里，安慰道："只是试飞，又不是最后一次。与其担心我，不如担心一下自己。"

说完这话，沈言礼的视线便落在她纤细的脚踝处。

"盛蔷！"他喊了她一声，目光未曾移开，"基地这边这么冷，你还穿裙子？"

虽然已经是初秋，白天依然很热。

唯盛航空旗下的 S&S 飞机总体设计实验室自主研发的大型客机，定在郊区的基地进行首次试飞。

由于是首次试飞，沈言礼作为总负责代表和项目统筹人，无法待在观景台观看，而需要留在航空基地的指挥调控中心负责指挥。

在飞机起飞瞬间，指挥调控中心会立即接收到飞机的试飞数据，包括飞机飞行时的高度和航线精确度，以及全方位记录下来的影像。

在试飞过程中，每个人都不能有丝毫松懈。

这样的紧张气氛持续到试飞两个多小时后才结束。

上午八点零八分，飞机从第八条试飞跑道起飞。

盛蔷和沈言礼一起站在指挥调控中心。大屏幕上清楚地显示了飞机试飞实景。

飞机在滑行中，指挥调控中心内的所有人都屏住呼吸，专注地关注飞机的状态。

这时，沈言礼紧紧握住盛蔷的手。察觉到他的动作，盛蔷张开手指，和他十指紧扣。

随着一阵隆隆声，飞机滑行结束，机头抬起，开始向天空急速攀升。

到达一定高度后，飞机开始平稳飞行，机翼在天空中划出流畅的弧线。

随后，指挥台不断发出各种报告——

“报告！飞机起飞成功！”

“报告！飞机已进入正式航线！”

“报告！飞机正在按照预定航道稳定飞行！”

随着这些报告声音的落下，无论是基地的观景台上，还是指挥调控中心内，都爆发出一片欢呼声。

现场的“啊啊啊”叫声清晰地传来。

沈言礼没有说什么，只是看了盛蔷一眼，手上的力道不自觉地加重了。

盛蔷意识到此时此刻沈言礼的心情。

很快，所有人放松了心情，又开始密切关注大屏幕的显示。

飞机正式进入航线后，还要按照指示完成所有考核。

时间一分一秒地流逝，两个小时三十五分钟后，飞机全程历经三十六个实验点，成功完成返航。

指挥调控中心也不断地播报飞机试飞各项指标合格的消息——

“报告！飞机平稳着陆！”

“报告！首次试飞圆满成功！”

除了观景台上传来不断的欢呼声外，指挥调控中心的人也纷纷从座位上跳了起来。

在所有人相互拥抱，庆祝的时刻，沈言礼搂住盛蔷的腰，将她抱着原地转了几圈。

盛蔷感到自己的双脚几乎瞬间离地，忙用双手搂住他的脖子，惊喜地说：“沈言礼，你把我放下来！”

“已经抱起来了。”旋转中，他的话被欢腾的海洋淹没，“想放下来没那么容易。”

首次试飞正式结束。

当盛蔷被沈言礼抱着放下来时，她的脚刚挨地就感到一阵眩晕。

她下意识地拽着他的衣领，好半晌都没松开。

指挥调控中心的那几个工程师转身看到他们俩依偎在一起，一改以往严谨冷淡的风格，连吹了好几声口哨。

沈言礼扶着盛蔷的腰，看着她双眼迷蒙的模样，觉得极为有趣：“媳妇儿，你这就转晕了？”

“你说呢？”盛蔷的声音细如蚊蚋，她没好气地说道，“如果我转你十几圈，你晕不晕。”

“可我是抱着你转的。”他摸了摸她的唇瓣，笑道，“你看我晕了吗？”

盛蔷不愿再和沈言礼纠缠下去，索性挣脱他的手，心中暗自思量，这笔账日后可以慢慢清算。

当沈言礼强行把她带出指挥调控中心时，女孩一直在试图挣脱他的掌控，可是他的力气太大了。

在外面的走廊上，来往的都是基地里的人，他们时不时地看向他们，可是沈言礼好像对此无动于衷。

盛蔷忍不住开口道：“沈总，你难道不担心会产生不好的影响吗？”

“不好就不好了。”沈言礼一只手搂着女孩的腰，无所谓地说，“在你心里，我不就是以色盖智的那种人吗？”

盛蔷听了，忍不住笑了出来。

他说的话虽然有些过分，但也是事实。

可能是盛蔷的表情过于明显，沈言礼又搂住她的肩膀，小声地说：“我只是说说而已，你还真这么想是吧？”

两人继续以奇怪的姿势朝前走去，沈言礼把盛蔷搂在怀里，她被迫在他的怀中走着，反驳道：“为什么不能这么想呢？你现在还挺有自知之明的啊。”

沈言礼没有再说话，只是更紧地搂着她。

女孩儿在一瞬间便感受到他喷洒而来的温热鼻息，后脖颈泛起一阵阵鸡皮疙瘩。

“你松开我。”这个姿势，盛蔷怎么都觉得别扭，偏偏沈言礼知晓她的敏感点所在，也知道她怕痒，故意不放开她。

“沈言礼，你老要这么弄我。”

“我怎么就弄你了？抱你都算？”

盛蔷没辙了，没好气道：“我要是这样弄你，你好受吗？你现在就给我转过去！”

盛蔷话音刚落，肖叙和程也望搭着肩出现在基地的拐角处。

原本听着声音就觉得熟悉，话中的内容更是劲爆。正在奇怪是谁在说话，突然看到是盛蔷，肖叙和程也望努力憋着笑，往旁边挪了挪。

擦肩而过的瞬间，肖叙的声音飘到盛蔷的耳边：“原来蔷妹子这么猛？”

首次试飞当晚有庆功宴。

沈言礼原本想订私人会所的餐厅，肖叙说没有氛围。他想了想，又去问盛蔷的意见，这才改为包下一家火锅店。

整个基地的人听了兴奋不已，老专家们倒是不想去，乐呵呵地摆摆手，说就不凑年轻人的热闹了。

肖叙和沈言礼这一桌的位置在大堂内部的雕栏屏风后，算是半个包厢。

因为是包场，大家都放开了，桌上的热闹气氛和火锅的麻辣味交织在一起。

肖叙灌下啤酒，手执酒杯朝着圆桌上的人一一地敬了过去：“这杯我敬大家啊，这段时间真的辛苦了，之后的任务或许更艰巨，但今朝有酒今朝醉嘛，来，我先干一个！”

程也望带头叫好。

一群人一边涮火锅，一边喝酒。

“来！”

“不醉不归！”

“对！都别客气！”

热闹的气氛中，沈言礼和盛蔷还在桌下“争执”。

此时此刻，沈言礼攥住了她的手指，她试图一根一根地挣脱。

见盛蔷没怎么动筷子，沈言礼低声问道“是不是有点儿辣，你受不了？我叫后厨单独给你做点儿吃的？”

“没事，虽然有点儿辣，但是很好吃啊，我可以尝试。”盛蔷指了指桌面，“而且中间那格是清汤的。”

肖叙察觉到这两人的小动作，他喝得双眼迷离，不管不顾地指着两人，大声说道：“喂，就你们俩！”

沈言礼闻言看向他。

肖叙见他有了反应，叫道：“看什么看，沈狗！说你呢，喝酒不行，思想有问题！”

程也望反应最快，迅速站起来，把肖叙按回座位上。

盛蔷沉默了几秒，这会儿好不容易挣开沈言礼的手，便指着肖叙问道：“他酒量一直这么不好吗？”

她已经看到肖叙喝醉好几次了，一直号称“夜店小王子”的肖叙，竟然一杯就醉了。

“不只是不好，”沈言礼补充道，“是完全没有。”

盛蔷收回视线，看向沈言礼，道：“那岂不是我的酒量都比他好？”

“你现在就可以喝一口，和他比比看。”沈言礼向她靠近。

他偏过头，在女孩小巧的耳垂上不轻不重地咬了一口，轻声道：“醉了也没事儿，今晚我有的是时间帮你解酒。”

盛蔷听懂了沈言礼话里的意思，耳根子像是染了色，红得仿佛能滴血。

“谁要你帮忙了！”

她不喝不就行了，他想得逞，也得看看有没有这个条件。

或许是因为太高兴了，今天的沈言礼显得特别嚣张，好像不仅是飞机上天了，他自己也起飞了。

一顿饭下来，盛蔷没有碰酒。

反观沈言礼，S&S 实验室里的那些人一个接一个地过来向他敬酒，这么多杯酒下肚，已经不清醒了。

在饭局即将结束时，沈言礼沉默了很多。

他漆黑的双眸此时又湿又亮，他默不作声的样子让盛蔷相信他是真的喝醉了。

和一行人道别后，沈言礼没法儿开车，干脆叫了代驾，两人这才回家。

两人进门后，盛蔷扶着他坐在沙发上。

好在沈言礼还没有醉到无法自己行走的地步，盛蔷也没有花太多的时间收拾。

沈言礼突然开口说：“媳妇儿，我回来了。”

盛蔷听了，有点儿哭笑不得，他俩不是一起回来的吗？这人是真的醉得有些厉害了。

盛蔷小心地把他的头放在抱枕上，让他睡得舒服一些，然后走去浴室。

当盛蔷回来时，沈言礼用手撑着额头，把头偏向一侧，无法看清他的情绪。他的另一只手自然而然地垂着，两条长腿随意地搭在沙发上。

盛蔷停了一下，放轻脚步走近他。她手里拿着温热的软毛巾，跪在地毯上，轻轻地推开他撑着额头的手，用手背探了下他额头的温度。

“沈言礼？”她试着喊了他一声。

没有回应，盛蔷继续问道：“你现在感觉难受吗？”

好半晌后，盛蔷意识到沈言礼不会回答她的问题，她干脆用温热的软毛巾仔细地给他擦拭。

她的动作缓慢、轻柔，尽量不让沈言礼感到不舒服。

秋季的夜风卷着枯黄的叶片，轻轻地敲打着玻璃窗。

认真说起来，其实盛蔷很少像现在这样仔细地看着他。以往的夜晚，两人总是互相依偎，彼此温存，或是相拥而睡，或是轻声谈论有趣的见闻。

此刻，沙发上仰卧着的人闭着双眼，是平日里少见的无害模样。

盛蔷静静地注视着他，心中不断涌现着与他有关的回忆，就像以前的电影幕布一样，画面一个接一个地闪现。

盛蔷终究还是忍不住，抬起手，轻轻地抚摸他的脸。

她的目光也随着这缓慢的动作从他的眉骨、眼睑、鼻尖移动到他抿着的唇线上，最终停留在那里。

顿了一下，盛蔷起了坏心眼儿，学着沈言礼之前的模样，用指腹在沈言礼的唇上摁了摁。

盛蔷摁了好几下，他都没什么反应。

盛蔷脑海里忽然冒出来一个想法，接着，她半点儿都没犹豫，俯下身，拨开他额前的碎发，轻轻地在他的额头上亲了一口。

谁让他平日里老欺负她，她这也算欺负回来了。

盛蔷想要直起身来，准备去洗漱，可还没等她站稳，她纤细的手腕就突然被攥住了。

盛蔷回过头来，刚好看到沈言礼睁开了眼睛，向她看了过来。

四目相对间，他率先开口道：“抓到了。”

盛蔷好半晌都没回过神来，只是愣愣地站在原地。

沈言礼加重力道，拉着她往自己怀里带。盛蔷没有防备，踉跄了一下，几乎是摔进了他的怀里。

沈言礼搂着她的纤腰，唇抵在她额头上，呼吸灼热："偷亲我是吧，盛蔷？"

"你觉得这就够了？"他嗓音低沉，继续蛊惑着，"要亲就再往下。"

反应过来的盛蔷出了声："沈言礼，你刚刚是不是在装睡？"

话一出口，盛蔷就彻底反应过来了——他就是在装睡。

女孩被他紧紧地桎梏住，动弹不得。

越想越气，但盛蔷脑海里浮现的是她刚刚自以为他睡熟，在他脸上造次的画面，并且这些画面随着她和他的接触变得更加清晰。

沈言礼轻轻松松地便压下盛蔷所有挣扎的小动作，他顺势圈住她，额头相抵时，视线探入她的双眸。

"谁装睡了，我就不能是刚醒？"他一点儿也没有承认的意思。

她还没反驳，沈言礼的唇就贴了过来，他轻轻地咬住女孩泛红的细嫩耳垂，继而缓缓地吮吸。

盛蔷忍不住轻轻地"嗯"了一声，然后瘫软在他的身上。

沈言礼见状，喉咙里溢出愉悦的轻笑声。

"媳妇儿，"他喊她，"你刚刚是不是被我迷得不行了？"

盛蔷被抱着去浴室的时候，用动作表达了对他的不满。

秋季稍凉，空气里弥漫着凉意。

即便开了暖气，在花洒喷出热水之前，身上的衣服被脱得干干净净的盛蔷，不免还是瑟缩了几下。

一切整理妥当后回到主卧，盛蔷累得不行，率先睡去。

沈言礼却没有睡意，他盯着她的睡颜，拨了拨她额边的乌发。

不知过了多久，他握着她的手指抵在唇边，郑重地亲了一下。

秋天很快过去，初冬携着枝丫上的白霜，很快抵达南槐。整座城市都被寒气裹挟着。

早在几个月前，沈言礼就接到了京淮航空大学的邀请，学校邀请沈言礼回母校给航大的学子做一次演讲。

沈言礼毕业才几年，已然凭借在航空领域的非凡成就，被校方划入了杰出校友的行列。

校方甚至有将他本人及 S&S 飞机总体设计实验室的发展史，一并列入校史馆的意向。

沈言礼最初接到通知的时候，第一反应是拒绝，主要原因是他很忙，平日里好不容易空出一点儿时间又都在陪盛蔷。

这事不知道怎么被盛蔷知道了，她当即劝沈言礼领下学校此次诚挚邀请的心意。

“我去行了吧。”沈言礼那时候正在玩电动，看也没看盛蔷就答应了。

盛蔷刚从冰箱里拿了盒桃汁，一边喝一边说：“你听清楚了吗？就这么答应了，真敷衍。”

“怎么才算不敷衍？我听了，也清楚了。”他头也没回便道，“也就是我和你的二人世界，还没个演讲重要。”

盛蔷这会儿刚走到沈言礼身侧，故意拿桃汁去冰他的脸。

沈言礼没有防备，反应过来后，他一把将桃汁夺过来，贴在她的脸上。

猝不及防被冰到的盛蔷又气又想笑。

这人真是蛮不讲理，任何时候都不愿意吃亏。

准备演讲的那天，沈言礼刚进校门就遭遇了围堵。

这次演讲面对的对象主要是京淮航空大学即将毕业的大四学生。

校方提议，让他多谈谈唯盛航空和S&S实验室的发展史，聊聊这期间遇到的困难和自己的感悟。

沈言礼回校演讲的消息一传出，许多其他年级的学生也想参加，纷纷报名。

演讲被安排在礼堂进行，礼堂旁边的小房间作为他的休息室。

礼堂门口此时围了不少人。

当事人却低着头，正在发信息：“你找好位置了？”

S’Q：“嗯，最后一排，感觉视野还挺不错的。”

昨晚盛蔷结束工作后准备回家，下飞机的时候碰巧遇到了宁远雪，兄妹俩约好一起去京淮好好地聚一下。

对比今早才抵达京淮的沈言礼，盛蔷倒是早早地跟着宁远雪回了京淮，还在黎艺那边好好歇了一晚。

直到现在，两人还没见面。

沈言礼看了她回复的消息一会儿，便收回视线，看向前方。

盛蔷提前进了场，在最后一排找了个座位坐下。

相比那些没抢到座位，坐在临时搬来的塑料椅子上的人来说，盛蔷算是好了不少。

等到演讲正式开始的时候，礼堂里的气氛已经预热了一番。

虽然是寒冷的冬季，但这并不能阻挡室内迸发的朝气和热情。

礼堂的大屏幕上出现了一行欢迎语。盛蔷环视礼堂，里面的人坐得满满的。

观众席吵吵嚷嚷的，犹如沸腾着的水壶。

这时，礼堂的灯光突然熄灭了。

人群瞬间安静下来，接着有人发出了被刻意压低的惊呼。

“啊啊啊，刚刚坐下！”

“是不是要开始了？”

“天哪！我没想到我能在学校见到沈言礼本人！”

很快，讲台上的灯光亮起，并聚拢在讲台中央，站在讲台上的男人身形颀长，面色平静。

演讲开始后，沈言礼没有对沈氏和唯盛进行太多的介绍，只简单地说了几句话，就开始了提问环节。

很明显，这个环节才是众人最期待的，问题一个接着一个。

首先提问的是一个男生，他戴着厚厚的眼镜，说话有些结巴：“沈学长……沈总好！”

沈言礼看了过去，摆了摆手道：“你喊我名字就行了。”

“哦哦，那沈言礼学长——”

顿时，台下一片哄笑。

那男生有点儿不好意思，但还是继续说下去：“我想问的是，唯盛自主研发的这款飞机，预计什么时候能正式投入运营？”

“可能几个月，也可能好几年。”沈言礼回应道，“在最后一次试飞成功前，这些都是未知数。”

如果试飞成功，很快就能投入运营；如果失败，则要花更多时间去调整。沈言礼没有细说，但在座的学生都能听出他的意思。

“即便如此还是很厉害了！我还想问沈学长的是，你们S&S实验室还招人吗？我们学院很多人都特别想去。”

沈言礼没有回答，只是问他："你们学院是哪个学院？"

"航空工程学院！但我刚进学校时学的不是这个专业，我是从空中乘务学院转过来的。"

沈言礼点点头，道："你之前的那个学院风水不错。"

台下愣了一阵，下一秒，学生们爆发出一阵笑声。

京淮航大的每一届学生都听闻过沈言礼和盛蔷这一对的故事。

盛蔷是空中乘务学院毕业的。

沈言礼认真地解答了这个男生先前的疑问："团队肯定还会继续招人，我们欢迎所有优秀的人才。如果大家真的有这个意愿，过段时间，S&S 实验室会来航大进行专招。"

这个男生的提问结束后，开始新一轮的提问。

有学生趁着还没开始提问的间隙抬头朝演讲台大声喊："我们的盛学姐今天到底来了没有？"

很多学生都跟着附和，声音此起彼伏。

"你们觉得呢？"沈言礼倚着讲台桌边缘，视线精准锁定盛蔷，不紧不慢地开口，"她就坐在最后一排。"

随着沈言礼的话音落下，众人纷纷顺着他的目光回头看，大家脸上都带着好奇和兴奋。

很快，坐在最后一排的盛蔷便被众人的视线锁定。

女孩撑着脸，面容被手遮了一半，可完全不能掩饰她的美貌。

乌发红唇，肤若凝脂，貌美如花，她整个人美好得让人难以置信。

"天哪，好漂亮！"

"之前在论坛里疯传的那张证件照居然跟她本人差不多！"

"你以为呢？我们航大有史以来最有气质的校花可不只是说说而已。"

听到周围人的窃窃私语，盛蔷感到自己有点儿像动物园里的猴子。

沈言礼还能再坏一些吗？

接下来的问答环节，航大的老师担心话题会继续跑偏，于是挑选了几名靠谱的学生。

学生们与沈言礼从沈氏的融资一路聊到了近来民航局正在研发的航空项目。

京淮航大的飞行器研究仍然延续之前的固定发展模式。之前沈言礼一行人在校时负责的空中表演，无论是技术还是视觉效果都给后面几届的学生带来了强烈的震撼。

当时录制的视频被保存了下来，还成为京淮航大航空工程学院人人必看和学习的经典。

当然，直到现在被时不时地翻出来、为大家所津津乐道的，仍然是空中表演的内容。

而这一提及，难免会再次勾起大家的八卦之心。

就在提问即将结束时，有个女生大胆提问："沈总，大家都知道唯盛航空是沈总接任沈氏后创建的公司。这样一家成立不久的航空公司，能够在短时间内获得如此迅速的发展，它的优秀大家都有目共睹。所以——"女生顿了一下，和台下的学生一起笑了笑，继续道，"所以我就代表大家把想问的问出来吧！沈总，请问您为什么在创立航空公司的时候，选择了'唯盛'这个名字？这个'盛'意味着繁盛，还是……"

说到此处，女生刻意停顿了一下，给足了大家想象的空间。

台下先是安静了几秒，很快便有人开始小声地讨论起来。

沈言礼沉默了一会儿，才缓缓开口道："其实不只是你们疑惑，之前我身边的人就经常问我，为什么要取名'唯盛'。"

"我从没回答过。"沈言礼看向礼堂的最后一排，不紧不慢地继续道，"因为答案也很简单——我媳妇儿姓盛。"

礼堂内顿时鸦雀无声。

全场静默了几秒后，忽然爆发出激烈的尖叫声，接着便是连续不断的掌声。

沈言礼明明白白地将自己的心思放在了台面上，那么笃定，没有任何犹豫，就这么清晰明了地说了出来。

当台下的人吹哨、起哄时，有个胆大的男生忽然抛出一个问题："所以现在都是喊'媳妇儿'的关系了吗？"

前几排的女生听了，当即隔空回应："你们男生懂什么啊？那是爱称！"

那群男生嘻嘻哈哈地笑着："爱称又怎么了？这不是迟早的事吗？"

演讲到了最后，礼堂里充满着欢声笑语。

演讲结束后，学生们排队退场的时候，原本在演讲台收拾的老师也悄悄地凑到沈言礼身边询问："你们俩有没有这方面的计划啊？"

沈言礼望了望在最后一排没有走到他身边的盛蔷，然后收回目光，向老师颔首道："之前是一直抽不出时间，不过现在也快了。"

等到人都差不多走完了，盛蔷才慢慢地挪到沈言礼的面前。

他一直没走，身边的几个助理此刻也不见踪影。

"盛蔷，就这么点儿路，你太空漫步呢？"

盛蔷原本很自然地握住了他伸过来的手，但听了这话，又立马甩开。

沈言礼倒也没恼，拉着人就往怀里搂，小声道："这旁边都是人，你确定不让我牵你的手？"

余下的都是负责整理现场的工作人员，听到沈言礼的话后，大家纷纷将偷偷地往这边看的视线收了回来。

盛蔷觉得好笑，说道："你自己看看，确定旁边都是人？"

话音落下，她还是乖乖地将手伸了过去。

沈言礼搂着她，两人走向礼堂的门口。

礼堂门口的台阶边缘还长着潮湿的苔藓。天际透着冬季特有的苍白，映衬得红砖墙教学楼更加显眼。

对于两人来说，这些情景实在是熟悉。

台阶外偶有学生经过礼堂，看到惹眼的两人，都忍不住朝着他们的方向张望。

"沈言礼，你说时间为什么会过得这么快？"盛蔷一边走下台阶，一边看向远处，"我至今还有种错觉，觉得我还留在航大，还留在绣铺。"

仿佛她还坐在后院的樱桃树下看书，等沈言礼打完下午场的球，然后两人一起去上晚自习。那时候，吹过的风似乎带着一股燥意，裹挟着他们的对未来的向往。她至今也没能忘记那个画面，每回忆一次，都能让过去变得更为清晰。

沈言礼还站在台阶上，没有走下来。他垂眸看着她，道："那你有没有想过，或许不是时间变得快了，而是你往前迈的步伐一直没有停歇？"

过去固然值得回忆，但接下来一起并肩的时刻也值得珍惜，并且这样的时刻会越来越多。

"你现在又会说了啊。"盛蔷瞥了他一眼，打趣道，"我们沈总还有这么明事理的时候？"

"一直都是。"沈言礼忽然笑了，"你对我是不是有什么误解？"

女孩捏了捏自己的耳垂，声音轻如蚊蚋，像是在自言自语：“那误解可多了去了。”

可就算再小声，也被沈言礼听着了。

“怎么就多了去了？”他当即凑上去，低声道，“要不你给我都列出来看看？”

盛蔷下意识地朝后退了一步，想要躲避，但她怎么能躲得开？

就在这时，两人身侧的花圃旁忽然传来一声呼唤：“盛蔷？”

女孩听了转过头去看，叫她的人她再熟悉不过——老书记。

他精神矍铄，一如既往地板着脸。几年没见，他的头发已经花白。大概是没想到能在这儿见到她，他一脸惊讶。

随后，老书记的目光自然而然地落在和她打闹的另一道身影上。

沈言礼朝老书记点点头，顺势将还在挣扎的盛蔷放开。

打完招呼，老书记望着面前这一对，心中感慨万千。

过了一会儿，他又板着脸看向沈言礼，教训道：“沈言礼，你倒好啊，学校三邀四请才把你请来，跟请大佛似的。”

沈言礼没反驳，只说：“书记，我这不还是来了吗？”

“信你的话就怪了。”书记缓缓地捋着胡须，说道，“我不和盛蔷说，你能来？”

不等沈言礼回话，老书记摆了摆手，又道：“算了，不和你掰扯，我和盛蔷聊。”

盛蔷瞥了一眼一旁的沈言礼，嘴角上扬，难掩心中愉悦。

和盛蔷说起话来，老书记的语气倒是缓和不少。

盛蔷很久没和书记见面了，两人以往的交流都在微信上，但也不经常聊。这下话匣子一打开，怎么也收不住。

书记大致问了问她在法国那边的学习情况，顺便又问了问她回国这段时间的经历，越聊越起劲。不知道聊了多久，书记突然问道：“你们俩接下来没什么事吧？”

盛蔷想了想，说：“应该没什么事。”

“那正好啊，我准备回行政楼呢，要不你跟我去办公室，让沈言礼去忙？我啊，就和你好好聊聊。”

书记刚说完，沈言礼就替盛蔷拒绝道：“书记，阿蔷大概不能和你去。”

在老书记疑惑的目光中，他解释道：“我们俩还没吃晚饭呢。”

老书记顿时不知该说什么，算了，人是铁，饭是钢。

懒得拆穿他，书记摆了摆手，说道：“好吧，那你们俩去吧，吃饭还是很要紧的。”

话是这么说，许久没有这么好的兴致，却突然被人打断，老书记也有些在意。

“我又不会把她吃了。”他看看沈言礼，又看看身侧的盛蔷，摇了摇头，“现在的年轻人啊……”无限的感慨留在心中。

一路去方园的时候，盛蔷还在回想分别时老书记说的话。

接连朝沈言礼抛去无数眼神后，他也终于有了反应。

他看着她，问：“怎么了？”

盛蔷轻轻地捏了捏他的手，说：“你当时就不能说得委婉点儿？”

沈言礼牵着她推开方园的门，坦然说道：“我们确实是来吃饭的啊，你要我怎么说得委婉？”

方园一如既往热闹，地板看起来刚被拖过，还留着未干的水渍，盛蔷刚踩上去，脚底便不受控制地打滑。

沈言礼眼明手快，当即拉住她，将人扶稳的同时，他忍不住笑出了声：“盛蔷，这会儿要是对你委婉，你就直接摔在地上了。”

女孩站直以后，推开他，不满地说道：“这根本不能混在一起！”

沈言礼任由她推搡，但将她的手攥得更牢了，领着她往方园走廊的尽头走去。

这个时候是饭点，有不少学生在吃饭，看到沈言礼和盛蔷经过，学生们纷纷都往他们这边看。

很快，两人便成了大家目光的焦点。

沈言礼却熟视无睹，一直问她今天想吃些什么。

望着这样的他，盛蔷好半晌都没说话。

过了一会儿，她用指尖轻轻地挠了挠他的掌心。

饭后从方园出来，外面的天色已经暗了下来。

冬季的寒意似乎要渗透到骨髓里，盛蔷刚走出来就因为寒冷而颤抖了一下。

“很冷？”沈言礼紧紧地搂住她。

“嗯。”她应声说，“但更冷的应该是你吧，你比我穿得还少。”

“还好。”沈言礼搂着她往外走，“穿得再少也能先把你暖热了。”

盛蔷笑了，还没走多远，不知道她看到了什么，她突然停了下来，然后不肯再走了。

她拽了拽沈言礼的袖子，向一旁指了指。

沈言礼朝她指的方向看去，心中一下明白了。

“我给你买。”他收回视线，说道，“但提前说好了啊，不准喝冰的。”

沈言礼很快回来了。

盛蔷拿到手时，还有些蒙，手中的桃汁明显被加热过，余热沿着盒身源源不断地传向她的手心。

“你怎么给我拿了热的？”她依依不舍地看了一眼贩卖机，说道，“冰的才好喝啊。”

桃汁原本就很甜腻，冰冻过后别有风味，可要是加热了，就会有股说不上来的奇怪味道。

“你真让我喝热的？”盛蔷提醒他，“家里冰箱里的那些不也是冰的吗？”

“你开玩笑呢？家里是什么温度？这会儿又是什么温度？”沈言礼看了盛蔷一眼，察觉到她有自己偷偷去买的意图，便强势地将人带走。

盛蔷这下没再反驳。

一番打闹后，沈言礼和她继续并肩朝前走，身影融在了风里。

两人没说具体的目的地，却默契地朝着梧桐大道的方向走。

途中，满地枯叶踩起来咯吱作响，两侧路灯更添一丝温馨，昏黄的光线劈开沉寂的夜色。

“媳妇儿，”沈言礼望了专心对付桃汁的盛蔷一眼，“你口味这么多年好像都没变。”

她抬起头，问道：“有吗？”

一片叶子落在她发间，很快又被他摘去。

沈言礼看到盛蔷顺着他的动作，摸了摸自己的头，像是在思考什么——或许是为近来喜讯频繁而开心，或许是因为重返航大内心涌起很多感慨。种种都让这样的夜晚变得不那么平淡。

她缓缓地看向他，寒风刮过脸颊，有些刺痛。

“其实我也不是没变过。”盛蔷顿了一下，认真地说道，“在关于你的事情上。”

盛蔷在感情方面没有计划，也没有预料到。她曾设想过，将来可能会遇到一个顺眼又温和的伴侣，平淡地过完这一生。

如若她没变，就不会在大学的时候和他在一起，也不会选择如烈酒般的他，更不会如同飞蛾扑火般地追随他。

沈言礼听着，一直没有说话。

他看着她，视线灼热，眸中似乎有火焰燃烧。

过了一会儿，他伸手将她紧紧地拥在怀中，抚摸着她纤薄的脊背。

他们相依相偎着，谁都没有再开口。

但即使如此，她仍然知道他理解她的心情。

不久，盛蔷的眼睫毛上似乎有什么东西划过。紧接着，一股寒意袭来。

她抬手摸了摸自己脸颊上的雪花，似乎不敢相信，用手指捻了捻。

“沈言礼！”当指尖的雪花化成水滴时，盛蔷抬起头看向他，语气充满了显而易见的兴奋，“下雪了！”

这场雪来得突然，也下得十分大，鹅毛般的雪花很快就铺满了大地。

盛蔷和沈言礼走到之前绣铺的位置时，发现店面已经焕然一新，墙面被重新刷了漆，侧面的木窗一如既往地敞开着。

两人站在篮球场边的柏油路边看着雪。

盛蔷感觉有些惋惜，收回了视线。

航大应该是招了新的店主，装修也确实跟以前完全不一样了，找不出跟绣铺半点相近的地方。

沈言礼看着她，伸手在她的睫毛上拨了拨，笑道：“看你这样，我也觉得有点儿可惜了。”

盛蔷的睫毛颤抖着，她伸手想要制止沈言礼，却被他躲开了。

盛蔷顺势抓了把窗边的雪，捏成球砸向他。

沈言礼被袭击了，只是挡了几下，很快便反守为攻，朝她砸了过去。

后来，两人玩累了，她半窝在他的怀里，平复着呼吸。

“沈言礼，你是不是觉得欺负我很好玩？”

“好玩倒没有。”他的声音在她的头顶响起，“只是有点儿乐此不疲。”

这还叫没有？盛蔷从他的怀里起身，绕过球网，朝着篮球场走去。

由于在下雪，这边没有人。

雪色在视线里延伸，不远处教学楼的灯光透过窗户玻璃映射过来。

盛蔷踩着雪玩了一会儿，又伸手放在雪上，轻轻印一个手印。

沈言礼跟在她身后，半弯着腰，看着她迅速在雪地上写出一行字。

他看了一眼，本以为是什么指责他的话语，结果盛蔷在雪上写的是“S&S”。

沈言礼将此收入眼底，跟着在旁边也写了两个字母。

这下轮到盛蔷好奇了。

她探过头去看，发现沈言礼写的是“SQ”。

“什么啊？你就只写了我？”

他像是听不懂她的意思一样，问道：“为什么不能只写你？”

盛蔷没忍住，笑了笑，然后将人往旁边推了推，道：“你让开点儿。”

女孩走到沈言礼先前所在的位置，手落下再抬起的时候，之前他写的便有了变化。

盛蔷朝着沈言礼挥了挥手。“SQ”变成了“S’Q”，意思也就变成了他的她。

这个画面对两人来说并不陌生。

当初盛蔷前往法国留学，和沈言礼分处异地的时候，也是两人最迷茫的时候。往前迈的每一步看似容易，却也渐渐地消磨着并不在身边依偎的恋人的情感。

就在那个时候，盛蔷的微信名称由“SQ”改为了“S’Q”。

她这样的举动，是无声又坚定的誓言。

而沈言礼从未询问过她微信名的意思，却也以同样的方式用“S&S”予以回应。

这两个特殊的名称，从此成为两人之间心照不宣的秘密。

而现在，盛蔷半蹲在雪地里，身影似乎融入了夜色中。她抬眸望向他，道：“你看，这样的话，就不是一个人，而是两个人了。”

不再是单独的我，而是共同的我们。

盛蔷停顿了很久，像是鼓足了勇气一样，追问道：“我说的这些，你明白吗？”

抑或说，这样的她，他明白吗？

雪花仍在飞舞，但沈言礼没有吭声。然而下一秒，他靠了过来，温热的体温将她包裹，他轻声呼唤：“阿蔷。”

“我明白。”沈言礼应着，喉头微动，“我怎么会不明白？”

大概是在雪地里玩得比较疯，盛蔷回去后就发烧了，整个人看起来都病恹恹的。

她趁着这几天没有工作，好好地窝在主卧里，哪儿也没去。

沈言礼不放心，便请了家庭医生过来。等挂完盐水，盛蔷才昏昏沉沉地睡着了。

半梦半醒间，她依稀感觉到自己被人紧紧地拥住。

“你干吗啊？”她的声音隔着被褥闷声闷气地传来，“我发烧了，你还是别靠得太近了。”

盛蔷怕把病传染给沈言礼，想着两人分房睡，但他这几晚都不安分，偏偏要凑过来。

沈言礼置若罔闻，反而将她箍得更紧，说道：“发烧又怎么了？又不会传染。”

可他这时就像是燃烧着的火炉，烘得盛蔷受不了。晕晕乎乎间，她下意识地直接掀开被角，感受着被褥外的凉爽。

而刚刚怎么也不肯走的沈言礼终于有了动作，他在黑暗中抬手，帮她把掀开的被角翻回来，并掖紧。

“医生说你不能再着凉了，为了防止你晚上踢被子，我决定还是抱着你睡。”

盛蔷闭着眼，终究还是没忍住，无声地笑了笑，无奈地说道：“折腾来折腾去的，你就不怕自己也中招？”

“中招的话就更得两人一起睡了。”沈言礼回答道，一副很有道理的模样。

盛蔷无言以对，也懒得理他。

毕竟还是年轻人，身体好得快，重返南槐机场的那天，盛蔷精气神十足，气色看起来很不错。

在上飞机前，她给沈言礼发了几条信息。

今天的航程其实和往常一样，但对她来说有些特殊。

虽然照例是飞往法国，但她算了算时间，返程的时间应该能赶上 S&S 实验室的最后一次试飞。

最后试飞的地点安排在南槐机场。

她事先和沈言礼确认好了时间，准备到时候一下飞机就赶过去。

登机时，同航班的孟晚正在整理衣领，她吐槽道："这天气时好时坏的，也不知道到时候能不能按时返程。"

盛蔷听了她的话，透过舱门向外看去。

前几天京淮突降暴雪，寒流南下，现在已经抵达南槐。

天色阴沉，不远处的机场大厅看起来也是雾蒙蒙的。

收回视线，盛蔷心里有些不安。接着，她的手机振动了一下，她查看手机，是沈言礼发来的消息。

S&S："安全降落，我等你回来。"

遇险和求婚

〈 **第七章** 〉

航班准时起飞。

到达戴高乐机场后，一群空乘凑在一起休息，并把林开阳拉过来一起打花牌。

盛蔷的注意力明显不在此处，她玩了一局后就退到一旁开始紧盯手机。

成茹心思细腻，能够猜出盛蔷此时内心的焦虑。

成茹说："还在想着试飞的事吗？之前那么多次都成功了，这次也一定没问题。何况，他们试飞时，我们还在航班上，你担心也没用。"

盛蔷回应说："茹姐，我觉得我的心有点儿慌，总感觉有什么事要发生，但说不准是关于沈言礼还是其他的事。"

此时，孟晚在桌子上敲了三下，说道："停停停，业内规矩啊，不能在起飞前说些不吉利的话。蔷妹，你也快来敲三下。"

盛蔷像是才回过神来，掌心向上，手指弯曲，在桌面上敲了三下。

其他空乘和机长也在孟晚的要求下一一敲了三下。

成茹吐槽道："你从哪儿听来的这个业内规矩？我当了这么多年的乘务长，都没有听说过。"

孟晚认真地说道："宁可信其有，不可信其无。茹姐，你刚才好像没敲吧？"

成茹沉默了三秒，还是跟着做了。

没过一会儿，机组一行人又开始有说有笑的，气氛变得热闹起来。

返航的航班上，有人趁着休息时间聊起了沈言礼。

得知盛蔷在航空基地亲眼观看了首次试飞过程，大家都对此很好奇，纷纷让她详细地说说当时的心境。

盛蔷聊完后去准备餐食，此时，她理了理鬓侧的碎发，刚抬起手准备拿东西，就感觉脚底晃动了一下。

虽然只是一瞬间的事，盛蔷还是望向其他人，疑惑地问道："你们有没有觉得飞机有些不稳？"

几个空乘原本在聊天，没有留意到这小小的晃动，大家面面相觑，没有回答。

这时，飞机以难以察觉的弧度，再一次轻轻地抖动了一下。

盛蔷参加过不下一百次舱内紧急情况的演练，此时此刻，她的大脑开始迅速转动。

乘务长看了一眼盛蔷，两人对视后，迅速行动起来。

然而，还没等两人走远，飞机便突然剧烈地晃动起来，没有给大家任何反应时间。

待在前舱的人没有安全带的保护，直接摔倒在地，滑出去半米远。

众人立刻反应过来：这不是一般的气流颠簸！

不过几秒钟，客舱内很快便传来阵阵呼叫。

盛蔷尽力站稳，快速走到广播器的位置，尽量稳住声音，用中法双语开始广播："各位乘客，飞机受气流影响，有较大颠簸，请您系好安全带，不要随意走动，也不要惊慌，小心头上的行李架，感谢您的配合，机组全体人员将随时为您服务。"

在她播报的过程中，隐约听到客舱内传来尖叫，以及重物跌落的声响。

几名空乘迅速为身边的乘客系好安全带，然后回到自己的座位上，自己也赶紧系上了安全带。副机长林开阳扶着门把手从驾驶舱探出半个身子，急忙解释："遇到气流，机长预备向管制员申请新高度。"

就在一瞬间，新一轮更为强烈的颠簸袭来。

盛蔷扶着墙侧的把手，尽量保持身体平衡，随后找到了支撑点，快速地往有安全带座椅的方向挪动。

此时的客舱内一片狼藉，哭喊声、尖叫声混杂在一起，十分刺耳。

盛蔷稳住自己，朝着客舱内大声地喊道："大家不要离开座位，系好安全带！"

下一秒，飞机忽然不受控制，向下迅速坠落。

在近乎失重的状态下，盛蔷差点儿被甩向舱顶，但她在瞬间抓住了空乘专用的座椅。

此刻，呼吸声加重，脑袋内的嗡嗡声也越来越大，她迅速地给自己系上安全带。

在剧烈的心跳声中，她忽然想到了姻缘结，想到了沈言礼。

机身连续摇晃，盛蔷颤动着睫毛，手紧紧地抓着安全带。

坚持住，熬过去就是晴天。

一秒、两秒、三秒……

万幸的是，在一阵剧烈的颠簸后，机身晃动的幅度越来越小。

当飞机飞行趋于平稳的时候，广播里的声音传来——

“各位乘客，我是此次航班的机长，飞机已经安全避开气流，正在正常飞行。本次航班预计于一小时后在南槐机场降落，感谢您的配合，机组全体成员全程为您保驾护航。”

随着话音落下，客舱内有人小声啜泣着，有人侧身拥抱着旁边的人。

空乘一行皆是衣衫不整，发型凌乱，十分狼狈，但他们看向彼此的时候，眼中仿若有光。

有人喃喃道：“终于过去了。”

“是啊，终于过去了！”盛蔷脸上终于露出笑容。

很快，机组人员分成两组，一组开始检查客舱里的设备，一组询问乘客的状态。

万幸没有人受重伤，只有部分乘客受了一点儿轻伤。

盛蔷拿来急救医药箱，简单地为乘客处理完毕后，将受伤人员的数量统计好，交给了林开阳。

晚些时候，飞机延迟降落在南槐机场。

唯盛航空地面管控人员早已接收到了飞机上有伤员的消息，并叫了医务人员等候着。

等一切都处理完，机组人员才散开，各自回家休息。

走进航站楼的时候，南槐机场上空正洋洋洒洒地飘落着鹅绒般的雪花。

盛蔷和机组的人打了招呼，连衣服都没换就往另一个航站楼走去。

“盛蔷，你要不要去医院看看？”孟晚关心地问道，“你的手刚刚被撞得挺严重的。”

“不用，我还好。”盛蔷说着朝孟晚摆了摆手，像是要印证自己真的没事，她加大了摆手的幅度，反过来叮嘱孟晚，“你要是不去医院的话，也早点儿回家休息吧，我得走了。”

飞机延迟降落，距离原定降落时间晚了不少。

孟晚看女孩窈窕的背影离得越来越远，扬起声调问道：“你有什么事啊？那么急？”

“不是什么大事。”盛蔷没有回头，声音回荡在夜色里，“但对我来说很重要！”

S&S 飞机总体设计实验室研发的“心墙”系列飞机，最后一次试飞的航道是南槐机场新航站楼的第六跑道。

排班的时候，这条航道没有被安排。

相邻的航站楼看似接近，实则很远。

盛蔷一路朝那边走的时候，没有时间去看微信上的消息，而是直接给沈言礼拨了一通电话。

沈言礼几乎是立刻就接通了电话：“媳妇儿，你下飞机了？”

再次听到他的声音，盛蔷有些呆愣住。

几秒后她才应了一声，却没提飞机延迟降落的事。

盛蔷边走边抬头望向高远深沉的天空，开口道：“沈言礼，我好像来晚了，你们是不是都要结束了？”

“还没有。”顿了一下，他说，“没关系，来晚也没关系，我等你。”

盛蔷挂了电话，加快脚步，今夜的她几乎是畅通无阻。

依照沈言礼的指示，她走向停机坪的时候，四周沉寂无人。

黑夜里，只有几架飞机停在远处。这一点儿也不像正在试飞的场景。

因为是着急跑过来的，盛蔷此时还有些气喘。

她放缓脚步，无目的地看向四周，一股酸涩涌上心头：这个骗子，还说没有结束！这里哪儿还有他的影子？

盛蔷迎着冷风，刚准备拿出手机，她正前方忽然亮了起来，半个夜空都被照亮了。看着这熟悉的场景，盛蔷顿住了。

一行字慢慢地出现在她面前：“是不是觉得被骗了？”

两秒钟后，那行字又变成：“但这回，真的没骗你。”

上千架无人机排列成一排，汇聚成更为显眼的三个字：“你转身。”

盛蔷当即转身，映入眼帘的是一架小型飞机的模型，它被远程操控着飞旋在半空中，朝着她的方向缓缓地飞过来。

这眼熟的飞机模型正流畅地飞行着，正是之前沈言礼在基地给她看的那架飞机的缩小版。

女孩踮起脚，抬起手便将吊在飞机下面的东西轻轻地摘了下来。她将那东西摊开放在手心，发现是一枚戒指。

还没来得及仔细看这戒指，盛蔷便瞥见地面向她靠近的影子，再抬起头时，沈言礼就站在她的前面。

寒风凛冽，他的身后停靠着一架巨大的飞机，舱头被灯光照亮，半边机身隐匿在黑暗中。

盛蔷就这样看着沈言礼朝她走来，直到在离她一米远的位置，他停下了脚步。

盛蔷下意识地朝他走去，不知道为什么，在抬脚的瞬间她又停住了。

“媳妇儿，”沈言礼弯腰凑近，率先开了口，“接下来我说的话，你好好听着。”

盛蔷愣住了，几乎说不出话来。

“其实吧，我这个人从小到大就没缺过什么，但你好像是个例外。”沈言礼看着她，缓缓地开口，“为了你，我什么手段都用上了。”

“从认识你的那天起，我就做了决定。”两人挨得近，他的声音似乎裹着风，“这个决定就是，沈言礼在接下来的每一天里，都会像之前一样，不会有任何改变。”

“而我的所求，仅仅是你陪在我身边。”他望向她，“你知道吗？”

“阿蔷！”他的目光牢牢地锁住她，“你得要我。”

呼呼的风声响在两人之间。有什么东西瞬间被撬开，钻出泥土，缓缓地绽放。

盛蔷听完他最后那句话后，便捂着半边脸，不由得泪流满面。

“要。”她没有任何犹豫，迈步上前，直接扑向他，“我说我要。”

沈言礼用力地将人抱在怀里。

空旷的六号跑道边，巨大的飞机停在雪地里，机翼张开，像是展翅而来的雄鹰，将两人护在麾下。

夜幕低垂，冷风刮过。

远处的机场大厅透着亮光，黄色的灯光照在两人重叠的身影上。

雪越下越大，直至铺满他们的肩膀。

不知道抱了多久，他突然问她：“冷吗？”

盛蔷却紧紧地搂着他，眼眶酸涩，用力摇头。

沈言礼笑了：“不冷就再抱会儿。”

雪花飘落在他们的脖子旁，沈言礼问：“现在又不怕冷了？”

“有你在，我有什么好害怕的？”她马上回答，语气很坚定。

是啊，确实没有什么可害怕的，毕竟他们互相依靠。

寒风呼啸而过，相互取暖的人靠在一起。在这风雪交加的日子里，他们不必畏惧寒冷，只因为他们是彼此的唯一。

直到那晚回去，盛蔷才意识到她的手肿得老高。原本她自己没察觉到，而帮忙布置现场和操纵飞行器的人都是藏在暗处的S&S实验室的成员。

他们不知道从哪儿冒出来，嘴里高声喊着——

"答应没？答应没？"

"成了！成了！"

"早生贵子，百年好合！"

而在这接连不断的祝福声中，一声"盛蔷，你的手怎么了"显得格外突兀。

程也望率先发现了不对劲，众人的目光紧跟着纷纷投向当事人的手。

夜色浓得化不开，但周围有灯光照射。盛蔷纤细的手腕泛着红，虎口处高高肿起，似乎很严重的样子。

沈言礼离得近，看到她手上的伤脸色瞬间就沉了下来。

盛蔷没往心里去，知道他这是在担心自己，气自己没告诉他。

她想着沈言礼气过了就好了，哪想他这样的状态持续了好几天。

这天，女孩仰躺在沙发上，细细地打量那晚带回来的戒指，看到指圈外围镶嵌着一颗又一颗小钻石。

她垂眸，用指尖轻轻地刮了刮指圈外围，随后看向指圈的内围——里面镌刻着"S'Q"。

盛蔷盯着戒指看了很久，但没有立刻戴上，主要还是因为她的手受了伤，肿得戴不了。

沈言礼刚从书房那边过来，见她没在卧室，便往客厅走去，然后在她身侧坐下。

最后一次试飞很成功，唯盛航空旗下自主研发的系列飞机算是圆满地完成了运营前的最终检验。

这样的结果虽说本就在他的预测之中，但亲眼见证试飞成功的那一刻，他的心情总归是不一样的。

按理说他此时应该高兴才对，可此时的他抿着唇，面无表情地坐在盛蔷的身边，也不说话。

盛蔷还在摩挲着戒指，见沈言礼这副模样，先来安慰他："好了啊，其实我都没什么感觉。"

女孩说着，抬起肿得像猪蹄的那只手朝他挥了挥："顶多算是小伤。"

"确实是小伤。"沈言礼不等她说完就回答，面无表情，"也就小到连戒指都戴不上吧。"

盛蔷莫名觉得自己被他捉弄了。

手不行，还有腿，她伸出腿，朝着他就是一脚。

手上的伤差不多痊愈时，盛蔷也没立刻返工。

那次事故后，航空公司担心该航班的机组人员会产生心理阴影，特地给他们放了几天假，让他们放松放松，调整一下情绪。

沈言礼趁着两人都有空，干脆带盛蔷回了沈宅。

沈宅坐落于沈氏集团所在的城市，是沈氏族的发源地，位于比南槐还要靠南的地方。

沈言礼开车缓缓地驶入沿海公路的时候，盛蔷朝外眺望。

凛冬时节，海风裹着寒意吹来。

沈宅位于半山腰，盘山公路两侧种着杉树。

一路上，盛蔷话都很少，这次沈言礼带她回沈宅的意思再明显不过。

快要抵达沈宅的时候，沈言礼单手搭在方向盘上，回头看了她一眼，道："早晚的事儿，你别紧张。"

"我没紧张啊。"

"没紧张？你今天在衣帽间待了近一个小时？"

"搭配衣服本来就耗费时间。"盛蔷瞪了他一眼，"再说了，是见你爸妈，我当然得穿得正式点儿。"

听她一本正经地解释完，沈言礼笑着攥起她的手，道："你在我面前承认一下又怎么了？到时候不还是我护着你？"

到达沈宅的时候，天色已经黑了。车前大灯劈开夜色，也照亮了隐匿在山林中的沈宅的面貌。

沈宅是中式宅院，整体风格古色古香。

沈言礼下车，牵着盛蔷的手走到门前。

在盛蔷的不解中，沈言礼转过脸来看她，指了指侧边的门铃说："你来按。"

盛蔷忍不住，抬手在他的腰上拧了一下，嗔怪道："你怎么这样啊！"

她话音刚落，沉重的木雕大门骤然打开。

一个老妇人探出身来，看到他们，笑道："哎哟，可算是到了！我刚刚在监控里看到你们的车了，结果左等右等，也不见你俩进门来！"

沈言礼看清楚来人，笑道："周嫂，这儿谁都没有你眼尖。"

"哈哈哈，你说要带人回老宅，我可不得一直盯着嘛！"周嫂伸直了脖子往他身后看，笑道，"你不介绍一下？"

沈言礼"嗯"了一声，将盛蔷拉出来，道："这是我媳妇儿。"

"早就听说啦！"周嫂笑盈盈地看向眼前的女孩儿，由衷地赞叹了一句，"真漂亮啊，是叫盛蔷吧？"

盛蔷跟着沈言礼走进去，有礼貌地喊了一声"周嫂"，然后点头应道："嗯，盛是盛大的盛，蔷是蔷薇的蔷。"

周嫂接过沈言礼的大衣挂好，"哎哎"地应着，随后欢天喜地地进去通报了。玄关处很快便只剩下盛蔷和沈言礼两人。

盛蔷毕竟是头一回来，有些拘谨。她光是放包包，就花了好一番工夫。

沈言礼弯着腰凑近她，随后忽然开口道："你刚才说错了吧。"

盛蔷有点儿不解："我说错什么了？"

"就最后介绍你自己的名字那句话。"

"不是盛大的盛，"沈言礼在女孩的鼻尖上轻轻地咬了一口，提醒她，"是唯盛的盛。"

盛蔷跟着沈言礼往宅内走，很快便发现里面别有洞天。

在汩汩的假山流水声中，两道身影朝着他们俩这个方向走了过来。

沈母见到盛蔷，笑着朝她招了招手，亲切地唤道："蔷蔷，你来啦，我要好好看看你。"

对于沈母，盛蔷其实并不陌生。之前两人加了微信，偶尔还视频通话。

沈母面如芙蓉，身段婉约。盛蔷走过来了，她当即拉着人说话，笑意盈盈的，看起来脾气很好的模样，和沈言礼简直是天差地别。

盛蔷倒是一直没见过沈父，只耳闻过。

盛蔷看向沈父，见沈父气宇轩昂，身形挺拔，一双桃花眼跟沈言礼的十分相似。

历经岁月的洗礼，他身上仍旧有股张扬的气质，加上面容俊美，让人猜不出年龄。

不愧是父子啊！沈言礼简直是沈父复刻版。

盛蔷越看越觉得新奇。

沈言礼看着自己的亲妈，却没有得到一点儿的关注，便直接开口向沈母说：“妈，我回来了，你怎么不问我呢？”

“你需要我问吗？”沈母终究看了过来，吐槽道，“你不是在外面过得很开心吗？”

“有什么好问的？怎么不说你从进门就没问过我？”一直没吭声的沈父突然出声道，“沈言礼，如果你真的无事可干，就去厨房端菜吧。”

沈言礼听了还在那里站着，最后懒洋洋地靠近了盛蔷的身边。

沈父看着他这样，眯着眼打算再次开口，却没了机会。

“孩子不想就算了吧，为什么要逼他！”沈母说着，还捏了捏盛蔷的手，“蔷蔷，你今天能来，我真的太高兴了，你住几天再走吧。”

“可以啊，伯母，我这几天没有工作，也不急着回南槐。”

“我听说你之前受伤了？现在恢复得怎么样？”

“只要不碰到，就不会疼，已经没什么大问题了。”

两个女人越聊越起劲，两人一边说着一边往里走，徒留父子俩在原地。

吃饭的时候，沈母一直在给盛蔷夹菜。

盛蔷受不了这样的热情，连忙摆手：“伯母真的不用，您给我夹得太多了。”

“没事儿，能吃多少就吃多少，这肘子我和周嫂炖了一天呢。”沈母笑呵呵地说，“不说其他的，盼着你俩过来，倒是比盼星星盼月亮还难。”

“妈，怎么可能比那个还难？”沈言礼缓缓地开口道，“我们这不是回来了吗？”

沈母在桌下踢了沈言礼一脚，然后说起了另一个话题：“今天你俩回来的事，我告诉你弟弟了，他估计晚些时候到。”

沈言礼被踢了也没说什么，当他给盛蔷舀汤时，顺带问了一句：“不等他吃饭吗？”

“他说在外面吃，不用管他。”

盛蔷默默地听着，她对沈言开的了解还很少。

沈言开是沈言礼的双胞胎弟弟，两人在大学读了不同的专业，平日里很少聚在一起。

盛蔷只见过沈言开一次，那是他要去邻省开会，路过南槐，才约他们一起吃了顿饭。

但那件事已经过去很久了。

晚饭后，沈母拉着盛蔷聊了很久，直到沈父暗示时间不早了，沈母才依依不舍地离开。

这个时间，沈言开还没回来，今晚可能等不到了。

“时间不早了，你们上楼去睡吧。”在两人上楼的时候，沈母还不忘叮嘱，“这回可得多住几天啊。”

“知道了，不用您再提醒，我们知道该怎么做。”沈言礼拉着盛蔷上楼，头也不回地说道。

他这次回老家本来就打算多待一段时间。

进了沈言礼的房间，盛蔷才感觉有些困了。

她轻轻地揉了揉自己的脸，想到今天发生的一切，感慨道：“伯母好热情啊。”

“我妈一直都挺喜欢你的，当然热情了。”沈言礼嘴上说着，手上动作也未停，关了门就将她拦腰抱起来，径自走向床榻。

盛蔷刚反应过来，沈言礼已经俯身压了过来。

呼吸逼近，空气里充斥着他的味道。

“你干吗啊？这么突然！”盛蔷问道。

“不干吗，只是突然想比比，看谁更热情。”

“这有什么好比的！”盛蔷察觉到了沈言礼的意图，双手抵住他压过来的胸膛，说道，“喂，这是来你家的第一天！”

“什么我家，这儿以后也是你家。”沈言礼说着，在她颈侧咬了一口，“我就看看你待会儿还能用什么理由搪塞我。”

沈言礼此刻偷香成功，语气中都带着得意。

就在这时，不轻不重的敲门声传来。

两个人都没有防备，当即一愣。

沈言礼按着要起身的她，原本想装作听不到，可盛蔷示意他赶紧去开门。沈言礼“啧”了一声，翻了个身在她旁边躺下，然后不动了，耍赖道：“我没穿衣服，媳妇儿你去。”

什么叫没穿衣服？不就是只脱了上衣吗？

盛蔷原本想和沈言礼讲道理，可这不是南槐，她又担心门外的长辈等太久，犹豫了一秒，便起身准备去开门。

随着咔嗒一声，盛蔷朝门外看过去。

她以为是沈母，然而站在门口的不是预想中的人，是刚到家的沈言开。

对方看见她后，跟她打了一声招呼。

他站得近，面容被走廊两侧的壁灯灯光衬得如玉。

沈言开沉默了几秒后开口，嗓音清澈：“我妈特意做的酒酿小圆子，让我给你俩拿过来。”

盛蔷看着他这张脸，愣了好几秒。

说实话，她到现在还是会被他这张长得和沈言礼一模一样的脸惊到。

还没等她回答，沈言礼很快走了过来。

他将盛蔷拉到身后，接过托盘，下颌轻抬，道：“好走了您。”

下达逐客令的沈言礼根本没等沈言开反应，便关上了门。

门关上的瞬间发出嘭的一声。

一切发生得过于迅速，不过一秒，门内门外被分割成两个世界。

房内一时安静得很，盛蔷的视线落在门板上。

好在沈言开根本不在意，转身便离开了。

盛蔷反应过来后，又好气又好笑：“你有必要这样吗？他只是帮忙送个吃的而已。”

沈言礼丝毫没觉得自己刚才的做法有什么不妥：“你也知道他是来送吃的，我接了以后就让他走人有什么不对？”

他说着迈开几步，把托盘放到一旁的桌子上，朝她挥手：“你过来。”

盛蔷原本晚饭的时候吃了不少，现在觉得有点儿撑，道：“你吃吧，我一点儿也吃不下了。”

“这里有两碗，你确定不吃一口吗？”

托盘到时候肯定是要被收走的，空着也确实不太好。

盛蔷想到这儿，走过去看了一眼，道：“这也没多少，要不你帮个忙，把我的那碗吃了？”

沈言礼看了她一眼，道：“你让我帮，我就帮？”

接收到他意味不明的打量的目光，盛蔷面如火燎。她推开他愈加逼近的面庞，道：“反正你不帮就别想再碰我了。”

经过这一番折腾，两人都没什么睡意。

直到洗漱完毕躺在床上，沈言礼还在那边笑着。准确地说，自从盛蔷说了那句话后，他就开始笑了起来。

盛蔷趴在床上玩手机，不满地说道：“这到底有什么好笑的？”

“没什么。”沈言礼眉眼间带着笑意，“就觉得我媳妇儿说话可爱。”他停顿了一下，紧紧搂着对方靠近自己，“可爱死了。”

盛蔷小声地应了一声，自觉地躺在他的怀里，哼了几声。

只不过就这样罢了，她仍然把注意力放在手机上。

“你到底在看什么？”沈言礼拿开她的手机，说道，“刚才我都帮你了，你就这样报答我？”

“能看什么呀？”盛蔷眼睁睁地看着自己的手机被拿走，当即抗议，“我还不能玩一会儿手机吗？”

她不知道想到了什么，小声道：“以后要是生孩子，性子真的不能像你。”

这么小的声音却也尽数传入沈言礼的耳中，他饶有兴致地说道：“你这就想到要和我生孩子？”

“这是重点吗？”

“当然是。”

话音刚落，沈言礼抬手便将卧室的大灯关了，只留下床头的一盏昏黄色的小灯。

虽然盛蔷还没困意，但她抓着沈言礼的头发玩，并与他一搭没一搭地说着话。

盛蔷还在想沈言开的事，疑惑地问道：“你们俩怎么那么像？要是我不认识你，肯定分不清你俩。”

沈言礼倒是罕见地没吭声。

盛蔷也不指望他回应，暗中比对着两人的不同之处。

然后，在这样的寂静中，沈言礼忽然喊了她一声：“盛蔷。”

思绪被打断，女孩下意识地回应：“嗯？”

“你没发现你今天话有点儿多吗？”沈言礼眯着眼，凑近她道，“而且一直在说沈言开。”

“我也没有一直说啊。”想到这儿，盛蔷似乎打开了话匣子，说道，“你就没有觉得很神奇吗？只看外貌，你们俩完全一样。”

顿了一下，她加了一句：“按理说，就算是双胞胎，也应该会有细微的差别，但你俩长得一模一样。”

虽然两人外貌一模一样，但个性和气质非常不同，因此很好区分。

两人的外貌随了沈父，笑起来的模样其实都像沈母。

沈言礼恣意散漫，骄傲张扬。

反观沈言开，却清冷温和，性格有点儿像宁远雪。

想到这里，盛蔷开口道：“你弟和我哥在某些方面有点儿像，他俩要是凑一块儿，估计很聊得来。”

沈言礼当即啧了一声，不满地说道：“今天不是聊沈言开就是聊你哥，总之没我的份儿是吧？还有，你那意思是，我和你哥聊不来？”

说着，他也没等她回应，掀开被子就钻进了被窝。

沈言礼故意使坏不止，还老问她，他和沈言开谁更帅。

这样的问题放在幼儿园都算幼稚了，可沈言礼就是锲而不舍。

最后，逼着她连说三遍“沈言礼是最好的”，他才放过她。

盛蔷昏睡过去前，最终的意识就化为一个字，那就是“累”。

她这一觉睡得深沉。

盛蔷第二天醒来的时候，一想到昨晚沈言礼的强势，她心里就有些气不打一处来。

盛蔷掀开被子，这次她一定要跟他好好地算账！

女孩望了望四周，沈言礼倒是不在，也不知道现在几点了。

盛蔷打算去拿自己的手机，结果手机昨晚也不知道被沈言礼扔到哪儿去了。

女孩抬头，目光掠过屋内的摆设——她记得墙上有时钟。

然而不看不要紧，一看吓一跳——时钟显示中午十二点半。

盛蔷顾不了太多，简单洗漱一番后，连忙跑向楼下。

这会儿沈宅内充溢着扑鼻的饭香。

木雕梨木沙发上，沈言礼和沈言开对坐下棋，沈父在一旁看着，时不时地指导着。

大概是听到了她下楼的动静，三个男人一齐朝她看了过来。

盛蔷忽然很想回到南槐，然后一头钻进房间，不让沈言礼进门。

沈父及沈言开和盛蔷打了声招呼后，又将目光收了回去。

倒是沈言礼，看着她，关心地问道："你睡醒了？"

盛蔷挨着沈言礼坐下来，偷偷地拧了他的腰，用仅够两人能听到的声音说："你为什么不喊我？这都几点了。"

"喊你了啊。"他说道，"是你自己起不来。"

那她起不来是因为谁？

盛蔷强压制住自己心里的怒火，还没来得及再掐沈言礼一把，沈母突然从厨房内探出身来，关心地说道："蔷蔷，你终于醒啦？刚好，我们马上就要开饭了。"

盛蔷应着，要去帮忙，被沈父拦了回去，他看着沈言礼，没好气地说道："让沈言礼去，回个家跟大爷似的。"

沈父踢了沈言礼一脚，沈言礼躲开，不乐意地说道："去什么啊，我陪我媳妇儿。"

他不知道想到了什么，忽然笑了，视线转向一旁，道："让沈言开去。"

吃饭的时候，还好没人提起她起得晚这件事。

饭后，一群人哪儿也没去，只坐在一起聊天。

聊着聊着，沈母突然看向沈言礼，说："我记得你有一本相册，要不要拿来给你媳妇儿看看？"

盛蔷好奇地问他："什么相册？"

沈言礼抚摸着盛蔷的发梢，听到这句话时犹豫了一会儿，然后说："没什么。"

他看着沈母说："妈，我不知道放在哪里了，早就没了。"

沈母有些失望地说："这样呀，那就太可惜了，相册里面都是——"

沈母话还没说完，原本在旁边坐着的沈言开忽然开了口："我哥那儿是没了，我这边还有。"

沈言礼狠狠地瞪了沈言开一眼，露出一副"你是不是活腻了"的表情。

沈母一下子来了兴趣，连忙道："那你快去拿啊，快快快，拿来给蔷蔷看看。"

于是，在沈言礼面无表情的抗议中，盛蔷有幸欣赏了他从小到大的各类照片。

看到沈言礼小时候那副肉乎乎的模样时，她还觉得很是新奇，原来有人从小就长得好看。

到了初中，他的五官逐渐长开。

当时的沈言礼穿着T恤，手里拎着校服，他歪着头看向镜头，一副不可一世的表情。

少年恣意，意气风发。

他顶着一头张扬的彩色鹦鹉毛，好看中带着几分痞气。

“他当初染这个头发，被他爸爸说了很久，他说随后自己会换回来，但最后还是没换。”沈母越说越来劲，“他从小就是这个性子，其实也是随了他爸，什么都要和我们对着干。”

“直到后来他说要去设计飞机，这回他爸倒是没反对，就说不管学什么，以后还是要回沈氏，还让他把头发染回来。”沈母说到这儿，突然感慨道，“染是染回来了，不过他高考结束后又换了个色。”

盛蔷再也没忍住，在沈母绘声绘色的描述中眉眼弯弯，笑了起来。

沈言礼扬眉，不满道：“很好笑吗？”

盛蔷“嗯”了一声，没理他，只是看向沈母，问道：“伯母，这张照片有备份吗？”

她想把这张照片拿回去装裱起来，挂在客厅里，这样沈言礼一个人睡沙发的时候，也不至于孤独。

沈母也没问盛蔷要拿去做什么，她想了一下，道：“你说这张照片啊，当初给兄弟俩拍了以后，确实冲洗了好几张，他们俩相册里各自放了一张，我和他爸爸也有一张，剩余的……”

沈母还在努力回想的时候，沈言礼抢先回答：“妈，没有多余的了，哪儿来的备份？”

他看向盛蔷，压低声音道：“看看就行了，你还想着带走是吧？盛蔷，你非要这玩意儿做什么呢？”

盛蔷这回也没退缩，当即反驳回去：“觉得新奇不行啊？我就问问，你反应怎么这么大？”

就在两人低声争论的时候，沈言礼朝盛蔷看过来，似是不经意地说道：“我的书房里有打印机，可以打印照片。”

沈母眼睛一亮，反应最快："那不是更好！你帮你嫂子打印一下，一张不够的话就多挑几张，要是还不够，就整本相册。"

沈言礼听了，双眸眯了眯，警告性地看了沈言开一眼。

沈言开却毫不畏惧。

沈大少爷往后仰靠在沙发上，轻轻"啧"了一声，不满地说道："有意思吗？"

"不用，你忙。"沈言礼说着伸出手臂拦住沈言开，随后看向盛蔷，"我突然想起之前那本相册放哪儿了，等下去楼上拿。"

沈母原本正在拉着盛蔷研究手相，听到这话，当即反问道："你有啊，那你刚才为什么不说？"

沈言礼收回视线，将盛蔷轻轻松松地从沈母那边搂了回来，不紧不慢地开口道："最近事情太多了，一时半会儿忘了呗。"

沈父目睹了全程，见沈母被呛了，睨了自家儿子一眼，道："够了啊，别气你妈。"

"我妈先问的我，我总得回答吧，怎么就是我气她了？"

沈父还想再说什么，被沈母拦下了，她劝道："好啦好啦，跟孩子计较什么！"她笑盈盈地看向沈父，"你儿子这样，不都是跟你学的吗？"

客厅内的气氛瞬间变得轻松又融洽。

晚饭后回到卧房，沈言礼一脸不想与人交流的表情。

盛蔷从浴室出来，拿着毛巾擦拭头发时，看到沈言礼站在床尾打电话。她出来后，他并没有反应。

"你的照片还没找到吗？我已经洗完了。"

话音刚落，沈言礼挂掉电话，朝她看去，说："好像又找不到了。"

盛蔷脱下拖鞋，抬脚踢了一下他的腿，说："你就是想糊弄我。"

"谁糊弄你了？我每天都尽心尽力地伺候你，这算糊弄你吗？"

沈言礼明显话中有话，盛蔷的耳垂忽然热了起来，她并不想和他继续探讨下去。

然而就在她要收回脚的时候，沈言礼眼明手快地攥住她纤嫩的脚踝，使了点劲儿，往他的方向带。盛蔷没有任何防备，很快便栽进他的怀里。

"跑什么啊！书上说爱人之间每天都得拥抱，我现在抱你一下，你就避之唯恐不及。盛蔷，你自己说说，到底是谁糊弄人？”

他那叫抱？

“这完全是两码事好不好？你以为你偷换概念，我就不会质疑了吗？”

沈言礼听了轻笑一声，直接松开她。

“那行，你继续质疑。”他说着开始脱衣服，拍了拍她，“去等着我，等我洗完澡，就跟你好好地探讨一下。”

盛蔷又想拧他了，可当视线落在他身上后，又有些移不开。

沈言礼原本都要迈进浴室了，见此又折返，揶揄道：“你在想什么呢？”

“没想什么。”

“没想什么，脸那么红？”沈言礼像是猜到了什么，问道，“你在觊觎我？”

“谁觊觎你了？我在发呆，在想事情不行吗？”

“你承认，我又不会笑你。”沈言礼扬眉，得意地说道，“我是你男人，你觊觎一下又不跌份儿。”

在盛蔷准备去拧他时，他朝她扔过来一样东西。

盛蔷一开始还没反应过来，等她的视线落在沈言礼身上的时候，他说道：“我去洗澡了，你拿去看。”

女孩收回视线，看向怀里，是一本相册，盛蔷一页又一页仔细地翻看起来。

这样一本记录着他成长经历的相册，似乎和之前沈言礼拿过来的那本不太一样。

沈言礼洗漱好了，出来看到盛蔷还在津津有味地翻看着相册，便说道：“你下午不是刚看了一遍，怎么跟没见过一样？”

“因为有些不一样啊。”盛蔷指了指沈言礼小时候的一张全家福，说道，“这些都是沈家的人吗？”

沈言礼走过来，道：“你说这张啊？是的。”

盛蔷指着一个戴着银丝边眼镜的面貌清瘦的男人，问：“这个和你爸爸长得有点儿像的是谁？”

“沈顷，我爸的亲哥。”

盛蔷点头，接着指着一个明艳动人的女孩，然后问道：“那这个呢？”

“季明珠，我爸的表妹。”沈言礼握着她的手，说道，“肖叙他爸就是这位女士的发小。”

这也是之前肖叙说自己和沈言礼认识已久的原因，两人算是一起长大的朋友。

盛蔷今晚像个好奇宝宝，什么都觉得新鲜。

沈言礼又应了几声，眼看着女孩的注意力全部放在了相册上面，不满地说道：“盛蔷，你今天问题怎么这么多？”

“不是问题多，是我都不认识，想着让你给我介绍介绍。”女孩说着用白净的手盖住相册，下巴压在上面，转过脸来看着他，双眸亮晶晶的，“我觉得有点儿可惜，这次来你们家都没见过他们。”

沈言礼看向她，目光有些意味深长，他说：“嗯，很快你就都能看到了。”

在沈宅待着的日子一晃而过。

接下来，盛蔷和沈言礼要返回南槐，没太多的闲暇时间。

说起来也是神奇，明明只相处了几天，即将分离之际，沈母十分不舍，还说以后有空会去南槐看看两人，再住一段时间。

离别前一天，在沈母的提议下，一行人干脆去了附近的山庄游玩。

沈言开刚好有空，这次也跟着一起去了。

“我知道你们俩现在很忙，但是考虑一下婚事也是必要的。”沈母望向盛蔷，“之前我看了肖叙发来的一个视频，沈言礼求婚的方式很浪漫，是不是？”

盛蔷点点头，心里想的却是之前的那枚戒指，因为手受伤，她还没有戴上过。

“有了初步的计划吗？有问题可以问我哦，我可以帮你当参谋。”

“伯母，我也不太清楚具体的计划。”盛蔷望着前面高挑的背影道，“自从那天之后，他就没有再提起过了。”

“沈言礼什么样儿，我还不了解？”沈母温柔地开口道，“他可能正在偷偷地计划，说不定会给你一个大惊喜。”

“当时上初中的时候，他用赛车挣的钱给我买了一个很贵的包。”沈母回忆着，眼中带笑，“他隐藏得很好，我直到生日那天才发现。”

听到这里，盛蔷忽然想起之前沈言礼骑摩托车带她去江边的情景。

果然，一切都有迹可循。

盛蔷望着沈言礼挺拔的脊背，但很快她的思绪被打断了。

一路上，沈言礼总催促着沈言开，只要沈言开稍微落后，他就在后面催着让他加快脚步。

沈母看到了，扬起声音喊道：“你俩都这么大了，怎么每次碰面还要这样闹？”

“不是闹。”沈言礼侧身，回头看向她们，“他和我长得一样，我媳妇儿认错了怎么办？”

“你俩太好认了，蔷蔷还能认错？”沈母这次也没再替他说话，“你说说你，还没你弟弟稳重。”

“哦，他稳重。”沈言礼扬起嘴角，痞痞地笑道，“那你问问他现在有没有媳妇儿。”

沈言开懒得理他。

“我就不一样了。”沈言礼说着上前拉起盛蔷的手，“我有。”

沈母和沈父此时也有些无语。

那一晚，盛蔷都没好意思再和沈言开交流，都是被沈言礼闹的。

他自己一副无所谓的样子，盛蔷却不好意思了很久。

只要回想起当时沈父和沈母投过来的目光，她就恨不得变成鸵鸟，一头钻进泥土里。

回去之前，沈言礼带着盛蔷先去了趟沈氏集团总部。

回到南槐后，沈言礼一连好几天都待在 S&S 实验室所属的航空基地。

唯盛航空自主研发的“心墙”系列大型客机试飞圆满成功后，需要向民航局报备，开始准备划分空中飞行区域和航线。

为了投入生产线，还有很多事情要准备，沈言礼最近忙得团团转。

与之相反的，则是盛蔷的悠闲。

上次事故发生后，机组人员还没有接到重新飞行的通知。

这次事故后来还登上了热搜，唯盛航空的官方微博对此做出了回应，并公布了对乘客的补偿措施。

而对于机组人员的敬业程度，不少接受采访的乘客都大加称赞。据传，唯盛总部大楼近来还收到了一些锦旗和花篮。

一时间之间，唯盛此次中法航班的机组人员，也算是小小地火了一下。

有乘客在下飞机的时候拍摄了一小段视频，并发到了网上，有网友一眼就认出其中有之前骚乱事件中的主角之一。

那个美丽的女孩，据说是京淮航大在校期间的校花。

网络上热烈讨论时，盛蔷还在沈宅。

直到回到南槐，她才从应桃口中了解了个大概。

再次和应桃联系上，已经过了好几天了。

“你看完了吗？那条微博下面都在传你的盛世美颜。”

盛蔷接到应桃的电话时正在冰箱里找桃汁喝，她应答：“我看了啊，就是一个侧脸。”

“侧脸怎么啦？美人的一颦一笑都是美的。换句话说，你被拍了个侧脸就被讨论成这样，之后他们要是知道你是唯盛的老板娘，还不得炸翻天？”

盛蔷拿吸管戳进桃汁盒子，道：“谁说我是了？你现在这样说，是造谣传谣。”

“得了吧！”应桃在电话对面哈哈笑了两声，“怎么就造谣传谣了？沈总不是都求婚了吗？”

盛蔷还想再反驳，手机显示有另外一个电话打了进来。

她看了一眼屏幕上跳动着的名字，对应桃说：“我得接个电话，你是等着，还是先挂了？”

“这还用问我？不就是沈总打过来的电话吗？我不打扰你们秀恩爱，挂了。”

随后，她接通了沈言礼的电话。他问：“媳妇儿，你去机场没？”

盛蔷乍一听，还有些恍然，沈言礼倒是记得比她还牢。

前天晚上，盛蔷拿到了新的排班表，上面显示着待飞。

这就意味着，她的休息时间结束，新的航程即将开启。

听着他那头嘈杂的声音，盛蔷看了一眼客厅墙上的石英钟，道：“你不说，我都差点儿忘了，我等下收拾收拾就去。”

“几点的航班？”沈言礼问道。

盛蔷手里捏着桃汁盒子，问道：“你怎么突然问起这个来了？”

沈言礼一般只会在她航班降落后发消息过来，而且，他每次都会让助理给他拿她的排班表，她几点的航班，按理说他一清二楚。

沈言礼应道："我只是帮你确认一下。"

盛蔷收拾完毕，直接去了机场。

临近上飞机，她再一次接到了沈言礼的电话。他问道："现在是不是还没上飞机？"

"是还没，但快了。"盛蔷看向窗外，忽然觉得有些好笑，"沈总，要不要我提醒你一下，这是你今天的第四个电话了？"

"是吗？"他笑了下，问道，"那你不还是接了？"

简单聊了几句，在盛蔷快要挂断电话的时候，沈言礼忽然问她："你没偷喝冰箱里的桃汁吧？"

近来南槐越来越冷，虽然出了太阳，但暴雪过后的晴天，让人感觉更难受。

自从盛蔷受伤后，他就以她需要休养身体这个理由，不让她去碰冰箱里的桃汁。

盛蔷望着自己手里攥着的桃汁盒子，神情淡定地说道："怎么可能？"

她这样说着，却在心里默默地想：怎么可能不偷喝？

冰箱里桃汁堆得满满当当的，她身体又倍儿棒，没理由不能喝。

"你确定？"

"我确定。"

沈言礼"哦"了一声，说："这样啊，刚好一小时前我回了趟公寓。"说着，他故意停顿了一下。

盛蔷听了，连忙压低声音道："回公寓了？你最近不是一直住在基地那儿吗？"

"我回来拿文件，顺便去了趟厨房，顺便打开了冰箱。"沈言礼拖长了尾音，"你知道我看到什么了吗？盛蔷，刚看可能没什么问题，但是最里面的两排桃汁竟然不见了。"

"哦……"

"你不错嘛，这就是你说的'没偷喝'？"

盛蔷没再说话。

她没想到沈言礼会忽然回公寓，还会翻冰箱。这个"顺便"，还真是够"顺"的啊！

直到登机后，盛蔷都还想着这件事。

沈言礼最后没再多说什么，但她总觉得他一定会在日后的某些时刻让她得到教训。

成茹看到她的严肃表情，抬手在她面前挥了挥，说："很久没飞了，你现在不适应？"

"不是。"盛蔷骤然回过神来，她整了整衣领，说，"我刚刚在发呆呢。茹姐，我跟你一起去头等舱。"

此时，乘客们陆续登机，但不少人还在频频回头往停机坪另一侧看，已经坐下的乘客也好奇地从窗户看外面。

停机坪特殊通道旁整整齐齐地站着两列人，引得乘客伸长脖子想要一探究竟，看看登机的人是谁。

但是乘客们没能如愿，因为这人被保安遮掩得严严实实的。

众人纷纷猜测，今天的头等舱估计是来了来头不小的人物。

直到飞机开始滑行，空姐们也没见到人，大家聚在一起低声讨论。

以前的航班，她们偶尔也会见到各行各业的名人。对于她们来说，这已经不再新鲜。但这一次阵仗太大了，反而激起了大家的兴趣。

孟晚来到休息间，看盛蔷准备去播报，顺口问道："蔷妹，今天来的是谁啊？好大的阵仗！"

盛蔷摇了摇头，说："你问我，我也不知道。"

"你和茹姐都在头等舱，总能去看一看吧。我不好意思去问茹姐。"

"所以你就把主意打到我头上了？"盛蔷笑着拍了她一下，道，"头等舱是有专门的编号的，那个房间应该是茹姐去照应的。我想帮你看也看不到啊。"

孟晚耸了耸肩，说："我也很好奇，等会儿看看茹姐能不能告诉我们吧。"

飞行到中途，乘务长成茹从单间里出来，拿了杯水进去。

全程她的面部表情都控制得很好，只是等到送完水再出来以后，连带着眼神都不太一样了。

几个空乘都快好奇疯了，抱着成茹的胳膊，问到底是谁。该不会是什么国际巨星吧？

成茹打着哈哈，敷衍道："好了啊，先保密，等飞行结束了再跟你们说。"

她摇摇头，感慨道："一个个看起来都挺好的小姑娘，吵起来真是让人头疼。"

殊不知这样一番话，更是吊足了大家的胃口。

几个空乘叽叽喳喳的，惹得副机长林开阳都走过来，好奇地看了她们好几眼。

“你们讨论什么呢？这么热闹。”

“没什么，林副你快走开，这儿没你的事，我们忙着逼问茹姐呢！”

林开阳温和地笑笑，没再说什么，只是善意地提醒：“别吵得乘客按铃了都听不见。”

成茹顺势接了林开阳的话往下说：“好了好了，都去工作，工作时间这样子像什么话！”

在成茹那里没有得到答案，几个空乘又过来拉着盛蔷聊天。

历经数小时的飞行后，飞机准时降落在戴高乐机场。

此刻，法国已经是凌晨了。

唯盛航空还挺人性化，给机组一行人提供的住处是市中心的精品酒店。

盛蔷下了飞机便和大家一起朝酒店走去，还没到市区，沈言礼的消息便发了过来。

S&S：“到了吧？”

S’Q：“嗯，收拾完了，才出来，马上就要到酒店了。”

S&S：“你们直接去酒店了？”

S’Q：“对啊，时间太晚了，就先去酒店嘛！”

S&S：“好，注意安全。”

一行人的房间都在同一层，盛蔷和众人打了招呼就回了房间。

她其实精神还不错，准备慢慢地收拾行李，结果推杆箱还没拉开，手机又嗡嗡地响了两声。

盛蔷不用看也知道是谁。她打开手机，直接点了进去。

S’Q：“又怎么啦，沈总？”

还没等盛蔷问沈言礼是不是要视频通话，就看到他发来一条信息。

S&S：“你是不是没吃饭？”

S’Q：“是啊，我也不太饿，一顿不吃也没事儿。”

就在她信息发出去的下一秒，他的信息又发了过来。

S&S：“等会儿记得开门。”

S&S：“我给你点了酒店的送餐服务。”

盛蔷原本想拒绝，但以往的经验都在提醒她，这个对沈言礼不管用。

反正拗不过他，她也就答应了。

S’Q：“好吧，那你别点太多，我怕我吃不了。”

这回沈言礼没再回复。

盛蔷将手机扔到一旁，没有再多管。只是她快要收拾完毕时，还是忍不住看了一眼。

沈言礼不知道什么时候回复了她：“吃得了。”

盛蔷实在没什么胃口，“吃得了”是什么意思？即便如此，她心里还是觉得暖洋洋的。

盛蔷直起身，刚准备脱下空姐制服，就在这时，门铃响了两下。想着沈言礼所说的酒店送餐，她很快就走过去开门。

在开门的那一瞬间，她还在想这送餐的人怎么这么快就到了，然而看清门外的人后，她当即愣在了原地。

走廊上光影昏暗，来人身材颀长，大衣内的西装挺括。他双眸光彩熠熠，紧紧地盯着她，道：“上门服务，请签收。”

盛蔷愣在原地，好久才反应过来，道：“你……”

在女孩的惊讶中，他伸长手臂，径自拉开了房门。

沈言礼自顾自地往里走，逼得盛蔷不得不往后退了好几步。过了几秒钟，他又将门重重地关上了。

盛蔷即使再迟钝，也该明白了。她没好气地说道：“喂，说好了是送吃的呢？”

沈言礼抬手松了松自己的领带，扬眉看向她，道：“我不是？”

盛蔷明白过来他话中的意思，抬手在他肩膀上轻轻地捶了一下，嘟囔道：“你能不能好好说话？”

沈言礼笑了下，走近几步，直接捏住她的下巴，在她的唇瓣上亲了一口，道：“你这不是白问吗？不能。”

再次松开人的时候，他推着她朝房内走去。

他应该刚到没多久，还是风尘仆仆的。

他修长的手指搭在领口，利落地解开领带，随意地扔到了一旁。

盛蔷有些看不惯，上前捡起领带折叠整齐，抬头问他：“你是怎么跟过来的？也不事先和我说一声。”

沈言礼百无聊赖地笑笑：“我跟你说了啊。我几天前就已经说好要出差了。”

盛蔷突然觉得他的脸皮有点儿厚，道：“所以还怪我没问了？”

“不怪你还怪谁呢？”沈言礼说着，缓缓地靠近她道，“生活总要有点儿新鲜感。”

他偏过头来咬了一口她的脸蛋，问道：“媳妇儿，现在是不是感觉很刺激？”

盛蔷并没有觉得刺激，倒是想揍他一顿。

她推开他的脸，不让他靠近，道：“你应该事先告诉我，我刚刚还以为……”说到这里，她有些后怕。

国外治安不如国内，而且她对这方面了解不多，刚刚开门时她还没看清他的脸，他的举止也不像是来送餐的酒店工作人员，让她有点儿惊慌。

“好了，有我在，别怕。”沈言礼听出了她话中的意思，安慰道，“你看，我不是来了吗？”

“你早就有预谋了吧？”盛蔷看着他，“还说是什么订餐到了。”

“预谋算不上。”沈言礼坐在沙发上，抬眸看着她，“我见自己的媳妇儿还要报备？”

盛蔷越想越觉得不对劲，明明打电话的时候，他还在南槐，怎么突然就到了法国？

盛蔷的脑海里忽然闪过今天飞机起飞前的画面——停机坪外被保镖遮掩得严严实实的重点乘客……

她还想起成茹姐在飞机上看向她时揶揄又打趣的眼神。

“沈言礼！”盛蔷靠近沈言礼，看着他道，“其实你就是坐我们的航班来的吧？”

“总算不笨了啊。”沈言礼笑道，“我就想着你什么时候能自己发现，还以为要到下个世纪我们盛蔷同学才能反应过来。”

“你才到下个世纪。”盛蔷心情莫名地好，“你怎么不说是我到哪儿，你都要跟着呢？”

沈言礼“哦”了一声，手搭在她腰侧，道：“顺路而已，我来这边有个合作项目要谈。”

“你就假装吧。”她笑了起来，懒得拆穿这人，干脆抬手拨了拨他额前的碎发，说道，“不过你都和我坐一趟航班了，怎么不让茹姐跟我说一声呢？”

“你在工作，不想影响你。”

他话音刚落，门铃又响起。

盛蔷下意识地转过头来看他。

沈言礼拧了下她的脸颊，道：“别想了，又不可能有第二个我。”说着，他起身准备去开门，“想着你没吃饭，还是叫了餐。”

沈言礼拿回餐食后，盛蔷望了一眼餐桌，发现都是简单的法餐，比较清淡。

盛蔷犯愁道：“怎么办？我是真的不太饿。”

“多少吃点儿。”沈言礼用刀叉细致地为她分出了一份食物。

房间内暖黄色的灯光下，他原本张扬的气质也变得温柔了几分。

盛蔷心里暖洋洋的，她刚想说些什么，沈言礼就补充道：“不吃的话，怕你待会儿没力气，一开始就喊累。”他这是意有所指，说完就将餐盘推了过来。

沈言礼的语气倒是平静，盛蔷无言以对。

他倒是想得美。

盛蔷到底也没吃多少，只是陪着沈言礼一起吃到了最后。

毕竟时间也不早了，稍微收拾一下之后，两人分别去洗漱。

酒店的窗帘拉得很严实，遮挡住了浓郁的夜色。

民政局第一对

〈 第八章 〉

第二天一大早，孟晚醒来后精神奕奕。

今天是她和盛蔷约好要出去逛街的日子，两人盘算好了要去几家当地著名的服装店。

孟晚气定神闲地叫了酒店的早餐，悠闲地喝起红茶。

昨晚到了酒店，时间也不早了，大家没来得及说几句话就各自回到房间休息去了。算算时间，盛蔷这会儿也该醒了。

孟晚想到这儿，先是在微信里打了声招呼，问盛蔷好了没。

她发完消息后也没在意，将手机放到一旁，开始收拾自己。

但等到孟晚做完这些再去看手机时，发现盛蔷竟然没回，她心中诧异，但也没有多想。

于是孟晚出了门就径直走向盛蔷的房门。离得这么近，敲个门直接问问她不就行了吗。

孟晚这么想着，抬手在盛蔷的房门上轻轻地敲了几下。

她敲了好一会儿，门才打开。

孟晚抬眸，刚想开口问两人什么时候出发，在见到开门的人的瞬间，话语直接卡在了喉咙里。

那一瞬间，她的脑海里只浮现出一句话——这个世界真是魔幻。

其实孟晚敲门时，盛蔷睡得很沉，迷蒙中，好像听到有人敲门的声音。

抱着她的沈言礼原本没打算理会，最后不知为何还是起了身。

盛蔷这会儿半梦半醒，只觉得自己在做梦。当沈言礼回到床边的时候，她拉了他一把，迷迷糊糊地问道："谁啊？"

沈言礼淡定地说道："好像是你的同事。"

"同事？"下一秒，盛蔷的瞌睡立马不见了。

顾不得太多，女孩当即起身洗漱，挑衣服。她差点儿忘了，她今天约了孟晚出去逛街！

"不用急，慢慢来。"

"什么慢慢来？你也不看看现在几点了。"

"你这话说得好像是我让你赖床一样。"沈言礼站在床边，看到她手忙脚乱的样子，欣赏了好一会儿才提醒她，"真不用急，你的同事刚刚和我说，让你好好休息，改天再约。"

盛蔷换衣服的动作随即停住。

事已至此，她才彻底反应过来——孟晚已经看见沈言礼在她房内了。

“你刚刚和她说什么了？”

“也没说什么。”沈言礼说到这儿，尾音拖得长长的，“她刚刚问你在不在，我说你还在睡。”

沈言礼就在她的房间里，他说她还在睡，这种种连在一起……

盛蔷沉默了好几秒，而后手中抓起一个抱枕，朝着沈言礼的方向扔了过去。

沈言礼接住抱枕，道：“怎么还拿抱枕扔我了？我又没说假话。”

他是没说假话，可……

“都是你弄的。”盛蔷最终也只憋出这么一句话。

她看沈言礼一副云淡风轻的模样，似乎根本没受什么影响，就觉得有些不公平。

他这个人对她，简直是坏到了极点。

盛蔷闹着闹着，自己也忍不住笑了出来。她有些累了，就这么趴在床上。

她和沈言礼一起的日子，一点儿也不平静。

盛蔷所在的同事群炸开了锅。

孟晚回到自己的房间后，愣愣地坐了一会儿，随即很快意识到了什么，直接在群里呼唤成茹，问昨天航班上在头等舱里没有露面的人是谁。

成茹当时说下了飞机就会跟他们提，但经历这么一晚，大家都忘得差不多了。

此刻孟晚一提问，群里其他成员纷纷冒了泡，问孟晚怎么突然想到要问这个。

就在众人叽叽喳喳地聊起来的时候，成茹在群里抛出了一条消息：“哦，还真的忘了跟你们说了，昨天坐我们航班的是沈总啊。”

群里瞬间安静了三秒。

什么总？

沈总！

孟晚本来就怀疑，此刻见猜想坐实，及时接过话题道：“作为某种意义上的当事人，我只想说，这还不是最关键的。”

孟晚只要回想起方才看到的画面，就觉得有点儿尴尬，还带着点儿回味无穷。

所以，此时此刻，她的倾诉欲也格外强：“太魔幻了。我刚刚去找蔷妹啊，到了她的房间，你们猜怎么着？”

孟晚故意停顿了一下，引得群内追问不断——

“怎么了？”

“快说啊！一鼓作气！”

“已经准备好了，快说给我听！”

孟晚学着成茹的语言风格，用最平静的语气，说出了最劲爆的内容——

“也没啥吧，就是来开门的是沈总。”

“然后我让他们两个好好休息。”

“没错，就是这样，现在回想起来，我真想一巴掌拍死那时不会说话的我！”

看到孟晚的消息，再想起成茹说的话，群里的人很快就明白了——沈言礼不仅乘坐了盛蔷所在的航班，昨晚两人还睡在一起了。

“不是吧，我有点儿震惊，千里追妻？”

“弄得神神秘秘的，其实是突然袭击制造惊喜？”

“等等，晚晚为什么让两人好好休息？”

“能为什么呢？来开门的是沈总，还能说明什么呢？小情侣之间爱的小游戏嘛。”

“笑死了，可能还碰撞出爱的小火花呢。”

“那蔷妹是真的辛苦了。”

盛蔷看到这些讨论时，她真的很想补充一句——我也在群里啊，不是看不见。

翻了一遍聊天记录后，盛蔷干脆装死。

她的视线从手机屏幕上移开，直接投向沈言礼。

“你看我做什么？”沈言礼皱眉看着她，“中午要不要请你们机组的人吃顿饭？”

盛蔷回答道：“你愿意，估计他们还不愿意呢。”

沈言礼倒是很从容，他拉起她的手，说：“没人来更好，接下来我陪你。”

盛蔷疑惑地问道：“陪我？你不是来这边谈合作的吗？”

“有助理在处理。”沈言礼笑道，“在我这儿，陪媳妇更重要。”

“其实也不是很需要你陪。”盛蔷小声地吐槽，这一句沈言礼没听清。

他凑上来，问道：“你刚刚说什么？”

盛蔷想敷衍过去，便转移话题道：“那你说说我们今天接下来都去哪儿呀？”

虽然她对这边的情况不算太熟悉，但除了逛街购物，还是有不少地方可以去看看。

沈言礼用指腹抵住嘴唇，认真地思考了好一会儿。

“去我们之前去过的地方好了。”他抬起眼看向她，“之前每次飞到法国来看你，都觉得时间不太够。”

沈言礼说的是之前盛蔷在法国深造的那三年。那时候，他抽不出太多时间，只偶尔飞来看她，而中法往返时间长，光是路上就得浪费一天的时间。

盛蔷听了很快应下，静静地看着他，没有任何异议。

法国国立航大位于图卢兹。有一次沈言礼来了，两人一起坐轻轨去巴黎逛。

年轻的恋人相互依偎着，没有明确的目的地，只是漫无目的地沿着街道走着，但即便是这样，也十分幸福。

这回两人凭借着依稀的记忆，走着之前便走过的道路。

经过一条熟悉的大街时，沈言礼忽然攥紧盛蔷的手，问道：“前面那家店你还记得吗？”

盛蔷抬眸看了过去，只一眼，回忆便渐渐地涌入脑海。记得，她怎么可能不记得？

就是在那家餐馆，她误喝了酒。等回到学校宿舍，她浑身发烫，像是被火烤过。然后，像花儿一样，盛蔷被一层一层地剥开。

那会儿两人好久才能见一面，年轻恋人的久别重逢，本就是最佳的催化剂。

沈言礼察觉到盛蔷走神了，见她秀眉轻蹙着，他笑道：“我就知道你一定不会忘记。”

盛蔷是不会忘。

两人走出街道，走到草坪边，不远处的铁塔露出半个角。

今天阳光温和，绿树成荫，成排的白鸽掠过，展现翅膀流畅的线条，扑棱扑棱的声音不绝于耳。

盛蔷觉得天气好，牵着沈言礼的手也不免晃荡起来。

沈母的消息就在此刻发了过来，她连忙松开他的手，嘴里念叨着要多拍几张照片发过去。

“我妈？”

“对啊，伯母问我们在法国玩得开不开心。”

“她怎么知道我也在法国？”

盛蔷笑了起来，道：“我告诉她的啊。”

沈言礼凑近道：“媳妇儿，问你件事。”

盛蔷头也没抬便道：“嗯。”

“我妈那天和你说什么悄悄话了？”

女孩动作稍顿，疑惑道：“啊？什么？”

沈言礼敛眸看着她道：“就回老宅那次。”

盛蔷迎向他的视线，手上打字的动作停住，她道：“你也说是悄悄话了。”她露出一副不想提的模样。

沈言礼这会儿锲而不舍地追问：“你确定不和我说？”

听到此言，盛蔷稍显犹豫。

沈言礼这人最擅长找她秋后算账。想到这儿，她呛了回去：“那你确定要我跟你说？”

沈言礼“啊”了一声。

盛蔷这回老老实实地说道：“她说你有时候特别幼稚，让我不要处处顺着你。”

沈言礼没想到是这个，挑起眉头，还想说些什么。

一旁的人群中爆发出阵阵欢呼声，直接打断了两人的交谈。

盛蔷顺着声源望去，发现是几对情侣在接吻，旁若无人。

收回目光的时候，沈言礼俯身问她：“你也想试试？”

盛蔷停顿两秒，直接推开他，道：“我可没说我想啊。”

但因为他这句话，女孩突然想到了什么。她盯着他看了一会儿，忽然问出了两人刚开始在一起时就有的疑问：“沈言礼，你吻过几个女孩？”

话一出口，盛蔷就后悔了。

好半晌，沈言礼都没有回应。

这样的问题确实不怎么好回答，盛蔷又补充道："算了，我就问问，不回答也没关系。"

沈言礼这时候才开口道："你觉得我吻过几个？"

还几个？她从沈母那儿知道的是沈言礼在她之前没谈过女朋友。但他是这么个脾性，年少轻狂的时候，好像确实会做出一些出格的事。

盛蔷想了想，连忙道："你还是别说了！"到了这会儿，盛蔷也不是很想听了，但难免会多想，然而他压根没给她太多细想的空间。

"看来是我技术太好了。"沈言礼说着贴近她，扬唇笑了下，"能被我媳妇儿肯定吻技，我表示很荣幸。"

盛蔷突然抓住了重点，抬头看向他："那次在江边是你第一次吗？"

沈言礼认真地想了想，说："好像不是。"

"好像"是什么意思？

盛蔷内心好像有只小怪兽在捣乱，但沈言礼表情淡定，似乎对此毫不在意。

"你忘了之前的沧山了？那才是我头一回亲人。"沈言礼像是在回味着什么。

很快，他的视线锁定她，说道："我没记错的话，是你主动的吧，扑上来就亲了我一口。"

"喂！"盛蔷一脸羞涩地说道，"你才扑上来就亲呢！我那是不小心碰到的！"

"行，说到你就是不小心，而我就是有预谋。"

盛蔷攥起手，气道："我就不应该问你。"

沈言礼话音刚落，就被捶了几拳，他任由她捶，笑道："是你自己非要问这个的，好不好。"

两人在外面逛了一个下午，还去了沈言礼提前订的旋转餐厅吃晚饭。

巧的是，他们回酒店的时候，遇到了盛蔷的几个同事。

盛蔷那时正在和沈言礼打闹，非要他低下头来，好给他理理头发。沈言礼不从，反过来逗弄她。

就在这时，她刚好撞上了同事们。盛蔷愣了好几秒，才反应过来。

女孩还有些不好意思，当即直起身来，镇定地和大家打招呼。

一行人冲着盛蔷抛媚眼，然后又恭敬地和沈言礼打了招呼。

一起乘坐电梯的时候，几个空乘一反平日里叽叽喳喳的状态，都沉默着，不敢说话。

此时的电梯间显得有些逼仄，谁都没有吭声，安静得过分。但是电梯内壁是反光的镜面，将大家的面部神情全然照入其中，一览无余，颇为有趣。

盛蔷抬眼就看到最里侧的孟晚在朝她偷偷地挑眉。

这时，沈言礼的掌心紧紧地贴在盛蔷的腰侧，她默默地想要摆脱控制，却发现怎么掰也掰不动他的手。

她往外拉扯，沈言礼就往内收紧，强迫她跟着他的步伐。盛蔷抬眸瞪沈言礼，他也在盯着她。

两人的小动作不断，电梯内的氛围有些诡异。直至嘀的一声提示抵达楼层，一群人才争先恐后地逃出电梯门。

“沈总慢走，沈总再见。”

仿佛沈言礼是什么洪水猛兽，一群人很快就溜得没了影子。

盛蔷走出电梯时还在想：他们明明是同一层啊，有必要走得那么快吗？

回到房间的时候，盛蔷还在因为这件事发笑。

她收拾好了明天返程上飞机的行李箱，正躺在床上看着水晶吊灯。她问沈言礼：“你说为什么她们这么怕你啊？”

或许也不是真的怕。毕竟她们之前在微信群里讨论起沈言礼来，那叫一个肆无忌惮。

“这个难道不好理解吗？”沈言礼走过来，说道，“因为发工资的人是我。”

“那按照你的说法，我也是被发工资的那一个呀。”

“你不一样。”沈言礼一边扯着领带，一边在床沿坐了下来，侧头看向她，“我的收益就是你的，所以从某种程度上来说，你是自己给自己发工资。”

他说着，俯身贴近她。

察觉到某些不好的信号，盛蔷双手挡在他的肩处，问：“你凑这么近干什么啊？”

“没干什么，就是突然想起有笔账还没算。”沈言礼一边说着，一边将领带一圈一圈地绕在女孩纤细的手腕处，“盛蔷，你是不是忘了你今天下午说过的话？”

盛蔷还没反应过来，沈言礼继续道：“不记得了？要不要我帮你回忆一下？”

趁着盛蔷还没反应过来，沈言礼已经欺身压制住了她。

……

此次法国之行在最后的疯狂中落下帷幕。

返程那天，沈言礼和盛蔷依旧坐同一班飞机。他这次倒是没再遮掩。

第二天，盛蔷从起床洗漱时就觉得特别疲乏，自从准备去机场前就没理过他。

飞机平稳地飞行着，盛蔷的视线却落在窗外，她有些出神。

“蔷妹，你今天怎么了？心不在焉，又在发呆？”

听到孟晚的声音，盛蔷才从回忆中缓过神来。她摆了摆手，说：“没有，这不是没什么事吗？”

“怎么没事啊？头等舱那里的呼叫铃响了很久了，喊你去呢。”

盛蔷原本在整理衣襟，听到这句话，忽然觉得有些头疼。

她其实不想去，但机组人员都在航班上，她要是推托不去，指不定又要被笑话。

女孩暗自叹了一口气，转身走过去。

盛蔷走进头等舱的单间，就看到沈言礼正倚靠在座椅上，正撑着脸看着窗外。

沈言礼听到她进来的声音后，转头看向她。

盛蔷忍不住吐槽：“沈总，是谁之前说不想影响我工作的？”

“是我说的。”沈言礼很快应道，“但我这人很善变。”

话音落下，他指了指对面的座位。

沈言礼乘坐的是头等舱的单间，里面空间很大，座椅对面还放了一张小沙发。

盛蔷觉得有些好笑，说：“你这是以公谋私。”

“不算吧，你在这里休息也是工作。”沈言礼拉住她，说道，“特意为你留着的。”

盛蔷摇头坚定地拒绝，然而沈言礼锲而不舍地说道："就当是陪我。"

他顿了一下，看盛蔷还是不愿意，他又缓缓地开口道："真的不来吗？可昨晚都那样了，难道你不觉得累？"

盛蔷刚想去揪人，忽然反应过来，这可是在飞机上。

还没等她收回动作，沈言礼就起身抱起她，放在对面的小沙发上。

知道她在担心什么，他垂眼看她，说道："你原本就是负责服务头等舱的乘客，现在我就是头等舱的乘客，所以有什么不妥的？"

"就在这里休息。"沈言礼给她披了条毛毯，说道，"等到点了，我会喊你出去。"

于是在返回南槐的航班上，机组成员看到盛蔷进入头等舱后就没出来。

大家心知肚明，都默不作声。

冬季迅速过去，树枝披上新绿，沈氏集团收到了好消息——唯盛航空提交的空中领域及航线的申请已经通过了民航局的审批。

这意味着，S&S 飞机总体设计实验室自主研发多年的项目终于成功迈出了一大步，"心墙"系列的大型客机也将会投入批量生产。

媒体闻讯而来，竞相争取第一手资料。

然而，在沈言礼的授意下，他并没有接受任何采访，能往后推便往后推。这并没有什么特别的原因，只是因为他眼下有更重要的事情要做。

当这个好消息传来时，盛蔷的朋友圈充满了热闹的景象，仿佛过年。

除去那些她早就熟悉的实验室人员，还有许多京淮航大的同学也前来祝贺。

盛蔷一一感谢后看了一眼时钟。

沈言礼虽然最近不是忙得脚不沾地，但回家的时间也很晚。

此时正是清晨，但天还没有完全亮，外面一片灰蒙蒙的。如果沈言礼此时不在家，估计今天就回不来了。

莫名没了睡意，盛蔷干脆翻看了一下朋友圈。

肖叙几个小时前发布了一条新的好消息，说各种证件已经递送到了实验室基地。

盛蔷点了个赞，接着，玄关传来了面部识别的声音。

盛蔷坐在沙发上，看见了那熟悉的身影。

沈言礼知道她的航班信息，知道她今晚在家，也没觉得奇怪，只是看着她说："媳妇儿，你没睡觉吗？"

他没有等她回答，接着说："你收拾一下和我出去吧。"

盛蔷还没有来得及问他今天都忙了些什么，她指着时钟问："你知道现在几点了吗？"

凌晨五点，这个时间点出去能干什么啊？

沈言礼的目光锁住了她，说："我知道，但是我已经等不及了。"

听到他的话，盛蔷心中升起了一种想法。然而，她只思考了片刻就答应了。

从收拾到出发不过十几分钟时间。车子缓慢地驶出了地下车库，车灯照亮了前方。

尽管整个城市笼罩在大雾中，但这并没有阻挡两人前进。

当他们停车等红绿灯的时候，盛蔷突然问："你拿到户口本了吗？"

沈言礼回头看着她："你说呢？我这几天刚好去了趟京淮。"

尽管知道他这时已经做好了充分准备，但真到了关键时刻，盛蔷心中还是痒痒的、热热的。她干脆转过头去不看他。

然而，沈言礼显然不给她思考的机会，于是他凑近她，呼吸灼热，继续说道："当然，这次无论你怎么赖都赖不掉我了。媳妇儿，现在我里里外外都是你的。"

此时太阳还未升起，周围的树木隐在雾气中。

沈言礼到达目的地后，将车子停在寂静的夜里。

城市仍处于沉睡中，街道上鲜有人影。

盛蔷靠在副驾驶座上，轻声道："太疯狂了。"

沈言礼单手搭在方向盘上，望向她道："疯狂？"

"嗯。"盛蔷扬起秀眉说道，"自从我们相遇，在一起后，这样疯狂的事情就变多了。"

她的脑海瞬间闪现出许多场景。

两人的爱情经历虽然不惊天动地，却刻骨铭心。

就像此时，两人一大早就来到民政局，没想过民政局什么时候开门。

"你看外面都没人，有谁像我们俩这么早就来登记？"盛蔷指着外面空荡荡的街道说道。

沈言礼扬了下唇，挑起眉，道："不需要像谁，我们是我们，他们是他们。"他停了一会儿，补充道，"你和我将成为今天的第一对。"

"好吧，第一对。"盛蔷笑了笑，不再和他争执，转而提起另一个话题，"你这次提得太突然了，我都没做好准备。"

"哪里太突然？"沈言礼抬起眼皮问道。

在实验室收到许可证的那一刻，他就迫不及待地想回来找她。

"我们在一起够久了，你总得给我个名分。"

车子熄火后，车内暖气也停了，但只有他们两个人，温暖的气息依然包裹着他们。

他说这话时，盛蔷刚好换了一个姿势，正在用手拨弄车上的姻缘结。这是她后来重新做的，沈言礼让她飞航班时推杆箱里放一个保平安，车里挂了一个，其余的全被他拿走了，也不知道他放哪儿去了。

女孩攥住姻缘结，没有看他，说道："名分，我什么时候没给你了？"

"你那算是给吗？"沈言礼干脆地侧身过来，说道，"之前姓林的那个人看你的眼神，难道你不觉得他对你有意思？"

除了林开阳，盛蔷身边也不缺献殷勤的男人。

他们还在读大学时，京淮航大就有很多追求她的人，和沈言礼一样受欢迎。

每次空乘学院上形体公开课，教室外都会有不少人等着看她们。

两个人在一起后，沈言礼经常会提前去接她，在走廊上等她下课。

他站在墙边，低头悠闲地玩手机。他长相好看，气质张扬，身材颀长，即使一声不吭地等在那里，也能在不知不觉间构成"他人勿近"的隐形墙。

在那时候，他的无声等待，劝退了不少想要挖墙脚的人。

"特意……"盛蔷听他这样说，反复琢磨着这样的字眼，她愣了一下，又很快反应过来，"原来我们沈总那天就是故意的？"

一时嘴快将心里话说了出来的沈言礼，尴尬地摸了摸自己的鼻子。

沉默了好一会儿，他才开口道："对了，那姓林的叫什么来着？"

盛蔷知道沈言礼在转移话题，但也没戳穿。

她瞪他一眼，轻轻地笑起来，扬声提醒他："叫林开阳！"

"行，知道了，从现在开始别跟我提他了。"

“是你先说起林开阳的好吧。”

沈言礼却反问道：“你确定要在这样的日子里继续提他？”

盛蔷看他一副无赖的模样，扬起拳头捶了捶他的肩膀。

沈言礼伸手环住她的小腰，低声道：“媳妇儿，你知道吗？我今天特别开心。”

盛蔷挣扎了一会儿，抬眸望着他道：“就算我们还需要等上两个小时，你也特别开心？”

沈言礼笑了起来，道：“你说呢？”

“那我偏偏不说。”盛蔷也知道如何反击回去，她掰开他的手，在他的掌心挠了挠。

后来说着闹着，觉得时间过得很快。

两人窝在车厢里，就这么望着天际渐渐地亮起。

不知不觉中，时间到了。

流程全套下来很快。工作人员反倒比他们俩还激动——等到最后盖章时，工作人员看了看证件上的名字，又看了看沈言礼，最后将视线放在盛蔷身上。

直至送走这对新人，工作人员彻底反应过来，才知道他俩是谁。

“刚刚那人好像认识你。”出了门，盛蔷还在好奇地翻着手上的红本子。

“认识又怎样？”

“不怎样。”女孩感觉有些冷，身子缩了缩，但心情很好，“我只是怕到时候沈总领证的消息传了出去，会让万千少女肝肠寸断。”

盛蔷难得说这些话，沈言礼看过来，笑道：“那不好意思了，你没机会反悔了。”

这是重点吗？但今天日子特殊，盛蔷也就没有和他争论。

回到家后，盛蔷还在翻那个红本本。

此时，时间尚未到中午，窗外的阳光将袅袅细尘映射得清晰可见。

她想发一条朋友圈，但还没想好该怎样表达。

虽然沈言礼领证的时候比她更紧张，但现在他显得十分悠闲。他没有和她多说几句话，也没有交换太多的眼神，只在她身边晃来晃去。或许是看她一直没有反应，沈言礼觉得无趣便走开了，这会儿也不知道他到哪里去了。

“这个人真是……”

盛蔷想到这里就无暇理会他了，她的手机不停地振动着，接连收到了好几十条消息。

她打算等一会儿再回复，准备先看看朋友圈，然后晒出他们的结婚证。

她还没看到几条，就刷出了沈言礼的头像。

盛蔷的目光先是落在最下方的时间上，他好像是在领完证之后就发了这条朋友圈。

沈言礼没有写太多的内容，只有一句话和两张照片。

S&S：“我媳妇儿。”

配图中一张是他们鲜艳的结婚证，另一张是在她熟睡时不知道什么时候拍下来的。

看着照片里那些熟悉的物品，盛蔷的目光定在那儿，好久之后才回过神来。

这是当初她在法国上学，他飞来法国看她的时候拍的。

那一次，沈言礼即将回国，她来送他，等待登机的时候，她觉得有点儿累，干脆靠在他的肩头上休息了一下。

然而，她没想到当时的画面竟被他定格在照片里。

那时的他，即将再次离开她，心中充斥着各种情绪。尽管可能有些不好受，但他没有说出口，而是用另一种方式记录了下来，并且一直保存到现在才发出来。

这条朋友圈消息下面的评论很精彩，就连老书记都来凑热闹了。

盛蔷突然明白为什么刚刚自己的手机会收到那么多消息，原来是因为沈言礼发了朋友圈。

而他回到家之后只是在她身边晃来晃去，原来是眼巴巴地等着她夸奖他啊！

盛蔷给这条消息点了个赞，原本还没有想好发什么内容，此刻却突然有思路了。

她学着他的文案，也郑重地发了一条朋友圈消息。

S’Q：“我老公啊。”

她晒出了自己拍的结婚证，还附上了沈言礼大学时参加飞行器比赛的画面，是从他当时决赛的直播中截的图。

当时的沈言礼才十九岁，热情张扬，但每当他谈到自己的航天蓝图时，那种挥洒自如的气质便凝聚成认真和自信的目光。

那一幕的他，让盛蔷这么多年来念念不忘，无论何时翻看这张照片，都会让她感觉那些过去的日子历历在目。

这是她存了好多年的照片，连沈言礼都不知道。

盛蔷觉得自己算是很了解沈言礼的人了。

果不其然，她发完没多久，他不知道从哪里又冒了出来，目光牢牢地锁定她。

盛蔷还没抬手招呼他过来，沈言礼就开了口："媳妇儿，就说你一直在觊觎我。"

"是不是爱我爱得不行了？"顿了一下，他继续道，"连比赛的视频都给截了下来。"

什么叫截下来？她不过是正常截个图而已。

"我揍你啊。"盛蔷又懒得理他了。

回应着微信里的各类询问和祝福，女孩倒是一如既往地耐心。几乎是每个人，哪怕是不熟的大学同学，她都认真地回复了信息。

不过她现在面颊还有些热。她朋友圈发的那句话乍一看没什么，可现在细细回想，忽然又觉得完全不像她以往的风格。

沈言礼这会儿倒是在她旁边转。见她眼神也没落在他身上，他攥住她还放在掌心的红本本，不满地说道："盛蔷，你看它都看了一上午了，还不理人，我在你眼里就这么可有可无？"

"是你自己非要走来走去的。"盛蔷想将结婚证放好，使劲将结婚证从他手中抽了回来，说道，"我看它是觉得新鲜，以前没见过实物嘛。"

沈言礼听了不屑地说道："你还想见几回？"

"无数回。"盛蔷朝他眨眨眼，很快又补充道，"同一本的无数回。"

因着她后半句话，沈言礼揪住她的动作停住了。

女孩趁他愣神的时候赶紧逃了，窈窕的身影很快进入卧室。

今天的沈言礼一直不对劲，一整天跟着她寸步不离，还要抱着她午睡。

晚上，盛蔷洗漱完毕来到厨房榨果汁，他也要跟着过来，在她周围转，看她收拾料理台。

“你今天怎么老站在旁边看我？”盛蔷这次穿的是一条淡紫色的吊带睡裙，她浑身都散发着馥郁的栀子花香，清新宜人。

“之前你总让我别离你太近，说痒。”沈言礼回答。

盛蔷无语，沈言礼居然还好意思提。之前他就老爱利用她怕痒这点，从身后欺负她。

盛蔷连忙推开他，说道：“这不都一样吗？”

“当然不一样了，身份转换了好吧。”

沈言礼又凑过来，看向她时，目光灼灼：“媳妇儿，领证之后，你是不是还没叫过我？”

对视几秒后，盛蔷率先败下阵来，她知道他的意思。

“我刚刚不是在朋友圈发了吗？”盛蔷没当面喊过，却在心里演示了好几遍。

分明是再普通不过的字眼，却让人觉得新奇，又觉得忐忑。各种情愫交织在一起，她只想着能拖延一会儿就拖延一会儿。

“朋友圈的不算，我要你现在就喊给我听。”

沈言礼拦住她，暗示意味明显：“媳妇儿，我只给你三秒钟。”

空气沉寂了几秒钟，盛蔷揪住被他扯开的肩带，喊道：“沈言礼！”

女孩蹙起秀眉看他，道：“你现在越来越无法无天了，你知道吗？”

“怎么就无法无天了？”沈言礼丝毫没有反省自己的意思，“我只是想让你喊喊我啊。”

“媳妇儿，你自己想想，我都喊你多少回了。”

“那我也没说不喊你啊。”

这个人什么也听不进去，她就不喊他又能怎样？

“我就要你现在喊。”沈言礼向盛蔷靠得越来越近，她感觉脖颈仿佛被什么东西挠过，痒痒的，瞬间起了鸡皮疙瘩。

她拦住他，警告道：“你可别胡来啊，这里可是厨房。”

“我没说什么，也没做什么，这怎么叫胡来？”他笑了一下，“再说了，家里没别人，即便在厨房又有什么关系？”

沈言礼凑得更近了，他的气息笼罩着盛蔷。

暖黄的灯光照在他的发顶，使他的眉眼更加清晰。

沈言礼双手撑在她腰部两侧，轻松地将怀里的女孩牢牢抓住：“到底叫不叫老公？不叫的话，我等会儿就真的胡来了啊。”

沈言礼说到这里，还给自己加了谈判的筹码：“而且你现在和我是合法的关系。”

盛蔷最终妥协了，女孩长睫毛轻颤，抬眸看向他，快速地喊道：“老公。”

这一声轻柔动听。

沈言礼喉结微动，眸中酝酿着夏季暴雨来临前的平静。

“再叫一声。”

“老公。”

又喊了几声后，盛蔷觉得耳根子像是浸泡在辣椒油里。

她没想到这个人会这么得寸进尺。

盛蔷正想打破这种尴尬的气氛，可沈言礼搂紧她的动作显然更快。

他听到她喊了几声后就没再说话。

这会儿，他以不容拒绝的强势姿态，将她放在半开放式的料理台上，沉声道：“媳妇儿，你亲我。”

盛蔷有些蒙，可他大概等不及她的回应，只停了几秒，便主动偏头凑了过来。

此刻，盛蔷总算是回过神来。

娇艳的蔷薇花在夜色中盛开着，散发出香气。

在暖黄的灯光下，盛蔷长发披散，沈言礼的指尖从她发间穿过。两人如交颈鸳鸯般，沉溺在这样的吻中。

盛蔷今天明显心情很好，就这样攀住他，回应着。

“厨房这边凉吗？”沈言礼忽然问她。

看似是在询问，可他压根没觉得这样吻她不好，还偏偏要使坏。

盛蔷尝试着回答，可她实在张不开口。于是，忍无可忍的她在沈言礼的肩上拍了下：“凉！”

沈言礼抱起她，将她放在餐桌上，贴在她耳畔轻声问：“现在呢，还凉吗？”

话音刚落，沈言礼捏住她的下巴又吻了过来。

感受到他的强势，盛蔷回抱住他，道：“还好，不凉。”

窗外夜色如水，窗内灯光温暖，照耀着料理台旁边的一对璧人。

将厨房收拾好，两人便回了主卧。

盛蔷埋怨道："以后要是有客人来拜访，你让我怎么招待啊？"

沈言礼将人搂进怀里，道："不招待不就行了，他们自己没手，非要吃你做的？"

盛蔷气不打一处来，说："这跟吃不吃我做的有什么关系？"

沈言礼忍不住笑了起来，道："有关系没关系又怎样？真不用你担心。"

"好了，以后我们会专门腾出一个地方来招待客人。"他没有等盛蔷回应，自言自语地说下去，"亲爱的，我想搬到一个更大的地方住，在那里我们会更随意。"

"你的重点是后半句，对吧？"盛蔷抓住他的睡衣领口说道，"沈言礼，你告诉我，你是因为我好说话才这样对我吗？"

"你确实很好说话。"沈言礼答道，引来女孩的一记拳头，随后他解释，"但是，我不希望在这方面对你不好。"

"这说得还真好听。"盛蔷轻声说道，"但你好像在找借口。"

"你觉得我还需要找借口？"沈言礼睨她一眼，"我每次不都是光明正大的？"

不想在这个问题上浪费太多时间，盛蔷假装没听清，又提起另一个话题："你刚才说要换个地儿，这里住得不好吗？也挺大的啊。"

跃层的高档公寓，设施齐全，盛蔷也住习惯了，听沈言礼忽然提起这个话题，她其实很是疑惑。

"以后总得住新房吧。"沈言礼将她抱紧在怀里，下巴抵在她的头顶，说道，"还因为，我想给你最好的。"

"现在也不错啊。"盛蔷想问他要住哪儿，但还是觉得不要问比较好，她说道，"而且我觉得在这里住着挺惬意的，你要弄新房的话，感觉很麻烦。"

他原本就在沈氏、唯盛和航空基地之间奔波，忙得要命，哪里还能分心去想新房的事？而且盛蔷真的觉得在这里住得很不错。

沈言礼听了没说话。突然，他不知道想起了什么，问她："盛蔷，你是不是忘了一件事？"

"嗯？"

"我本来就有能力给你最好的。"沈言礼摸了一下女孩的脸蛋，认真地说道，"所以，不会有麻烦，也不用担心。好了，我困了，你陪我一起睡吧。”

听沈言礼这样说，盛蔷也没办法了。

初春已经来临。

唯盛航空旗下 S&S 实验室自主研发的系列飞机获批之后，沈氏集团收到了许多公司抛来的“橄榄枝”。

除了有大量的订单涌入，还有客户提出要出资入驻航空基地，参与接下来新系列的研发。

这也是沈氏集团在娱乐、房地产、连锁酒店等领域有所动作后，在航空领域开辟新道路的重要举措。

沈氏集团的前景十分光明。

沈言礼推掉了大部分公司的合作研究意愿，开始在京淮航大招揽人才，并引导资本进入航空基地，扩建大厂。

作为统筹和负责人，沈言礼需要将一些重要板块规模化。毕竟，他的主体业务仍在沈氏，他需要简化自己的工作内容。

媒体竞相打电话询问，想要拿到沈言礼的独家采访，力求掌握最新的讯息。

沈言礼原本想全部拒绝，但在负责媒体宣传的部门再三权衡后，选择了最有知名度、最敬业，刚好也是沈氏集团一直在投资的一家媒体——壹千娱乐新闻部。

从某种意义上说，沈言礼也算是他们的老板。因此，由他们来采访，能最大化地保障沈氏集团的利益。

沈言礼应邀后，大致浏览了一下采访的内容。

采访全程在沈氏大楼的顶层办公室进行，并采用录播形式。

记者团队总共来了十几个人，布置好采访现场，调整好打光角度，别上麦克风，在一切准备就绪后，负责采访的记者向助理询问是否可以开始了。而随着这声询问，所有在场的人将目光投向了办公桌后面的那个男人。

年轻的男人背对着光，坐在椅子上。

午后，春光慵懒地透过玻璃照进来，落在他的发顶、额前和挺拔的衬衣上。

空气中光影浮动，沈言礼身后有一扇巨大的落地窗，透过它可以俯瞰整座城市中心。

负责采访的是个男记者，他回过神来，客气地说："沈总，您好，我是壹千娱乐新闻部的记者。"

沈言礼转了下笔，点头应了一声。

"既然采访已经开始了，那我也开门见山，直奔主题哈。"男记者笑道，"主要是我刚才因为看您而走了神，现在要是再不往主要内容上问，回去恐怕要被扣工资了。"

"没关系。"沈言礼点点头道，"只是个采访而已。"

男记者听后连忙点头。

就在他以为沈言礼会客套一下说不会扣工资的时候，沈言礼继续说道："我可以交代下去，让他们少扣点儿。"

办公室内沉默了几秒，接着传出一阵笑声。

男记者也跟着笑："那为了能再少扣点儿，我还是直接提出我们今天的第一个问题。沈总，我们都知道，唯盛航空是您接管沈氏之后才创立的航空公司，虽然现在唯盛对于大家来说不算陌生了，但在几年前拿出巨额资金来创立一家新的航空公司，实在是一件不容易的事。我们想问的是，您是什么时候开始规划要创立唯盛的呢？"

"很早的时候就有这个想法了，比我创立实验室还要再早几年。"

"好的，那我们继续下一个问题：有很多网友反映，说您太年轻了，新系列的飞机虽然研发成功并且投入了生产，但恐怕后续的运营还是难以得到大家的认可。"说到这儿，记者抬眸看向沈言礼，"这点其实我也能理解，也算是消费者的一种正常心理吧。在飞机这种安全要求比较高的出行方式上，大家可能会更信赖知名飞机品牌，比如某波。"

沈言礼"嗯"一声，说道："我可能需要强调一件事，或许很多人不知道，我毕业于京淮航大。唯盛航空和S&S飞机总体设计实验室也由我一手创办，我的团队很多都是京淮航大的优秀毕业生。在专业能力方面，我觉得唯盛航空近几年的崛起就是很好的证明。"

记者又问了几个问题后，开始中场休息。

这时候拍摄也没有停下，因为新闻部会在正片采访播出后，以彩蛋和花絮的形式将中场休息的一些片段播放出来。

这时，几个女记者注意到了办公室的装饰。

偌大的办公室里，除了被屏风隔开的会客区域，其余的地方都是沈言礼用来工作的，有办公桌、沙发，以及旁边的一个可能是休息区域的小隔间。

然而与这种低调奢华的风格不同的是，沈言礼的桌上挂着一个类似于中国结的红彤彤、小巧而精致的物品。

这几个女记者不好意思跟沈言礼搭话，于是她们尝试撺掇之前那个男记者去问。

而此时沈言礼正在整理他的袖扣，闻言后立刻回答道："这是姻缘结。"

几个女记者嗅到了八卦的味道，兴奋地说道："哇！姻缘结！"

大家原本还想再问些什么，可下半场的采访即将开始了。

这次的主题是关于"心墙"系列飞机，也是这次采访的重点。

"沈总，'心墙'系列飞机研发成功，算是我国航空事业迈出了巨大的一步。听说整个研发都是在国内的航空基地完成的，但自主研发注定艰难，你们聘请过外援吗？"

"没有。"沈言礼回答道，"在此我要感谢民航局对沈氏的大力支持，他们派了很多老专家前来帮忙。"

"这真的算是国内民营企业完全自主研发的系列飞机了！"

男记者连连感慨，现场气氛也变得热烈起来，采访也逐渐深入。

他继续问道："我看资料上显示，'心墙'系列飞机采用了全景式天窗，这应该会成为唯盛航空旗下新飞机的卖点吧？"

沈言礼点头道："这确实是唯盛新飞机的亮点之一。"

记者又问道："您是怎么想到要采用这种设计的呢？"

"因为想要创新，只有创新才能在所涉足的领域领先。除了全景式天窗，S&S 实验室还会研发更加多样化的系列飞机，敬请期待。"

记者看起来比之前更加激动了。

采访的记者团队都在做着记录，男记者也紧跟着记录，再抬头的时候，他提到了网上对此的反应："'心墙'系列飞机出来的时候，网上不是曝光了机身和机型的照片吗？网友们的反响很热烈。"

那几天的热点全是关于沈氏、唯盛和 S&S 飞机总体设计实验室的。

"所以，沈总，您作为项目的统筹人，对于'心墙'系列飞机设计制造的初衷是什么？"

“初衷？”

“是的，比如为什么要构建这样的系列啊，名字的来源啊，这些都可以讲讲的。”

“不管是‘心墙’系列，还是唯盛航空的前两个字，”沈言礼说着扬起眉，认真地说道，“它们都是给我老婆的小心意。”

到了采访的尾声，壹千娱乐新闻部的几个记者早就嗅到了八卦的气息，趁着本次采访的机会，男记者大胆提问：“沈总，我们早就注意到你手上的婚戒了，请问这个婚戒是……”

男记者给足了思考空间，也是让沈言礼自己选择是否回答。

反正是录播，到时候随时可以掐掉不想播出去的部分内容。

比沈言礼反应更快的是他的助理。男助理注意到采访有往沈言礼的私人生活方面询问的趋势，本来想要打断并拒绝，但还没打出暂停的手势，就被沈言礼挡了回去。

他抬起手示意，随后看向男记者，回答道：“嗯，我结婚了。”

沈言礼又补充了一句：“我和她大学时就在一起了，前阵子才领的证。”

此言一出，记者团队的成员小声地讨论了起来。

有个女记者没忍住，提出问题：“沈总，那我们能再问问有关这方面的问题吗？比如挂在您办公桌上的那个姻缘结，我猜应该也和您太太有关，对吧？”

“是。”沈言礼直面镜头，笑了一下，“这是她亲手给我做的。”

沈言礼接受完采访，在沈氏待了两天，处理了一些事务，才回到南槐。

近日唯盛航空给各机组放了春假，盛蔷干脆就在家里休息。

沈言礼进门时，盛蔷正在煲汤。

盛蔷整个人被笼罩在昏黄的灯光下，光线映衬得她的脸更加细嫩白皙。她睫毛微动，在全神贯注地煲汤。

直到沈言礼换完鞋子走过来，盛蔷都没有抬头看他一眼。

“盛蔷，你不知道我回来了吗？”沈言礼问道。

女孩仍未转身，过了好一会儿才说：“知道啊。”

“那你为什么不看我？”

盛蔷无言以对，她在煲汤呢，哪有时间去看他？不过幸好她已经习惯了，反驳道：“为什么非得看你？我偏不。”

“那行，你不看，我看，我来看你总可以了吧。”

“沈言礼，你真是闲得慌。”

他“嗯”了一声说道：“只在你这儿闲。”

“不过，媳妇儿，这你得夸我了吧。”沈言礼又说道，“除了工作，我所有的时间都花在你身上了。”

“哦。”盛蔷忍不住弯起眉眼笑道，“那真是谢谢你了。”

“就只是谢谢？是不是还得有些其他的回应？”沈言礼说着，走近盛蔷身边，显出一副想要索取些什么的模样。

就在这时，盛蔷将他推开，道：“我在煲汤呢，你怎么老要和我说话？”

“把它放那儿不就好了，谁煲汤还要全程守着？”

“我就乐意这样。”盛蔷说着，摆摆手，“你不能去旁边等吗？”

“不行。”沈言礼从盛蔷身后贴过来，气息环绕着她，“还是比较喜欢这样。”

最后，沈言礼被赶回餐桌旁边。

盛蔷熬了一个下午的汤终于熬好了，刚好到了晚餐时间。

用过晚饭后，盛蔷正在收拾，没想到刚刚去客厅打电玩的沈言礼不知道什么时候又绕了回来，就是要黏着她。

沈言礼突然道：“媳妇儿，我那采访节目播出的那天，你一定要看。”

“你不说，我也会看啊。”盛蔷抬眸看向他，“你刚刚在饭桌上不就提过了？一直跟我强调，我都有些怀疑——”

沈言礼倚靠在桌边，手中把玩着她的发尾，打断道：“怀疑什么？”

“怀疑你是不是在采访里说了些什么不该说的话。”因此，他要先给她打预防针。

“不该说的话？那大概要让你失望了。”沈言礼往旁边一靠，笑道，“我说的那些，都是该说的话，反正不是你想的那种。”

盛蔷一口气憋着，又想去挠他了，可转念一想，沈言礼这么不着调，该不会真的在采访里说些有的没的吧？

这么想着，盛蔷反而对沈言礼的采访节目更加感兴趣了。

盛蔷其实一开始就定好了时间，但说来也巧，沈言礼的采访节目播出的当天，盛蔷飞的那趟航班由于天气原因延迟了。

她原本想着回到家里刚好能赶上，结果出了意外，也不知道到家后还能看到多少。

盛蔷想着得赶紧回家，可她刚下飞机就看到机场大厅的电子屏幕上正播放着沈言礼这次的采访节目。

她不仅没有错过，还刚好赶上采访开始。

偌大的大厅内，行色匆匆的乘客听到采访相关字眼的时候，都停下了脚步，驻足抬头，看向大屏幕。

盛蔷没舍得移开脚步，干脆也不急着往家里赶了。

她将拉杆箱放置到一旁，一边回着沈言礼询问自己有没有安全降落的微信消息，一边抬眸去看大屏幕。

播出的采访节目时间也不长，原本都还是很正常的问答，直至采访快结束的时候，一连好几个问答都充满了八卦的味道。

从心意到姻缘结，视频中的沈言礼每回答一次，屏幕前便有小姑娘尖叫一次。

而默默地站在原地的盛蔷却安静得过分。

她原本还在笑着，可笑着笑着，不知为何，随着采访慢慢接近尾声眼眶越来越热。

特别是听到他说“姻缘结”三个字的时候，她整个眼眶都是湿的。

毕竟是在公众场合，采访视频播放结束后，盛蔷也没有多停留。

她抬手抹了把脸，推着拉杆箱，缓缓地朝机场大厅外走去。

就在她刚踏出自动感应门的瞬间，她的手机响了起来。

盛蔷接通了电话，听到了沈言礼的声音：“媳妇儿，采访看了没？”

回应沈言礼的是盛蔷长久的沉默。

电话里只有两人轻轻的呼吸声。

她没出声，他也没再说什么，像是知晓她此刻的心绪一样，只是默默地等着。

盛蔷吸了吸鼻子，喊了他一声：“沈言礼。”

“嗯，我在听着，发生什么事了？”

盛蔷轻声道：“没什么，只是突然有点儿想你，想立刻见到你。”

“就只是想我？”停顿几秒，沈言礼像是笑了下，说道，“那很好办。”

不再给盛蔷反应的机会，他直接开了口：“媳妇儿，你回头。”

盛蔷感觉耳边仿佛有电流声飘过，下一秒，她转过头。

沈言礼正拿着手机，站在石柱旁，一边听电话，一边朝她看来。

看着那道熟悉的颀长身影，盛蔷还以为自己看错了，惊讶地说道：“你怎么来了？”

沈言礼朝她扬了扬手机，声音清晰地从空气中传来，带着实感：“你说我怎么来了？来接我媳妇儿回家。”

盛蔷听了，静静地看着他，一时之间万般情绪涌上心头。

她最先想起来的是方才他在采访节目里说的那些话。

盛蔷逆着光，拉杆箱都不管了，几步跑过去抱住了他，喊了一声：“沈言礼！”

他从容地抱着她，低头看她，问道：“你今天这是怎么了，老喊我的名字？”

盛蔷将头埋在他怀里，道：“我刚才看了你的采访节目。”

她抬起眼眸，迎向他的视线，说道：“我收回之前的话，你说的这些话，我真的特别喜欢。”

沈言礼将怀中的女孩揽得更紧了。

初春的风微凉，但两人拥抱着让他们觉得格外温暖。

关于采访视频，网上也讨论得热火朝天。

“天哪，为什么我对最后那几问格外感兴趣？”

“‘心墙’和‘唯盛’这怎么就是心意了？谁能解释一下？”

“楼上的，之前有京淮航大的校友爆料了，说沈总的老婆和他是一个学校的，‘心墙’和‘唯盛’，有一个字是他老婆的姓，还有一个字和他老婆的名字同音。”

“所以，沈总造飞机只为秀恩爱吗？好家伙，太感动！”

“这都行？被迷到了。”

“我羡慕得当晚泪水飞流三千里，连夜质问我那不成器的男朋友为什么不能学学沈总！”

之后的讨论点则转到了盛蔷身上——

“哈哈，可能还有更让人羡慕的，沈总的老婆可是京淮航大的校花，空乘专业，听说很漂亮。”

“我是唯盛航空的空乘，和当事人不是一个机组，但也见过几回，确实好看。”

"总裁和空姐？这是什么玛丽苏言情文的设定啊，有没有作者帮忙产产粮？要原汁原味的！"

"上面的能不能注意点儿啊？小心我们都被关起来，不过我也想看！"

"笑死了，所以这就是现实版本的'我共处的同事其实是我老板娘'？"

"等公开，我想看沈总的老婆长什么样儿！"

"沈氏集团壹千娱乐，我希望你不要不识好歹，众筹安排你老板和老板娘上恋爱综艺！"

在网友们热情地讨论时，有个网友发的原创微博瞬间被顶了上去，成为这条热搜下的热门微博，获得了无数点赞。

"等等，难道只有我发现了重点吗？他说'唯盛'和'心墙'都是给他老婆的小心意……小心意？这还叫小？"

出了机场大厅，坐上车的时候，盛蔷才想起来问沈言礼："你来接我回家怎么不提前和我说啊？"

如果两人没碰上，那他岂不是白等了？

沈言礼像是知道她在疑惑什么，道："之前接你的那几次，我不都是在这儿等的吗？"

他打着方向盘，继续道"只是刚打电话问你到哪儿了，你就说你想我。"

别的不说，沈言礼掐时间倒是掐得真准。

"那怎么突然想着要接我呢？沈总这会儿不是应该公务缠身，忙着工作吗？"

"因为我想你了。"沈言礼应得很快，他腾出一只手攥住盛蔷的手，放到唇边亲了下，然后侧头看她，"媳妇儿，我们晚上在外面吃吗？"

盛蔷弯起嘴角，道："你不是都安排好了，还来问我？"

"那你可弄错了。"沈言礼看了她一眼，"安排得再好，也得女主人同意。"

沈言礼特意订了个能看到江景的包厢。

晚上的江风透过窗吹拂进来，从面上拂过的时候轻如柳絮。

盛蔷感觉自己吃饱了之后，死活不愿再多吃一口，干脆手撑着脸，面朝包厢的窗，视线落在江面上。

忽然，她开口道："我今天在机场大厅那边看了你的采访节目，"女孩望向对面的沈言礼，“才知道我给你做的姻缘结，你都放在办公室了。”

她最开始做的那一对姻缘结，被他挂在了客厅，后来沈言礼觉得不够，就让她多做了几对。

沈言礼点头道：“不止，其他地方我也都放了。”

沈氏的办公室，唯盛航空的总部大楼，还有 S&S 航空基地，都挂有她做的姻缘结，他的车上也挂着姻缘结。

盛蔷想了想这些画面，忽然觉得好笑：“你还真给挂出来了啊，这样合适吗？”

他生怕别人看不见似的。

沈言礼道：“这可是你亲手做的，怎么就不合适了？”

听沈言礼这语气，他现在反倒成了姻缘结的最佳代言人。

盛蔷也没有就这个话题继续说下去，敷衍道：“合适，合适，最合适了，行吧。这个你也要和我争？”

“我这是在和你争？不是你自己问的？”沈言礼说着身子往后倾，仰靠在椅背上，手在桌面上敲了敲，说道，“媳妇儿，我要是和你来真的，你觉得你能争得过我？”

盛蔷在桌下踢了他一脚，道：“你可以让让我啊。”

“哪次没让过你？是你太——”沈言礼尾音拖得长长的，视线肆无忌惮地扫过她，由上至下。后来他不知道想到了什么，目光锁定她，继续道，“弱不禁风。”

回程之前，沈言礼挨了好几下爱的拳头。

直到坐上车，盛蔷都没有和沈言礼说话。

车子缓缓地驶离车库，融入夜色中。

沈言礼这才开始主动搭话：“盛蔷。”

她没有动。

“媳妇儿。”

她仍是没有理他。

“阿蔷？”

他一连唤了三声，盛蔷仍是置若罔闻，还是之前的那副样子，一动也不动。

可很快，这样的状态又被她自己打破了。

原本想着给沈言礼一点儿颜色看看，可看到车窗外陌生的景象，她忽然愣住了。再三确认后，盛蔷开了口：“你这条路是不是走错了？”

沈言礼回应得很快：“怎么会走错了？这个方向不是挺对的吗？”

盛蔷仔细地看了几眼，道：“真的走错了，回家的路不是这条。”

“你也说是回家了。”沈言礼侧头看着她，语气意味不明，“这条路，就是通往家的路。”

沈氏婚礼

〈 **第九章** 〉

车子行驶的方向与跃层公寓完全相反，不远处是南槐江的江边。

盛蔷心中生出一种预感，联想起沈言礼刚刚说的话，连忙转头问他：“你带我去的是不是当初说的那个新房？”

沈言礼点头，继而纠正她：“是我们的新房。”

在这长长的江岸线上，矗立着一排别墅，遥遥望去，好像隐匿在山林中。

这条江的尽头连接着入海口，夜晚的江面还算平静，只是偶尔有随风而起的旋涡。

车子很快便绕过沿江大道，顺着蜿蜒的盘山道一路向上，绕过杉树林，最终停靠在一扇雕花大门前。

沈言礼下车，绕过车头来到副驾驶座旁接她：“到了，下来。”

盛蔷见他过来，刚想下车，他却直接将她抱起，然后轻巧地将她放下来。

脚踩在错落的石板上，盛蔷没站稳，被他扶了一把。

沈言礼扬了扬眉，道：“刚刚我说你弱不禁风，你还不信，还得我来扶着。”

盛蔷说：“那你完全可以不扶啊。”

他又开口道：“利用完就翻脸不认人是吧，这样看来，你老公我是不是挺任劳任怨的？”

沈言礼这句话一出口，盛蔷刻意板起的脸上忍不住露出笑意。

她没忍住，笑了起来，道：“‘任劳任怨’这四个字跟你怎么也搭不上边吧。”

见沈言礼还要继续讨论下去的样子，盛蔷点到为止，连忙转移话题：“好了，不聊这个了，既然你都带我来看新房了，还是正事要紧。”

沈言礼应该来过这边很多次，他轻车熟路地带领着她打开庄园的雕花门，跨过花园草坪，随后站在一栋房子前。

盛蔷四处打量着，之前沈言礼有意无意地询问过她喜欢的风格，她只提了一个要求：安静。

而这里远离闹市，邻居也相隔很远，隐秘性极强。

直到走到房内，盛蔷感觉到空间太大了。

带着她转了一圈，沈言礼看着她问道：“你觉得怎么样？”

“挺好的，就是有点儿空。”

“不会，现在刚收拾完，等搬进来了，住着住着就不会觉得空了。”

沈言礼不知道想到了什么，看着她道，“就是你以后让我去睡客房，会多了不少选择。”

乍一提到这话题，女孩还有些蒙。

下一秒，盛蔷的腰被他揽住，她顺势凑近他，两人的气息相融。她问道：“那你怎么知道我会让你去睡客房呢？”

沈言礼“嗯”了一声，说：“前几天还有过这种情况。”

看完了第一层，沈言礼带着她去看剩余的三层。

这边的布局和之前的跃层公寓差不多，只是两人的主卧变得更大了，整个二楼都是他们休息的地方。

看完以后，两人又来到一楼。

盛蔷一想到这将是他俩未来的定居处，还觉得有些新奇。

沈言礼拽了她好几下，才把她揽到怀里。

沈言礼忽然开口道：“媳妇儿，你知道我为什么选择这里吗？”

盛蔷望着江面示意他说下去。

“刚好。”沈言礼抬起手指了一下天空，说，“你看那边。”

盛蔷顺着他的手指望过去，依稀听到飞机机翼划过云层的轰鸣声。

转眼间，信号灯开始闪烁，一架飞机在夜空中缓缓地飞过。

沈言礼接着道：“在这里可以直接看到南槐机场那边的飞机起飞。”

“这里除了沿江安静和符合你的要求外——”他顿了一下，将下颌搭在她的头顶，轻轻地摩挲了两下，接着说，“还可以见证你每一次的飞行。”

盛蔷听了好半晌都没吭声。

“沈言礼！”她缓缓地转过身来，拥着他，“你不用每次都为了我。”

“可我就是为了你。”沈言礼打断她，“你是要陪我一辈子的，不为了你，我还能为谁？”

两人并肩前行，相互依偎的那些时刻，不是为了对方，还能是为了谁？

盛蔷慢慢地消化着他的这些话，刚想说些什么，沈言礼又唤了她一声：“媳妇儿。”

“嗯？”

“别走了吧。”沈言礼单手抬起她小巧的下巴，说道，“我们今晚就在这儿睡。”

盛蔷听了沈言礼的要求，当即愣了几秒。

这还是新房啊，要是留下来该怎么睡？

盛蔷从他怀里抬起头来，问："新房不应该是婚礼当晚才能住吗？"

"你这是从哪儿听来的说法？"沈言礼也没看她，随意地扯了扯自己的领带，说道，"只要你想，我可以夜夜都是新郎。"

盛蔷没吭声，像是没弄明白他话中的意思一样，愣愣地看着他。

就在沈言礼抬手随意地拨了拨她的眼睫毛，想要问她是不是傻了的时候，女孩扑哧一声开怀地笑了起来："沈言礼，真该让你的那些员工看看你在我面前的样子。"

沈言礼听了无动于衷，迈开长腿，直接拉着她去厨房的料理台。

刚刚盛蔷被他带着去逛的时候，手上沾了不少木屑，还是用水冲一下比较好。

而对于盛蔷疑惑的这个话题，沈言礼明显不是太在意的模样，只道:"那你说说，我在你面前都是什么样子？"

盛蔷早就不是最初好哄好骗的模样了，她说道："这个我才不说，你自己心里清楚。"

话音刚落，她的手便被他握住，手指被一点一点地分开。水流冲下来的时候，沈言礼仔细地替她洗手。

盛蔷看了好一会儿，刚想出声，沈言礼率先开了口："我不清楚。"他侧头望了她一眼，"因为我向你展现的，就是我的本来面目。"

正是因为他展示了自己的全部，所以身上那些放荡不羁、顽劣不堪的性格，都被盛蔷好好地包容了。

盛蔷的双手都被他抓住，她轻轻地哼了一声："那你可真有理啊。"

"实际上我也不知道我有没有理。"沈言礼故意拖长尾音，"我想说的是，谢谢我媳妇儿的肯定。"

话音落下，沈言礼也没松开她，一只手接了点儿水捧在手心，洒向盛蔷。

点点水珠带着凉意，全部拂在她的脸上。

盛蔷一时没防备，在感受到那股冷意的时候，哪儿哪儿都没能幸免，她的衣服上都是水。

"沈言礼！"

"你愤怒时就喜欢打我，这会儿降降温，消消气。"

盛蔷用被松开的一只手接了些水，学着他还了回去。

两人闹腾得厨房地上和料理台上都是水。

当晚，两人还是决定留在这里睡。

庄园内的住户隔得远，这里依着山，又靠近河，很安静，只有夜风拂过树林的沙沙声，以及天际传来的飞机引擎声。

南槐遍地都是樱花，但花期不长，待凋零时，短暂的春天也随之结束了。

初夏，南槐连续几天被艳阳高照。夏日的困意就像蓬松的蒲公英，被风吹着四处散落。

盛蔷大概也被影响了。她刚和机组人员一起用完午餐，已经打了不少哈欠，身边的同事问她是不是没睡好。

“可能吧，我到现在还有些困。”

她的确没休息好。沈言礼最近爱上了他们的新房子，两人基本上没再回公寓住过。他喜欢那里，也喜欢折腾她。

盛蔷总觉得他最近似乎在策划一些项目，但具体是什么她并不清楚。她偶尔会不经意地望向他，总能捕捉到他投来的目光。

他到底在打什么主意？每次盛蔷想问他时，很快就会被他的美色所迷惑，将疑问抛之脑后。

想到这里，盛蔷拍了拍自己的额头，想让自己更加清醒。

今天大家都没有航班要飞。南槐机场早在前一天便通知了他们，要将唯盛航空公司所有没有飞行任务的机组人员召集在一起，召开动员大会并接受领导视察。

机场大厅的一侧被清空，用作动员大会的场地。

盛蔷和同事们按照指示走在一起。

此时动员大会还未开始，大家站在自己的位置上闲聊。盛蔷一出现，周围的人明显兴奋了起来。

前段时间看采访视频和热搜的人都知道，眼前的盛蔷可是沈总的另一半。换句话说，盛蔷是唯盛航空公司和沈氏集团的老板娘。

这样的人就站在大家面前，跟他们是同事，难免引起大家的好奇。

唯盛航空公司长得好的空乘并不少，对于沈言礼这个无法接近的人，其他机组成员中也有些人多多少少抱有幻想。

盛蔷以前特别低调，此刻被周围人讨论，她也不觉得受影响。

或许是与沈言礼在一起待久了，她觉得自己的承受能力也增强了不少。

讨论持续了很久，直至新的话题出现——有人说沈言礼今天会来机场。

和盛蔷在一个机组的空乘纷纷凑过来问她："听到了吗？蔷妹，都在传呢，说你家沈总要来机场！"

有人连忙附和："是啊，会不会顺便来这边视察啊？"

盛蔷听了摆摆手，道："应该不会，就是来机场了，他现在应该是去谈其他的事了。"

对于他，她还算了解，沈言礼向来不会做占据他太多时间的事。

几个空乘没听到想听的，挽着她的胳膊道："万一呢？"

站在盛蔷旁边的孟晚摇头道："我也觉得有可能，万一就来了呢。"

她们还没讨论完，就听到负责这次活动的工作人员提醒大家按照站位站好。

一群人也顾不得闲聊，当即安静下来，纷纷去找自己的站位。

这时，机场大厅门口忽然出现了十几个人，打头的那个被众星捧月般围在中间。敞亮的大厅中，一行人目不斜视，步子迈得很大，气势逼人。

在两侧排开的机组人员纷纷噤声。

盛蔷望着前排的沈言礼，忽然觉得这个画面很熟悉——她刚回国的那天，沈言礼就是这样出现的。

很快，她收回视线，神情平静地站在原地。

就在他们即将擦肩而过的时候，沈言礼忽然停下了脚步。

机场大厅内，不少人随着沈言礼的动作纷纷将视线转过来，聚焦在他们身上。

沈言礼转过头来，看向盛蔷，过了一会儿，他直接朝她走了过来。

一步，两步，三步……盛蔷看着他向自己靠近，屏息凝神。

周围是唯盛各个机组的人，可沈言礼仿佛没看到，眼里只有她一个人。

最后他站在了她的面前。

因为身高的差距，沈言礼垂眸看着她。两人近在咫尺，近到她依稀能感受到他身上熟悉的气息。

就在盛蔷走神的时候，沈言礼忽然有了动作。他抬起手来，在盛蔷的衣服前襟处轻轻地拨弄了一下，动作很快。

在周遭人好奇的目光中，沈言礼神态自若。他看向盛蔷，朝着她扬唇笑了下，道：“胸牌歪了。”

盛蔷下意识地就去看自己的胸牌。

她再回神的时候，他又抬手帮她整了整领结，而后便带领着董事会一帮人走远了。

随着那行人的身影完全消失在转角处，大家才回过神来。

“我没看错吧？刚刚那是沈总？”

“蔷妹，你不是很笃定沈总不会来吗？”

“说话就说话，怎么还上手啊！”

“天哪，我见证了自家老板当众秀恩爱！”

原本负责动员大会的相关负责人好半晌都没反应过来，直到耳麦里传来一阵电流声，他才回过神来，清了清嗓子，高声喊道：“安静！动员大会马上就开始了，大家都收收心，收收心啊！”

也不知道负责人喊了多久，到了最后，那般热烈的讨论才有了消停的趋势。

动员大会开始了，但大家分明都有些心不在焉。

从开始到结束，大厅内众人的视线都若有若无地投向盛蔷。

待到动员大会散场的那一刻，她的周围瞬间围上来许多人。在大家揶揄又八卦的目光中，盛蔷默默地在心里给沈言礼记了一笔账。

她晚上回去的时候，沈言礼还没到家。

等到沈言礼回来的时候，盛蔷正窝在被窝里玩手机。

看到沈言礼，她问道：“你不是说下午就能回来吗？怎么这么晚啊？”

“一时半会儿走不开。”沈言礼脱得身上只剩一件衬衣，他一边解着袖扣，一边跟她说道，“谈了一笔单子，靳氏从唯盛这边购买了五十架飞机。”

“五十架啊。”盛蔷明显来了兴趣，连手机都不看了，说道，“这算不算一个大单子？”

“当然算。”

“你刚才提的靳氏，是我知道的那个靳氏吗？我感觉有点儿耳熟。”

“耳熟？”沈言礼说着绕到床侧，在女孩娇嫩的脸颊上亲了一口。

盛蔷立马捂住自己的脸，道：“是啊，可能还有点儿眼熟，靳氏的老总乘坐过我们的航班。”

“那应该是，毕竟名号响当当的靳氏就只有这一家。”沈言礼没再多说，只问道，“你现在还没睡，是在等我？”

“谁等你了？”她只是睡不着而已。

同事们一直在群里聊得火热，到现在还在讨论沈言礼今天下午来机场大厅的事。

沈言礼洗漱完，上了床，要来抱盛蔷，盛蔷把他推开：“我问你啊，你今天是不是故意的？”

沈礼想了好一会儿，才明白盛蔷说的是什么。他不满道：“怎么我做什么事，只要到了你那儿，就一定是有预谋？”

沈言礼干脆侧过身来，看着她认真地说道：“再说，就算是有预谋又能怎样？我工作时碰到我自己的媳妇儿，还不能打个招呼？”

他那是打招呼？唯盛航空内部都传开了。

最初的版本还很正常，就不知道中间哪个环节出了错，传到后来就变成了沈言礼和盛蔷在机场大厅亲热。

盛蔷惊叹于这样的传播力和想象力，于是更怀疑沈言礼的目的不纯了。

“好了，该睡了，你有空就多想想婚礼的事吧。”自从两人领证之后，沈家的父母就一直在催着办婚礼。

盛蔷还在看手机，刚想敷衍两句，很快又被沈言礼强势地按进了被窝。

两人睡前又说了几句话，刚准备睡觉，就听到盛蔷的手机响个不停。

这么晚还打电话过来，应该是有什么急事。

她在床头柜那边摸索了一会儿，拿起手机看了一眼来电显示，然后接通道：“喂，哥。”

电话那头不知道说了什么，盛蔷静静地听着，最后才应了几声。

沈言礼垂眸，听她挂了电话，手放在她腰侧摩挲着，问道：“你哥这么晚打电话来干什么？”

盛蔷没有回答，忽然唤了他一声：“沈言礼。”

沈言礼明显察觉到了不对劲。他当即睁开眼，从床上坐起来，问：“怎么了？”

盛蔷抬眸望向他，道：“我妈住院了。”她的声音有些颤抖。

车子疾驰在高速公路上，从南槐驶往京淮的途中，夜色浓得几乎化不开。盛蔷很久没有这么手忙脚乱了。出发前，她还差点儿摔了一跤。

沈言礼让她先冷静一下，自己则迅速地替她收拾了行李，然后带着她去地下车库开车。

“阿蔷！”沈言礼腾出手来握住她的手，安慰道，“别担心，有我在。”

盛蔷心乱如麻，只应了一声，随后用力地反握住他的手。

两人赶到医院的时候，已经是凌晨三点了。

医院住院部的走廊十分安静，消毒水的味道在鼻腔弥漫开来。

宁远雪在外面的座椅上候着，听到两人赶过来的声音，这才缓缓地站起来。

盛蔷一下车就连忙跑过来，这会儿呼吸都变得粗重了几分，她喘了一口气，问道：“哥，妈没事吧？”

“没事，就是突然晕倒了，刚吃完药，现在在休息。”宁远雪说着，指了指身后的病房，“医生刚刚查房了，说她目前没什么大碍。”

“那现在能进去吗？”

“能。”宁远雪点点头，又拦住她，语气严肃地说道，“阿蔷，你等等。”

盛蔷原本牵着沈言礼就要往里走，此时察觉到宁远雪语气里的异样，她心中忽然涌上来不好的预感，焦急地说道：“哥！是不是妈真的出什么事了？你不要瞒着我！”

“不是。”宁远雪拍了拍她，安抚道，“我想说的是，病房里面还有别人。”

盛蔷不解地看向宁远雪，但他忽然摇了摇头，长叹了一口气，朝着她和沈言礼说：“没事，你俩一起进去好了。”

病房里，黎艺正在安睡。她的身体一直都不太好，这些年来经常生病，虽然是小病，但也折磨人。

可没想到的是，这次的病竟然严重到让黎艺直接住进了医院。

盛蔷心急如焚，来不及细想宁远雪的异样，直接拉着沈言礼走了进去。

此时病床边坐着一个人。

橘色的灯光照着来人的面容。听到脚步声，那人率先抬起头来，刚好对上盛蔷的视线。

两人四目相对，那人静静地看着盛蔷。

看着眼前熟悉的眉眼，盛蔷瞬间认出了对方——是靳盛。

万般疑惑都在此刻涌上心头，盛蔷快步走到床前，轻声问他：“你为什么会在我妈的病房里？”

靳盛面容清冷，一双眼睛一直在看着她。

不知过了多久，他才缓缓地开口：“我是你妈妈的一个故人。”

盛蔷抿了抿唇，没再理他，伸手到黎艺的额头上探了探。

靳盛也将目光投到女孩身后的沈言礼身上。

沈言礼估计是没想到他会出现在这里，有些惊讶。不过很快沈言礼便恢复了之前的神色，朝他点了点头，算是打了招呼。

靳盛收回视线，起身走出了病房。

盛蔷和沈言礼在病房外守了半夜。

第二天早晨，沈言礼的手机不断地响，一直有人给他打电话。

沈言礼统统没管，直接把手机调成了静音。

盛蔷拨了拨他额前凌乱的碎发，关心道：“我妈这里有我在，你公司事多的话，要不先回去？”

“不用，我都推了。”沈言礼攥住她的手，“我这几天就在京淮陪着你。”

盛蔷看沈言礼开始打电话给助理交代工作，想着也拦不住他，也就随他了。

宁远雪忙了一夜，刚才去窗边接了个电话。

黎艺到现在还没醒，沈言礼就让盛蔷靠在他肩头休息。

接下来几天，两人肯定都要一直待在这边了。

好在京淮还有之前沈言礼读大学时买的公寓，也算是有个落脚的地方。

又过了一会儿，黎艺终于醒了过来。

医生和护士来查房，顺便和家属说了病情，交代了一下注意事项。

黎艺因为脑供血不足而晕倒，目前已经没有问题了，但还不能出院，需要继续留院观察。

沈言礼安排好一切后离开了病房。

此时病房里只剩下了黎艺和盛蔷。

黎艺并没有表现出什么病态，精神状态还不错，她柔声问道：“你和阿礼怎么会从南槐跑来？”

盛蔷见黎艺这会儿还在笑，鼻子忽然一酸，嗔怪道：“你还笑！你都住院了。”

黎艺以往总是让她去做自己想做的事情，让她去陪伴自己的伴侣，而她却没什么时间来陪黎艺。

盛蔷的心变得又酸又涩。

黎艺仍在笑，抚了抚女儿的秀发。

“我是不是把你们几个吓坏了？你们都过来守着我。”她停了一下，继续说道，“你们等一会儿就走吧，别在这里待太久，去忙你们自己的事。”

“我们绝不会走。”盛蔷任由黎艺摸着她的头发，“等你彻底好了再说。”

黎艺笑了笑，接着和盛蔷谈起她的婚礼。

聊到这里，盛蔷反倒有些心不在焉，犹豫了很久，她终于开口问道：“妈，那位靳先生说自己是你的故人，你认识他吗？”

她原本并不想问，但她心中实在有太多的疑问。

黎艺沉默了很久，然后问道：“你认识他吗？”

“不算认识。”盛蔷说道，“只是见过几次，而且，昨晚他也在这里。”

黎艺倚靠在床头，看着自己的女儿。不知过了多久，她终于缓缓地说道：“阿蔷，不管怎样，我只希望你不要怪妈妈。”

“妈，我为什么会怪你？”盛蔷心乱如麻，“如果你不想回答也没关系，我们先把身体养好。”

“不是不想回答，而是我不知道该从何说起，他……很久之前我们就分开了。”在盛蔷疑惑的目光中，黎艺解释道，“阿蔷，他是你的父亲。”

这样的一句话犹如平地一声惊雷，在盛蔷耳边炸开。她努力抑制着自己的情绪，动作僵硬。很快，她就调整好了自己的状态。

盛蔷抬起手来，给黎艺掖好被角。

看到盛蔷这样的反应，黎艺有些捉摸不透。她眸中含着眼泪，试探着开口道：“阿蔷，你会不会怪妈妈这么多年一直没和你说？可我没办法……”

“妈，你在我面前不用这么小心翼翼的，我是你女儿啊，我为什么要怪你？”盛蔷努力掩藏住各种复杂的情绪，说道，“你就是不告诉我也没关系，这会儿你和我说了，我知道了就行，我没别的想法。”

关于父亲的记忆实在是太淡薄，黎艺和宁远雪才是陪伴她的亲人。

想到宁远雪，盛蔷轻声问道：“我哥他知道吗？”

“阿远早就知道了，这孩子和你一样懂事。”黎艺靠在枕头上，此刻已经泪流满面，“我们都没和你说，但也知道，你们总有一天会遇见。”

盛蔷轻轻地抽了张纸，递给黎艺，安慰道：“妈，你不用觉得这么多年来不告诉我有什么，我也没问过啊。我一直都是站在你这边的。”

安抚好黎艺，等她睡着，盛蔷迈出病房的时候，抬眼便看到了在门外站着的宁远雪。

两人定定地站在走廊上，面对着面。

刚才在黎艺面前没能表露出来的情绪忽然迸发，盛蔷没忍住，在宁远雪面前落下泪来。

宁远雪大约没见过盛蔷这副模样，他明显愣了一下。不过片刻，他便伸手将她揽进怀里："原先还觉得你长大了，变得娴静，不像小时候那么活泼，现在看来，还和小时候一样爱哭。"

可宁远雪越是这样说，盛蔷的情绪就越收不住。

感知到衣领被浸湿，宁远雪拍了拍盛蔷的头，安慰道："好了，我可是你哥，在我这儿，你想怎么哭都可以。"

"我哭也不是为了别的，我只是很心疼，我妈到了这时候还在照顾我的情绪，怕我会怪你们。"盛蔷哭得不能自已，肩膀都随着抽泣而抖动，"哥，我怎么会怪你们呢？"

宁远雪沉默了好半晌，才再次开口："这些我都知道。"

他拥着盛蔷，时不时地抚摸她的肩头。

不知过了多久，宁远雪看向她的身后。

"现在好些了吗？"

"嗯？"

宁远雪收回视线，道："好像抱得有点儿久，你家那位一直盯着我。"

黎艺的检查结果当天下午就出来了，没什么大碍，但之后要注意不能太劳累，回去休息几天就可以了。

盛蔷和沈言礼被黎艺催着先去休息，两人就回了京淮这边的公寓。

实在是太久没住过了，房内落了不少灰。好在沈言礼上午让人过来紧急清理了一番，所以也还能住人。

夜里，盛蔷哪儿也没去，抱着双腿坐在落地窗前。

不远处就是京淮航大，女孩默默地看着，很是安静。

没过多久，主动收拾好主卧的沈言礼走了过来，坐在她旁边。

盛蔷顺势靠在他的肩头，缓缓地开口道："沈言礼，你会一直陪着我的，对吗？"

他没有半分犹豫，答道："当然。"

见她没有反应，沈言礼关心道："还在想那件事？"

回去的路上，盛蔷大致和他说了一下自己和靳家的事。

沈言礼安慰了她两句便带着她去了之前两人去过的餐厅，盯着她好好地吃饭。

眼下，女孩摇摇头，道："没有，我发呆呢。"

"那就是还在想他？"沈言礼没有明说，可两人都知道这句话里的"他"指的是谁。

"我为什么要想他？我们又没有相处过。"盛蔷说着，不知道想到了什么，从沈言礼的肩上抬起头来，迎面看向他，"他还没你对我好呢。"

"挺有觉悟啊，盛蔷。"沈言礼挑起一边眉，说道，"你也知道我对你最好了。"

盛蔷迎着风笑起来，道："你怎么自己还在前面加了个'最'字啊？脸皮真厚。"

"在你面前，脸皮厚一点儿也没什么关系。"沈言礼揽住她的腰，"不过，媳妇儿……"

"嗯？"

"上一辈的事，长辈们自己会处理，既然妈没有往细了说，自然有他们自己的想法。"沈言礼把玩着她的手，说道，"你是你，他们是他们，再说了，你现在还有我。"

事实上，上次回沈宅，沈父沈母也没仔细打听她的家庭情况，便直接认定了她，只说日后和她妈妈找个时间见一面，谈谈之后婚礼的事就行。

"嗯，我原本也是这么想的。"盛蔷忽然抬起头来看着他，"沈言礼，我才发现，你都直接喊起'妈'来了。"

"怎么不能喊了？"沈言礼双眼微眯，"盛蔷，我突然发现你好像总是会忘记一件特别重要的事。"

不给女孩反应的机会，他直接凑近道："你是不是忘了我和你早就领证了？"

他称呼黎艺为"妈"，再正常不过了。

盛蔷听了有些心虚，她摸了摸鼻尖，说道："主要是我们俩天天都在一起……"

“腻了是吧？”沈言礼哼了一声，接过了她的话茬。

女孩拧了他一下，责怪道：“你怎么还随便揣测我的话啊？我说过我腻了吗？”

沈言礼挑了挑眉，问：“你难道不是这意思？”

“当然不是了，只是和你相处习惯了嘛，总觉得我们俩还在恋爱期。”

“我们不是一直在恋爱吗？”沈言礼拨弄着她的头发，说道，“结婚以后还是在恋爱。”

听了他的这句话，盛蔷的心情忽然变得很好。

不知为何，只要和沈言礼在一起，她就会迅速地抛开那些烦恼的事。

女孩咧开嘴角，笑道：“那行，随你怎么说。”

沈言礼漆黑的眼眸看向她，认真地说道：“我只是想让你明白一件事，不管你遇到了什么，都有我在背后给你撑腰。”

顿了一下，他补充道：“我就是你最大的底气。”

听到这句话，盛蔷好半晌都没出声。

过了一会儿，她眼眶湿润了，道：“沈言礼，我不常说这些话。但你真的不要离开我，因为我会承受不了的。”

“求婚那天，你说没了我不能独活，但你好像从来没问过我——”她顿了一下，又轻轻地说道，“我没了你会是怎么样。”

一路走来，她也会在深夜感慨时光如水。

“我知道。”沈言礼抱住她，说道，“媳妇儿，我想的，也只是让你能开心点儿，快乐点儿。”

“所以接下来的重点，是考虑婚礼的事。”知道她的情绪被影响到了，沈言礼微微蹙着眉，想让她转移注意力，说道，“也别想太多了。如果你还是觉得不高兴……我主动给你捶？你不是最爱捶我吗？”

沈言礼说着伸出手臂，笑道：“来吧。”

方才的伤感气氛瞬间消逝，盛蔷哭笑不得地说道：“你突然这样，我有些不习惯。”

哪有人送上门给捶的啊？

“还不是为了哄你？”沈言礼凑近道，“以后多了不就习惯了？”

黎艺休养的那几天，盛蔷几乎全程陪着她，其间她还趁着有空，带黎艺在医院做了不少检查。

等到结果都出来了，她看也没什么大碍，这才放下了心中的重担，松了一口气。

时间一晃而过，回南槐的那天，沈言礼和盛蔷商量着接黎艺去南槐住一阵子。

一来是黎艺在身边住着，有人照顾，盛蔷会放心一些，如果有什么事，她也不用两地来回跑；二来傍山靠海的庄园幽静，没人打扰，适合休养。

但这样的提议直接被黎艺拒绝了，她是真的不想麻烦他们。

盛蔷拗不过黎艺，虽然没再继续劝说，但回去的路上她一直在想着这件事。

女孩轻蹙着秀眉，连旁边的沈言礼一连看过来好几次都没有注意到，只沉浸在自己的思绪里。

盛蔷摇下车窗，单手撑住脸，眼神幽幽地看向窗外。

车速很快，两边的景色迅速后退，让人看不清。

盛蔷的几缕头发飞到脸上，挡住了视线，她身子往后倾，抬手去理的时候，一旁的车窗又被缓缓地摇了上去。

她转眼去看沈言礼，结果他目视前方，专注地开着车，好像刚刚关上她那边车窗的人不是他一样。

“你怎么把车窗给摇上去了？”

“看你能多久不看我。”沈言礼说着侧头看向她，“再不摇上去，你就把我给忘了。”

盛蔷又气又无语：“哪有那么夸张啊？”

就一会儿的工夫，她能把他给忘了？

而之后的事实证明，夸张的确实不是她自己，而是沈言礼。他直接锁了车窗，接下来也没给盛蔷将目光投向窗外的机会。

不过盛蔷也懒得在这方面跟他纠缠，因为她把自己的力气用来拧他了。

车子缓缓地驶入庄园的时候，两人还在暗暗地斗气。

下车后，沈言礼攥紧她的手，道：“你要是实在舍不得，过段时间再把妈接过来住一段时间。”

盛蔷往他那个方向靠了靠，低着头，也不知道在想些什么，过了一会儿才闷闷地说道：“这次我提了啊，我妈自己不愿意过来。”

两人快步走到屋门口。沈言礼一边开门一边道：“你提是一回事，我提是另外一回事。”顿了一下，他看着她问道，“媳妇儿，你就没想过派我出场？”

如果是沈言礼邀请，黎艺应该不好意思拒绝。

仿若被点醒，盛蔷忽然想明白了。她抬眸看着他，开心地说道：“你说得对。那这件事就拜托沈总了？”

这会儿，沈言礼已经打开了门，他一边往里走，一边道：“只口头上拜托可不行。”

没等女孩反应过来，沈言礼便将她拉了进去。

在沉重的木门又被合上的瞬间，盛蔷被他往后一推，后背贴着门。

沈言礼没开灯，在黑暗中，感官被无限放大，四周都是对方熟悉的气息。

“光是那样可不够，你是不是还得附加点儿别的？”

随着话音落下，夏季的某些情愫被催发，将两人拉得更近了。

女孩的声音细如蚊蚋：“什么附加别的……你就不能好好说话？”

“我在好好说话。”沈言礼压低声音道，“媳妇儿，你懂我的意思。”

盛蔷又想拧沈言礼了，可大抵是因为这夜色醉人，她骤然没了和他抗争的心思，只想放任他为所欲为。

“那你……”盛蔷犹豫着，可话说到一半就被打断了。

“你们俩回来啦？”随着一声招呼，一楼客厅的吊灯“唰”的一下就亮了。

几乎是瞬间，刺眼的光明晃晃地从上方洒了下来，将相依相偎着的两人照得清清楚楚。

盛蔷几乎是一瞬间就推开了身前的人，沈言礼突然被推开，不由得往后退了两步。

沈言礼顾不了太多，当即扭头朝着声源看去，入目便是站在客厅里的一对人影，是沈父沈母。

沈母仿佛到了此刻才反应过来，她轻轻地捂住嘴，惊讶道：“啊，我是不是打扰到你们俩了？”

这还用问？沈言礼露出讪讪的表情。

面对这样别致的欢迎仪式，沈言礼的脸色明显很臭。他哪儿也没去，直接靠在沙发上，一副“请勿打扰”的模样，惹得沈父差点儿去揪他的耳朵。

盛蔷倒是忙前忙后，想给长辈泡点儿茶，却被沈母拉到一边。沈母贴心地说道："蕾蕾，真不用麻烦，我们没那么多讲究，你也过来坐，来来来。"

女孩轻声应着，这会儿她的面颊热如火烧，耳垂红得仿佛能滴血。

虽然不知道刚刚她和沈言礼的对话被沈父沈母听了多少，但肯定不是什么都没听到。

此时，沈母正笑盈盈地看着她，眼神中难掩揶揄之色。

沈言礼原本就在看着这边，见盛蔷都快把头埋到怀里了，率先发了话："妈，你们怎么不通知一声就过来了？"

听他话里暗含着逐客的意思，沈母好脾气地笑道："你爸爸好不容易抽出了一点儿时间，我拉着他来见蔷蔷啊。"

沈父可不像沈母好说话，一个凛然的眼神瞪了过去，他斥责道："臭小子，我和你妈来你们这儿还需要提前申请？"

他睨了眼沈言礼，继续道："就这么和你说了，我和你妈不仅来了，接下来还会住很久。"

听完沈父的话，沈言礼不满地哼了一声。

沈母看着自家儿子的脸色，抬手轻轻地戳了戳盛蔷，示意儿媳妇看看。

而后两个女人默契地对视了一眼，都笑了起来。

沈母重重地拍了沈父一下，道："好啦，我们就住几天而已，你看你把他给吓的。"

她看向沈言礼，感慨道："真是儿大不中留啊。"

说完，沈母就把沈言礼赶去厨房拿果汁了："妈妈不要太冷的，蔷蔷也别喝冰的了，哦，对了，你爸不要，他不爱喝这个。"

"知道了。"沈言礼懒洋洋地从沙发上站起来，朝着厨房走去。

刚才得知两人是从京淮赶回来的，沈母便问了问黎艺现在的情况。

听到还算好的消息，沈母握住盛蔷的手，轻轻地拍了拍，道："这样就好，你们俩忙了几天也不容易，是不是累坏了？"

盛蔷摇了摇头，道："其实还好。"

简单聊了几句后，沈母说出了她和沈父来这里的目的："之前老想着说要来这边看看你们，结果一直耽误到现在。我们这次来你们这儿呢，其实也不是为了别的，就是为了你们俩的婚礼。"

筹办婚礼要准备很多东西。沈氏又是百年世家，讲究多，规矩多，沈父沈母不想有半点儿差池。

“大致对了流程，按照习俗来，其余的你们俩自己定，我们没有意见，只是有什么需要我们帮忙的，随时喊我们。”沈母拿出一本小册子，接着道，“这个册子里面有各式各样的婚礼模板。蔷蔷，你看看哪些比较喜欢，中式的、西式的，这里都有。”

“礼服呢，也可以开始挑选了，我看有几个牌子新出的限定款婚纱非常好看。”

讨论起婚礼来，盛蔷也来了兴趣，两人说得不亦乐乎。

南槐的天气很快便进入了盛夏，成片翠绿的树枝伸展在一楼的落地窗前，树梢被阳光照射出一层金边。

沈氏集团总裁沈言礼的婚讯，早在前几天就在公司官网以电子邮件的形式发给了公司员工。

电子邮件页面上的图案，用的是跟婚宴请柬上相同的设计。

这是他找意大利著名设计师亲手绘制而成的图：枝条斜伸，一朵蔷薇袅袅盛开。图案的背景分为白日和黑夜两种，随机发放。

两人的婚礼按照习俗由大师算好时辰，选了个风和日丽的日子，寓意接下来两人在未来没有任何阻碍。

唯盛航空依照指示，在婚礼举行的当月，包揽了自己旗下飞机的登机牌版面。

登机牌上印的是婚礼请柬同款的蔷薇花图案，附带着的文字则是：“恭贺沈氏继承人新婚快乐，百年好合。”

铺天盖地的宣传真是大手笔，可见沈氏集团总裁对此的在乎程度。

盛蔷也好奇地问他为什么搞得这么隆重，得到的回应是：“一生就这么一次，高调点儿怎么了？”

盛蔷忍不住笑了，这样的回答是沈言礼一贯的风格。

他倒是没谦虚。

沈言礼包下了南槐华安庭成作为婚宴场地，而家族内部的晚宴将择日在沈宅进行。

婚礼当天，唯盛航空的所有飞机都在机身绘上了蔷薇花的图案，再飞往全世界各地。

由沈氏集团调来的数架直升机盘旋于上空，在机场停机坪上，抛撒着彩带及装着写有礼品字条的福袋，当天乘坐飞机出行的乘客可随机拾取，分享喜气。

应桃和孟晚是盛蔷的伴娘，一行人昨晚就提前入住了沈氏旗下的华安庭成，为今天的婚礼做准备。

“蔷妹，沈总可真是大手笔啊。”应桃拨弄着盛蔷的发尾，说道，“我在朋友圈可都看到了，机场那边都是彩带和福袋，里面的礼品可不便宜。”

盛蔷身着婚纱，正仰着脸让化妆师定妆。她道：“你要是喜欢的话，我让他吩咐仓库那边给你多留几套？”

孟晚有些惊讶：“这个还有仓库？”

盛蔷点了点头，道：“嗯，他定做了很多伴手礼，都放在航天基地的大厂里了。”

除了婚礼当天来参加宴席的亲友有伴手礼，公司的合作商和沈氏旗下公司的员工都有一份。

应桃扑哧笑了一声，道：“不知道的还以为是搞批发的呢。”

这时，门外传来嘈杂的声响。

应桃放下手中轻盈的头纱，让她们都别动，自己则跑去门口看。

应桃回来的时候，笑得两眼弯弯。

孟晚问她：“门外刚刚是谁啊？”

“还能是谁？沈总呗。”应桃来到盛蔷跟前，意味不明的目光落在她身上，说道，“沈总刚才非要进来看你，被我给劝走了。”

孟晚还在看那些几乎能闪瞎眼的耳饰，头也没抬地说道：“大喜的日子，你把人劝走干吗啊？”

应桃倒是笑得开怀：“这么美的蔷妹，还是留到待会儿进场的时候再给他看吧，不然就没惊喜了。”

宴会厅内，盛夏的阳光透过屋顶透明的玻璃照射进来，落在印有蔷薇花纹的华美地毯上，像是镀了一层极淡的光辉。

婚礼开始前，盛蔷候在门外，纤细的胳膊挽着宁远雪的臂弯。

“今天很漂亮。”宁远雪夸赞道。

盛蔷偏头看向他，弯起眼睛笑了笑，也夸赞道：“哥，你也很帅。”

宁远雪气质清冷，颀长的身形犹如松柏。为了她的婚礼，他很早就开始准备了。

宁远雪低头看了看腕表，低声道："准备好了吗？我要带你进去了。"

盛蔷的手猛然攥紧，她深吸了一口气，点了点头。

面上虽不显，可实际上，她心里紧张得要命。

她的视线一一掠过周遭围着的那些熟悉面孔，随着沉重的开门声响起，原本合着的双开大门缓缓地打开，展现出内场的景象。

宴会厅里的人纷纷转身朝着门口的方向望过来。

只一眼，众宾客就觉得格外惊艳，甚至很久以后，宾客回忆起这一幕都会觉得仿佛当时的画面就在眼前。

乌发红唇，肌肤如雪，身姿窈窕，这样一个女孩立在大门开启的地方，灯光落在她身上，也落在她脚边的蔷薇花上。

她的一双眸子干净而明亮。

故事的篇章仿佛从此刻开始。

她被牵引着往大厅走的时候，众人的视线，以及一声声赞叹，都好像化在了风里。

盛蔷全身心都放在大厅最里面的那人身上。

待到被宁远雪松开，她缓缓地朝着沈言礼走去。

沈言礼自然而然地伸出手，握住她的手。

在她抬头看向他的瞬间，他垂眸看着她。

四目相对，视线交会。

忽然，沈言礼扬唇笑了下。像是用尽了全力，他拉着她朝前。在女孩扑向他的瞬间，他伸手抱紧她。

"下面请新郎新娘交换戒指。"

司仪话音刚落，沈言礼便从一旁递上来的匣子里拿出一条项链。

在众人的注视下，沈言礼双手绕过她细长白嫩的脖颈。

"阿蔷，这是以你名字命名的项链，这世上仅有一条。"他目光深邃，声音低沉，"它叫作——蔷薇之巅。"

顿了一下，沈言礼以只有两人能听到的声音继续道："在我们俩毕业那年，我到博茨瓦纳出差，去了趟当地的采矿场。"

这跨越大洋彼岸，由他亲手挑选的钻石，通过精细的打磨，最终以项链的形式出现在了两人的婚礼上。

用钻石组成的蔷薇吊坠，此时正躺在盛蔷的锁骨间。

她感受到他指尖的触碰，笑意盈盈地说道："原来你这么早就惦记着了？"

"大概比那个时候还要早。"沈言礼直接掀开她洁白的头纱，凑近她，抵住她的额头说道，"更早的时候，我就想娶你了。"

下一秒，台上那对璧人紧紧相拥，开始热烈地接吻。

沈言礼扶住女孩的脖颈，轻轻地咬住她娇嫩的唇瓣。

场下有人开始欢呼，高声起哄；有人触景生情，真心祝福；有人控制不住，泪流满面。

盛蔷被搂着吻着，此时此刻她什么也想不起来，也什么都不想去想。

在交换戒指时，一股酸涩漫入眼眶。

她的眼皮泛着淡淡的粉色，道："我不该这样的，其实我很开心，但是我忍不住……"

"没有什么该不该。"沈言礼亲了亲她的眼睑和睫毛上沾着的泪珠，说道，"在我这儿，只有你想不想。"

这次的婚宴空前热闹。

华安庭成光是宴会就有三场：午宴，下午茶宴，还有最为隆重的晚宴。

大厅内碰杯声、高谈阔论声不绝于耳。

午宴的时候，盛蔷随着沈言礼挨桌打招呼。到了下午茶宴的时候，沈言礼得了空便拉着她往角落里钻，摁着她亲了好一会儿，然后沉声叮嘱她："宴席上都是些老长辈，我来安排就好，你让应桃帮忙打个掩护，先去休息？"

盛蔷明显不愿意，道："今天多重要啊，我陪你不好吗？"

沈言礼午宴的时候帮她拦了不少酒，此刻眉眼间都带着点儿醉意，他道："你陪我的时候还少了？你要真想，我今晚可以整夜奉陪，哪儿也不去。"

看他又开始不正经起来，盛蔷踩着高跟鞋对着他的膝盖就是一脚。

沈言礼闷声忍下，倒也没说什么，只笑了笑。

晚宴上，现场的气氛变得更加热烈。

身体还算健康的沈家太爷爷来了现场，说要见证沈言礼的婚礼，并送出自己的祝福。

盛蔷换了一套新的敬酒服：绸缎材质的旗袍，缎面呈灰蓝色，在宴会厅的明亮灯光下隐隐泛着光彩。盘扣的材质是月白色的玉石，被打磨成花瓣的模样，像一朵朵白色的蔷薇。

这样一件旗袍，价值千万。

晚宴比午宴更考验酒量，沈言礼是打定了主意，一点儿酒也没让盛蔷喝，全部由自己揽下。

等到了伴郎伴娘那桌，肖叙和程也望起哄让盛蔷喝酒。

沈言礼则明目张胆地放水，道："这杯我来，别为难她。"

应桃大呼："这也太霸气了吧。沈总，未来几十年，我还是你忠实的拥护者！这杯我敬你们！"

结果因为太激动，她一杯酒全部洒在了肖叙的裤子上。

肖叙颤抖着手，气得连连冷笑："你给我等着！"

一时之间，大家闹作一团，更加热闹了。

两人敬酒敬到最后一桌的时候，黎艺和沈母正在聊天，语笑嫣然。不知道什么时候赶来的靳盛，则是在和沈父交谈。

见两人过来，靳盛的眼神牢牢地锁住盛蔷，目光温和。

盛蔷咬唇愣住的同时，手被沈言礼紧紧握住。

她下意识地抬头望过去，只瞥见他线条流畅的侧脸。

像是被喂下一颗定心丸，盛蔷再抬眸的时候，眼里多了几分淡然。她顺手拿起沈言礼允许她喝的那杯果汁，缓缓地朝着桌上的人点了点头，隔空敬了一杯。

宴会上的热闹持续到深夜，但这仅仅是个开始。

之后，沈宅还会再办晚宴，到时候盛蔷和沈言礼可有的忙了。

凌晨时分，依照习俗，盛蔷在新婚夜需要再换上凤凰马褂，寓意龙凤接头。

一行人回了在庄园的新家。

长辈还在酒店，小辈都开着车，紧跟着两人不放，说要去闹洞房。

此次一行，除了叶京寒没来，其他人都在场。

时值盛夏，西北森林的工作正处于紧要关头，叶京寒实在是赶不回来，早先寄来了新婚礼物，算作心意。

对于众人来说，沈言礼和盛蔷的新房，他们可是头一回见。

庄园在婚礼之前便竣工了，眼下四处的玻璃窗上都贴上了黎艺亲自剪的喜字。

今夜又特殊，整晚都需亮着灯，庄园内仿佛正在举行花灯会。

盛蔷刚到就被几个女生簇拥着去主卧换衣服了。

眼下沈言礼和他们几个男生守在门外，静静地等着。

肖叙此时靠在墙边，道：“知道老大有钱，但你们是不是太奢侈了，两人能住四层？”

程也望紧跟着说道：“我刚看了，二楼整层都是他俩的主卧，四楼上面还有一间透明屋。”

透明屋里面种满了蔷薇。

这个庄园真是不能用“奢侈”来形容了。

不过惊叹也只是一时的，此刻最重要的事还是闹洞房。

等到里面差不多准备好了，随着应桃扬声一喊，主卧的门被缓缓地打开了。

盛蔷穿着正红色的凤凰马褂，坐在床沿。

她低着头，长睫毛轻颤。

龙凤马褂是上下两截式，领口繁复的绣纹精致细腻。

龙与凤的刺绣盘在褂上，头尾相连，彼此相对。

微缩的领子衬出她优美的天鹅颈，两截藕白色的手臂从宽敞的袖口伸出，轻轻地搭在膝前，被艳红色衬得更是肤如凝脂。

她盈盈一握的纤腰下，是沉沉坠着的落地裙。

她坐得笔直，脊背挺出漂亮的线条。她望向沈言礼的时候，楚楚动人。

几个伴娘没待在里面，刚刚走了出来。

门打开的一瞬间，门外众人的目光都聚焦在盛蔷身上，都看呆了。

不知道是谁喊了一声：“蔷妹是仙女！”

众人立刻起哄起来。

“漂亮吧，不过再漂亮也要少看，人家今天结婚啦！”

“沈总要答对问题才给进啊！”

“就是，就是！”

肖叙手臂横在门前，道：“听到没？得答对问题才能进。”

沈言礼侧过头来，语气不善：“那你还不快开始？”

肖叙笑得不怀好意，道："哟，这么猴急啊。"

"第一问呢，哦，第一问不是问题，是需要你做的事，现在开始，做八十八个俯卧撑。"

沈言礼听了倒也没犹豫，当即便俯身做起了俯卧撑。

肖叙在旁边一边录像，一边摸着下巴，觉得不得劲："感觉这个对你压根儿没挑战性啊，应该让我坐在你背上，这样的俯卧撑才有意思。"

程也望觉得肖叙这么说有些过分，道："你见好就收吧，以后你结婚怎么办？"

肖叙还想说些什么，沈言礼这会儿已经结束了俯卧撑。

程也望从应桃那儿接了第二个关卡，看向沈言礼，道："第二问了啊，请问盛蔷最喜欢吃的三样东西是什么？需要在五秒内回答完毕，现在计时开始。"

沈言礼看了盛蔷一眼，说道："冬笋汤，白桃绿茶果汁，我。"

众人听到最后那个答案，当即"咦"了一声。

"又秀恩爱！"

"恶心，不想听！"

"这算不算犯规啊？我要举报！"

盛蔷听了，不满地瞪着沈言礼。

沈言礼一副无所谓的模样，笑道："现在完了没？完了的话，你们自己去三楼的客房。"

沈言礼赶人的意思很明显。

"急什么啊！这才第二问！"肖叙拦住沈言礼，不让他进屋，"还有好几关呢，蔷妹子最喜欢的男明星是谁？"

沈言礼看向他，冷冷地向他甩了几记眼刀。

"说啊，你这会儿成哑巴了？"肖叙看沈言礼这样，只觉得自己抓到了沈言礼的把柄，于是更来劲了，"说实话吧，你是不是不知道？"

"这还需要问？"沈言礼白了他一眼，"我媳妇儿最喜欢的，只能是我。"

此言一出，周遭安静得过分。

大家你看看我，我看看你，眼观鼻，鼻观心。

众人是真的被沈言礼秀到无语的程度。

沈言礼倒是没在意这短暂的沉默，也没管那么多，语气有些不耐烦地说道："这下总该完了吧？"

不等肖叙再开口，他长腿一伸，直接迈进了房间，徒留一道颀长的背影。

随之而来的，便是沈言礼顺手关门时传来的"砰"的声音，直接将门内门外隔绝成两个世界，也隔绝了众人的窥探。

肖叙离得最近，差点儿被撞到鼻子。

"沈狗，你大爷的！"

"新婚之夜，蔷妹子，你管管他啊，振振'妇纲'！"

门外的肖叙还在无能地狂喊。

盛蔷刚才听到了大家的对话，此刻抬眸望向沈言礼，道："大喜的日子，你跟他计较什么呀！"

"我就是要计较，他不让你老公我进门。"沈言礼几步走上前，俯身将她圈在怀中。

他单膝跪在床边，手指搭在自己的领带上，垂眼看着怀中的女孩，笑道："对人不对事，我一般不说废话，都直接做。"

伴郎伴娘一行人闹完洞房，便自觉地前往三楼。

依照习俗，他们至少得待到第二天，当夜肯定要在庄园留宿。

沈言礼和盛蔷住在二楼，三楼倒是有许多间客房，哪怕没有主人的指引，自己也找得到休息的房间。一群人闹哄哄地走开了，嘈杂声和讨论声渐渐地消失在楼梯的拐角处。

屋内变得异常安静。

夏夜的沉静和热意几乎在瞬间便噼里啪啦地散开。

沈言礼刚刚那句话仿佛还在盛蔷的耳边萦绕，而现在，他只轻轻地抬手往前推了一下，盛蔷便顺势倒在被子上。

他紧跟着俯身凑近，女孩便立刻察觉到了他的意图。

沈言礼目光灼热，看着盛蔷安静地躺着，乌发散落，有种别样的美。

夜色如水，灯下美人，如梦如幻。

沈言礼痴痴地看着她，下一秒，他咬住她的唇瓣，厮磨一会儿后，开口道："媳妇儿，你热不热？"

她双眸水润，小声道："还好。"

沈言礼倒是怕她热，干脆起身朝窗户走去。

他掀开重重纱帘，继而直接推开窗户。

夏夜微风尽数灌入，盛蔷侧过脸去看他。

沈言礼从窗边回来的时候，只朝她说了句“你等我一会儿”，就往浴室走去。

望着沈言礼消失的背影，盛蔷忽然有些弄不清他的意思。

很快，沈言礼又回来了，手里还多了把木梳子。

盛蔷撑起身子看他，问：“怎么突然拿了梳子过来？”

“给你梳头啊。”沈言礼侧坐在床沿，挑起她乌黑的发，任由乌发从指间穿过，他说道，“听说新婚夜都得这样做。”

盛蔷当即好奇起来，趴在他腿上，问：“我好像没听说过，这样做有什么寓意吗？”

沈言礼回答道：“结发同心，以梳为礼。”

他在今天的婚宴上喝了三轮酒，眼角眉梢都透着醉意，可他的动作温柔无比。

他从她的发顶梳到发尾，动作轻柔而缓慢。

两人没再说话，盛蔷此刻的心却是前所未有的平静。

结发同心，以梳为礼。

她反反复复地品着他话中的含义，一遍又一遍。

梳头的过程中，不知道谁先闹了起来，沈言礼理了理盛蔷落在颈侧的发尾，惹得她发痒。

她眼角泛着淡淡的红色，边笑边制止他：“喂，好痒的。”

结果引来的却是沈言礼的拥抱，他箍紧她的纤腰，目光深沉地看着她，道：“媳妇儿，你知道吗？我今天很开心。”

龙凤马褂看起来容易穿，但衣服上缀着不少珠子和碎钻，不能用力拉扯，想要好好地褪下来，得耐心地解开盘扣。

沈言礼明显就是那个没有耐心的人，直接从腰部顺着衣服伸了进去。

木梳落在床脚，在夜色中泛着浅浅的光泽。

婚礼之后也并不悠闲，盛蔷和沈言礼虽有婚假，可接下来有好几场宴会要参加。尤其是被安排在沈宅的晚宴，他们无论如何都不能缺席，毕竟这场晚宴由沈母亲自安排，受邀的也都是沈氏一族的亲人，长辈也很多。

沈宅晚宴现场，觥筹交错。

沈言礼拥着盛蔷一一去打招呼，向盛蔷介绍着各位亲戚。

而这回，盛蔷也见到了之前在相册里看到过的那些人。

晚宴到了后半段，老宅内举办了舞会。

沈言礼不见人影，又不知道被谁叫走了。

周遭围着的长辈们倒是热情，笑吟吟地让盛蔷下舞池跳舞。

这时不知道谁拉了沈言开过来，道："之前就看你到处在找人，去，你们俩来支舞！"

盛蔷看见面前这道颀长的身影，下意识就要去抱住他，奈何她甫一抬头就察觉到了不对劲。

跟沈言开跳舞算怎么回事？

沈言开面上浮现着淡淡的笑意，他只礼貌地朝她伸手。这时，沈言礼忽然出现在两人之间。

他居高临下地睨了沈言开一眼，语气中带着点儿不爽："你搞什么？"

沈言开往旁边挪了挪，道："你不在，邀请嫂子跳个舞。"

沈言礼挑眉，伸手在沈言开的肩头拍了拍。下一秒，他的袖口被一股力道轻轻地拽了拽，他看过去，原来是盛蔷。

盛蔷轻声开口："旁边有人看着呢。"

"看着又怎么了？"

"会觉得你们兄弟俩在吵架啊。"

"那不会，别人只会觉得我们在联络感情，懂吗？这叫作兄弟情深。"

最后那四个字，沈言礼几乎是一个字一个字地咬着牙说的。

信他才怪。

晚宴结束后，沈母招呼两人上楼休息。

等到回了沈言礼的房间，盛蔷还在为这件事而发笑。

"笑什么？"他脱下上衣，背对着她，说道，"我再晚去一秒，你就已经和沈言开翩翩起舞了。"

盛蔷听了这话，趴在被子上笑得更加开怀了："你还用上成语了啊。"

还翩翩起舞，亏沈言礼想得出来，这都什么词儿？

又想到类似翩翩起舞的画面，盛蔷笑得更加不能自抑。

总算笑够后，她偏过头去看他，喊了他一声："沈言礼。"

"嗯。"

"你现在是打算睡了？"时间可还早着呢，他居然已经脱完衣服了。

"洗澡啊，你这是在管我睡不睡吗？"

他转过身来，赤裸着上半身，面对着她，扬起眉道："媳妇儿，既然你想的话，我们现在就可以睡。"

盛蔷有点儿心累，赶紧道："你洗澡去吧。"

沈言礼嘴边噙着笑，弯腰拍拍她，问："今天忙了一天，累不累？"

"还好。"盛蔷回应得很快，"不累啊。"

"那等着。"

什么等着？

盛蔷懒得管沈言礼，趁着他去浴室的间隙，在微信上和沈母聊天。

沈母说楼下客人都走得差不多了，问她饿不饿，要不要煮点儿夜宵送上来。

盛蔷拒绝了，说要是没人了，自己待会儿就下去。

她有点儿渴，准备等会儿下楼弄点儿果汁喝。可她还没下床，浴室那边就传来阵阵窸窣的声响。

盛蔷刚翻了个身，就正面迎向了沈言礼探过来的视线。

他把浴巾搭在肩头，一双眸子深邃明亮。

盛蔷看了他一眼，自顾自地起身去穿拖鞋。

结果沈言礼像是发现了什么不得了的事情，把她的拖鞋藏了起来不说，还不肯让她走。

盛蔷忍无可忍，喊道："沈言礼！"

他笑了下，颔首"啊"了一声，手仍是没移开。

盛蔷抬手就捶过去，道："我想去榨汁呢，你别拦着我。"

"榨汁？"沈言礼的手臂箍在女孩的腰侧，笑道，"我们不是在准备榨吗？"

沈言礼话里充满了暧昧。

盛蔷忽然想起之前在网络上看到的帖子，她打开手机，翻到截图，直接递给沈言礼。

"这个给你看看，必须看。"

"什么东西？"

沈言礼不以为意地扫了一眼屏幕，只不过待他看清具体内容时，当即愣了一下。

上面只不过是一行简单的文字，但蕴含的信息量很大："男性迈过巅峰期后会渐渐地走下坡路，建议休养身心，不可过度纵欲。"

沈言礼一脸不理解，他皱着眉看她，问："我那叫过度？"

像是觉得好笑，他伸手把盛蔷的手机给拿了过来，垂眸在屏幕上又看了好几眼。他道："要我说，这截图里的话原本就有问题。"

沈言礼收回视线，继续道："首先，什么时候才是巅峰期？其次，什么依据都没有，这样的话我可以眼都不眨地编出一百句。要我看，这就是以偏概全。"

"怎么就以偏概全了？"盛蔷去夺自己的手机，说道，"这肯定是有科学依据的，比如大数据调查什么的。"

沈言礼手一松，任由女孩将手机拿走。

"那更错了吧。"他抬起眼，在她嘴角亲了一口，低声道，"因为不是每个男性都能有巅峰期。同理，也不是每个男性都会这么早就走下坡路。"

盛蔷有些无语，他哪来的这么多歪理？

"就你会说。"盛蔷没和沈言礼掰扯太多，推了推他，"你让开，我真的有点儿渴。"

盛蔷还是想下楼去榨果汁。

"待着。"沈言礼置若罔闻，将她拉回被窝。

在盛蔷不解的目光中，他边穿睡袍，边问道："想喝什么果汁？"

不等她回应，他直起身来催促道："说啊，你不说，你老公我怎么给你榨？"

女孩甩开脑海中的那些乱七八糟的想法，清了清嗓子，道："随便啊，你上来的时候顺便把我的开衫带过来，我好像落在沙发那儿了。"

"行。"沈言礼慢悠悠地离开，很快便关门下了楼。

看着他这样的动作，盛蔷默默地扬唇笑了笑。

无论如何，使唤沈言礼，都会让她心情变得很好。

盛蔷手微微地抬起，从颈前缓缓地擦过，像是触碰到什么，她的手顿了一下。

她垂眼，看到那朵静静绽放的"蔷薇之巅"正泛着光彩。

沈言礼回来的时候，盛蔷还在把玩自己的项链。

他将果汁递给她，又往床头柜上放了杯温水，道："还给你带了杯温水过来，喝完果汁就润润嗓子。"

他也不知道自家这位到底是什么口味，她明明平日里喜欢吃清淡点儿的食物，果汁倒总是要喝甜腻腻的。

尤其是桃汁，她倒是一点儿也没喝腻。

见盛蔷久久不回话，沈言礼顺着她的视线望过去，当下便了然，说道："媳妇儿，你就这么喜欢这个？"他轻抬下巴，朝着项链示意。

"嗯，特别喜欢。"盛蔷说着看向他，"不仅仅是觉得它好看，我还觉得名字也特别好听。"

她接过他递过来的果汁，问："这个名字有什么寓意吗？"

沈言礼忽然笑了下，道："寓意可多了去了，以后你就知道了。"

盛蔷想了半晌也没想出个所以然来，干脆不去猜了，反正以后沈言礼总会说给她听的。

她慢悠悠地喝着果汁，盘腿坐在床上，不知道想到了什么，又道："你以后遇见你弟，火药味能不能不要那么浓啊？他都没和我说上几句话。"

沈言礼站在床边，回应得很快："没说上几句话，你就帮他说话，以后要是多说几句，是不是就要来帮他讨伐我了？"

他眯了眯眼，继续道："盛蔷，你到底站哪边的？"

"我能站哪边啊？"盛蔷小声地说道，"幼稚。"

"以为我听不到是吧，说谁幼稚呢？"沈言礼俯身凑近，双手撑在她的身侧，偏过头来看着她道，"要不是看你今天累了，真得叫你知道什么是幼稚的反义词。"

盛蔷想躲开他，可无论怎样都没能逃脱。

她手里还拿着果汁杯，什么大幅度的动作都不敢做。

沈言礼就是抓住了这一点，说什么也不愿意放开她，偏偏要逗弄她。

盛蔷有些忍无可忍，喊道："沈言礼！"

"嗯。"

"我可和你说了，这果汁要是洒到床上，我看你怎么办。"

"能怎么办？拿去洗就是了。"

盛蔷无语，又不想理他了。

晚上睡觉的时候，沈言礼从背后拥住她，道："今天是沈宅这边的晚宴，按理说也是大喜的日子，你气什么呢？”

盛蔷含含糊糊地说道：“谁气了啊？我就是想好好睡个觉。”

“不气？可你都不理我。”

“懒得和你说，我都要睡了，还怎么理你？”

困意袭来，盛蔷不想让沈言礼再就这个话题说下去，干脆转过身来，钻进他的怀里。

她这样主动抱着他，他总算好了。眼皮再次耷拉下来打架的同时，她喃喃道：“你说你和你弟的性子怎么就差那么多呢？”

沈言礼道：“怎么又提起他了？”

不等盛蔷回应，他推开她，也没让她抱着，不咸不淡地说道：“睡吧。”

盛蔷没听出沈言礼的语气，被推开也没说什么，只觉得这样也很好。她揉揉眼睛，说道：“好哟，晚安。”

“盛蔷，你故意的是吧。”沈言礼气道。

盛蔷有苦难言，她闭着双眸，再次被困在沈言礼的怀里。

直到睡前的最后一刻，她还在想——她到底故意做什么了？

沈家双胞胎

〈 第十章 〉

结婚典礼虽然早已结束，但因为之前宣传高调，盛蔷在飞机上经常被乘客认出来，还有乘客想要找她签名和合照，但唯盛航空有规定，她只能礼貌地拒绝。

除此之外，还有不少人来索要微信号。

孟晚碰见过几回这种事，强调盛蔷是有主的，不随便加微信，都没能阻挡住部分人的热情，搞得整个机组的人都哭笑不得。

这天，沈言礼刚从国外出差归来。返程的时候，想着和盛蔷下班的时间差不多，他便打算去南槐机场接她回家。

因为沈言礼下午还有事，接到盛蔷后，沈言礼便带着她一起去了沈氏集团总部大楼。

盛蔷其实还没来过沈氏集团总部大楼。

她前脚刚迈进大楼，一则“沈氏少夫人来公司了”的消息，便迅速地传遍了整个沈氏集团总部大楼。

此时盛蔷正坐在沈言礼的办公桌前，轻轻地拨动着那个上了热搜的姻缘结。

当时的热搜里，还有不少网友截图求同款。

一时之间，这姻缘结竟也成了一个网红挂件。

“你说要来接我，结果就是把我拐到你这儿。”盛蔷原本以为晚上要回老宅住，可他说去住酒店，她不满道，“你不来接我的话，我现在早就在家里补觉了。”

“你现在也可以补觉。”沈言礼道，“太久没见，得拴牢你。”

近来盛蔷在机组被各种搭讪的消息，他早就听说了。

盛蔷此刻倒是不知晓他心中的那些弯弯绕绕，只是想着明明才两三天不见，怎么到他嘴里就是太久了？

盛蔷没再出声，也不想打扰他工作，干脆在他的办公室内四处打量着。

在此期间，沈言礼的几个助理进进出出，一会儿问她需不需要奶茶，一会儿问她需不需要订甜点吃。

这都还不算什么，关键是这几个助理要么一口一个“太太”，要么一口一个“少夫人”，搞得盛蔷有些不好意思。她摆手说自己不用，转眼就看到主桌上的沈言礼不知道什么时候看了过来，一脸似笑非笑的表情。

盛蔷待了一会儿就觉得有些困，沈言礼观察细微，很快便发现她有些不对劲，关心道：“媳妇儿，你去我的休息室睡？里面的东西随便用，别着凉了。”

盛夏天气热，他办公室的冷气开得很足。

“不去休息室，我眯一会儿就好了。”

盛蔷最近嗜睡，老觉得困。

看他没有松口，盛蔷比了个手势，道：“我就在屏风后的沙发上休息。”

沈言礼拗不过她，干脆任由她在沙发上睡了。

不过到底还是不放心，眼瞅着盛蔷安安静静地躺下了，他就从办公桌后站起来，将自己的外套脱下来，盖在她的身上。

沈言礼下午还有个会议，原本要在会议室开。临走前，他转到屏风后又看了盛蔷一眼。她睡得很沉，卷翘的长睫毛扑在瓷白的脸上。她樱唇紧抿着，几缕发丝落到耳边。

沈言礼半蹲下来盯着她看了好一会儿，替她拨开凌乱的发丝。

不知道望了多久，他俯身在她的额头上轻轻地落下一吻。

盛蔷醒过来的时候，发现自己身上多了一床被子。

她手撑着坐起来，脑壳还有些痛。

她放眼望向四周，定定地看了好几秒，才发现这儿不是她之前睡的地方，而是沈言礼的休息室，也不知道他什么时候把她给抱过来的。

她扶了扶额，一阵眩晕感传来，好半晌都没能缓过来。

休息片刻后，她起身准备去找他。

迈出休息室房门的时候，她听到办公室内有讨论声，声音很小，像是特意压低了声音说话，但盛蔷刚睡醒，完全没意识到。

“沈言礼，不知道怎么了，我好晕啊。”她边走边揉着眼睛，“你刚刚说今晚我们去住酒店，要不还是回家吧，我想好好休息。”

随着话音落下，原本的讨论声消失了，整个办公室忽然安静下来。

盛蔷愣了一下，不明所以地抬眸看过去——沈言礼的办公桌前围了不少人，而他本人坐在办公桌后正好整以暇地看向她。

盛蔷这才反应过来。沈言礼却看着她，扬了扬眉，好像在说，这回可不怪他。

办公室里的其他人眼下识趣得很，都没往盛蔷那边看，大家你看看我，我看看你，不知如何是好。

众人再怎么惊讶，此时此刻都只能将自己的好奇压在心里，比如今天为什么开会不是在会议室，而是在沈言礼的办公室，又比如为什么盛蔷会出现在这里。

待到会议结束，众人毕恭毕敬地往外退。

在门关上的瞬间，盛蔷明显听到有人八卦起来，他们激动得不行，终于释放出八卦之魂。

经过这么一件事，她感觉头晕都好了不少，彻底清醒了。

“你在这边开会也不通知我一声。”

沈言礼撂下笔，视线朝着盛蔷探了过来，问：“这怎么通知？你那会儿在睡觉。”

他不提还好，一提盛蔷就想到自己刚刚睡眼惺忪地出现在大家面前这事，谁知道他们出了办公室会怎么往外说。

她摸了摸自己因为羞赧而发烫的面颊，问道：“那是谁把我抱去休息室的？”

“你得搞清楚状况，媳妇儿。”沈言礼身子向后靠在椅背上，悠闲地转着转椅道，“如果你还睡在沙发那边，那就是从头到尾都会被人看见了。”

他一副“你觉得我会让你被别人看吗”的表情。

说不过他，盛蔷率先放弃了。

“随你怎么说好了，反正要是传出去点儿什么，你可不能怪我。”

“为什么要怪你？”沈言礼挑起眉，懒洋洋地说，“如果我的绯闻女主角是你，我求之不得。”

顿了一下，他紧跟着补充：“理解一下，毕竟我之前没传过这种绯闻，现在觉得偶尔试试也不是不行。”

盛蔷是真的想给沈言礼的嘴套上枷锁，牢牢地固定住，不让他开口。

沈言礼结束工作后，没带她去之前订好的酒店。

盛蔷看路线熟悉，转身问他：“还是回老宅吗？”

沈言礼手搭在方向盘上，道：“你刚刚不是说你头晕？老宅那边有家庭医生，我们今晚还是回去住。”

她其实就是醒来那一会儿头有些晕，现在倒是精神不错。

没想到沈言礼表面不显，实则还是惦记着她。

“真要看医生？我现在其实感觉还好。”

“帮你看看总归不是什么坏事。”

他们回了沈宅，发现宅内比较冷清，原来沈父沈母去好友家拜访了，沈言开去了国外出差。

因此，现在整个宅子里只有他们两个人。

家庭医生很快便到了。

这个医生主攻中医，因为这些年来一直在给沈母调理身体，成效颇好，所以沈言礼信得过他。

沈言礼大致对他讲了下盛蔷最近的症状，他把了脉，又用上了专用的器械。

过了一会儿，医生抬眸，缓缓地看向盛蔷。随后，他将视线转向沈言礼，道：“症状确实像，但不是怀孕。”

沈言礼愣了下，问：“不是？”

“对，应该是疲劳导致的困乏，盛夏炎热，很多人贪凉，身体里的湿气不容易消散，我看盛小姐气色还算好的，注意休息就行了。”

医生说着看了看两人，道：“如果你们打算备孕，我建议多休息，少喝点儿冰的，一切都要适当，尽量别熬夜。其实我说的都是老生常谈的话题了，总之保持心情舒畅就行，现在的年轻人有时候过于焦虑和担忧了。”

沈言礼应着，继而凑到盛蔷耳边小声道：“听到没？说的就是你。”

盛蔷有些不服，道：“医生明明不只是说了我啊，他让我们俩都注意。”

“哦？”沈言礼看着她，忽然笑了下，“我可没偷偷摸摸地喝冰镇的桃汁。”

家庭医生临走前给盛蔷开了安心神的中药，说熬着喝上几服就好了。

等人走了，盛蔷才将一开始便好奇的说出了口：“你怎么想的啊？你以为我怀孕了？”

“之前看你的状态有点儿像。”沈言礼说着揽住她，“不过现在这样也挺好。”

“什么叫这样也挺好？”

“因为不是在你自己计划内的怀孕，没有也挺好，我听你的。”

“你听我的？”

盛蔷感觉自己好像听到了什么不得了的笑话，他明明最是肆意妄为。

不过，这也算是两人头一回提起这方面的话题。

盛蔷没觉得有什么不好，相反，她心里竟隐隐地有些期待。

“工作呢，我确实是想拼。”盛蔷主动靠近沈言礼，双手搂着他的脖颈，直直地望着他的双眸，“但这些并不相悖啊。”

晚上，盛蔷洗漱完后，只要想到医生之前的那些话，就会越发觉得心绪难安。

“你还叹起气来了？”沈言礼觉得奇怪，侧头看过来，“媳妇儿，你在想什么呢？说给我听听。”

“其实也没什么。”盛蔷手撑着脸，垂眼看着自己在空中摆来摆去的腿，“我只是在想，如果以后真的开始准备了，那我是不是一点儿桃汁都不能喝了？”

“说你傻吧，你又不高兴。”沈言礼弯起手指在她的脸颊上刮了一下，“都说了适量，是少喝，不是不让你喝。”

盛蔷双眸亮晶晶的，道：“那如果我说我现在想喝呢？”

“最好还是鲜榨的。”她望着沈言礼，说道，“多加点儿冰。”

“盛蔷，你的意图还能再明显一点儿吗？”

她简直是得寸进尺。

说来也神奇，盛蔷哪儿哪儿都好，偏偏在这方面没有一点儿自制力。

“你想要鲜榨的是吧？”他凑过来，摸向她的腰，“那我们现在就可以。”

察觉到沈言礼此时此刻不怀好意，女孩提前预知到了某种危险。

她这会儿正趴在床上，想偷偷地溜走，结果还没挪几步，沈言礼一把把她给拽了回来，道：“你这会儿精神倒是不错啊，挺会跑。”

女孩小声道：“我没跑好不好？”

“你自己说了不算，我说的才算。”说着，他的唇已经吻了过来，“我说你在跑，你就是在跑，别找借口。”

“你真行，医生才说让我多休息。”

“可我看你早就休息好了，现在生龙活虎的。”

他不想让她喝冰的就直说啊，偏偏要各种找理由。

但后半夜的时候，沈言礼还是去帮她榨了果汁，只不过是温过的。

乌龙事件过后，两人过了好几个月蜜里调油的生活。

这天，沈言礼接到盛蔷的消息时，正在开一场重要的会议。

但就像有预兆一样，当时的他情绪不稳，总觉得有什么事要发生。

晚春时节的风并不温柔，刺得人头皮都泛着细微的痒。

盛蔷在一家医院待着，据说是下了班后感觉不舒服，便直接去了那边。

沈言礼匆匆赶到的时候，她正坐在医院走廊的长椅上，静静地等着他。

“媳妇儿。”沈言礼的嗓音沙哑。

盛蔷听到声音后，抬起头来，定定地看向他。她双眸亮晶晶的，轻声道：“来了？”

“嗯。”沈言礼应着，几步走上前。

在距离她不过半米的时候，他双膝屈起，半蹲在她的面前。

四目相对间，沈言礼率先移开视线。他垂眸，手试探着抬起，在空中停顿了一下，终究是带着犹豫缓缓地探向她。

沈言礼的手贴在女孩轻薄的开衫上，他用掌心覆盖着她的腹部，一寸一寸地掠过，最后轻轻地在上面摸了摸。

盛蔷牵引着他的手往有小生命的地方探，柔声道：“你知道吗？里面有两个小生命。”

沈言礼半晌都没开口，过了好一会儿才迟疑道：“这里面真有小鬼？”

盛蔷觉得好笑，难不成还有假？

“当然啊。”她回答，忽然推开他，“你怎么说话呢？别这么叫。”

盛蔷自己都没发觉，在说出这话时，她不由自主地放柔了语气。

沈言礼听了，当即看向她。

下午，医院长廊上，阳光透过玻璃窗洒在地上，留下一片斑驳的影子。温和又明亮的阳光落在她的身上，将她乌黑的发尾镀上一层淡淡的金色。

盛蔷面容上的神情十分生动。

沈言礼感觉心里忽然塌陷了一块，他就这么定定地看向她，忽然出声道：“盛蔷，我得和你商量一件事儿。”

盛蔷头也没抬，下意识地回道：“什么事儿？”

“无论如何，你心里放置在第一位的，只能是我。”

盛蔷又被沈言礼拉去检查、建档……安排妥当之后才敢通知周围的人。

这条喜讯很快便在朋友圈里炸开了。

连肖叙都感慨，周围再怎么恩爱的情侣，好像都没他俩进展迅速。

聚餐时，肖叙一边等待沈言礼和盛蔷两人前来，一边摸着下巴思索，道："程狗，你说余生这么长呢，这俩真就不再等等？"

程也望给了肖叙一脚，道："有什么好等的！人家注定非彼此不可，早点儿结婚生子怎么了？这话你别在沈言礼面前说啊，不然他非揍你不可。"他顿了一下，又补充道，"到时候人家孩子都上幼儿园了，你可能还在相亲。"

被击中痛点的肖叙差点儿被一口水呛住。

还真别说，大概就是因为有沈言礼的例子在前，他近来确实被家里疯狂催着结婚。

明明周围很多人都没动静，但肖母偏偏催得紧，害得他这几天也不敢回肖氏，就在 S&S 航天基地里躲着。

思及此，像是怕别人听不见一样，肖叙扬起声音道："你怎么知道我在相亲？我可都没去。"

"我随便打个比方而已，你这算什么，不打自招？"程也望说着给坐在一旁玩手机的应桃倒了杯水。

今天的聚餐地点还是老地方，一家位于山顶的私人会所。

他们几个在此聚了很多次，也算是常客了。

过了一会儿，两个主人公姗姗来迟。

沈言礼揽着盛蔷的腰，见到他们几个便颔首，算是打了招呼。

比起他的疏离淡然，应桃明显激动许多。

她当即从座位上跳了起来，几步跑到盛蔷跟前，视线在盛蔷的身上不住地打量，道："蔷妹！快让我看看我干儿子！"

盛蔷被她弄得有些羞赧，道："这怎么看啊？"

沈言礼的反应倒是快，下意识地伸手在盛蔷跟前挡了一下，道："先坐下。"

应桃"嘿嘿"两声，笑嘻嘻地应下，紧跟着在盛蔷旁边的座位落座。

肖叙原本没看向这边，和沈言礼打了招呼后，这才发现应桃这么激动，道："八字没一撇的事儿，你就先认上干儿子了？"

"怎么八字没一撇了？不是已经三个多月了吗？"应桃看都没看他一

眼，试探着去抚了抚盛蔷的腹部，说道，“蔷妹，为什么你肚皮一点儿也不鼓呢？和我想象的不一样啊。”

“这个时候不显怀，之后月份大了，就会长得快一点儿。”

所以她现在和之前基本没什么不同。

娇美的女孩这会儿只穿了一件轻软的棉裙，她身后的窗外是竹林幽径，树影深深，连带着她白皙的面容都被衬出几分温柔娴静。

肖叙和程也望难得看得愣住了。

沈言礼这会儿默不作声，给盛蔷倒水的时候，若有若无地挡住这两人近乎看呆了的视线。

反应过来的肖叙和程也望有些无语，他有必要这么做吗？

应桃望着身侧这一对，不禁啧啧感叹：“距离你俩的婚宴好像也就过去了快一年吧，现在小崽子都有了，时间过得好快啊。”

沈言礼非要紧攥着盛蔷的手，她甩开了，顺着应桃的话题说下去：“所以说时间过得真快啊，但我每次和你们聚在一起，都还觉得像是在大学里。”

肖叙把菜单扔给应桃，道：“蔷妹子，你这话说得某人又得不爽了吧，他估计在心里想，出校园的这几年就不值得回忆了？”

“那确实有点儿不同。”盛蔷弯眸笑了笑，回答得特别认真，“要说喜欢，那还是和他在南槐的这几年。”

大学时期总觉得前路坎坷，那些没有定数的未来会给她内心带来不安。

在法国国立航大的那三年更不用说了，两人难得见一面，大部分的时间还都花在了往来的奔波上。

只有回国来到南槐，那些有他在身边的日子，才让她觉得可以真正地停留下来。

盛蔷很少谈及这方面，然而这一次成功地让这几个人感觉肉麻。

“绝了，是我的锅，我不该问的，行了吧！”肖叙觉得自己浑身鸡皮疙瘩都要起来了。

“你也知道你不该问？”沈言礼在桌面上不轻不重地敲了敲，说道，“这么闲的话，接下来新的飞机项目，你可以去基层帮忙拧螺丝。”

“你让我拧我就拧，我非得听你的？”

程也望在两人中间拦了拦，道：“点菜吧，点菜。”

看到沈言礼又朝着盛蔷低头，两人窝在一起咬耳朵，肖叙没再吭声，只冷嗤了一声。

饭吃到一半，盛蔷和应桃聊起了娱乐圈的八卦。

程也望不知道想到了什么，率先朝着沈言礼开口：“你刚才提了新的飞机项目，我正好要说，要不要分成两个批次来做？这样可以做对比。”

“不用，我们团队精力有限，还没到这种程度，实验室里的人还是把全部的精力放在同一批上比较好。”

程也望皱眉想了下，心中已经明白了，道：“你这是早早就决定了？亏我昨晚还做了两个方案。”

肖叙这时候插话道：“不止啊，他这次还提前把系列名称给定下来了，听起来特别娘。”

其实，沈言礼还没向外界披露过这些，只是在送达文件给民航局的时候，肖叙过目了下备案的名称，当即就记了下来。

不仅仅是程也望，应桃也好奇起来：“什么名称？快说快说！”

“叫什么‘蔷薇之巅’，这真不是什么玛丽苏电影的名字吗？”

应桃觉得肖叙可笑，吐槽道：“你是猪脑子吗？蔷薇，是蔷妹名字里的‘蔷’啊，我敢打包票，这肯定和蔷妹有关。”

不仅仅如此，这名字还和之前的“心墙”系列呼应了。

盛蔷原本在静静地听着，此时此刻，她忽然看向沈言礼。

对方刚好也望着她，双眸深邃。

忽然，他放在桌下的手探了过来，紧紧地握着她的手。

是夜，两人回到庄园。

盛蔷靠在床头问他：“这就是你之前不肯说的原因？”

沈言礼“嗯”了一声，道：“原本想等到正式挂牌后再和你说，没想到肖叙这么大嘴巴。”

“他又不是故意的。”盛蔷笑得眉眼弯弯，“可你这样会不会太犯规啊？之后你怎么取其他的名字？”

“这很简单啊。”沈言礼挑眉看向她，手指搭在领口，开始解领带，说道，“之后还是根据你的名字来取。”

盛蔷往下挪了挪，抬起脚踢他，结果被眼明手快的沈言礼抓住了脚踝。

他偏过头来，在她细嫩莹白的脚踝处亲了下，问道：“偷袭我是吧？”

盛蔷被他弄得有些痒，下意识地往回缩，结果脚被攥得更紧了。她道：“不是偷袭，好吗？我明明是光明正大的。”

“盛蔷，胆儿肥了不少啊。”沈言礼笑了下，松开桎梏住她脚踝的手，俯身靠近她，“都敢偷换概念了。”

“你说得好像我之前多怕你一样。”

“可不是吗？之前你看我都脸红得不行。”

那是害羞，怎么是怕？偷换概念的明明是他。

不想和他说太多，盛蔷困意来袭，怕自己就这么睡过去了，当即要赶人。

她现在每天睡前都要听半个小时的轻音乐，也算是胎教。

沈言礼倒是没急着去帮她拿特制的音箱过来，反倒在她泛着粉红色的两腮各亲了一口，后来又像是不满足，摁住她长长地吻了一通。

晚上入睡前倒是一幅很温馨的画面，除了听音乐，两人还一起看了一部法语电影，又聊了一会儿，这才相拥着睡去。

半夜的时候，盛蔷陷入梦魇，忽然惊醒。

沈言礼也醒了，连忙坐了起来，打开了床头的灯。

他眉眼间带着明显的担忧，问：“怎么了？”

盛蔷被揽入他的怀中。

“没什么。就是睡得不怎么安稳。”

近来她有过几回半夜惊醒的情况，因此也习惯了。

沈言礼下床给她端了杯温水过来，看她喝了几口后，就陪她坐着。

看到他这样，盛蔷轻轻地戳了戳他，道：“我不困，要不你先睡？”

“没事儿，我也不困，陪你。”

盛蔷轻轻地点点头。

沈言礼轻轻地拍着她的肩膀，渐渐地，她感觉睡意涌来，不知过了多久，又睡了过去。

后半夜，盛蔷再次惊醒，却发现身旁没了人。

她在黑夜里坐了一会儿，发现半掩着的门缝依稀透着点儿光亮。

盛蔷起床，趿拉着拖鞋，缓缓地走了过去。

打开门，映入眼帘的便是沈言礼站在楼梯转角处的颀长身影。他背对着她，透过落地窗望向远处沉郁的夜色，在打电话。

距离不算远，谈话的内容尽数被盛蔷收入耳中——

“好的，也就是说，经常半夜惊醒不是什么大事？”

“但是太辛苦了，要不要再带过去检查检查？”

“嗯，我确实不放心。”

“好。”

对话结束，他挂断电话，转过身来。

大概是没想到盛蔷就立在门边，沈言礼当即愣了一下。

不过他很快就回了神，快步朝她走过来，道：“不披件衣服就出来了？”

还没等女孩有所回应，沈言礼微微弯腰，双臂从她的膝弯中穿过，轻松将她打横抱起来。

盛蔷轻呼一声：“干吗呀？”

“抱你回床上啊。”

“这么点儿路，你抱着也不嫌累。”

“不累，要说累，也是你累。”沈言礼用鼻子抵在她的面颊处，轻轻地蹭了蹭，“辛苦了，媳妇儿。”

南槐的冬天很快就到了。

枯叶在地上翻滚，寒风拂过平静的湖面，涟漪频起。

此时，庄园里热闹喜庆得不行。原因无他，伴着城中的初雪，盛蔷平安地诞下两个孩子。

家里多了两个孩子，自然算是双喜临门。

前来拜访的人想要过来看望孩子，但沈言礼统统都拒绝了，说是要让盛蔷好好休息一段时间。

沈言礼一举得了两个孩子这回事，倒是被周围的朋友好一番调侃，谁听了见了都会说一句“沈氏基因强大”。

沈言礼和沈言开就是一对双胞胎，现在沈言礼又喜得一对双胞胎！

这边喜得麟儿，那边沈氏的老太爷尽显长辈风范，当即给孩子题了字。

按照辈分，这一代小辈取名用字，既可得“虞”，又可得“煜”。

因为沈氏新添的两个男孩儿是在初雪降落时生的，有新生乍破天光之意，轮到的字便成了“煜”。

煜，耀也，本意为焰，明亮。

这也寓意两人的爱情被光明照耀，永远不会有黑暗。

而两个孩子最终的名字，则是盛蔷和沈言礼两个人共同决定的。

对于取名，相比盛蔷的冥思苦想，沈言礼压根没费神，看着就是半点儿精力都不愿意花。

这可惹得盛蔷起了小脾气，恶狠狠地揪了他一下。

但得来的也只是他理所当然的回应：“我的注意力都在你这儿了，你让我怎么分神？那两个小鬼占了你这么久，我可没说什么好吧。”

他看向躺在摇篮里睡得正香的两个孩子，顺着那股浓郁的奶香，伸手试探性地碰了碰他们的脸蛋儿。

睡梦中的两个孩子睡得安稳，但对于外界的触碰仍然很敏感，当即便哼哼唧唧起来。

沈言礼这会儿皱起眉，垂眼，沉声道：“都说他俩长得像我，我怎么看都觉得他俩跟猪似的。”

“自己说自己是猪的人也不多了，沈言礼。”盛蔷趴在床沿，眉眼弯弯，她也伸出手去探了探，“不管你怎么说，宝宝们就是长得很好看啊。”

刚出生那会儿，孩子们就白白嫩嫩的，还没满月的时候已经可以觑见日后的好相貌了。

主要是盛蔷和沈言礼原本就长得好看，都是难得的极品皮相，两人结合，未来孩子长得好看也不稀奇。

从颜值上来说，孩子们这样的起跑线，未免领先他人太多。

沈言礼得意地说道：“那我就当你是在夸我了。”

最后先敲定的，还是两人的小名。

因为盛蔷孕期爱吃芝麻球，干脆老大就叫小芝麻，老二叫小球球。

至于大名，因为有了老太爷题的字，取名倒也简单了许多。

老大为“城”，老二为“林”。

不囿于城墙，山野皆为林。

期盼着他俩未来胸襟宽于城，踏足的地方，也都可以郁郁成林。

从此，兄弟俩相互扶持，并肩前行。

沈言礼给大家阐述两个孩子名字由来的时候，是在沈宅举办的百日宴会上。

众好友从南槐赶来赴宴，到场了还没来得及说些什么祝贺的词儿，当即便被狠狠地炫耀了一番。

楼下的酒宴上觥筹交错，灯光璀璨，宾客络绎不绝。

盛蔷无暇和大家交谈太久，她身体疲倦，很早便回了楼上休息。

小芝麻和小球球先前被沈父沈母带着，睁着圆溜溜的双眼，望着前来探访的宾客。

这会儿大概也是累了，两个小家伙窝在主床一侧的摇篮床上，头贴着头，睡得香甜。

盛蔷轻轻地摇着摇篮床，温柔地看着他们，怎么也看不够似的。

她将下巴搁在摇篮边，心都仿佛化成了水，柔软得不像话。

不知望了多久，看小家伙们睡得熟了，她才准备起身，刚好听到门那边传来轻微的声响。

“咔嚓”一下，沈言礼推门走了进来。

看来他今夜被灌了不少酒，眉眼间都带着醉意。

“媳妇儿，”他关上门，道，“我回来了。”

沈言礼几步走过来，手搭在喉结处，还没开始松领带，他探向盛蔷的目光几乎瞬时便凝住了。

两人就这么望着彼此，视线近乎是胶着在一起。

不知过了多久，他率先开口，主动唤她：“媳妇儿。”

而就在他想要继续出声时，一旁摇篮里的小家伙们不知道是受了什么动静的烦扰，骤然发出惊天的哭喊声。

两个孩子一前一后哭了，像是商量好了一样。

盛蔷一把推开沈言礼，连忙去哄。

沈言礼忽然被推搡在一旁，倒也没话说。

沈家的两个孩子个性相似，都很像沈言礼。

实际上，沈煜城和沈煜林还在妈妈腹中的时候，给人的印象就是比较安静。所以盛蔷在孕期还算轻松，孩子闹的动静不大，是不算活泼的那类。沈父沈母心里高兴，说两个孩子怕是随了盛蔷的性子，安静得很。

可谁能想到，两个小家伙一蹦出来，倒是都随了沈言礼，堪称是照着模板刻出来的沈言礼一号和沈言礼二号。

两个孩子表现出的那些，像极了他。盛蔷时常忍不住感慨，血缘和基因真神奇。

孩子们长得说快不快，说慢也不慢。

到了能走路的时候，庄园里的上下四层已经被他俩探索了个遍。

有时候回沈宅，遇上大家族聚会，两个孩子便成了大家话题的中心，热闹得不行。

近日，两个孩子才刚学会说话，咿咿呀呀，喊的也都是些最简单的称呼，不外乎是“爸爸”“妈妈”之类的。

老宅这边相比南槐庄园那边，更古色古香，也更为陌生。两人到处转悠着，小球球很快便支撑不住了，懒洋洋地窝在楼上房间的小床上，和妈妈一起午睡。

小芝麻倒是生龙活虎的，怎么也睡不着，把盛蔷弄醒了好几次。

沈言礼那时候还在书房办公，回来的时候刚好和小芝麻撞了个正着。

沈言礼的一张俊脸霎时沉下，他冷着脸的时候，表情严肃，十分吓人。

小芝麻虽然还是个小孩子，但这会儿对于沈言礼不友善的眼神还是有所感知。

沈煜城识相地停了下来，企图借卖萌蒙混过关。

沈言礼一眼看穿了他的小把戏，道：“少给我来这套。以后要是被我发现你还在这儿吵，晚上多吃半碗菠菜。”

盛蔷夹在父子俩中间，觉得好笑，以往沈言礼闹她的时候，就不嫌自己吵了？

沈言礼就是来看一下，很快又回了书房。

小球球这会儿其实已经醒了，但也只是不紧不慢地看过来一眼，翻个身继续睡。

盛蔷给他掖好被子，拉着有些丧气的小芝麻下楼，去找沈言礼。

“你现在去找你爸爸，他就不生气了。”盛蔷这样说着，推了推他。

小芝麻能听懂，他点点头，小手揉了揉眼睛，抬腿就往前面的书房走去。

书房在旋转楼梯边上。

这时，一个男人恰好出现。

小芝麻看了一眼，连忙抱住男人，一口一个“爸爸”地喊着。

沈言开原本要去书房，中途被小芝麻拦了下来，愣了一下，倒是没说什么。

他手里拿着一本书，刚要用书脊的部分去碰小芝麻的脸，忽然察觉到有什么不对劲。

沈言开转过头去，对上了某人探过来的那道视线。

沈言礼颀长的身影立在楼梯拐角处，面无表情地看着小芝麻。

“沈煜城！”他双手抱着胳膊，语气冷漠地说道，“你叫谁爸爸呢？”

当晚饭桌上，空气异常安静，沈父沈母嗅到了弥漫开来的硝烟的味道。

偌大的长桌上，沈言礼和沈言开面对面坐着，气氛冰冷。

按照以往，这兄弟俩偶尔还会搭几句话，今天还真是奇了怪了。

沈言礼半个眼神都没给他，表情还很冷漠。是个人都能看出他此刻心情很不爽。

沈母看向坐在沈言礼身旁的盛蔷，轻轻地戳了戳她，低声问道：“蔷蔷，他俩怎么了？”

盛蔷来回看了看两兄弟，笑道：“其实没怎么，也就是沈煜城认错了人而已。”

回到楼上，沈言礼神情严肃地说道：“盛蔷，你今天得给我解释清楚，什么叫‘也就是沈煜城认错了人而已’？”

以后来老宅，他们一家肯定还会见到沈言开。

要是再出现这种认错爸爸的乌龙事件，沈言礼不敢保证自己不会把沈煜城的屁股打开花。

小小年纪就知道气人，长大还得了！

听出沈言礼不爽的语气，盛蔷有点儿乐，道：“哎呀，他肯定不是故意的，小孩子能有什么坏心思呢？”

“你确定他没有？”沈言礼顿了一下，双眼微眯道，“盛蔷，我突然发现一件事儿。”

盛蔷这会儿还在床边收拾两个孩子的衣服，头也没抬地应着：“嗯？”

沈言礼几步走上前，问道：“你是不是把我之前要你答应的那些全给忘了？”

“我答应你什么了？”她收拾好衣服，搂着放在怀里，准备放到儿童房里。

沈言礼伸手拦住她，抱紧她的纤腰，道：“你答应过我，我才是你心中的第一位。”

他说着更加凑近，鼻息喷洒在她的颈边。他在她颈上轻轻地咬了一口，道：“结果呢，我现在成倒数的了。”

盛蔷被沈言礼掌心的温热弄得有些痒，推开他，道：“你太夸张了，怎么倒数了？”

她明明事事以他为先。

再者，沈言礼这么个少爷脾性，若是真的有一点儿不符合他的预想，他早就默默地在心里记上账，然后找机会补回来了，哪还会像现在这样拦住她追问？

盛蔷对他再了解不过，继续往儿童房走。

今天两个孩子被保姆周嫂照顾着在儿童房睡，这是沈母的提议。

沈母是过来人，知道每天带孩子有多累，所以再喜欢孩子，也需要让自己放松一下。

知晓沈母是为自己好，盛蔷答应了。

之后，老宅的周嫂便搬来南槐的庄园里，负责两个孩子的日常起居。

相比以前，沈言礼和盛蔷相处的日子明显多多了。

再回来的时候，沈言礼已经洗漱好躺在了床上。

这倒是稀奇事了，不等她就径自躺好的沈公子要干什么？

盛蔷往那边看了两眼，直接走上前去，弯腰问他：“你头发都还没干呢，不吹一吹？”

沈言礼没吭声。

“真的就这样睡啦？”

沈言礼还是没吭声。

盛蔷隔着被子轻轻地揪了揪他，笑得开怀。

她直起腰，刚要走开，下一秒，手腕便被人攥住了。

沈言礼沉声道：“去哪儿？”

“不装睡了，沈少爷？”盛蔷看向他，用腾空的那只手拍了拍他，“我去拿吹风机过来，给你吹头发。”

沈言礼倒也没不好意思，他用力地捏了捏她，这才松了手。

盛蔷倚靠在床头给他吹头发，手指从他的发间穿过。

床头的灯亮着，照耀着两人，她的视线落向枕在自己腿上的沈言礼。

他只露出半边侧脸，也足够好看。

盛蔷抚着他的眉弓，柔声道：“你跟孩子计较什么呢！他们俩现在只会喊爸爸妈妈，连话都说不全。”

“连话都说不全就知道气人，以后会说话了是不是要认叔作父？”

盛蔷手中的动作明显一顿。还认叔作父，亏沈言礼想得出来！

她忽然不知道想到了什么，轻声地开口：“那你刚才要揍小芝麻，我也没拦着。”

“那能叫揍？这次算他走运，下次再被我发现，就没这么好说话了。”

盛蔷笑笑，也没反驳。她轻轻地推开他，道：“我去放吹风机，时间不早了，该睡了。”

沈言礼却扣住她的手，翻身强势地将她摁倒在床上。

他敛眸看着她，道：“时间是不早了，但有些事，还是现在做比较好。”

话音落下，沈言礼拿过她手中的吹风机，直接扔在床头的矮柜上。

灯，很快便熄灭了。

沈氏集团唯盛航空旗下的“心墙”系列飞机正式挂牌，开始在计划的规模范围内批量投入使用。

而相关的企业订单，也都在约定的日期内进行交付。

S&S 实验室早在之前便开始了新系列飞机的研发，航空基地的大厂也开始进行扩建。

沈氏在航空领域这般成功的探索，不仅仅在行业内受到极大的认可，还被专家列为企业创新规划的典范。

一时之间，沈氏风头无两。

而有关沈言礼的传闻，自之前婚讯爆出后便一直不断。

现在，媒体仍在密切地关注着他的一举一动。

关于沈言礼，每每有点儿什么消息，网友总能将热度往上推。

但只要是涉及家人的，沈言礼都会让人想办法将热度压下去。因此，他的两个孩子至今都被保护得很好，没有泄露一点儿隐私。

近来，沈言礼在沈氏集团和航天基地两头跑，不怎么着家。

盛蔷飞完航班，立即赶回庄园。

春日里，柳絮纷飞。

阳光明媚，一切都很美好。

她到家的时候，两个孩子也刚好归来。

沈煜城和沈煜林之前去京淮的外婆家住了一阵，再见面的时候，盛蔷不免感叹。

大概这就是生命的奇妙之处，分明也才几日不见，她总觉得两个孩子长得飞快。

沈煜城和沈煜林的眉眼极似沈言礼，但两人静静地睡着的时候，那安然的模样又像极了她。

两个孩子自从会说话以后，整天都缠着盛蔷，就像她的小跟班，惹得她心都要化了。

好比现在，她刚回家，就被他们热情地抱了个满怀。

两个孩子非常喜欢自己的妈妈，毕竟妈妈又温柔又耐心，身上还带着好闻的花香。

晚上，盛蔷亲自下厨做了晚饭，饭后，母子三人窝在一楼客厅的沙发上。

沈言礼回来的时候，盛蔷已经睡着了。

小芝麻和小球球挨在盛蔷的两侧，一人抱着她的一只手臂，两个小脑袋轻轻地靠在她的肩头。

沈言礼放轻了脚步，走上前。他半蹲下来，将从母子三人身上滑落的毯子往上提了提。

春夜，晚风轻拂，庄园外的花儿被风吹得摇晃着，隐隐地传来花香。

可这样的美好，远远不及眼前的这一幕。

沈言礼不知道望了多久，然后俯身凑在盛蔷的唇前。可还没等有进一步的动作，他像是察觉到了什么，侧头望了过去。

沈煜城不知道什么时候醒了过来，一双桃花眼微睁，而后朝爸爸眨了眨眼。

沈言礼弹了下沈煜城的脑袋，随后用手掌覆盖着他的眼睛，挡住他的窥探。

然后，沈言礼再次俯身，在盛蔷的唇上轻轻地亲了一口。

盛蔷醒来的时候，沈言礼只套了一条睡裤，正赤着上身打电话。

等他挂了电话，她才彻底反应过来，问道："我怎么在卧室里？"

"你刚刚在楼下睡着了，我把你抱了上来。"

盛蔷揉了揉眼，轻轻地应了声，不知道想到了什么，骤然清醒过来，高声道："两个宝宝呢？"

沈言礼扬眉看着她道："当然是在他们自己的房间里。"

"盛蔷！"他唤了她一声，将手机放在床上，说道，"整天宝宝长宝宝短的，你都多久没喊过我了？"

他连这个都要争，盛蔷没忍住，吐槽道："你是宝宝？"

沈言礼抬起眼，道："你要喊，我也不介意。"

盛蔷又气又想笑，道："我给你放到火炉上煲一煲还差不多。"

两人你来我往地说了几句，盛蔷又开始觉得困了。

她趿拉着拖鞋去洗漱，等到再回到床前时，她不住地去揉自己的眼皮。

沈言礼看她这样，觉得不对劲，问："这是怎么了，媳妇儿？"

"眼睛有点儿痒。"她说着放下还在揉眼睛的手，朝他看过来的时候，双眸水润，泛着一点儿红，"可能春天柳絮多，不小心沾上了。"

沈言礼看了她一眼，道："你咋还哭起来了？"

"不是，我只是控制不住流泪，沾到柳絮，特别难受。"

"那省着点儿流。"他懒洋洋地看过来，"待会儿有用得着的地方呢，都给我留着。"

盛蔷走过来，还没想好以怎样的力道去拧他，紧闭着的房门咚咚地响了两下，声音十分清晰。

沈言礼听到了声响，但没反应，他揽着盛蔷的腰，明显是打算不理会。

盛蔷想去拉开他的手，奈何没成功，气道："你没听到敲门声？"

沈言礼语气淡定地说道："听到了啊。"

"那你听到了还不开门？"

"我不想开不行吗？"

沈言礼也不想让盛蔷去开门，当即揽着她，要把她往床边带。结果被自家媳妇儿挠了好几下，他这才认命，起身去开了门。

沈言礼即便开了门，也只露了一点儿门缝，他看着外面的两个人，沉声道："说，到底什么事儿？"

两个孩子立在门口，撒娇道："爸爸，我们能不能一起睡？"

沈言礼还没开口，闻讯赶来的盛蔷将门全打开了。

她半蹲下来，哄道："怎么了啊，宝宝，这么晚来敲门？"

沈煜城往前迈了一步，道：“妈妈，我和弟弟刚才看了一部很恐怖的电影。”

他竟然还懂得点到为止，没继续往下说，一副任由两个大人自行想象的模样。

沈言礼双手抱胸，神情慵懒地倚靠在门框边。

“恐怖的电影！”他冷嗤一声，“所以看了以后觉得害怕？”

盛蔷听到沈言礼话里带着怀疑的意味，当即又揪了他好几下。

事实上，沈言礼是真的不信小孩子这些鬼话。

虽说两个孩子性子都像他，但相比沈煜城，沈煜林明显更乖巧一些。

沈言礼望向另一边，道：“沈煜林，你呢？你也怕？”

小球球看了一眼自家哥哥，随即望向沈言礼，不紧不慢地应了声：“嗯。”

空气瞬时凝固，但这样近乎无声的对峙并没有持续太久。

盛蔷原先就没要拒绝的意思，此时此刻听到两个孩子这样说，当即没怎么思索便直接侧开身子让两个孩子进来。

小芝麻和小球球终究还是进了门。

两个孩子并肩走进房间后倒也默契，没再多说什么，只是熟门熟路地找到床中间的位置，从床尾的软榻上爬了过去。

沈言礼杵在门口，看到她的手搭在门把手上，轻轻地将门关上了。

沈言礼还站在原地，看向她，道：“你还没细问，直接就让人进来了？”

“不然呢？难道还要两个孩子复述一下当时看到的恐怖画面？”盛蔷说着推了沈言礼一下，“你看不出他们俩是真的怕呀？”

沈言礼摆出先前那般怀疑的表情，道：“你真觉得他俩怕那玩意儿？”

盛蔷才不管那么多，反正两个孩子都已经进来了，她摆摆手道：“好啦，时间真的不早了，快去睡，快去睡。”

沈言礼没再就这个话题多说，他从盛蔷身后绕过来，抱了她一下，道：“盛蔷，你哄狗呢？这么敷衍。”

“喂！”盛蔷连忙压低声音，先是朝床那边望了一眼，随后瞪向他，“宝宝还在呢，你就乱来！”

“这时候你害羞了？”沈言礼走向床边，说道，“我抱我自己媳妇儿怎么了？”

见她还愣在原地，不跟过来，他又道：“放心，他们俩又看不到。”

盛蔷有些无语，他的声音还能再大点儿吗？两个孩子是看不到，但总不可能听不到吧，也不知道两人的对话刚刚被听到了多少。

盛蔷看两个孩子睡得安稳，便摇了摇头。

在孩子们面前恩爱些其实也没什么，她反正已经习惯了。

她走到自己睡的那边，刚准备把灯关了，沈言礼又低声道："你先躺好，剩余的我来。"

盛蔷轻轻地应了一声后便上了床。

她掀开被子，看了看两个孩子，兄弟俩穿着同色同款的睡衣，大概是刚洗完澡过来的，发梢蓬松。见状，盛蔷温柔心泛滥，抬手将两个孩子的头发往两边抚了抚。

主卧其实还放着有之前兄弟俩过来睡时要抱着的芝麻球玩偶，但看这会儿两人差不多已经睡熟了，她没喊醒他们。

见母子三人躺好了，沈言礼将被子往上拉了拉，用手背探了探两个孩子额头的温度。

此时正值换季，昼夜温差大，这样的天气最容易感冒，需要多加注意。

之前两个孩子更小的时候，就中了招，连着去了一两个月的医院。

那时候，盛蔷明显做任何事都没什么心思，一颗心全放在了两个孩子身上。

沈言礼全程陪着，也知道那时候的她因他在身边才能够支撑下去。

他的动作很轻，盛蔷尽数收入眼底。

她身子埋进绵软的被窝中，心忽然被填满了，或许是因为这样的夜太宁静，又或许是因为这样的春让人迷离。

仅仅是被家里这三个人围着，她心里就充满了幸福。

她忽然想到，之前沈言礼说过的每一句话，好像都慢慢地实现了。

现如今，他好像真的成了总是站在她背后给她撑腰的那个人。

确认沈煜城和沈煜林没什么不适后，沈言礼抬手拿起遥控器，关上了窗帘。

落地窗帘缓缓地移动，慢慢地掩盖住窗外浓浓的夜色。

在关上最后一盏床头灯前，沈言礼感受到了她的视线，也朝她望去。

他扬了扬眉，压低声音问道："怎么还不睡？"

盛蔷默默地盯了沈言礼一会儿，她忽然抬头，越过小芝麻和小球球，在沈言礼的侧脸上亲了一下。

瞬间被突袭，沈言礼愣了一下。

反应过来后，他问道："这是什么意思？"

"晚安吻啊，睡前福利。"

"那不太够吧。"沈言礼说着点了点自己的另一边面颊，"这边也得有。"

她就是一时兴起，没想到他还得寸进尺，企图索要更多。她笑道："沈言礼，你还来劲了是吧！"

不过说是这样说，盛蔷倒是真的凑过去，又亲了下他的另一边脸颊。

沈言礼强势地扣住她的雪背，朝着自己的方向压了压。

长长一吻后，他道："蜻蜓点水，算哪门子的吻？"

盛蔷被他抱着，不能动弹，两人就这么隔着两个孩子，闹腾了好一会儿才消停下来。

沈言礼关了灯之后，房间瞬时陷入昏暗中。

就在盛蔷安心地窝进被窝里，准备好好地睡一觉的时候，一旁的沈煜城忽然开了口："妈妈。"

盛蔷明显被惊到了，忙问道："宝宝，你还没睡呀？"

"刚刚醒了。"

"我们把你吵醒了？接下来不吵了，你快睡吧。"

"睡不着，妈妈，你为什么亲爸爸？"

盛蔷被沈煜城的这个疑问弄得有些尴尬，可这哪有为什么？

还没等她想好该怎么回应，沈言礼就接了话："能为什么？因为我媳妇儿最爱我。"

很快，夏天就来了。

南槐市像被放在了火炉上，连地面都是烫脚的，柏油路上升腾起的热气，让远处的景色都变得模糊起来。

盛蔷之前拿到了驾照，现在开车游刃有余，有时候下班早，就会亲自开车去接两个孩子放学。

今天沈言礼还在公司忙，盛蔷心血来潮，干脆带着两个孩子去了沈氏。

因为提前和两个助理打了招呼，盛蔷和两个孩子一路到沈言礼的办公室都很顺畅。

盛蔷带着两个孩子走进顶楼专属电梯，在电梯门缓缓地合上时，沈氏一楼前台的工作人员忍不住露出惊讶的表情。

当天，公司群里纷纷讨论起沈氏少夫人牵着两个孩子来沈氏的情景。

盛蔷对这些倒是毫不知情。

她带着两个孩子踏入办公室的时候，沈言礼不在，偌大的办公室内空荡荡的。

助理引着他们在旁边的休息区坐下，指了指茶几上的小零食，道："沈总还在会议室开会，提前吩咐我们准备了下午茶，口味都是按照您的喜好预订的，还请慢用。"

盛蔷不太饿，摆手道了谢，又问两个孩子要不要吃，奈何沈煜城和沈煜林对此丝毫不感兴趣。

沈煜城在沈言礼的办公桌那边晃荡，沈煜林则是定定地站在办公室的飞机展示墙前。

那是一整面的飞机展示墙，上面摆放的是唯盛航空旗下各型号的飞机模型。

之前两兄弟也来过沈氏，但待的时间不太长。

没过多久，办公室外面响起脚步声。

随着推门的声音传来，沈言礼走了进来。

盛蔷小跑过去，他顺势揽住她，笑了下，道："今天怎么想着过来了？"

"怕你一个人在这边寂寞啊，所以我就开车从南槐那边赶了过来。"

以往沈言礼待在沈氏的时候，都歇在办公室内的休息间里。

忙的时候，他连着一星期不回南槐都是常有的事。

她想着自己飞完航班有大把的时间，偶尔带孩子们过来聚聚，也不错。

"那行，今晚就去华安庭成。"沈言礼拨了一下额前的碎发，说道，"顶楼的套房再不用，都要落灰了。"

感受到沈言礼话里的意思，盛蔷在没人看见的地方轻轻地捶了捶他，警告道："你可别想些乱七八糟的啊，今天儿子们都在呢。"

"我能想些什么？"沈言礼一本正经地说道，"不去住套房的话，难道要他们俩在我的休息室打地铺？"

沈言礼拉着她的手，一边往办公桌那里走一边道："我呢，是没意见，但你肯定得捶我。"

沈煜城和沈煜林这会儿也都围了过来，争着向沈言礼汇报自己的学习进度。

兄弟俩近来的学习越来越好，个子也是猛往上蹿。沈言礼让盛蔷坐在一旁的沙发上，这才在办公桌后落了座。

他大致听了两兄弟的汇报，满意地点了点头。

沈煜城说完，又在沈言礼的办公桌边转悠。

沈煜林这会儿倒是离得远远的，倚靠在墙边，安安静静地把玩着飞机模型。

一家四口在接下来的时间里默契十足，各自做着各自的事，也没再互相打扰。

冗长的办公时间过去后，沈言礼结束了工作，起身去摸盛蔷的脸颊。

她等人的时候是一如既往地安静，既不玩手机，也不说话，就这么默默地等着。

此刻大概是因为等得有些久了，她好半晌都没反应过来。

等到盛蔷回神，沈言礼嘴角噙着笑，在刻意使坏——捏着她的脸颊往外轻扯。

她企图反抗，奈何沈言礼长手长脚，轻轻松松地便能将人制服。

大概是玩够了，沈言礼攥住她乱动的手，哄着："好了，不闹了，我在江边订了家私人包厢，可以俯瞰夜景，带上儿子一起去？"

到底是谁在闹？

盛蔷心里不服，面上却不显，趁他不备时，抬手还以肘击。

小夫妻俩在这边闹，沈煜城和沈煜林倒是习以为常——这样的场景，在无数个地方发生过无数次。

等到两人玩够了，沈言礼总算抚慰好了盛蔷。

就在他想要去唤沈煜城和沈煜林的时候，身后靠近办公桌那边传来咚的一声，是重物落地的声音。

大概是沈煜城不小心碰倒了什么。

沈言礼没放在心上，等他转眼望过去的时候，却愣在了原地。

办公桌上原本放置着姻缘结的大理石板，眼下倒在地毯上，包括那枚姻缘结也躺在了地毯上。

沈言礼双眼眯了眯，周遭陷入一片诡异的寂静中。

盛蔷知晓姻缘结对于沈言礼的重要性，连忙朝沈煜城使眼色，示意他赶紧说点儿好话。

沈煜城一声“爸”还没出口，沈言礼却笑了。他唇边虽带着笑意，可面上神情很严肃。他冷笑道：“沈煜城，皮痒了找抽呢？”

又是一年春天，门前的树木新抽的绿枝煞是可爱，抵在花园旁透明的落地窗前。

这个时节，柳絮纷飞。

前几天，沈煜城拉着沈煜林去庄园外面的花圃玩，回屋的时候身上沾满了柳絮，弄得屋子里到处都是。

盛蔷怕痒，很快便遭了殃，他们父子仨倒是没什么事儿。

她双眸泛水，一连好几天看人的眼神都格外动人。

沈言礼知道后，面色阴沉，吓得两个孩子当即话都不敢说了。

之后，沈煜城和沈煜林安分了好几天，哪儿都没去。

这天，沈言礼和盛蔷难得都在家。

沈煜城一大早拉着沈煜林去了二楼的主卧，准备当着两个大人的面去认个错。

可今天的主卧一反常态，沈煜城只轻轻地敲了敲，门就开了——没有上锁。

他往里一看，卧室里的床子没叠，乱成一团，沈言礼和盛蔷都不在。

沈煜城走进去后，跟在身后的沈煜林扯了扯自家哥哥的袖子，害怕道：“哥，要不别找了。”

这时候都快中午了，盛蔷和沈言礼两个人肯定已经起来了，或许他们压根儿不在二楼。

庄园这么大，房间又多，有时候确实很难精准地搜寻到人。

沈煜城听了也觉得有道理，想了想，试探性地喊了两声。

主卧里没有任何回应。

沈煜林一副早知如此的神情，道：“看吧。”

沈煜城扭头看过来，朝自家弟弟耸了耸肩。

两个孩子没想着多待，准备去楼下玩模型。

可还没等他们转身出去，主卧的衣帽间内响起窸窸窣窣的声响，然后像是有什么重物落在地面上，发出嘭的一声。

两个孩子你看看我，我看看你，还以为自己听错了。

很快，这样的沉默便被打破了。

沈言礼的声音透过衣帽间紧闭的门传来："外面的两个，给我去楼下等着。"

盛蔷这会儿羞愧难当，道："你确定他们俩没看到？"

"门关得这么紧，能看到什么？"沈言礼俯身挡在她的上方，说道，"再说了，这两个小鬼又没走进来。"

他倒是一副无所谓的模样。

早上起来后，盛蔷来换衣服，沈言礼进来挑领带，也不知道他发什么疯，视线牢牢地锁定她，不管不顾地拉着她在衣帽间里胡来。

刚刚她依稀听到两个孩子呼喊的声音，问沈言礼是不是那兄弟俩过来了，奈何他压根没听进去。

直到旁边衣柜内的盒子被扫落在地，发出不小的声响，沈言礼才停止胡来。

那枚"蔷薇之巅"被放置在嵌有金箔的柜台中央，隔着玻璃承受着两人在上方的动作和力道。

沈言礼贴在她耳畔，故意去亲白玉般的耳垂，随后咬了一口。

"媳妇儿，知道吗？"他语气难掩欣喜，"这会儿的你比以往都要热情，也更离不开我。"

她这时候心思还放在两个孩子身上，随意地"啊"了一声，应得很是心不在焉。

见盛蔷这样，沈言礼道："好好听我说话。"

不知过了多久，盛蔷终于发了话："你等会儿可别拦着我啊，两个孩子肯定饿了，我要去做午饭。"

沈言礼的手指在她身上掠过，道："我哪敢拦你？你光惦记着他们俩。"

盛蔷是真的不想和他计较，眼下她躺在他怀里，轻轻地捏了他一下。

下楼的时候，两个孩子还在玩模型。

吃饭时，沈言礼给两个孩子榨了果汁，又将盛蔷的冰桃汁替换成了常温的，然后问道："你们俩早上去我们房间做什么？"

沈煜城和沈煜林没隐瞒，一五一十地说了。

盛蔷这会儿刚端了汤过来，听了以后特别感动，说道："谢谢宝宝，妈妈收到你们俩的心意了，不过真的没事儿，妈妈没有过敏。"

沈煜城和沈煜林兄弟俩各亲了盛蔷一口，惹得她笑眼弯弯。

沈言礼挑眉看着这厢上演的母子情深，感受着这般浓厚的温馨气氛。他手指在桌面上敲了敲，不满地说道："好好吃饭。"

饭后，两个孩子被盛蔷特意安排去她和沈言礼的卧室午睡。

沈言礼从书房出来下了楼，一推开门，映入眼帘的就是沈煜城和沈煜林的睡颜，盛蔷则窝在床边的软榻上刷手机。

他走过去，关心道："你怎么不睡？"

她轻声应着："我玩手机呢，不想吵到他俩。"

沈言礼点点头，随即在她的身边坐了下来，手自然地放在她的腰侧摩挲。他问："玩什么呢，这么认真？"

"没玩，在聊天。"盛蔷任由他摩挲，说道，"今天肖叙跟我说，你很久没和他们一起聚了，你今晚要不要去找他们？"

"他要约我，自己不会来说？"

盛蔷没忍住笑出声来，道："因为你总是不回消息啊，肖叙早就向我抱怨过了。"

她说着，看了一眼还在熟睡的两个孩子，道："你都多久没出去了，正好，今天晚上我就和两个宝宝睡。"

"这是什么意思？和他俩睡，你让我出去？"

"谁说是这个意思了？我是想说，你可以出去放松放松啊。"

盛蔷自己都还会时不时地约应桃出去逛街呢。

"那我要说，我压根儿不想出去呢？要去也可以，你陪我。"

"不要，两个宝宝在家，我怎么陪你去？"

"盛蔷！"沈言礼眯了眯眼，身上带着危险气息逼近她，"我原本还没往别的地方想，可你今天格外反常啊，老要赶我走是怎么回事儿？"

这人真是……她好心要他出去放松放松，怎么变成别有用心了？

"能是怎么回事儿？"盛蔷觉得沈言礼特别烦人，她也没憋着，当即抬手挠了他一把，"你不想出去就算了，又没逼你！"

被自家媳妇儿抓了这么一下，沈言礼顿了一下。随后，床头那边传来很轻的笑声，很是应景，也听得出是在努力克制。

沈言礼偏头看过去，沈煜城和沈煜林两兄弟不知道什么时候醒了过来，正眨巴着眼盯着他。

修理的意思

〈**第十一章**〉

酒吧夜场，肖叙特意在金鼎开了间包厢。

沈言礼难得来赴约，但姗姗来迟。

只不过他衣衫松松垮垮不说，扣子还没了几颗，锁骨内侧还带有暧昧的印迹。

这帮狐朋狗友上来就起哄："哟，稀客啊，是哪阵风把您给吹过来了？"

沈言礼前几年还偶尔会带着盛蔷一起来参加聚会，眼下老婆孩子热炕头，倒是很少再来了。

沈言礼颔首，表示听到了，伸出长腿就往里走。他原本想找个隐蔽点儿的位置，但因为来得晚，占不到这样的地方了。

肖叙看沈言礼一副大爷的模样，来了也不吭声，便开口道："不是我说，你要么别来，来了甩臭脸给谁看？"

他说着凑近几步，递给沈言礼一支烟，目光不经意地落向他的衣领，揶揄道："我懂了，你这是被蔷妹子收拾了？"

肖叙不提还好，一提，沈言礼就想起了今天下午发生的事。

他睨了肖叙一眼，语气平淡地说道："你觉得可能吗？"

沈言礼接过他递来的烟，在大家的簇拥中，很快便在主座上落了座。

肖叙啧啧两声，倒也没再说什么。

之前的朋友看他今天来了，笑嘻嘻地说道："沈公子今天来这么晚，最近在忙什么呢？"

沈言礼一只手里捏着烟，另一只手握着打火机。他懒懒地抬起眼，道："忙着修理。"

这帮狐朋狗友想起他的那些车，心里明白。

沈言礼车多，庄园那边车库里的车隔三岔五就得新换一批。

大家被勾起了兴趣，很快话题便围绕着车展开。

沈言礼却是觉得来了也没意思，百无聊赖地打开手机，到底还是给盛蔷拨了个电话。

她很快便接了，语气里透着惊讶："给我打电话干吗？"

"这里好没意思。"他懒懒地倚靠在沙发背上，说道，"我等会儿就回去吧？"

"那么急着回来？你去都去了，多待一会儿啊。"

沈言礼"嗯"了一声，喊她："媳妇儿。"

“嗯？”

“有点儿想你。”

“沈言礼，你真是……你才出去多久啊。”

沈言礼听到又羞又带着点儿高兴的声音，当即扬唇笑了下。

今天包厢里比较乱，好些人是今天才见到沈言礼，对他很是关注。

夜场灯光晦暗，远远地望去，沈言礼笑得眼中有光。

想要来搭话的人看得愣了半晌，到底还是起了心思。

夜场过半的时候，有个女人过来搭讪。她长得不错，穿着一身旗袍，身段极好。

“沈少，这杯酒我敬您？”

她甫一开口，一旁的肖叙倒是愣了一下。

别的不提，这个女人一股江南腔调，吴侬软语，乍一听很像沈言礼家的那位。

肖叙心中不满，这是谁啊？怎么什么人都往这儿带？

肖叙这样想着，却是立马转头望向沈言礼，想去看他的反应。

奈何这厮完全没反应，神情淡漠，好似压根儿没听到这句问话一样。

烟雾缭绕中，沈言礼这会儿正偏着头煲电话粥。

见他不回应，女人手中的酒杯有些摇晃。她深吸一口气，还想着进一步靠前，却被肖叙拦下了。

“看你端着酒杯也累，这么说吧，我们沈少呢，喜欢腰细腿长的女人，需要对他无微不至、鞠躬尽瘁，能三百六十度配合他——”

肖叙说到此处顿了一下，又补充道：“懂了吧？”

周遭的一帮人听了都说肖叙真是够贱的，大家打闹着、哄笑着。

在这嘲笑和众人的劝退声中，女人面色铁青。

然而，此时此刻沈言礼的脸色比她的还难看。他攥着手机，通话页面上显示着“心肝”。他不满地说道：“都闭嘴，真想让我今天被修理是吧？”

随着他话音落下，包厢内顿时安静下来，气氛有些诡异。

沈言礼话中的信息才是关键点。

一帮朋友纷纷反应过来：好家伙，原来是这样的修理！

当晚，还没等众友人弄清沈公子这话里的“修理”具体是怎么回事儿，沈言礼便直接打道回府了，徒留一群人坐在原地面面相觑。

回到家居然还不算太晚，沈煜林和沈煜城刚洗完澡，盛蔷正耐心地给两个孩子擦头发。

“我回来了，你们怎么没一点儿反应？”

“你开车引擎声那么大，我早就听到了。”盛蔷用浴巾擦着儿子的俊脸，头也没抬地说道，“这么早回来，肖叙那帮人不说你？”

刚刚的电话里，她分明听到他那边好热闹。

沈言礼手里钩着车钥匙转圈，长腿抬起，往主卧迈。他道：“他自己都顾不上，还说我？”

肖叙这会儿估计得想着该怎么和应桃解释。

这两人从大学闹腾到现在，居然也走到了一块儿。

盛蔷看沈言礼走近，便起身给他脱大衣。

他敛眸，看着女孩瓷白的侧脸，当即低头亲了一口。

盛蔷小声地惊呼，刚要去推他，他就笑了一声，随即又松开她。他神色悠闲地将手搭在旁边两个正在看热闹的小崽子身上。

“带你们两个小鬼去游泳，好不好？”

沈煜城和沈煜林的眼睛都亮了，当即举手表示赞同。

盛蔷有些犹豫，道：“这时候正换季呢，一不留神容易感冒。”

可两个孩子明显很感兴趣，连忙绕过来，撒娇道：“妈妈，我们想去，你也和我们一起去吧。”

盛蔷笑了笑，道：“你俩刚洗了澡。”

最后，她还是答应了。

游泳的场所就位于庄园附近，这边临江靠海，周边的住户也相隔很远。

沈言礼先前直接将旁边的两座山买了下来，建了露天温泉池和健身馆。嫌庄园旁的花圃还不够大，他又在后山建了专门用以栽植蔷薇的花卉房。

眼下，两个孩子在泳池里玩得开怀。

盛蔷趴在泳池边，透过透明的玻璃屋顶望向天际。偶有飞机掠过，尾翼的信号灯一闪一闪的。

沈言礼游了十几个来回后，开始辅导沈煜城和沈煜林学习正确的游泳姿势。

盛蔷刚洗过澡，不想下水。

她原本觉得悠闲，结果沈言礼忽然从她面前的水面现身。

泳池的水稀里哗啦地落在地面上，她被吓了一跳，怎么也不肯让他抱。

馆内的欢闹声不断。

沈言礼抬手掠了下头发，他眉弓好看，双眸黑亮。

他拖着盛蔷的腿想拉人下水，盛蔷抗拒之间，一连又拧了他好几下。

玩累了，两人坐在水池边。

沈言礼转过身面对着泳池，时刻注意着两个孩子的动态。

盛蔷原本在刷手机，不知道看到了什么，唤了他一声："沈言礼。"

他这会儿还在盯着两个孩子，只轻轻地应了一声："嗯？"

"你看到这条朋友圈了吗？"

"什么朋友圈？"

盛蔷将手机递到他面前，道："就林亭和叶京寒的啊，他们俩发的照片，是同一片花海吧。"

沈言礼的碎发搭在额前，他随意地看了一眼，道："不清楚，但既然发都发了，应该就是了。"

去年盛夏的时候，林亭跟随拍摄团队前往西北采风。时间如流水，现如今，竟然又是一年春天了。

盛蔷低着头仔细地看了一眼照片里的花海。

西北无垠的草原上，晴空万里，花儿漫山遍野。

高原之上独有的格桑花，烂漫、明亮、坚韧，在藏区的花语为幸福，也正如叶京寒发的那四个字——热忱永持。

他参与的西北森林航空救援项目仍在进行着，但无论条件多么艰苦，想必他心中自有坚持的意义。

盛蔷给两人点了赞，又将手机界面往下拉，在孟晚的朋友圈里看到了宁远雪。

大家像是约好了一样，今天的朋友圈格外热闹。

之前宁远雪在机场救了她们俩，自那以后，孟晚好像经常和宁远雪一起约饭。

盛蔷嘴角扬了下，也默默地点了赞。

再往下，则是黎艺。

她发了一张满树梨花的照片，下面有靳盛的评论。

不久前，靳盛主动加了盛蔷的好友，她同意了。

面对她，靳盛笨拙得要命。

这个在商场上坚毅果断的大佬，面对感情却有些内敛。

之前靳氏集团在沈氏这边下了飞机的订单，之后则是加大了合作力度，推进了双方不少项目合作。

后来，盛蔷也从黎艺那儿得知了当年的内情：两人当年因为靳家父母不同意而生出隔阂，自此分开。

此后的这么多年里，靳盛凭着自己的实力带领靳氏涉足新的商业板块。

这么多年来，他一直独身。

他的身边无女人为伴，他也并未再娶。

后来，他总算是寻到了一直不肯和他联系的黎艺。

两人这样的相处模式在这几年里，已然成了一种习惯。

盛蔷都看在眼里，但长辈之间的事，就像沈言礼说的那样——无须管太多，他们自有定夺。

或许在未来的某一天，两人就能重新牵起彼此的手。

盛蔷不知道自己看了多久，最后幽幽地叹了一口气。

沈言礼刚扬声提醒沈煜城和沈煜林注意安全，此时此刻听到她这么一声叹气，不免瞥她一眼，问道："叹什么气？今天不开心？"

她摇摇头，道："没有啊，我可能是开心得过头了。"

说到此处，盛蔷不禁笑了笑，朝着沈言礼扬了扬嘴角。

她的叹气声里，分明裹挟着无尽的幸福。

她只是在想，虽然大家都奔波在各自的路途上，可最后都有着相似的幸福。

盛夏时节，沈氏集团唯盛航空旗下的"蔷薇之巅"系列飞机正式挂牌，预备试飞后开始投入生产。

在沈氏召开的发布会上，沈言礼将现身给大家介绍继先前的"心墙"系列后，唯盛航空旗下的 S&S 飞机总体设计实验室所研发推出的新机——蔷薇之巅。

而这次的宣发较之前那次更为隆重。经民航局批准，唯盛航空在京淮建立了新机场，近期已经竣工。

盛蔷带着两个孩子去了发布会现场，他们在最后一排落座。

今天有新系列飞机在新机场对外试飞的观礼仪式，沈言礼让她在休息室等着。

但她想来宣发会上看看，到底还是带着两个孩子过来了。

他们进来的时候，看到不远处的男人站在台上，正不紧不慢地展示着新系列飞机的三维图。

很快，他的视线锁定最后一排。

收回视线时，沈言礼的嗓音温柔了下来。直面发布会上的镜头，他道：“其实之前我接受过采访。如果说几年前的‘心墙’系列是送给我老婆的礼物，那么现如今‘蔷薇之巅’系列的灵感，则是来自我老婆和我的两个孩子。古人道，‘日以煜乎昼，月以煜乎夜’，‘蔷薇之巅’的系列飞机会围绕着‘煜’字，将以“日月夜”的称号区分机型。”

沈氏召开的发布会很快就结束了。

这次引起的轰动，比当初的媒体采访还要大一些。

相比网友们的激动，一家四口这会儿正平静地站在京淮新机场大厅的天台上，一起见证这场对外开放的新机试飞活动。

实验室里的人围绕在旁边，每个人的面庞都被风吹得泛红。

沈煜城和沈煜林被牵着站在盛蔷和沈言礼的中间，盛蔷半蹲下来给两个小朋友整理衣襟，问道：“今天爸爸帅不帅？”

沈煜城哼了一声，转开脸，不回答。

沈煜林则移开视线，没开口。

沈言礼双眼微眯，当即抬起手在两个孩子的头顶，给了一人一记栗暴。

看到两个孩子痛得龇牙咧嘴还不敢还嘴的模样，盛蔷觉得既气又好笑。

13 时 14 分，“蔷薇之巅”的日月系和月夜系分别准时出舱，在特定的跑道上，开始缓缓地滑行。

沈言礼抱着孩子，放在肩膀两侧，好让两个孩子能眺望得更远。

盛蔷被他这样的动作吓到了，连忙道：“你注意点儿，别受伤了。”

沈言礼侧头看过来，挑眉应道：“知道了。”

就在这时，飞机结束滑行，随着轰隆而起的声响，机翼朝上抬头，横着划过天际。

引擎声呼啸着，飞机在空中留下尾迹云，远去的尾影在炙热的阳光下，淡成一个个云点。

这象征着唯盛航空再次朝前跨出一大步，也象征着无数人用汗水和心血再一次迎来了成功。

天台上，午间的热风吹拂着每个人。

工作人员高声呼喊着簇拥在一起，尖叫着，吵闹着，庆祝他们再一次征服蓝天。

两个孩子被放下后，又被半蹲下来的沈言礼和盛蔷紧紧地拥在怀里。

飞机返航的时候，沈煜城和沈煜林去了天台的另一侧玩耍。

这次对外试飞圆满成功，视频还将会被保存下来，经过剪辑，成为日后官方宣传的纪录片。

盛蔷被沈言礼拉着去了观景台的角落，他道："这会儿总算只有我们俩了。"

她拍开他作乱的手，道："真是懒得理你。"

沈言礼将下巴搁在她的头顶，问："盛蔷，你这是什么语气？"

"我语气多好啊，就你爱揪着一点不放。"

沈言礼在她脸上咬了下，道："媳妇儿，你往左边看一眼。"

天台挑高，足以望远。

盛蔷朝他示意的方向，看了一眼。

一座熟悉的建筑映入眼帘，那是京淮航大的教学楼。

盛蔷看向他，恍然大悟："原来你之前选址考虑那么久，是因为这个才迟迟没定下来？"

"嗯。"沈言礼用额头抵住她的额头，"想来想去，还是觉得离航大越近越好。"

近一点，以往的回忆便会更深。

那是两人的起点。

随着沈言礼的这句话出口，两人的思绪一并发散开来。

"沈言礼，你说实话，当初我把演讲稿弄你脸上的时候，你是不是挺不爽的？"

沈言礼松开她，两人并肩站在栏杆前。他道："还好吧。"

"不过也多亏了稿子——"他说着侧头看过来，顺势牵起她的手，放在掌心牢牢地攥着，"不然你怎么认识我？"

"也对哦。"盛蔷笑了起来，"那时候是你第一次见我吧。"

“不是。”沈言礼应得很快，“还要再早一点儿。”

盛蔷皱眉，不明所以。

沈言礼看到她这副疑惑的模样，缓缓地扬唇，笑道：“其实也没比那天早多少。”

那只是盛夏里再寻常不过的一天，球场边的绣铺还在收拾的阶段。

开学报到之前，他从篮球场上穿过，站在柏油马路上，听到有人喊了一声：“阿蔷，你到前面来。”

“好，来了！”

随着这样细软的声音，沈言礼鬼使神差地透过绣铺侧面的窗口往里看了那么一眼。

江南女子，云雾眸，瓷白的脸蛋，纤长的眉毛……

哪怕她的面容被这盛夏的高温烤得泛起了粉色，仍清爽得像是江南二月的春风，引得他的心像被风拂过的湖水，微波粼粼。

女孩走到前铺，大概是热得不行，她正弓着腰休息，脊背勾出漂亮的弧度。

她轻轻地拨弄着两侧垂落的头发，手腕细嫩得仿佛一碰就断。

像是有所感知一样，女孩抬起眼朝这边看过来，却只捕捉到一晃而过的衣角。

“知道吗？那会儿你看我的时候，眼睛像是会说话。”沈言礼偏头吻在她眼睑上，“我那时候就知道，你一定会是我的。”

盛蔷长睫毛轻颤，顺势钻进他怀里。

她侧着脸贴在沈言礼的胸前，脑海里骤然晃过两人这些年的共同时光。

身边的人走走停停，但盛夏一如往年那般热烈。

他们经历过短暂的别离，也有过美好的重聚；他们携手朝蓝天并进，也曾带着梦想扬帆启航；他们既成为更好的自己，也成就了更好的彼此。

成排的鸽子自高空掠过，扑棱着翅膀，飞翔于云间。

天际洒下的明亮光线，照亮了奔向未来的路途。

你的怀抱，是我终身栖息的岛屿。

就让风带我，在你的世界降落。

应桃和肖叙

〈 **番外一** 〉

时值盛夏，正午的阳光直直地照射下来，京淮机场大厅被阳光照得十分明亮。

应桃刚下飞机，换好衣服出来后，身后有人追了过来。

“应桃！”

她转身望去，瞥了一眼来人，诧异道：“学长？”

应桃的学长也是她所在机组的机长，比她早一年进入京淮机场工作。

因为被分配到同一个机组，学长平日里对她还算照顾有加。

眼下，俊逸高挑的男人几步走了过来，道：“别急着走了，难得一起下飞机，我请你吃顿饭。”

“还真不巧，改天吧！改天一定和你一起吃！”应桃笑得眉眼弯弯，“我好朋友刚回国，之前的同学来接我去南槐看她，今天是真的不行。”

“南槐？有点儿远啊。”学长长腿迈过来，和她并肩走，“那也行吧，我和你一起出去。”

两人并肩出了机场大厅，应桃摆摆手和学长告别，转眼就看到了等在人行道对面的肖叙。

说起来，她和肖叙上一次见面好像还是半年前。

其实毕业三年来，他们俩也没怎么碰到过，偶尔组局，程也望来喊应桃，都被她拒绝了。

主要是 S&S 实验室一行人都在南槐发展，盛蔷又不在场，她没那个心思聚会，也就懒得过去。

肖叙今天穿了一件牛仔夹克，身形修长，他脊背后仰，倚靠在车边，手里捏着一支烟，看着像是在等人。

很多人毕业后变化都很大，肖叙倒是没怎么变，一如既往吊儿郎当。

她还没迈过人行横道，就看见一个空姐走到肖叙旁边搭话。

他偏过头去听，侧脸英挺，面上露出笑意，一副多情又风流，很是耐心的样子。

不知道他说了什么，那个空姐娇羞地捂了捂脸，而后拿起手机扬了扬。

肖叙倒是不慌不忙，忽然转过头来，朝应桃点了点头。

那个空姐也将视线投了过来，她有点儿迟疑，然后转身离开了。

应桃倒也没在意，等那女人走了之后才缓缓地走过去。

肖叙见她走近，掸了掸烟灰，道：“应大桃，你开拖拉机过来的？这么点儿路磨磨蹭蹭的，我今天光是在这儿等，就等了有差不多半个小时。”

应桃哼了一声，说道：“才等了半小时就受不了了？看来你也不怎么样啊。”

肖叙张了张口，明显无言以对。

他侧身指了指车，道：“算了，懒得跟你计较，给我上车。”

上了车，应桃也没出声，熟稔地翻开车上的镜子，打开化妆包开始补妆。

今晚要见蔷妹，她得好好地打扮一下。

肖叙启动车子，打着方向盘道：“那人怎么每次都和你一起出来？他是谁啊？”

应桃没吭声。

肖叙挑眉看过来，问：“你聋了？”

“你问我，我就非得回答？”应桃还在补妆，没好气地说道，“他是我们机长，也是我学长，京淮航大的，比我高一届。”

肖叙从鼻子里重重地哼出来一声，不满地说道：“学长学长，叫得还挺亲切，你看看你对别人的态度，再看看你对我的态度，我亲自过来接你，你还没个好脸。”

应桃听了，停下手中补妆的动作，转身恶狠狠地瞪了他一眼，道：“你是不是有病？”

她这会儿口红没抹好，咬着唇，贝齿微露，一副气鼓鼓的模样，可爱极了。

她学生时期的婴儿肥渐渐退去，露出秀丽的轮廓，双腮透着粉色，身段也变得窈窕，腰肢细细的。

大概是夏季燥热，空气中溢满了她身上散发的气息，裹挟着浓郁清甜的蜜桃香气。

还真是人如其名——如水蜜桃一般的女人，此时此刻她的脸颊仿佛能掐出汁儿来。

肖叙喉头微动，罕见地没有呛回去。

他咬咬牙，道：“我可能真的病了。”

盛蔷回国了，自然十分热闹，大家在餐桌上少不了用酒来助兴。

应桃喝了不少，到最后连站都站不稳了。

肖叙因为要开车，没喝酒，理所当然地承担了送人回家的重任。

他送完程也望，才驱车赶往京淮。

凌晨时分，等到车子缓缓地停在应桃的公寓楼下，他才发现她已经醉得不行了。

肖叙拍了拍她，发现这妞半点儿意识都没有了。

他没办法，只好把她打横抱了起来，费力地往楼上走。

“应大桃，我忽然发现一件事儿，怎么自从认识你以来，我就像是你的保镖一样，还是免费的那种，分文不收。”

肖叙走到她门前，摇了她好久，道：“喂，醒醒，你钥匙在不在身上？”

应桃被摇晃得难受，嘀咕几声，转头又睡了过去。

肖叙想起她之前抱怨过自家门锁，干脆拉着她的手指往上摁。确实管用，两秒后，随着嘀的一声，门开了。

屋内没开灯，一片昏暗。

他抱着她不好开灯，便想着把人先放在地上，好腾出手去找开关。

结果应桃格外黏人，说什么也不松手，两只手缠着肖叙的脖颈，宛若八爪鱼一样贴在他身上，嘴里嚷嚷着难受。

“能不难受吗？你也是真能喝。”

他干脆没松手，一点一点地往墙那边靠，好不容易摁到开关，开了灯。

而随着这样的动作，应桃乱动着从他的怀里滑落，脸颊直接贴在他的胸前。

这样还不够，她还发出“嘤嘤”的声音，在他的胸口蹭了蹭。

肖叙暗骂一声，连忙将人往上捞了捞。

下一秒，两人近在咫尺。

肖叙垂眼看去，她泛红的脸蛋儿仿佛在往外冒着香甜的气息。

应桃像是终于有了反应一样，睁眼望着上方他的脸，而后出其不意地直接照着他的下颌吮了一口。

肖叙头皮发麻，不知道她今天发什么酒疯。他刚想找个地方把她给扔下，却又被亲了一口，她还轻轻地咬了他一下。

她呵呵地笑着，身子不住地乱扭，道：“肖叙，你长得其实也挺人模狗样的。”她指尖在他胸前打圈，“就是有一点不好，你太不靠谱了。”

话音刚落，应桃的手指像是不受控了，一路往下。

在她还要往下探的时候，肖叙攥住她的手，眸色越来越深，嗓音也变得低沉：“应桃，你发酒疯还得带着我，你现在知道抱着你的人是谁吗？”

应桃似是听懂了，又似是没听懂，就这么看着他，痴痴地笑。

“好难受，喝酒好难受。”她说着说着，嘴唇贴上他的嘴角，“肖叙，你快来帮帮我，我要你给我解酒。”

随着这句话出口，夜色被某些情绪划开了。

肖叙像是发了狂。盛夏的夜催发着某种情愫，他汗水淋漓，力道完全收不回。

他重重地吻着她，从粉色的面颊，到清甜的樱唇，再到白皙的脖颈。

应桃第二天醒来时，头痛得格外厉害，稍微一动就觉得全身都跟被暴打了似的，提不起半点儿劲。

她揉揉眼皮，是在自己的公寓里，没错，可……

感受到自己腰间横着的明显不属于自己的手臂，应桃惊了片刻，什么抱怨，什么瞌睡，都直接消失得无影无踪。

她抬头看向眼前的人——是格外熟悉的眉眼。

“啊啊啊！”

那人眼皮都没抬起来，语气中带着浓浓的倦意：“叫什么啊。”

“肖叙？肖叙！怎么是你？”

“不是我，还能是谁？”

随着他话音落下，应桃直起身来，抬脚直接踹了过去。

肖叙没有防备，当即缩回搁在她腰上的手，他睁开眼，大喊道：“干吗啊？”

“你你你，我我我——”应桃好半天都没能说出一句完整的话，半晌才扬声道，“你给我起来！”

肖叙轻蹙着眉，慢吞吞地起身，被子随着他的动作滑在腰间，再往下——他什么也没穿！

应桃慌忙去看自己，被子之下，她全身也都没好地儿了，到处都是被亲过的印子。

“这是不是你弄的？”

“这么大声干吗？这不是挺明显的吗？”他语气很随意，看应桃气得不行，要来捶他，他连忙补充道，“你昨晚也没少挠我！”

肖叙说着侧了侧身，宽阔的背上，细细长长的划痕横亘着。

应桃连忙捂住眼，道：“你非礼我！”

“谁非礼你了？昨晚不是你非要亲我的？”

应桃听了，脑海里乱得不行，她昨晚扑人扑得热情，又是抱又是亲的，后来最关键的时刻，她好像还嫌弃肖叙磨叽。

迷迷蒙蒙中，她好像还享受得很。

这还能怪谁啊？

应桃想了想，只觉得悲从中来，她带着哭腔道：“呜呜呜——我不活了，我居然和你这么花心的人上床了！”

肖叙这会儿被闹得彻底醒了过来，他不满地说道：“我都多少年没谈恋爱了？你说我花心？”

花心跟谈不谈恋爱有什么关系？

即便肖叙不谈恋爱，那也花心得要命，光看朋友圈里的照片，就知道他没少去酒吧。

“好，那就算你多年没谈女朋友。”应桃深吸一口气，道，“你不该经验很丰富吗？我可是头一回，结果被你弄得好……”

最后那个“疼”字，应桃终究没能说出口。

她到现在都没缓过来。

没有男人能在别人质疑自己能力的时候还很淡定，肖叙也不例外。

他有些不耐烦，脱口而出：“我怎么知道？我也是头一回！”

此话一出，房间顿时安静下来了。

应桃就差跳起来了，直接用手指着他，吐槽道：“肖叙，你怎么好意思说出口啊？你你你，你不要脸！”

肖叙冷嗤一声，干脆破罐子破摔，道：“谁和你说谈过女朋友就一定经验丰富了？”

应桃这会儿不说话了，联想起他昨晚的表现，又感觉他好像没有骗人。

可两人怎么就滚到一块儿去了？

应桃欲哭无泪，干脆撒泼起来：“我不管！你搞得我心里一点儿也不快活，我现在都没有好心情了！”

肖叙冷笑道：“放屁，你昨晚抱住我的时候，怎么不说自己没有好心情了？”

应桃气得不行，直接扑上前，给他来了个桃式肘击。

最后，肖叙是被应桃给赶出门的。

她近几天都不想再看到他，想着趁着假期还有几天，好好地整理一下情绪。

等到假期结束，她不小心从床底翻出一件肖叙的衣服，还没想好要不要去找他，却直接在朋友圈刷到程也望发的肖叙昨晚在夜店疯玩的照片。

这个花天酒地的臭男人！

这衣服还是扔了好！

应桃干脆什么都不管，假期结束就投身工作了。

这事儿就是个意外，她就当作过眼云烟，忘了最好。

可还没等她整理好心情，有个同行的空乘说起自己备孕和调班的事。

应桃听了，瞬间心慌起来。

她之前倒是把这事儿给忘了，那天晚上，两人好像没有做避孕措施。

那天的事本来就不在预料之内，紧要关头，两人谁都没想起这一点。

而现在她已经错过了吃避孕药的最佳时期。

应桃在家附近的药房买了验孕棒，在家等待结果的时候，觉得时间过得竟是如此漫长。

她干脆打开微信，点开肖叙的头像，发了一条消息过去。

应桃："你那天没戴套，我现在来不及吃药，要是有了，你就去死吧，肖叙！"

肖叙最近几天情绪都很低沉，实属罕见。

航天基地的大厂内很敞亮，程也望看他一副心不在焉的模样，有些疑惑，问道："你怎么了？今天去了趟沈氏，回来后就这样了？"

确切地说，肖叙几天前看起来就不对劲了。

酒局上，他也一反常态，坐在角落里喝闷酒，提不起什么玩闹的精神。

"怎么，肖氏那边又催你回去了？"

"不是。"肖叙摇摇头，"别管我了，你回机房，我去顶楼吹吹风。"

来到顶楼，肖叙掏出手机，应桃自那天以后再也没找过他。

肖叙："没吃药？别吃了。"

肖叙："去医院检查一下。"

应桃："哦。"

他寻思着吃药不是什么好事，特意叮嘱了一下，结果应桃一连几天都不回复。

原本他想带她去医院，可之前被赶出大门的情景还历历在目。

而现在，他也不知道她到底有没有中招。

如果真有了……肖叙摸出一支烟，用打火机点燃，放在唇边。

烟雾缭绕，他英挺的眉眼笼罩在其中。

一支烟抽了很久，最后，肖叙翻出手机通讯录。

他刚要给应桃拨个电话问问情况，像是有心灵感应一样，她的电话率先打了过来。

肖叙接通了电话，那边传来应桃熟悉的声音："没怀，但有件事我必须和你说清楚了，从此以后我们两不相欠！"

两不相欠？

他一股气莫名上头，还想说什么，结果电话被应桃挂断了。

应桃大概是铁了心，要彻底落实她自己所说的"两不相欠"，肖叙一连几天给她打电话都被她挂断了。后来大概是应桃嫌烦，他再打她电话时，发现自己被拉黑了。

不过值得庆幸的是，应桃大概忘了两人还有微信上的联系。

于是，肖叙就见证了她这阵子以来吃喝玩乐的各类朋友圈——嚣张肆意，得意忘形，简直没把他放在眼里。

肖叙原本没空，看了她的朋友圈后，一股无名火忽然蹿了上来。

他近来还在航天基地忙着进行航空遥感控制系统设计，忙碌的时候一连几天都住在基地里，闲暇的时候还要陪沈言礼回沈氏开会，完全走不开。

可这时候实在没法儿，毕竟就这么干等着也不行。

肖叙也是干脆，没思索太久，两相权衡下，撇开飞机设计，特意抽了空去逮人。

检查的结果出来后，应桃可谓松了一大口气。

别的不说，要是真有了，不管后续如何处理，她的生活肯定会迎来翻天覆地的变化。

心中的大石头落下了，她的心情堪比雨过天晴。

趁着沈言礼不在，她特意跑去南槐找盛蔷玩了几天，再次回到京淮后，又和机组里的人约着去邻市旅游。

之前因为时间对不上，没能赴约，这回应桃可谓义气十足，和学长一连吃了好几天的晚饭。

两人住得也算近，平日里下班后，只要是一起下飞机，都是学长送她回公寓。

这晚也不例外。

夏夜，微风拂过，传来阵阵蝉鸣。

应桃下了车，转身，弯腰，隔着车窗看向车厢内，道："辛苦了，学长，谢谢你今天带我去吃了大餐，破费了啊，改天我请你！"

学长温和地笑道："好啊，我等你请。"

应桃挥了挥手，还没迈开几步，又听到身后的学长唤了她一声。

她转身看过来，面上显出浅浅的梨涡，她轻笑着问道："怎么啦？"

学长也朝她笑了下，道："你自己没有发现吗？有的时候，你真的是个很可爱的女人。"

"多谢夸奖，不过只是有时候吗？"应桃朝他比了个"射击"的动作，哈哈笑了两声，"不多说了，你回去注意安全啊，我上楼了。"

目送学长的车消失在拐角后，应桃哼着小曲儿转身。

结果她刚要往前走，侧边有两道光线直射过来，十分刺目。

应桃没有任何防备，抬手挡了挡，眯着眼朝着光源看了过去。

肖叙不知道什么时候又换了辆车，两条大长腿伸直，随意地靠坐在车前的引擎盖上。

他正朝她望过来。

不知道是不是她的错觉，大概是时值夜深，肖叙此时此刻的面容阴恻恻的。

他大半夜的在她家楼下干吗？这人指不定有什么毛病。

她哼了一声，收回视线，继续朝着公寓大厅走去。

没走几步，她听到身后传来窸窣的脚步声。

肖叙一把攥住她的胳膊，道："你看不见我吗？连声招呼都不打。"

应桃原本不想搭理他，奈何手被他攥得有些疼，当即皱眉道："看见了，但谁规定看见了就得打招呼？我是不是还得拉上一条大红色的横幅，上面写上'欢迎光临'？"

见她秀眉蹙着，肖叙松开了手，随后重重地哼了一声。

应桃转身上电梯，结果肖叙也紧跟着走了进来。

难道他来这儿找其他的朋友？她可不信。

电梯门缓缓地合上，将两人封闭在一个狭窄的空间里。

电梯缓缓上升的时候，肖叙忽然转过头来看她，道："你之前说我花心，可你自己用手指头数数，包括之前那个，有几个男人送你回来了？"

应桃终于有所回应，但心中更多的是诧异，问道："什么之前那个？"

"毕业那年，你谈了个学长，后来分手的时候，你哭得死去活来。"肖叙语气凉飕飕的，"应桃，你老实交代，你是不是有什么癖好？"

听肖叙这么一说，应桃有了印象。

那时候，飞行学院的一个校草在追她，她看对方很真诚，就答应了和他交往。

但对方是学长，毕业已经有一年了，在国外深造。

后来因为异地，两人分手了。

时间过去这么久了，她再也没有谈过男朋友。不过，肖叙怎么记得比她还清楚？

"我和他正常恋爱，正常分手，怎么就被你说成癖好了？"应桃当即要去揍他，"再说了，我为什么要跟你交代啊？"

"我只是用现实的例子来反驳你。"肖叙力气比她大，轻轻松松地挡住她，"我这几年都是空窗期，要说花心，其实是你更花心。"

争论这个一点儿意思也没有，两人你来我往，争不出个高低来。

"肖叙，你来我这儿到底要干吗？"

肖叙双手抱臂，道："你说我来干吗？我就问你，什么叫两不相欠？应桃，账没算清就想把自己撇干净，做什么梦呢？"

应桃见他视线灼热，下意识地往电梯角落里靠，道："什么算不算账的？"顿了一下，她很快反应过来，"我又没欠你什么！"

"你确定你没欠我什么？"肖叙斜眼看过来，"我第一次都被你给夺了，这不叫欠？"

肖叙一步一步地靠近她，手轻轻地拍了拍她如桃子般水嫩的脸蛋儿。他道："那可是我二十多年的童子身。"

应桃觉得有些无语，她也是第一次好不好？

刚好电梯抵达她公寓所在的那一层，她清了清嗓子，道："那只能怪你自己守不住，在我这儿丢了个干净。”但话刚说完她就后悔了。

这个话题，不论她怎么回应，都是陷进了他的圈套。

应桃开了门，迈进一只脚，转头看着他道：“都跟到这儿了，说吧，你到底要怎样？”

肖叙沉默了几秒钟，开口道：“本来想着你有了就……可你这不是没怀上吗？那天我没戴套，是我的错。”

肖叙原本是天生多情的相貌，见谁都是一副含笑的模样，可此时此刻，他隐在楼道的昏暗里，面色凝重。

应桃没再出声。

或许她也能猜到肖叙那份心思——大概就是她没怀上，他刚好不用负责之类的。

可她原本也没想让他负责。

她知晓肖叙心思不坏，撇开某些风流做派，他也算是一个很不错的人。

两人半年前见面的那回，她刚好犯了急性阑尾炎。

那时候，他刚好来了趟京淮，原本都在回南槐的路上了，听说她病了，他二话没说就赶了过来。

可她算是和他同窗多年的人，两人之间的关系像是朋友，但又好像比朋友更亲近。

眼下，他在两人一夜风流后主动抛出“橄榄枝”，可她实在不敢赌，也怕根本没有结果。

就像之前那段短暂的恋情一样，她明明觉得一切都在正轨上了，可分开是那样猝不及防。

应桃收回视线，再开口的时候语气有些冷漠：“知道错就好，再见。”

随着砰的一声，肖叙剩余的话卡在了嗓子眼儿里。

他碰了一鼻子的灰。

肖叙原本想敲门，想了想还是算了。他转过身来，抽出一支烟点燃。

应桃的脾气，这么多年来真的是一点儿都没变。

肖叙就这么站着，不知道回忆起了什么，他皱了皱眉。

他脑海里忽然浮现刚刚的画面——他坐在引擎盖上，听那个所谓的学长称赞应桃。

肖叙忽然冷笑了一声。

夏季的晚风真是恼人，连带着他掸开的烟灰都带了点儿灼热。

什么可爱的女人！她可爱个屁！

应桃不理他，肖叙心中清楚怎么回事。

热脸贴冷屁股的事，一回两回还好，可不能再多。

他之前也是脑子一热，人家都说了两不相欠，他巴巴地凑上前去做什么？他是人，又不是狗。

肖叙相信有的是人贴上来。

理想都很丰满，现实却很骨感。在酒吧包厢里干坐了几晚后，他怎么都觉得不是滋味。

他一连几晚都梦到了她，那是汗水挥洒，肌肤相贴的满足感，是酒水和烟不能比拟的。

他这样的状态持续到了实验室众人去秧阳试飞。

在盛蔷的邀请下，应桃也来了。

这是两人谈话那晚过后的第一次见面。

她比起之前更躲着他了，有什么事都要程也望帮忙，两人说说笑笑的，搞得他成了局外人。

肖叙心里憋闷，抽空去调侃了隔壁那对。

蔷妹子完全禁不住逗，很快就恼羞成怒，去掐沈言礼。

虽然照样惹来了自家老大的眼神警告，可是肖叙这会儿真的没害怕。

吃饭的时候，他也没怎么动筷子，就这么冷眼看着对面的应桃和实验室里的一帮人打成一片。

他就这么惹人厌烦？

秧阳试飞基地里，有木屋可供休息。

肖叙和程也望住在一起。

程也望看他慵懒地靠在床头玩手机，走过来踢了他一脚，问："你要不抽空去趟医院吧？"

提到医院，肖叙就有些应激反应，他目前压根不能听这两个字。

肖叙语气冷冷地说道："我为什么要去医院？"

"看你萎靡不振啊，是不是'大姨夫'来了？"

肖叙回敬一脚，道："滚！"

他重新将视线落回手机界面上。

应桃在微信朋友圈里发了九张来秧阳玩耍的图片，有和实验室里所有人的合照，有蕾妹，有程也望，就是没有他，要是有才奇怪，两人今天压根儿没说一句话。

肖叙停顿几秒后，抬脚便往外走。

程也望赤着上身，一边吹头发，一边道："大半夜的你去哪儿？"

"去买醉。"肖叙头也不回地说道，"今晚可能不回来，别给我留门。"

初冬寒冷。

肖叙以一己之力挤进了应桃的木屋，就再也没走。

原本她一个人住，很是自在。

刚才他敲门的时候，应桃显然还没入睡，见到门外站着的是他，望着他的眼神中明显带着诧异。

不过这也只是瞬间的事，大概是意识到他来讨好的意图，她很快便恢复了镇定。

肖叙眼神幽幽的，接下来的事再怎么荒诞可笑，肖叙竟然也觉得是可以接受的。

木床因着他的动作发出"嘎吱嘎吱"的声响。

到了这会儿，他已经做了一百来个俯卧撑了。

而应桃坐在软榻上，小口小口地吃着他亲手切好的哈密瓜。

"姑奶奶，这样行了吧？"

"还不够吧。"

肖叙自从刚才死皮赖脸地认错求和开始，仿佛打开了某个隐形的界面。

他说不管她到底是怎么想的，两人总可以恢复之前那种朋友关系。

眼下，肖叙又做了近百个俯卧撑。

"现在呢？"

哈密瓜堵在嘴里，应桃说话不怎么清楚："我听说沈言礼之前还给蕾妹表演过单手俯卧撑，你也试试这个？"

沈言礼没事在家给盛蔷表演单手俯卧撑干什么？真是吃饱了撑的！

肖叙默默地开始做，等到终于做完，他又赖着不走了。

应桃将人推开，自己掀开被子，道："你在我这边待着像什么话？"

"程也望出去买醉了，一时半会儿回不来，我又没带房卡。"肖叙脸不红心不跳，语气平静地撒着谎，"我不在你这儿待，难道要去山里头？”

“是我让你来的？你好像很不服嘛。”

肖叙偏着头抚了下头发。

因为做了无数个俯卧撑，他现在肌肉隆起。他道：“那我就蹭个沙发，不过分吧？”

“随你。”应桃默默地收回打量的视线，不知道想到了什么，又道，“但是睡沙发也是有代价的！明天早上起来，你再做一百个俯卧撑！”

真是造孽！

“知道了。”

第二天一早，肖叙就爬上床，在应桃旁边的空位做起了俯卧撑，害她被吵醒，压根儿没睡好。

“肖叙，你吵死了！”

“你让我做的好不好？做完我就走，我今天还有工作要忙。”

这个对话的内容怎么听都有那么一丝不对劲。应桃反应过来后，那样的“嘎吱”声越发大了。

别的不说，山林之中的清晨格外清幽，因此这样的动静比昨晚更清晰。

“好了好了，停！你收拾收拾去试飞！”

肖叙这会儿倒是固执得很，偏偏不停，特别认真地做着俯卧撑。

等到完成她说的数量，他这才走了。

如此一来，应桃倒是怎么也睡不着了。她越想越气，迷迷糊糊又昏睡过去，后来睡到快中午，盛蔷来找她。

迎上对方疑惑的眼神，她也不好解释，只能敷衍过去。

毕竟她和肖叙之间算什么事儿啊？还是香香软软的蔷妹好，两人之间从来没说过重话。

在秧阳这边采风都合适，被群山环绕的平原上有无边的花海。应桃没和这么多朋友来过这样的地方，谁也顾不得，拉上盛蔷就去玩。

隔日晚间，实验室一行人在平原那儿扎了帐篷，还举行了篝火晚会。

应桃看程也望忙前忙后，两人就聊了一会儿。

肖叙非要凑过来，插在两人中间，被她一巴掌给拍了回去。她道：“捣什么乱啊！”

应桃翻脸不认人。

肖叙觉得自己的俯卧撑白做了。

晚间，篝火晚会正式开始，肖叙冷笑连连，心里打定了主意，不去看她。

奈何应桃的关注点压根儿没在他这边。

她一会儿围着篝火轻声歌唱，一会儿夸赞沈氏夫妇的绝美爱情，一会儿又哭哭啼啼地打酒嗝。

实验室里的众人十分好奇，问她怎么没想着也谈个恋爱。

“谈什么谈！”应桃又打了个酒嗝，说得特大声，“情人不比男朋友香啊？”

此言一出，周围的男生都笑了。

肖叙那会儿正在抽烟，动作一顿，手里的烟差点儿烫到手。

晚会结束，应桃被盛蔷架着送回了木屋。

盛蔷叮嘱了好久，问她要不要醒酒汤，被她拒绝了。

等人走后，应桃兀自笑了一会儿。

此刻她头重脚轻，着实有点儿微醺。

但这样和朋友一起肆意欢乐的日子，她既喜欢又享受。

应桃躺了一会儿，慢吞吞地脱衣服，她闭着眼哼哼，嘴里唱着歌，只是唱到一半，门铃就响了。

她摇摇晃晃地站起来，直接走了过去。

开门看到肖叙的那一刻，应桃的醉意即刻消散了一半。她狐疑地盯着他，问：“肖叙，你又来干吗？”

“你说我干吗来了？”肖叙推开门，道，“不是说情人香吗？我这就来了。”

应桃沉默三秒后，忽然明白肖叙话中的意思。

敢情他这次来敲门，是因为这个？

思索片刻，她便欲逐客，可还没来得及将人拒之门外，就见肖叙抬手轻松地推门而入，逼得她不由得往后退了几步。

应桃忍无可忍，气鼓鼓地说道：“肖叙，你非要进来是吧？”

“对，非要，必须要，一定要。”

肖叙关上门，道：“应大桃，昨晚我什么都做了，你也消气了。现在我来自荐，你又不乐意了？”

应桃简直要被他的逻辑惊呆了，无奈道：“你这个自荐有点儿说不过去吧，我就随口一说的。”

而这所谓的随口一说，肖叙不仅听了，还听进去了，听进去了就算了，还非要跑过来和她……

等等……这才是关键！

应桃连忙去推搡他：“我偏不！”

可面容上明显的反应骗不了人，她俏丽的脸蛋儿上一点一点地爬上一丝红色，一路蔓延到耳根，她这会儿就像颗熟透了的桃子。

肖叙自然也能感知到她的变化，他大步上前，直接把人给扛起，抬腿就朝木床走去。

应桃不明白他这是要做什么，天旋地转之间，她开始拼命地扑腾，喊道：“肖叙，你昨晚还在负荆请罪，今晚就忘得一干二净了！”

“昨晚是昨晚，今晚是今晚。”肖叙直接把她扔在床上，俯身将人锁在怀里，说道，“今晚没完！”

应桃又羞又窘，她顾不得那么多，当即要去咬他。

奈何肖叙这厮的劲儿又像之前那样，大得要命。

眼见着应桃挣扎不过，肖叙嘴角弯起，道：“应桃，我可算明白了，女人就不能惯着。”

肖叙扬唇的时候，笑得多情风流，他的气息拂面而来，应桃被弄得不太适应。

还别说，这货这时候还挺赏心悦目的。

不知道过了多久，应桃躺在床上，从床头摸出自己的手机，在上面敲了几行字，随后将手机递给了肖叙。

肖叙看了一眼，标题倒是醒目，只有六个大字——情人遵守法则，正文如下：

1. 互不干涉彼此的社交与正常生活；

2. 关系存续期间，不得与他人发生关系；

3. 全程地下模式，若有一方违约，关系即刻终止；

4. 若有一方不愿意，无须任何理由，关系也可以即刻终止。

注意：请遵守契约精神。

肖叙望着眼前的四大条法则以及后面若干补充内容，来回看了三遍。

这么短的时间内，她准备得还挺充分。

应桃倒是真情实意要将这种关系维持到底。

开春后，微风带着一股燥意，挠得人心痒痒的。

肖叙的公寓位于高层，往外眺望，视野开阔。

肖叙和应桃睁开眼的时候，已经快中午了。

他们俩时常闹得很晚，第二天自然也起得晚。

而这样类似地下情的模式，也在两人之间持续了很久。

应桃前段时间已经从京淮机场调到了南槐机场，算是常驻南槐这边。

昨晚她下了航班，肖叙从航天基地那边赶过来接她，两人立刻抱在了一起。

“你下午要是懒得回去，就在我这边休息，我等下得回趟肖氏。”

肖氏原本和沈言礼表亲那块的季氏、江氏有合作，总部在鄞城。

近来在南槐开了分部，肖母让他无论如何都要抽时间来分公司坐镇，甚至搬出了沈言礼，说人家沈总能几边兼顾，怎么就他不行？

肖叙原本对此就没什么兴趣，他跟沈言礼和程也望共事好多年，性子早就变得随意了。

后来实在是受不住肖母的电话攻击，他耳朵都快要生茧子了，就只好答应了。

应桃没过问太多，端过肖叙切好的哈密瓜，边看电视边吃，看都没看他一眼。

“怎么，我们肖少爷也要回去继承家业了？”

“继承个屁啊！我身在肖氏，心在沈氏，我每天大部分时间都在基地待着，你看不见？”

“我为什么要看见？”应桃翻了个大大的白眼，道，“我对你的生活丝毫没有兴趣。”

“没有兴趣？说得好像我的生活你没参与一样。”

“你信不信我掐死你啊？”

“你来掐，能掐死，我随你姓。”

两人斗了一会儿嘴，肖叙很快就走了，应桃看了一会儿电视，随即开始补觉。

再次睡醒后，应桃去翻看手机里的消息，这才发现肖叙一个小时前给她发了微信消息，说自己需要一件蓝色的衬衣，问她能不能送过来。

应桃："你就说自己的记性是不是跟老年人似的？"

应桃："仅此一回，下不为例！"

她可是还牢记着准则，半点儿都不愿越线。

虽然肖氏在南槐的分部建立没多久，但也不难找。下午的时候，里面的人不算多。

她没和前台搭话，根据肖叙的提示，很快坐了专用电梯上去。

可应桃刚迈出电梯，就被款款走来的女秘书拦下了。对方说话娇娇柔柔的，但是阻拦很是坚定："抱歉，小姐，请问您找谁？"

她都来这一层了，还能找谁？

"我找肖叙。"

"你找肖总啊。"像是了然，女秘书的声音低了下来，"来找肖总的人挺多的，没有预约可进不去哟。"

女秘书说这句话时，应桃的视线也随之落在对方的身上——前凸后翘的，大美女一个嘛。

肖叙艳福不浅，公司里的秘书也花枝招展的。

见她没回应，女秘书脸上的笑容逐渐放大。她道："最近肖总吩咐过，预约的话需要预约单，请问您贵姓？我这边帮您查查？"

"哦，那我没预约。"应桃拎着那件衬衣递向她，道，"但衣服是你们肖总让我送过来的，你拿过去给他。"

女秘书没接，拂了拂长发，道："不好意思啊，小姐，要是什么人都过来说一句是给肖总送东西的，我一天得接多少东西啊。"

应桃突然觉得有点儿好笑。

但她实在懒得解释那么多，点开微信找到肖叙，发了一条消息过去："你秘书拦着不让我进去，衬衣给你放旁边的椅子上了。"

顿了一下，她觉得不够，又补充了一句："下次再让我来送，你就死定了！"

肖叙得知应桃要来这边，早就在办公室里等着了。

公司的监控覆盖了大厅。他特意在电脑上调取了监控录像，包括办公室这一层，仔仔细细地看着。

结果人是等来了，但也不知道秘书和她说了什么，她好半晌都没动静。

忽然，画面里的应桃把衬衣甩在了一旁的椅子上。

就在这时，肖叙的手机响了几声，他连忙看了一眼。

然后他起身，直接从办公室追了出去。

结果还是晚了一步，应桃已经摁下了电梯的关门键。

两人四目相对的那一刻，肖叙眼见着应桃朝他比了个中指，她还骂道："你这条狗！"

随后，电梯门彻底合上了。

肖叙狂摁电梯键，奈何电梯一层一层地往下降。

他认命，只好折回去，从椅子那儿拿自己的衬衣。

女秘书先前就在观察，此刻走过来，放软了声调，想要帮忙去拿肖叙的衬衣，故意问道："肖总，刚刚那位是？"

肖叙没让她拿，没好气地说道："我姑奶奶。"

那天在肖氏一别，应桃好久没再露面，纯粹是不想搭理他。

这回，应桃觉得所谓地下情的好处就体现出来了——逛街，泡吧，怎么开心怎么来，没有束缚。

瞧瞧，她之前的决定多么明智！

不过这次约的是盛蔷，迫于沈言礼的威严，应桃没敢把人往酒吧带，但是吃喝玩乐也足够放肆了。

做完美甲后，应桃拉着盛蔷逛街。

"你出来怎么都只逛男装店啊？蔷妹，你自己不买衣服？"

盛蔷道："我的衣服已经有好多了，都是他买的。"

"这就是恋爱的酸臭味？衣服只给对方买？"

盛蔷揽住应桃，笑了笑，道："每个人都不一样嘛，我们俩可能特殊点儿。"

应桃饶是已然见惯了这一对恩爱的情景，此时此刻还是冒出一身鸡皮疙瘩，撇嘴道："那可太特殊了，你俩方方面面都离不开彼此，要不要这么夸张啊？"

"不夸张，我觉得很正常啊。"

盛蔷说是这么说，下一秒，沈言礼的电话就打了过来，问她们俩逛完没，他开车过来接她。

应桃有些无语，这叫正常？

距离说好的时间点，起码提前了两个小时！

也就是说，她少了两个小时和蔷妹一起玩的时间。

毕竟人家是一对儿，应桃想着自己也不好说太多，只能在盛蔷面前抱怨沈言礼占有欲怎么那么强。

沈言礼过来接盛蔷，按照之前的惯例，都会把同行的应桃先送回公寓。

他们刚坐上车，盛蔷就疑惑地开口道："那边是不是肖叙啊？"

盛蔷口中的肖叙正站在不远处的商场二楼。

那里是奢侈品专柜，极尽奢华，满柜金光，映衬得肖叙的侧脸都熠熠发光。

肖叙身边还跟着个女的，非常有气质，看起来挺年轻，但比起他来，应该还是大了不少。

两人在柜姐的带领下，在挑包包。

这人还有谈姐弟恋的喜好？

此时，肖叙也朝楼下看了一眼，刚好和从车窗往外看的应桃对上视线。

两人都顿了一下。

然而下一秒，车子疾驰而去，视野很快模糊起来。

盛蔷刚认出来那人是肖叙，沈言礼就把车开走了。她忙喊道："你怎么直接开走了？不去打个招呼？是肖叙啊。"

沈言礼边开车边说道："是他又怎么了？每天低头不见抬头见的，打什么招呼！"

应桃连忙附和道："是啊，你男人说得对，打什么招呼！没甩他一脸汽车尾气都不错了！"

盛蔷没忍住笑了，没再多说什么。

和盛蔷约完后，应桃又开始新航班的飞行工作，但这会儿迎来一个意想不到的人。

之前因为工作调动，她从京淮机场来到南槐机场，自然和先前的机组说了再见。

学长知道她要离开的时候，特别惋惜，还说以后一定会来找她。

那时候应桃痛快地答应了。

但毕竟路途遥远，从京淮到南槐也有一段不短的距离，因此约饭一直没能实现。

这次学长刚好来南槐探亲，途经这边，就约应桃出去，她想也没想就答应了。

这一应约，两人就吃了三天的饭。

最后一天约见的时候，她让学长将车停在门卫室附近，自己去拿快递。

学长看她搬得费力，干脆提出帮她拿。

"我自己可以分两批拿，学长你一次性抬上去会不会太重啊？"

"没事儿，不算重，你交给我好了，顺便把你也送上楼。"

两人说说笑笑，等到了公寓门前，应桃想着要不要客套一下，请学长喝个茶，但又怕这么晚了，他会误会。

她还在纠结，她公寓的门自动开了，应桃实在吓得不轻。

她出门的时候，公寓都锁好了啊，难不成进贼了？

就在这时候，门彻底地打开了，她看到了门内的情景。

肖叙裹着睡袍，嘴里叼着一支烟，歪着头道："应桃，你还知道回来啊。"

应桃都不知道学长是以一副怎样的表情和她告别的。

等到她彻底反应过来的时候，公寓内弥漫着淡淡的烟味，裹挟着一些清甜的味道，这股味道她倒是熟悉，是她平日里惯用的那款沐浴露的味道。

肖叙还在这儿洗了个澡？

她用脚踢开堆积如山的快递，道："肖叙，你这叫私闯民宅，谁让你进来了？"

"之前来你这儿就不叫私闯民宅了？也是，忙着和学长约饭，快活得要命。"肖叙嘴里还叼着烟，眼睛睨向她，"当然记不起我是你名义上的地下情人了。"

地下情都变光明正大了？

她哼了一声，道："你不说，我都记不起了，我要是吃饭的时候还想起你，那得多没胃口。"

肖叙抽着烟的动作一顿，差点儿再次被烫到。他露出一副要好好跟她算账的模样。

"你可别过来啊，我今天懒得应付你。"应桃这时候本来就有些乏，想着去卸妆、洗脸，便推开他，径自朝卫生间走去。

她头也没回，只留一道背影给他，还有一句话："给你十分钟时间，麻溜地从我公寓里消失。"

"凭什么？你说走就走，我偏不走。"他说着竟然还凑了过来，也要往卫生间里挤，"被你学长撞上了，心情就这么不好？"

浴室内还残留着肖叙之前沐浴过后的水汽。热意上涌，应桃迷蒙着眼，恶狠狠地对着他拍了一下，道："你怎么总是这么烦人？我最近不想见到你，别惹我。"

"来那个了？"肖叙黑发半湿，没吹干，他贱兮兮地问道。

"你走开！"

肖叙立在原地，偏头看着她："这会儿嫌弃我了？见了个学长就把你给迷得晕头转向，应大桃，你有种。"

好端端的，提什么学长？人家好心好意，还给她搬了那么多快递。

应桃心里不痛快，道："谁比得上你有种，又是风情惹火的美女，又是知心高雅的姐姐，谁都没你有能耐。"

肖叙听了一头雾水，还没来得及说什么，就被应桃给推出了卫生间。

她沐浴完毕，一迈出卫生间的门就看到肖叙坐在沙发上，又下了逐客令："你怎么还没走？"

肖叙倒是一副刚回神的模样，他看向她，道："我就知道那天在商场看到的是你。"

"什么知心高雅的姐姐？那是我妈。"他说着扔给她一个包装袋，"你不是说当天秘书把你给拦下了吗？我特意给你挑了个包。"

应桃突然接到一个包，还有些蒙。

她凑近看了一眼这个包包的颜色，差点儿昏过去。

这是什么直男审美？亮丽的玫红色，外层依稀裹着闪粉。

可应桃很快便抓住了肖叙话中的关键词，她问道："你妈和你一起？你和你妈说了我们俩的事？"

肖叙冷笑道："我有契约精神，谁说谁是狗。"

其实那天也是巧了，肖母特地来看他，肖叙也就顺便开了车带人去吃饭。饭后，肖母说要去看看店里有没有什么新到的包，他原本没什么兴趣，但还是跟了进去。

之前老听实验室里的人说什么包治百病，再加上应桃最近因为送衬衣被拦的事不理他，他就想着，女人嘛，有时候得哄。

其实肖叙也不明白自己为何总是心甘情愿去哄应桃。

从大学时候开始，两人斗嘴，他永远是落下风的那个，倒也不是完全说不过她。

应桃记仇得要命，要是真呛得她没话说，她就不理人。

肖叙没给女人挑过包，就凭着自己对应桃的印象，挑了个贵的——长得跟桃子似的，颜色活泼，还挺好挑的。

肖叙一眼就相中了最贴近桃红色的玫粉。

他实在不理解肖母为什么挑一个包能挑那么久。

当然了，肖母被他刷卡买包的动作给惊到了，旁敲侧击了好一番，都被他敷衍过去。

眼下看应桃愣愣地盯着那包看，肖叙觉得自己应该选对了，得意地说道："这包是不是看起来还挺衬你的？这事儿就这样告一段落吧，我又不是故意的，你呢，以后也离那个什么学长远点儿。"

应桃将包扔回他怀里，气道："谁稀罕了！我得跟你强调一点，早先就说了，我们互不干涉彼此的生活，白纸黑字，明明白白，学长是我朋友，我无缘无故干吗要离他远点儿？"

"你这样想，那人可不这么想。"肖叙道。那学长的动机看着就不纯，她跟人家当朋友，可人家呢，分明是想当她男朋友！

肖叙把包放到沙发上，道："这包就给你了。"

当晚，应桃做了一个梦。梦中的她搬了新家，衣帽间专门放包的柜子里，全是闪亮的玫红系列。

肖叙真是害人不浅！

肖叙自认为这回算是做得不错。

可应桃自那天过后，对他更加爱搭不理。

百思不得其解，他来来回回地将应桃前后转变的情景回忆了无数遍。

想起沈言礼身边全是男助理，肖叙也就吩咐下去，把自己办公室的女秘书全部调到了其他部门。

不得不说，以往还觉得沈言礼在男女关系上撇得过于干净，而到了此时此刻，肖叙觉得其中大有玄妙，因为应桃得知以后，态度好像确实好转了不少。

在那之后，两人偶有相会，但仍旧是地下情的关系。

比起两人暗中往来，另一件大事明显更为重要——盛蔷和沈言礼的婚礼很快就到来了。

作为伴娘，应桃一连好几天都很忙碌。

婚礼当天，她按照习俗陪着盛蔷迎宾，忙完才得空坐下来吃酒席。

肖叙没让程也望挨过来坐，直接守着应桃旁边的位置。

看她酒量不太行还非要喝的模样，他忍不住劝了下。

应桃已经喝得有些上头了，清浅的梨涡里宛若盛满了酒。在偌大的宴会厅里，她直接挥开肖叙的手臂，道："别拦我好吗！你酒量那么差，还没我好呢！拦什么拦！"

她嗓门大，而这一桌又都是实验室里的人，自然是听了个一清二楚。

别的不说，肖叙酒量确实不行。

被当众拂了面子，他这会儿脸黑得宛若锅底。

中途，沈言礼和盛蔷来这桌敬酒，应桃又哭又笑，闹得满面通红。

她抱着盛蔷，笑道："我的蔷妹，你可一定要幸福啊！"

而后，应桃端着酒杯要回敬，但是没站稳，手一抖，酒全部洒在了肖叙的裤子上，很快打湿一片，应桃低头愣愣地盯着。

她丝毫没觉得自己有错，也没道歉，只是缓缓地吐出两个字："啊哦。"

整桌的人都快笑疯了。

肖叙忍了一会儿，很不耐烦地说道："你给我等着！"

沈言礼和盛蔷的新房是庄园式的独幢别墅，空房间很多。当晚闹完洞房后，伴郎和伴娘睡在三楼的客房里。

肖叙准备挑个时间点直接进应桃的房间。

洗漱过后，一群人在三楼旋转楼梯旁的小客厅里打牌。今晚是人家夫妻俩的新婚夜，也没人敢再去二楼闹。

程也望看肖叙换好了衣服过来，有意无意地扫了他一眼，问："弄好了吗？"

"你这是什么破眼神？"

肖叙捶了程也望一拳，道："来打牌。"

"她们女生还没洗完，不等了？"

不知道是不是被这样的夜晚影响了，肖叙心中有些痒。他直接坐了下来，道："等个锤子，我们几个先来一盘。"

打牌到中途，伴娘们还没收拾好。

一行人打着打着牌，开始闲聊起来，话题全和未来的另一半相关。

程也望忽然问肖叙："你妈最近是不是要你出去相亲？"

"你怎么知道？"

"伯母自己说的，她来问我，问你到底有没有女朋友。"

肖叙道："那你怎么回答的？"

"老实回答啊，你确实没有，然后她就再也没回复了，过了几天就说一定要让你去相亲。"

肖叙最近确实是被催得紧，他皱着眉道："看吧，真烦。我原本不太想那么早结婚，但看沈狗这对吧，有时候又觉得早结婚也不是不行。"

"你这也转变得太快了吧。"程也望很是诧异，"可你又觉得相亲麻烦，都没有人选，结什么婚？"

肖叙摸出烟来，嘀咕了一声："人选嘛……"

他将烟点上，刚想说些什么，忽然觉得背后有人。

肖叙转头，看到了人群中的应桃。也不知道她们来了这边多久，这会儿正在另一边的沙发上玩飞行棋。

应桃看过来一眼，随即又转开视线。

当晚，肖叙直接撬开了应桃的房门。

应桃正在做睡前的护肤准备，听到动静，开口道："你当贼当惯了？"

这可是沈言礼和盛蔷的新房，肖叙连这都敢撬？

"还不是因为之前你老把我锁在门外！"肖叙关了门后，吊儿郎当地迈进来，直接坐在床沿，双手撑在两侧看着她，"不得不说，为了你，我还新学了一门技能。"

应桃哼唧两声，道："劝你别把自己抬得那么高，这不是新技能好吧，这叫偷鸡摸狗。"

肖叙嗤笑一声，道："怎么我在你眼里，永远这么不堪？"

应桃在脸上喷了些化妆水，拍了拍自己的脸蛋，透过镜子去看他，道："你刚刚不是恶狠狠地要我等着？但我也和你说了，泼你一身酒，真是我不小心，我又不是故意的。"

肖叙竟然没呛回去，实属罕见。

应桃好半天没出声，他忽然说道：“应桃，我妈最近在给我安排相亲。”

“哦。”

“你就没点儿想说的？”

应桃护肤完毕，从椅子上起身，朝着床边走去，道：“我能有什么好说的？祝你早日有心仪的对象喽！”

肖叙看着她，道：“你这话说得我就不爱听，我一个都没去看过，怎么有心仪的对象？”

应桃觉得他聒噪，不耐烦地说道：“所以这都是你自己的事，老是问我干吗？”

她掀起被子，在安稳地躺进去之前，又踢了他一脚。

肖叙知道自己压到被角了，连忙起身。

他绕到床的另一边，也掀起被子上了床。

今夜，两人都有些沉默。

应桃抛开那些烦扰她的心绪，只想睡个好觉。

她向来都是乐呵呵的，即使稍微有异样，也能很快地掩饰过去。

好比现在，她差不多调节好了，也就准备安心地睡了。

然而就在这时，肖叙的声音响起：“所以你真没什么话要和我说？”

好烦一个男的，来来去去都是这个话题！

她敷衍道：“嗯嗯，对，好的。我困了，你要是在这边睡，记得明天早点儿起来，别被发现了，记住，保密，地下。”

肖叙一口气差点儿没提上来。

楼下的新人鸳鸯成双，楼上的他还是“孤家寡人”。

犹豫了很久，肖叙到底开了口：“应桃，你别转移话题，认真和你说，我想转正。”

那边听了没什么反应。

就在肖叙以为应桃已经睡着了的时候，她出了声：“风流名声在外的肖总，总算舍得放弃大片花田了？”

肖叙当即不满地说道：“什么叫风流名声在外？合着我的第一次不是第一次？”

应桃像是笑了，她打了个哈欠，道：“转正呢也不是不行，但这意味着你会失去很多，你愿意？”

她觉得肖叙对两人情人的关系热忱得很，当初不也是他主动自荐过来的吗？

应桃顿了一下，补充道：“我给你举个最简单的例子，比如转正了以后，你都得听我的！”

果然，如她心中预料的那样——那头果然没声音了，就不该对他抱有期待。

应桃揉揉眼皮，开始聊起明天的安排：“明天我还要赶回机场去上班，你记得送我去楼巷，我想吃那里的豆腐包子。”

空气又陷入沉寂。

不知过了多久，在这样的沉寂中，肖叙却突然咬牙切齿地应了声：“好。”

就在应桃疑惑着肖叙到底是在应哪一句的时候，他将她抱住，道：“听你的就听你的。应桃，我今天是真开心。”

接下来的一段时间，肖母还在频频催着肖叙相亲。

肖叙在应桃面前伏低做小，哄了好久才哄着她去见了家长。

见面前，肖叙还让应桃背上了他之前给她买的包。

“到底背哪个啊？你不是买了很多个？”

“就最开始的那个，第一个。”

应桃是真的不想背，但转念一想，当初这个包好像还是在肖母的见证下给买的。

纠结了半晌，她说道：“就这一回，以后我都不背了！”

见面当天，肖母肖父都来了。

肖母早先便看了肖叙拍的应桃的照片，还算满意，但心中到底还有几分犹豫。

见到真人后，加之对方背上了那款包，肖母看向肖叙，就差揍人了。

他早说是买给心仪女孩儿的不就得了，那样哪还用得着她费心为他安排那么多场相亲？

不过这姑娘性子可真好，小嘴儿也真甜，可真会说话！

于是，这场原本会比较严肃的家宴，应桃凭借着一己之力，竟将气氛带得极其融洽。

吃饭时，应桃觉得热，肖叙主动去调低了包厢内空调的温度。

望着和以往不同的他，应桃笑眯眯地说道：“肖叙，我还是得和你说一件事儿。”

“说，我没聋。”

“你挑的包可真丑。”

谢谢你，
降落在我的世界

〈 番外二 〉

南槐气温骤降，随后便是漫长的冬季。

听闻过一阵子会降雪，沈煜城和沈煜林这两个孩子心中充满期待，早早地就在盼望着这一天的到来。

甚至在饭桌上，吃着绵软的粢米饭团，他们都要追问好几遍："妈妈，到时候能不能堆像饭团一样圆滚滚的雪人？"

"雪人啊。"盛蔷托着腮，认真地想了想，道，"如果雪下得够大的话，肯定是可以的，到时候妈妈和爸爸一起给你们堆。"

沈言礼闻言挑眉，直接望向身旁的盛蔷，道："我说过我要给他们堆？你就这么应了。"

盛蔷笑了起来，道："不然呢？你的反对无效，我说能堆就能堆。"

沈言礼扬唇道："你现在很是神气啊，沈太太。"

"那可比不上沈公子本人。"盛蔷揶揄道，她纤细的皓腕抬起，手指在他的胳膊上轻轻地点了下，"不过说是这么说，不一定会下那么大的雪。"

沈言礼"嗯"了一声，攥住女孩的胳膊，用了点儿劲，将她带向自己这边，继而低头，在她的手腕上亲了一下。

即使这样，沈言礼仍然没有要松开的意思。他偏过头来，往盛蔷的颈侧凑近。她想抽出手臂，奈何抵不过沈言礼的力道，动弹不得。

她被牢牢地禁锢住，怎么也挣脱不开。

盛蔷小声地喊了下沈言礼，而后轻声开口道："喂，小芝麻和小球球在吃饭。"

她这是在提醒他：得顾及还在场的两个孩子。

沈言礼却是置若罔闻，道："媳妇儿，你喊我什么？"

盛蔷听了之后，面颊仿若火烧，羞赧道："喂！"

他侧头看她，道："说，喊我什么？"

沈言礼一副她没喊对就不松手的架势。盛蔷到底拗不过他，心里想着随后再慢慢地算账。

她望了他一眼，喊道："老公。"

沈言礼这才松开她，可手仍是往下移，挪到她的腰侧紧紧地贴着。

盛蔷暗暗地使力，用劲掰了掰他的手，却是徒劳。

她干脆放弃，侧头望向一旁的他。

沈言礼笑了下，单手拿起筷子，往盛蔷的碗里夹菜，道："别这样看着我，我又没做什么。”

“你还没做什么？这手难道不是你的？”

“是我的啊。”沈言礼应得倒是干脆，“而且不光是这个——”

他话说到一半又停住，顿了一下才补充道：“就连你，都是我的。”

盛蔷终究是没能忍住，在餐桌下狠狠地踢了他一脚。

沈煜城和沈煜林从最开始就窝在餐桌的对面，观察自家爸爸和妈妈的互动。

眼下大概是觉得有趣，他们正一瞬不瞬地盯着两人看。

盛蔷察觉到了，拍拍筷子，示意了一下。

沈言礼见此，伸手在桌面上敲了敲，朝着沈煜城和沈煜林看过去，道：“好好吃你们的饭。”

很快，南槐下雪了，但并不是期待之中的鹅毛大雪，细碎的雪粒子轻轻地落下，用指腹一捻便化了。

上午，一家四口来到了庄园的顶楼，半开放的露台上北风凛冽，将雪吹了进来。

盛蔷让沈言礼揪住两个乱跑的孩子，她蹲下来细心地给沈煜城和沈煜林裹上绵软的围巾。

“下雪就这么好？你俩跑来跑去，不怕着凉啊？”

沈煜城帅气的小脸蛋儿裹在格子围巾中，瞧起来更加软糯可爱了。他道：“可是妈妈也很喜欢雪。”

“妈妈是喜欢，但妈妈为了看雪，穿得很厚，特别暖和的那种。”

“知道了，妈妈。”沈煜林应了声，往前迈了几步，问道，“那我们今天能堆雪人吗？”

他到底还是小孩子心性，心心念念的就是这些。

盛蔷嘴角扬起浅浅的弧度，探头朝着透明露台外看了一眼。

庄园临江傍林，先前郁郁葱葱的针叶林已然被雪覆盖，像是披上了一层白色的外套。

盛蔷直起身来，抬手在两个孩子的头上轻轻地拍了拍，道：“再等等吧，等到积雪厚了就可以了。”

沈言礼这会儿才从露台边缘回来，确认透明栏杆很安全，并没有出现松动的情况，他才放心地将门打开。

沈煜城和沈煜林一溜烟就冲了出去，蹲在角落里，玩雪玩得开怀。

盛蔷和沈言礼就站在他们身后，默默地瞧着。

过了一会儿，雪越下越大，地上的积雪也变厚了。

大地很快铺上一层厚厚的白色。

沈煜城和沈煜林没见过这样的景象，激动得小脸儿红扑扑的。

平日里爱耍酷的小帅哥，到了这会儿哪抵抗得了雪国神话的魅力，将一切都抛在了脑后。

盛蔷就这么望着两个孩子，没被这暴雪天影响，一股暖意冲向心房。

“其实有时候我会觉得很神奇。”盛蔷忽然开口。

沈言礼从身后拥住她，问：“怎么说？”

盛蔷抬手接了一朵雪花，定定地瞧着，道：“你说，这两个孩子怎么就那么喜欢雪呢？会不会是因为我们俩之前有太多和雪相关的纪念日，所以才……”

明面上，爱的纽带借着血液，连接着一切；暗地里，亲缘的羁绊刻印在彼此相融的下一代里。

“嗯。”沈言礼说道，“大概那时候的我们值得这样。”

“那我更明白了。”盛蔷说着转过身来拥住他，“这样可真好。”

沈煜城和沈煜林最终还是完成了心愿，不过那是在好几天之后了。

庄园的露台上歪歪扭扭地立着好几个雪人，各式各样的都有，除却圆滚滚的饭团形雪人，还有他们按照漂亮妈妈的样子做的雪人。

沈言礼特地买了凝聚剂，指望着这些雪人能存留得更久一些。

只是等他看到一个奇形怪状、长相独特的雪人时，不免皱了皱眉。他不顾盛蔷的阻挠，拎着两个孩子过来“质问”。

结果他们一个看天，一个看地，就是不给个痛快话。

沈言礼还没使出绝招，就眼尖地瞥见丑陋雪人旁边的单词——Daddy。

虽然写得歪歪扭扭，但也不难看出是个英文单词，还是一个谁看了都知道是什么意思的英文单词。

沈言礼直起身，看向沈煜城和沈煜林，眯了眯眼。

察觉到危险的两个孩子被吓得一激灵，连辩解都忘了，只傻乎乎地站在原地。

至于后续如何，那都是后话了。

只是听说，一连好几天，庄园里都是沈煜城和沈煜林谄媚的小身影。

“蔷薇之巅”系列飞机正式投入运营的时候，盛蔷跟着沈言礼去了趟航空基地。

现如今，基地大厂的规模仍在不断地扩大。

实验室也开始招新人，旨在引入全新的血液，加快创新的步伐。

唯盛航空自主研发系列飞机的成功例子，很快便成为人们茶余话后的话题之一。

沈言礼牵着盛蔷的手往基地走的时候，大家已然习以为常。之前还有不少新来的工作人员对沈氏夫妇充满好奇，但见多了自家顶头上司秀恩爱的场面后，这些人也就自动忽略了。

好比现在，工作人员自发地绕开一个小圈，给两人留下相处空间。

盛蔷的手被用力地攥着，她只是用指尖轻轻地挠了下沈言礼的掌心，问道：“怎么突然想到要带我看样机了？”

沈言礼道：“之前试飞成功的时候，你只是远远地望着，没能近距离地观察，肯定会有些遗憾，因此还是想着带你过来看看。”他侧头看过来，“更何况，这还是我以你为灵感做的设计。”

盛蔷弯了弯唇，连带着步伐都加快了，她跟上他的步伐，挽着他的胳膊。

她很少主动在公共场合做出如此亲昵的举动，沈言礼深深地看了她一眼，随后将人带到厂房里。

哪怕已经做好了心理准备，可等到灯光骤亮的那一刻，盛蔷仍旧和之前一样激动得热泪盈眶。

炽热的亮光下，蔷薇花纹在飞机的外壳上蔓延开来。

“我知道的，你每次都能做得很好。”盛蔷看向他，道，“无论是你向我承诺的那些，还是你自己想要去做的那些，都能做得特别特别好。”

玻璃窗外是一大片寒冬的雪色，映衬得室内更加明亮。

沈言礼迎向盛蔷的目光，抬手拂去她眼尾的泪珠，哄道：“媳妇儿，不哭了，外面下雪了。”

听到下雪，盛蔷也像沈煜城和沈煜林那样兴奋。她牵着沈言礼的手，抬腿跑出厂房，而后抬头看着天。

盛蔷的鼻尖儿红红的，呼出的气都化成了雾。

沈言礼的发顶、肩头，落满了尚未融化的雪花。

她的视线落在俊美的男人身上，他好看的面容被风雪映衬得更为昳丽。

盛蔷指着他道："沈言礼，你快看，雪降落在了你的肩头。"语气中都带着愉悦。

"嗯。"沈言礼揽住她，喊了她一声，"阿蔷。"

他紧紧地拥着怀里的她，声音响在她的耳畔："也谢谢你，降落在我的世界。"